沈阳日报
七十周年纪念

万泉

散/文/随/笔/集

《万泉——散文随笔集》
编委会

/编/

辽宁人民出版社

图书在版编目（CIP）数据

万泉 : 散文随笔集 / 《万泉 : 散文随笔集》编委会编. — 沈阳 : 辽宁人民出版社, 2018.12
ISBN 978-7-205-09453-9

Ⅰ. ①万… Ⅱ. ①万… Ⅲ. ①散文集 - 中国 - 当代 Ⅳ. ①I267

中国版本图书馆CIP数据核字(2018)第255448号

出版发行：辽宁人民出版社
地址：沈阳市和平区十一纬路25号　邮编：110003
电话：024-23284321（邮　购）　024-23284324（发行部）
传真：024-23284191（发行部）　024-23284304（办公室）
http://www.lnpph.com.cn
印　　刷：辽宁新华印务有限公司
幅面尺寸：170mm×240mm
印　　张：25.25
字　　数：390千字
出版时间：2018年12月第1版
印刷时间：2018年12月第1次印刷
责任编辑：盖新亮
装帧设计：琥珀视觉
责任校对：刘宝华
书　　号：ISBN 978-7-205-09453-9

定　　价：78.00元

编委会

前言

PREFACE

“谁不知道‘万泉’是沈阳的一个公园！它有悠久的历史。一提起‘万泉河’就会使人想到沈阳。副刊用这个名字，就是显示沈阳的特点，它是沈阳市人民的园地。它需要全市人民来培植耕种，它供全市人民享用。‘万泉’将充分和生动地反映祖国和沈阳市瞬息万变的社会主义建设事业的面貌，反映祖国和沈阳市气象万千、万马奔腾的景象。”这是《沈阳日报》将副刊正式定名为“万泉”时的刊名注释。创刊至今，“万泉”走过60多个春秋。漫长的岁月里，她不忘初衷，植根沈城的文化厚土，用优美的文字描绘生活，记录时代，刊发大量思想性艺术性俱佳的文学作品。今年，正值《沈阳日报》创刊70周年，我们对几十年来发表在“万泉”副刊里的散文佳作进行重新审读拣选，结成这本《万泉——散文随笔集》，纪念《沈阳日报》70华诞，纪念“万泉”65岁生日，也为读者捧献一本精品荟萃的“万泉”文集。

《沈阳日报》副刊创刊于1953年6月24日，当时叫“文化生活”，即“万泉”的前身。1961年2月20日，副刊版被命名为“万泉”。“文革”中，1966年5月3日，这一期的“万泉”副刊出版后，便被迫中断。“万泉”副刊被扣上“三家村大分店”的帽子。1972年7月15日，《沈阳日报》出版了“无限风光”副刊，1977年改为“沈阳”副刊。1978年9月1日，“万泉”复刊。从此，“万泉”迎来了新生。

伴随着改革开放的40年，“万泉”副刊越办越红火，征文、笔会、出书等活动连续不断。比如：为庆祝沈阳解放35周年，“万泉”举办了“古城青春颂”征文活动，旨在讴歌古城沈阳的新生活、新面貌；1986年沈阳日报社、大连日报社、长春日报社、哈尔滨日报社等4家报社的副刊，联合举办了北国“春夏秋冬”文学征文活动，获奖作品最后汇编出版了《北国四重奏》一书；1993年“万泉”副刊版创办了“五老峰漫笔”专栏，老作家汪曾祺、端木蕻良、单复、韶华、阿红轮流为专栏撰文；2003年冬，沈阳日报社在“万泉”副刊创刊50周年之际举行了纪念活动；2008年，“万泉”多次搞征文活动，例如“沈阳新闻出版30年”“我与沈阳日报的故事”等；2012年，“万泉”副刊与沈阳市文联等单位合作，举办了“纪念《在延安文艺座谈会上的讲话》发表70周年主题征文”活动；2013年是“万泉”创刊60周年，组织了“源远流长——60年万泉记忆”主题征文活动，来稿踊跃，许多纪念文章先后见报，报庆期间推出了纪念特刊。

2015年，“万泉”副刊在媒体融合方面做了许多尝试，创立微信公众号“沈报万泉”。2016年11月19日，万泉文学社正式成立，通过“万泉讲堂”、“万泉文学沙龙”、征文大赛等活动不断提高文学爱好者的写作和鉴赏水平。

“万泉”副刊多次在辽宁新闻奖评选中获奖，中共沈阳市委宣传部“新闻阅评”2014年第11期发表评论，对沈报在全媒体竞争进入白热化的形势下坚守并且创新副刊给予了高度赞扬：“该报善于在继承中创新，通过强化其文化厚度、思想深度、情感浓度、艺术精度，来精心打造专副刊版面，以满足读者的阅读欣赏需要。”

“万泉”音韵清亮、源远流长。“万泉”是《沈阳日报》的老品牌，在新闻界、文化界及普通读者中拥有广泛的关注度，她的一举一动、些微表情，都接受着真心喝彩、会心微笑、细心打量和诚心品评。从诞生到如今，并不全是一路鲜花，她也经历了动乱年代中被批判、被停刊的坎坷沧桑，也在纸媒的困境中挣扎探索。几易刊名，多次改版，她始终保持其基本形象、文化内涵，像一朵文苑奇葩，沐浴着新时代的阳光雨露，享受着园丁们的精心培育，数十载匆匆而过，她依然在绽放。

“万泉”立足地方文化情境，在沈阳市文化建设上有所作为。“一朝发祥地，两代帝王都”的沈阳城在两千多年的发展中，先祖们用血汗、智慧、毅力，凝聚成关东文化的独特风貌。“万泉”作为继承久远的关东文脉的一支，就生存活跃在文明古城沈阳的这片沃土中。城市的沧桑巨变、百姓的喜怒哀乐，既是写作素材，也是副刊赖以生存的资源。突出地域性，“万泉”一直强化“立足沈阳，面向全国”的办刊思想，为地方文化事业的繁荣与发展服务，为提升地域读者文化素质和满足他们文化需求服务。

“万泉”凸显“报纸文学”本色，强调新闻性与文学性的融合。“万泉”是文学副刊，同时她也明确了副刊是报纸的一个重要组成部分，“万泉”姓文，也姓新，构成了她特有的魂魄和鲜明个性。她追求时效性、新鲜度和时代感，“好雨知时节”地在重大节日、重大的社会活动中，刊发倾诉真诚情怀颂扬美好事物的文学短章，体现着报纸文学版特有的优势。

“万泉”凝结着编者和作者的合力。团结优秀作者，培养文学新人，繁荣文学创作，这使“万泉”与辽沈乃至全国的作家结下深厚友情，拥有比较稳定的作者队伍，其中有名家高手，有思敏笔健的热情作者，有具备潜质的文学新兵。稿源丰富，选稿空间宽。编辑如蜜蜂一样，辛勤劳作在花圃中，采得新鲜的花蜜。近年来，“万泉”成立文学社，参与媒体融合的改革创新，更把“万泉”的事业发展壮大。

“万泉”植根人民生活，力求讲好沈阳故事、中国故事。习近平总书记曾在文艺工作座谈会上指出，人民是文艺创作的源头活水，一旦离开人民，文艺就会变成无根的浮萍、无病的呻吟、无魂的躯壳。人民生活是一切文学艺术取之不尽、用之不竭的创作源泉。“万泉”这块文学阵地在半个多世纪的实践中，一直坚持正确的办刊方向和舆论导向，引导广大的作者和文学爱好者积极深入生活，开展创作；一直坚持以真实的故事反映时代的变迁和生活的变化；一直坚持以真挚的情感去讴歌时代的强音；一直坚持以真诚的文学姿态去讲好沈阳故事、中国故事。因此，“万泉”也是全国叫得响的文学副刊。她成功的秘诀也恰恰是其坚持植根现实生活，紧跟时代潮流，反映人民关切，才能充满活力。

本次结集，编者筛选了百余篇不同时代、不同作者、不同风格的散文随笔作品，分为四个部分：“文苑英华”是对时代和心灵的双重感悟；“北国故事”是对白山黑水的一份眷恋；“书人茶话”则是对文化和人生的一种哲思；而“万泉情缘”则是作者、读者与“万泉”副刊“交心”半个多世纪的真情流露。因此，这本《万泉——散文随笔集》值得阅读和收藏。

在夺取新时代中国特色社会主义伟大胜利、为实现中华民族伟大复兴的中国梦而不懈奋斗中，党报副刊无疑肩负“成风化人、凝心聚力”等重要职责和使命。“《万泉——散文随笔集》的编辑和出版，也是对过去办刊经验的研究和总结，在今后的实践中，希望“万泉”继承传统，永葆青春，勇于担当，像习近平总书记所勉励的那样，为读者编发更多“接地气、传得开、留得下的优秀作品”。

沈阳日报社党委书记、社长

程谟刚

目录

CONTENTS

文苑英华

北国故事

书人茶话

万泉情缘

文苑英华

鹿回头村一老人

马　加

早晨，我从海南岛出发的时候，太阳刚从海口里出来，红喷喷的、滴溜溜的，像一颗闪光的珍珠，光芒四射，把一串串的香蕉染得翠绿，变叶木照得五彩缤纷，含羞草舒展着对称的嫩叶，多么吸引人的海南风光呵！一会儿，路过那么大的西联农场，那稠密的三叶橡胶林仿佛从梦里初醒一样，叶瓣上正滴着露水珠，迎着太阳闪着光，经过莺歌海的时候，绿羽毛的鹦鹉翱翔在半空中，迎着南国的海洋唱着赞美歌。美丽的莺歌海一望无际，深沉发暗，带着靛蓝的颜色。海风潮润地吹着，给人一种柔和的感觉。细沙堆成堆，构成天然的堤岸，岸上野生的仙人掌开着黄花。浓厚的海水变成结晶体，成为颗颗洁白的盐粒，纵横交错，构成一片广阔的盐场。走到崖县三亚的海口，这里是五指山的终点，海南岛的最南端，到了“天涯海角”了。在海滨白石崖上刻着的“天涯海角”四个大字，据说是苏东坡的笔迹。苏东坡当年被流放到海南岛，远离了祖国大陆，不能不产生那种孤独和被压抑的感情。可是，解放后的中国人民，不辞辛苦来建设这座美丽多彩的宝岛，又是多么欢欣鼓舞，又是多么振奋人心呵！这里的一山一石，一草一木，都惹人稀罕。瞧！那路两旁的凤凰树戴上了凤冠，迎着傍晚的霞光，灿烂的花朵红得像火焰一样。椰子林像是撑开的伞盖，高遥遥的，显示出热带地区的独特风光。这里是海南岛最美丽的地方，也是海南岛的终点，到了这里，应该回来了。多么凑巧，挨着椰林有一个村子，叫作鹿回头村。

鹿回头村，这个奇怪而美丽的名字，仿佛包含着什么神秘的意味，究竟有什么来历呢？我为了满足自己的好奇心，到鹿回头村去做了一次访问。

鹿回头村在一片椰树林子里，左左右右，净是直挺挺高大的椰树，密密簇簇，包围得严严实实。村前对着一片波涛万顷的南海，无边无际，汹涌澎湃，从南洋群岛吹来海风，带着一股热流，熏熏的喷人。海鸥追逐着银色的浪花，一会儿飞到天空，一会儿又飞到椰林树梢上，自由自在地飞个不停。漫长的海滩上，堆积着黄色的细沙、绿海草和花纹贝壳。一只大木船停在海岸上，拔起了锚，正准备扬帆下海捕鱼。路旁的椰子树皮涂着石灰粉，上面画着人头、粮谷，注明着汉字，大概为了教育文盲，棵棵树上都有文字。在椰林路旁的左侧，是鹿回头村砖房的办公室，接着有一处小学校，一处托儿所，一处敬老院，一处牛奶厂，一所食堂，两排宿舍。宿舍宽畅干净，搭着茅草的屋顶，椰子叶围着墙头，显得非常别致。

第一家茅屋里住着一个黎亚旦，他是黎亚人的后代，鹿回头村的老人。他有一副硬朗的身架，棕红色的皮肤，窄脸形和高颧骨，加上下巴那溜小黄胡子，有着南方受苦人的模样，朴朴素素，诚诚实实，也有几分粗犷的神情，受这个自然环境的影响，给磨炼得十分坚强。就是屋子里的一东一西，也都表示出主人的生活特征来。梁上拴着一截剑麻的船缆，床上铺着一张凉席，墙上贴着一幅毛主席像，还钉着一副鹿角架，我看见那件东西，立刻联想起这个村的名字来。

我问黎亚旦："鹿回头村有鹿吗？"

黎亚旦抖抖头上大檐草帽，翘着小黄胡子，穿着木拖鞋向我走近一步，仰着脸，热情地望了我一下。

"同志，你是说山上的鹿吗？"

我说的是那个意思，对他点了点头。

"同志，你从海口来的时候，没有经过五指山吗？那山上就有鹿。靠山吃山，靠海吃海。”

“你到山上打过鹿吗？”

“我到山上……”

黎亚旦偏一偏大檐草帽，皱皱眉毛，拿起一只南方特有的大竹筒小烟袋，用椰子皮点着火，一边抽烟，一边思量着，闷了好半天，才吐出一口气来。

“同志，我早先到五指山上打过柴火，背到三亚，去换粮食。”

“现在呢？”

“同志，自从共产党解放军来到了五指山，我就不上山打柴火了。有时候在生产队里插秧，有时去补渔网，有时去钩椰子。鹿回头就是我的家，我的老婆在椰子加工厂造胰子，儿子开拖拉机，女儿上了崖县中学，我还没有到进敬老院的年龄，有毛主席来领导咱们黎族，我就拼着这把老骨头奔求。有了工厂和拖拉机，才是真正幸福。不是比‘刀耕火种’和上山打猎强上一百倍吗？同志，你说。”我问黎亚旦：“你上山打过猎吗？”

“同志，我的祖先上山打猎，在这里捉了一条鹿，把它叫作鹿回头。”

原来，鹿回头村是有来历的。

传说在多少年前，黎亚旦的祖先是一个有名的猎手，每天太阳出来，他拿着枪上了五指山，走过槟榔树下，跳过陡耸的山岬，蹚过羊蹄草棵子，钻进黄杨林子，遥山漫岭去寻找野兽，打了一天猎，背着猎物回来，唱着山歌，到三亚去换粮食，猎物多了就打酒，猎物少了就饿肚皮子，饥一顿、饱一顿，辛辛苦苦打了半辈子。有一天，他登上了五指山的高峰，穿过密密的槟榔树，没有打着一只猎物，最后，从五指山上追下来一只梅花鹿，追着追着，下了山，到了海滨，那只梅花鹿实在没路可逃了，便转回头。恰好这时候，来了一位黎族姑娘，帮助猎人捉住了梅花鹿。后来，两个人便结了婚，生儿育女，开荒斩草，在这里定居下来，为了纪念这次奇遇，便把这个村子叫鹿回头村。一提到鹿回头村，便意味着幸福的意思。

一代传一代，传到黎亚旦这一代，祖祖辈辈也没有离开鹿回头村。他从生活里继承的东西，并不是什么幸福，而是穷困和苦难。开头，他到五指山上打柴火为营生，背柴火背到三亚，累得腰酸腿疼，肩膀压得又红又紫，好容易找到一个主顾，也换不上多少米。不久，他下海去给鱼主打鱼，驾着木船，带着渔网，风里雨里，漂流在南海的波涛里，滚来滚去，找不到一处落脚的地方。最后，他给地主侍弄椰子树，挖坑、育苗施肥、浇水、除草，在炎炎火热的太阳底下，热得头脑发涨，嗓子里冒着烟，一滴椰子水也喝不到。有一次，他用竹竿去钩椰子，椰子从树上掉下来，砸在他的脊背上，肿起了有蒜头大的青疙瘩，老婆给他端饭，女儿给他倒水，四五个月都爬不起床来。穷愁病魔，折磨得他死去活来。呼山山不应，喊海海不灵。正如当年五指山上被猎人追下的梅花鹿一样，到了死路绝方。

自从解放大军过了海，琼崖游击队下了五指山，打垮了国民党的黑暗统治，黎亚旦才真正地翻了身，如同龙下了雨，铁树开了花。他在青年里没有春天，倒是晚年得意，老来红。

这之后，黎亚旦的生活里才有了春天（海南岛是没有冬天的），五指山上云收雾散，南海中息了骇涛怒浪，鹿回头村是一片喜悦的景象，椰子扑簇簇的成荫，凤凰花开得火团灿烂，白菜娇嫩，稻苗青青，在这静静的南海岸上，不时传来椰子加工厂的嗒嗒声，拖拉机的突突声，还有海鸥鸣叫的声音，组成欢乐的大合唱。黎亚旦起早贪黑生产，像是有用不完劲似的，对于新生活抱着多大的热情和憧憬呵！他生产，劳动，工作，感到是幸福的。他要为后一代创造更多的幸福，踏出一条更宽广的路来。他洗去了身上的旧时代的尘土，接受新的真理和阳光。在鹿回头村，他是第一个接受农业八字宪法，把密植用在插秧上；也是第一个摘掉文盲帽子的人，所有椰树上的标语文字都认得出来。在插秧和钩椰子业余时间，偶尔也唱起民歌来，从民歌里认识了一种道理。

毛主席来到五指山
英雄树下歇过马
临走时在树下洒瓢水
红艳艳开满一树花
毛主席来过五指山

古树热腾把路拦
他亲手开辟一条道
山南山北连一片

黎亚旦一辈子没有离开鹿回头村，没有去过北京，也没有见过毛主席，他觉得毛主席离他却是那么近，不是天天晚上能够望见的北极星，而是赤道上空炎炎的太阳，照在头上，热在心里。毛主席给劳动人民开辟一条道路，一条通向光明和幸福的道路，多少年来，黎亚旦都在苦难的深渊里挣扎、失望、憧憬和斗争，终于找到了这条真理的道路。

鹿回头村是美丽的，一边是银涛的南海，一边是翠绿的五指山，海湾里，处处是渔帆船，满树的凤凰花朵，遍地的椰树林子，在这里生活和劳动的人们，是感到多么幸福。黎亚旦曾经在大海遇过风险，在椰子树下流过汗，对于“幸福”这个字眼感觉特别稀罕和珍贵。虽然，这里曾流传过猎人追鹿故事，严格地说，这故事是一种浪漫主义的幻想，到了今天，它才变成了生活的现实。

1961.3.11

大地春秋

冉欲达

今年，从春到秋，我在祖国大地上，走了一万公里的路程。

四月初，迎着风雪登车。天明到北京，已是娇杨吐绿，碧柳成荫。冀中平原，麦苗青翠，油菜花黄，黄波翠浪，大地如锦。列车穿行在巴山蜀水间，一路是丛丛嫩绿的新竹，片片黄熟的稻田，漫山淡紫色的桐花。三峡激浪，九江烟雨，庐山的映山红开得正艳。一到上海，梧桐叶茂，骄阳如火，完全是盛夏风光了。

秋风初起，我又来到北戴河海滨。凌晨，登上“鸽子窝”险峻的山崖，看那日出东海的宇宙奇观。夜晚，海浪滔滔，松风飒飒，天上的繁星，海上的渔火，地上的灯光，交映成一幅绝妙的图画。我坐在海边一块巨大的礁石上，陷入沉思：从春到秋，漫游祖国大地的种种印象，纷至沓来：那雄伟的长城，壮丽的三峡，神女峰绰约的风姿，仙人洞飘荡的白云，又一一浮现。透过迷人的风光，我仿佛走进历史的深处，重又看到秦始皇兵马俑的队列，唐玄宗“太液芙蓉未央柳”的旧址；西安“碑林”里的《荒岁歌碑》上“人肉竟作牛肉卖，街市现有锅儿煎”的记载。我还记起碧竹青松，幽深悄静的成都武侯祠里一副著名的对联：

能攻心则反侧自消，从古知兵非好战；
不审势即宽严皆误，后来治蜀要深思。

这些千百年前的遗迹，依稀尚存，早已失去了当年的风采，但是作为历史的镜鉴，它又是常新的。

我的思绪长久地停留在重庆的红岩村。这里不正是新、旧中国的历史交叉点吗?

“虎穴坚持神圣业，几人鲜血染红星。”

叶帅的题词，在我心中留下了难以磨灭的印象。红星，祖国大地上随处可见的红星，是多少先烈鲜血的结晶呵!

这时，蓝天、碧海、大地、长城、黄花、翠竹、绿杨、红星，还有这飒飒松涛，点点渔火，那庐山云海，枫桥钟声，这一切，好像在我灼热的胸膛里熔化了，熔铸成一座耸入云霄的青铜雕像，她就是我们的祖国，我们的党，我们的人民，我们的历史；她就是我们已满三十二岁的年轻的社会主义共和国；是我们这历经沧桑的大地，是我们走过的光辉而又曲折的路程；她就是我们永远珍爱，永远自豪的一切。这一切，又化成急促的音符，激情的旋律，伴和松涛海浪，奏出一支蓝天、碧海、大地的交响曲：我知道——

天有阴晴，月有圆缺，
海有潮汐，花有开落。
这大地虽然美好，
毕竟还有——
荒芜的原野，
寂寞的沙漠，
坎坷的道路，
泛滥的江河。
所以宇宙才把这一湾碧海，

万顷蓝天，赐给人间！
化作一排奇妙的琴键，
奏出雄浑悲壮的交响乐。
你歌唱创造，
歌唱劳动。
催促明媚的春光，
绽开含苞的花朵。
你歌唱忠诚的美，
纯真的爱。
鼓舞无畏的英雄，
奔向沸腾的生活！
…… ……

夜深了，我从沉思中站起身来，回到我那有着茶色水晶座灯的小桌前，铺开稿纸，写下第一行字：

祖国呵，我能为你做些什么？

1981.10.1

写在心里的书简

刘黑枷

每逢翻检50年代出版的纸页泛黄的《新知识辞典》，我就想起我的大儿子。高高的个头，壮壮的身板，黑红的脸膛总是挂着憨厚的微笑。我的儿子，是音乐节那天生的，所以叫阿音。

1968年阿音下乡到康平县插队，只带5元钱和一只二尺见方的破木板箱。1971年冬天，他顾不上亲人对他的挽留与思念，匆匆离去，便永远不再回来了。我的儿子那年才21岁，风华正茂。

就是那一天，我查阅家里的《新知识辞典》，偶然发现那上的许多大城市的名字如广州、昆明、拉萨都画着钢笔的蓝道道。我的儿子，爸爸了解你。“文革”兴起串联的时候，你憧憬着祖国的名城古迹，关隘河山。你多么想飞呀，然而“黑五类”的帽子压在你的头上，你憨厚的笑容被沉重的抑郁笼罩。你不愿向家人诉说你的痛苦，不愿向朋友申明你的疑惑，你只能在一本辞典的小小空间里，留下你内心深处的孤独与遗憾。

阿音从小性格内向，善于承受一般孩子不愿承受的负担。念小学时，他妈妈偶然打开他的书包，发现文具盒里装的全是短铅笔头，我们全都惊讶，怎么不开口要钱买一支新的？十三四岁，就系着妈妈的大围裙，用搓衣板“咕哧咕哧”把弟弟妹妹的衣物洗得干干净净。他是个男孩子呀！

“干部子弟多啥？”从来没有一丝骄矜，一丝狂诞的阿音对姐姐说，“有些干部子弟自以为是，牛皮哄哄的，最讨厌了。”

和许多青少年一样，“文革”风暴初起，他立刻参加“红卫兵”，但他从没参与批斗老师，他的善良本性不允许他那样。他只是担任守卫古陵的任务。他十分尽责，戴着红袖标，俨然是世界革命的中坚。红心赤胆，容不得一点杂念，还把自己的名字改为“卫东”，公开表明自己的追求，公开表达自己的志向，他觉得再也没有比“卫东”这两个音节更能表现时代的高度了。然而，他无论如何也没有想到，他的父亲，以及他一向敬重的许多前辈几乎都在一夜之间被打倒了，成为牛鬼蛇神。

残酷的现实使他来不及思考，他从革命接班人一下沦为“黑五类”。红袖标再也无资格佩戴了，只能精心叠好，收在抽屉里。他愿意“卫东”，人家居然不让他“卫”！谁能知道，他的天真，他的纯洁经受怎样残酷的践踏！郁郁闷闷，病之所至。

从乡下回来，他放下背包，脸不洗，水不喝，立刻赶到我劳动改造的地方去看我。我在造反派的监督下撮煤，他不敢靠前，只躲在墙角向我张望。他身后的墙壁上就贴着打倒我的大字块。我不忍正视儿子的目光，儿子却能镇静地表达他对我的同情，憨厚的笑容代之以深沉的思索，无穷的困惑。

千不该，万后悔，我们这代人教育孩子绝对正面因而也绝对片面。我们只知告诉他鲜花朵朵，阳光明媚，没有告诉他们在真善美的背后还有假恶丑。他们不懂得晴朗的天空为什么会布满乌云，他们不理解和平的银鸽为什么会遭到炮火的袭击。他的信仰，他的追求，他的沸腾的血、水晶的心再也承受不住这无法排释的重压，他病倒了。

我和他妈到新民插队落户时，他仍在康平。旧历年眼见到了，别的孩子都回来了，就差阿音。除夕那天，天飘着大雪，我和他妈望了一天，不见他的归影，直到傍晚暮色朦胧中，在南边荒地上才露出一个高大的身影。啊，我的儿子，他终于回来了，身上穿着一件破旧短小的黑棉猴儿，背一个瘪瘪的小背包。问他冷不冷，他说：“没事。”

七口人围坐在一铺小炕上，饭桌早已放好，水酒虽有，菜肴却不丰盛。买了几个肉罐头，谁也不肯动筷。

我另外的两个当知青的孩子都带点农村的土特产回来，我无意中问阿音：“你们那儿有什么特产啊？”

阿音苦涩地一笑：“我们那儿今年不太好，有分无值，社员口粮都不够吃。”故作轻松的微笑中闪出一丝不愿申辩的歉意。粗大的手掌硬茧片片，手背冻皴道道。

我真不该那么问，在那样困难的地方，阿音一次没向家中要钱，要粮票。真难为他了。“爸，我的同学不少都当兵去了。”这是阿音唯一一次向爸爸张口求告，“你在部队就没一个老战友吗？”

这回该我为难了。阿音，爸爸不是没有熟人，可是在这时候，爸爸只能对你说：“好好干，靠自己表现吧……”

“要么，把你户口转到这边来插队，跟家人在一起总会好点。”他妈妈知道我的难处。

阿音摇摇头。我的心一阵悲凉。

没有红烛，没有鞭炮，除夕之夜毫无节日气氛。然而，在那种年月，一家七口人能够团聚，我就感到十分庆幸了。我做梦也没想到就在这时可怕的病魔已经乘虚而入了。

秋风凄凉的季节，阿音从康平被同学抬回沈阳卧床不起，身上毛背心破得一个窟窿连一个窟窿。一位要好的同学的父母去看他，他沉重地喘息着说：“没事。”还让人家注意身体呢。他哪里会想到自己已得了不治之症。

康平县的社员派代表到医院请求医生：“救活他吧，这孩子太仁义了。夏天睡炕头，冬天睡炕梢，什么活累干什么活。还给五保户挑水，垒院墙……从来不知道心疼自己……”

医生没有回天之术，我的儿子只留下对亲人的系念便匆匆别去了。病危时问他想吃什么，他最高的要求是想喝一口酸菜汤。问他有什么希望，他最大的希望是回家，是亲眼见见父母在插队的村屯新迁入的一座土屋……

转眼间阿音离去快二十个春秋了。每逢有人不慎提起他，老伴泪水哗的一下就流出来。于是大家便努力回避。越回避越想念。现在我总想写信给他，但向哪里投寄呢？下乡的时候他无暇回家探亲，到了另一个世界也无暇进入父母的梦境吗？儿子，苍天如此残酷，连让我们在梦中相见的机会都不给！我这写在心里的书简，也只能靠灵犀相通了。

回城以后，诸事如意，只是我再也见不到我那亲爱的大儿子阿音了！一团永不消散的忧郁，是这封短短的书简无法包容的。然而，当我重新翻阅《新知识辞典》时，那些蓝色的闪着理想之光的符号，又似乎幻化作儿子憨声憨气的安慰："爸，你老放心吧！我没事……"

1990.11.28

老 伴

汪曾祺

李克、李又安是一对非常好的美国老夫妻。他们在中国待过几年，在北京大学教书、搞研究。李克研究《管子》，李又安研究中国现当代文学。他们为了翻译我的小说，和我见了几面。他们翻译非常认真，单是一篇《七里茶坊》就向我提了几十个问题。这篇小说里有一句对话："过'黄河'，过球的个河吧！"李克问我"'球'是什么意思"，我告诉了他。他很放心了，说："美国也有这个说法。"老夫妻感情很好，我说："你们这么大的岁数，感情还这样好，真难得。"李又安说："伉俪之情，老而弥笃。"我真没有想到，一个美国老太太会说得出这样地道的汉语！他们回国后，在大学教书，一个在费城大学，一个在马里兰大学，都是中文系主任，后来都退休了。我到美国去，在他们在费城的家里住了几天。他们家很舒适，清洁，安静。老两口各有一间书房。白天，李克写关于《管子》的论文，李又安翻译中国文学。李又安管做饭，李克洗碗——应当说洗盘子。李克洗碗很熟练。李又安说："很多人劝我买一个洗碗机，我说我有最好的洗碗机，还买干什么！"他们有时在家里招待招待客人，有时出去旅游，开了旅行车到加拿大去钓鱼，日子过得很悠闲。在费城大学、马里兰大学教书的华人女教授都说：“他们的夫妻关系，是我们所有人的榜样！”“伉俪之情，老而弥笃”，也可能是美国传统，也可能是受了东方文化的影响。

夫妻关系，说到底，是伴。

北京的童谣唱道：

小小子，坐门墩儿，
哭着喊着要媳妇儿。
要媳妇做啥？
点灯说话儿，
吹灯做伴儿。

童谣概括得极好。夫妻，可不就是说说话，做做伴吗？

中国的夫妻称谓反映了男尊女卑的不平等关系。丈夫提到妻子，说是“家里的”“堂客”。四川的男人把老婆叫作“烧火的”。读书人把夫人叫作“拙荆”“贱内”，就更不像话了。只有一个“老伴”，却是平等的。这个称谓可以通用于男女双方。丈夫可称妻子为“老伴”，妻子也可称丈夫为“老伴”。“老伴”有多年相守的亲切意味。“少年夫妻老来伴”，彼此经过多年风雨，都已经霜颜白发，再不能花前月下，卿卿我我，可不就是做做伴了吗？

“老伴”是东西方相通的文化观念，是维系这个社会的稳定因素。

1993.3.3

说　猫

端木蕻良

我在写东西，我的大黑猫就在我旁边的另外一张桌子上睡着。它睡得那么安详，那么踏实，我真想过去抚摸它几下，但又怕打搅它，便不时地对它望望罢了。

我家养了两只猫，毛色油黑锃亮，特别是尾巴，长毛披拂，竖起来，真有点儿像古代的标旗似的，煞是好看。四只眼睛，闪着金光，灿然生辉，尤其是在夜里，像两只电灯泡一样发光。

这两位小姊妹还有一种与众猫不同的地方，我的女儿女婿曾经用小镜子将阳光反射在墙上，它们便追着去捉捕光影。这两只猫都会发出一种类似鸟儿的微小叫声来，不是呜呜声，也不是咪咪声，而是柔声的吱吱喳喳声。我还是第一次听到过这种猫叫声呢！我打算不久把它们的叫声录下来，播放给不相信有这种猫叫的朋友们听一听，好使他们大开耳界。

每天在耀群工作时，两只猫都跳在她的书桌上蹲着，有时竟会趴在稿纸上不起来。待到耀群好言相劝，或是拿出鱼干来，才能把它们姐儿俩引走。

但是耀群上街或者不在家时，那个大猫，便会像陪她那样来陪着我。门外如果有生人来，即便睡着，它也霍地站起来，躲到别的房间去；如果是家人或者是保姆，它却动也不动，照睡不误。难道说，它有第二神经系统，使它能在睡卧中辨别出什么人进入室内吗？

我少年时代，读过《项脊轩志》，其中有两句话，是“余扃牖而居，久之，能以足音辨人”。就是听人的脚步声，便能辨别出是什么人在门外走过。我认为既深刻，又动人。如今，我忽然看到猫也有这份本能，不由得使我惊讶，也使我感到高兴。我对生物学一向是感兴趣的，因为天天接触到它，使我不能不考察它。我才感到猫这种动物，不但也会做梦，而且还会说梦话，只是我不能破译罢了。

而且，猫也有“思维”能力，它会记忆人的脸孔，它会判断人的喜怒，它了解人对它的爱憎。

使我感受最强的，还是猫和狗一样，有愿意和人这种两条腿的动物做朋友的习性。

由于猫的习性，也使我体会到，猫和狗成为人类的朋友，绝不是偶然，而是基于两条腿的人和四条腿的猫狗都有一种关系，就是相互依存的需要。而且两者中间在历史的长河中已经有过多少代的感情交流。这种历史过程养成两方面的习性，这种微妙的习性，不可改易。

猫睡在我旁边，放心得很，它没有任何顾虑，更没有任何恐惧，它是信赖我的，所以才形成倚傍人的习惯。人们在工作之余，看到它们，能受到动物活跃的生命力感染，自会感到愉快的。

人们也许还记得当年开始输入日本映画片《姿三四郎》。在那影片里面，把猫摆在很重要的位置上。可惜的是那位主要演员并没有任何特技，学猫不像猫，连一个跳高的翻身镜头都没有，而只用了一个“起跳”、另一个“落地”的两组镜头组合成一个人学猫跳的镜头而已。结果，只能使人感到猫的本领高强，绝非人可企及的。

在今天我忽然对庄子观鱼能意识到鱼的乐有所感悟，不要忘记，因为我们都是脊椎动物呀！

1993.12.8

放河灯

白　桦

小时候，每逢阴历七月半，沿河的乡民都到河边去放河灯，纸做的灯盏有船形的，有莲花形的，有碗形的……富人放河灯很是热闹，请来和尚道士，敲锣打鼓、朗诵经文。小家小户大都是静悄悄的。也有人刚把河灯放在水面上，河灯颤抖着一离岸，她就嘤嘤地哭起来，非常伤心，竟能哭出一支缠绵悱恻的歌来。我很愿意在暗处听，眼前是一片忧郁的灯火随水缓缓东去，那是一种凄凉的美。特别是富人的热闹过去之后，灯火越来越远、越来越少……河水像缓缓飘动的黑色绸缎。人们以为自己放的灯一定能把亲人的灵魂送往远方，重新托生为人。

我第一次放河灯才九岁，我是悄悄和小蚂蚱一起去的。小蚂蚱比我大一岁，是我那时最崇拜的第一能人，几乎没有他不能做的事情。但他很少待在他家里，他家就是河边的水母娘娘庙。庙小极了，除了水母娘娘一家人背贴墙站着的地位，剩下的刚好够他一个人躺下来把腿伸直。其实，他只能伸直一条腿，因为他的左腿先天性萎缩，从来都没伸直过。但他无所不能：游泳像鱼，上树像猴，谈心像大人。他从不凑热闹，总是独来独往。他天刚亮就出去了，夜深了才回来。我是在河对岸竹林里认识他的，可以说一见如故。跟着他绝不会饿着，他会打鸟、摸鱼、抓野兔……随身带着油、盐、酱、醋、茶和小铁罐。他还会挖土窑烧炭。做河灯就是他教给我的。他告诉我：“放河灯是给死去的鬼魂照亮生路的。”我问他：“你放给谁？”他说：“给我娘，我娘死得惨，是投河死的。去年我放了三盏灯，她托梦告诉我：‘等我漂起来，三盏灯已经灭了两盏，你应该知道，你娘的眼睛早就半瞎了。’”所以那年他放了十盏灯。他叫了一声：“娘！这该看见了吧！”第二年他已经不在了，那年年三十，他喝了酒，大风雪把小庙埋住了，又冷又不透气。从此以后该我给他放河灯了，也放了十盏，是最后放的，因为他怕热闹。十朵灯火静静地漂了很久很久，才在远方的夜雾中熄灭。当时我确认是照亮了他的生路，我相信他在来生一定有一双健全的腿。我曾和他讨论过一个神秘的问题：人有没有灵魂？他斩钉截铁地说：“有！要是人没有灵魂，还叫人吗？就说那些二鬼子吧，他们就没有灵魂，所以人人都把他们叫作狗。他们不是狗吗？鬼子一声吼，他们就‘汪汪’叫着去咬人，有时候你能看见他们的尾巴竖得像根旗杆……”我惊奇地说：“我从来没有看见过他们有尾巴。”“我看见过！”他咬牙切齿地瞪着我，吓得我就不敢争辩了。他继续说：“有人看着像个人样，可他只有半个灵魂，别看我只有一条腿管用，我的灵魂是整个儿的，啥都不缺。”他拍着自己的胸膛，用一只腿支撑着瘦骨嶙峋的身子，高举双手，尽量引身向上。

小蚂蚱的样子使我非常震惊，事隔多年，我都还记得他那尖厉的声音。从此，我相信人是有灵魂的，虽然我是个唯物主义者。至少是：人应该有灵魂，应该有一个完美无缺的灵魂。

1995.8.28

人间良木荣

单　复

天上桂子落，人间良木荣。
相望不相见，怀思两处同。

这是老诗人臧克家在医院病榻上，为老友端木蕻良八十三寿辰写的祝寿诗。40 年代末，克家、端木、方成、单复、适夷等人同住于香港九龙“狗爬径”，北平解放后，又一起搭轮回到京都。近半个世纪过去了，大家都两鬓星霜，而友情越来越深。

端木的八十三寿辰，为乙亥年 9 月 26 日。我恰巧于是月 17 日至 24 日，参加作家访问团赴香港访问。临行前和方成约好，一起到端木家为其祝寿。在港访问结束，徐迟、方方直接由港飞回武汉，陆星儿飞回上海，盛子超飞回杭州……为了赶上端木寿辰，我没回沈阳，而是和邓友梅、雷达、叶延滨、扎西达娃（西藏作家）等同机飞回首都。本来与方成约好，没想到他却临时被邀请赴外地访问去了。我们一家“三口子”缺一，不无遗憾。（端木、方成和我，在香港九龙“狗爬径”同住一屋，故有一家“三口子”之戏称。）

离开香港前夜，罗承勋（香港《大公报》老记者、老编辑）邀请曾敏之（香港作家联会会长）、邓友梅和我，在一家餐厅里晚宴。酒席上罗、曾二位托我捎回为端木祝寿的礼品及贺诗。

敏之的诗题为《遥寄端木蕻良兄》：

北展灿烂耀京华，怀墨归真对菊花。
为寄海隅无限意，盼携红卷品红茶。

承勋的诗为：

白山黑水佳公子，地转天安老寿星。
几卷怡红传后世，海隅长颂草长青。

“天安”乃居处，“怡红”是力作《曹雪芹》，“海隅”指《大地的海》，“青草”乃《科尔沁旗草原》也。

9月26日早上，天高气爽，秋阳灿烂，真乃吉人天相。我和韦芜（香港《大公报》副刊《大公园》编辑，在港卖文为生时，有时揭不开锅，常可向他预支一点稿费，以济燃眉之急）搭车到前门西大街端木住处，耀群正忙着招呼客人。楼下停放着文联的大客车，大家把老寿星搀扶进轮椅。端木患过多种疾病，心肌梗死、脑血栓、心绞痛、偏瘫等，但算是挺过来了，虽然生活不能自理。推到电梯里，下楼后又把他和轮椅一起抬上大客车。我看他脸上总是微笑着，带着歉意，好像在说：让你们辛苦了，眼里闪着柔和的祥光。我想到秦牧在一篇文章里，说他：“好学、善良、安详、瘦削而又坚韧，自信而又谦和。”多年交往他给我的印象也恰是这样。就是这么一个病恹恹的老人，一边和病魔顽强地较量，一边写下了历史长篇小说《曹雪芹》，上卷近30万字，印数20万册，很快就销售一光。香港《文汇报》、上海《书讯》、山西《太原日报》、四川《集萃》均加以连载，可见影响是颇大的。中卷40余万字，出版后也很受欢迎和好评。日下他又正在奋力写最后一部，因身体越来越差，未免时断时续，想到哪里先写到哪里，虽然宝刀不老，但这是需要多大的毅力和信心啊！除写长篇外，他每年发表的散文、杂文、评介、序言、诗词、书画等都有数十篇。他学贯中西，十八般武艺样样了得，登门请求题字、书画、签名的也不少。这应归功于夫人钟耀群。他们自1960年结婚以来，这位原昆明军区国防话剧团的演员，曾演出过《日出》的陈白露、《雷雨》的繁漪、《西施》的西施等名剧的主角，当年被誉为“话剧皇后”的钟耀群，既要当妻子，主管操持家务，又要当护士、秘书，为端木打针、取药、按摩，处理来往信件，查找资料，抄写文稿，接待客人，而且还是《曹雪芹》长篇的合作者。就我所知，没有这位贤内助，端木可以说是“寸步难行”的。他们在生活上、创作上是那么和谐、默契。每次去探望他们，看到端木对耀群有时像个听话的孩子，有时又不免撒娇调皮，而耀群则像个老大姐，无微不至地关怀体贴他，我心里总感到温馨和幸福。

面对端木亲切的微笑和耀群不离左右的关照，我默默地想起了这许多。此时，大客车已不知不觉地驶到了炎黄美食苑大门口，这是老舍夫人胡絜青主持的一家满族同人和文化人经常聚会的餐厅。原来这次为端木设宴祝寿，乃北京满族同乡“颁金节”筹备会和白山黑水书画会联合操办的。所谓“颁金节”，即360年前10月13日，皇太极颁诏改女真为大清的日子，满人称之为“颁金节”，每年这一天总要举行盛大的庆典。来的客人很多，大都是文化艺术教育界的知名人士，如王蒙、吴祖光、季羡林、尹瘦石、赵大年、舒乙，还有北大副校长，等等。艾青因行动不便，特地让夫人高缨代表前来祝寿。书法家爱新觉罗，画家胡絜青、尹瘦石等赠送了字画，新加坡驻华公使及夫人送了祝寿大蛋糕，其他礼品也不少。看来，端木的人望还是颇高的。

大厅里摆着5桌酒席，四周鲜丽的花篮散发着芬芳。笑语声喧，朋友们互相问安致意，浓浓的友情，热烈的气氛。中间一席为寿星及其亲属（女儿钟蕻远在悉尼留学未来），我和韦芜被作为亲属和寿星、耀群同桌。庆典颇为隆重，主持人致祝词，来宾季羡林等为寿星祝贺，司仪宣读各地朋友的贺电，朗诵克家、敏之、承勋等的祝贺诗章。阵阵的掌声，频频的举杯，为寿星祝福，为他的《曹雪芹》巨著最后一部的完成祝福。这时，鼓声响起来，琴弦拉起来，京戏的名角唱起来，悠扬的清唱赢得了热烈的掌声和喝彩。杂技团的小演员耍起了杂技，精彩的表演把寿宴推向了高潮。最后是宾主摄影留念，闪光灯照亮，电视台的摄像师忙得不亦乐乎。庆典在热烈的掌声中落幕。

在回府的汽车上，端木安坐在轮椅里，还是那一副安详的样子，还是和蔼地微笑着，眼里闪耀着欣然的光彩。我在心里说：祝贺你，愿你健康长寿，把《曹雪芹》下卷奉献给读者，以了却大家的期望。

1995.11.20

故城的回忆

吴若增

坐在写字台边，开始这故城的回忆时，心里便是酸酸的，乃至久久地不能一字。于是我就知道，故城那里，遗有我的泪和我的爱，以及我那多梦的少年时代。

是的，我的少年时代是在故城沈阳度过的。那时，我的家境拮据。

那时的我常常是孑然独处。我的孑然独处，常是或久久地徜徉于南八条一带的马路，或默默地望云于铁道西一带的原野。当然，我有时也会静静地坐在文化宫的阅览室内看书，或站在操场的边上眼巴巴地看着其他的同学嬉闹……而在我的心里，便是做着种种“超现实”的梦。

几年前，一位远在武汉的中学同学李元之到天津出差，通过作家协会找到了我，她说：“你小的时候总是很忧郁，我们都知道是因为你的家庭生活拮据，上哪儿玩去就一定要叫着你……”

啊，这真叫我感动！并且我就忆起，那时的许多同学都是这样的。

我的中学时代，是在沈阳市第32中学度过的，先是读了初中，接着又读了高中，因此同学们之间就很了解，很讲友谊。比方说有一个名叫张广发的，极顽皮极幽默，又酷爱说相声。从性格上来说，他和我可谓两极，但不知为什么，他却很喜欢跟我在一起，甚至在一个春节，叫上我和另一个名叫王亚安的同学，去他家喝啤酒，还用火钳子把头发烫出了弯儿。我后来听说他已成为一个专业相声演员，在沈阳也颇有些名气。

那个王亚安呢，相貌英俊，身手敏捷，曾被女同学们暗地里评为“32中学第一美男子”。他跟我也极好，只是因为一个误会，毕业后竟断了来往。我后来听说他当了刑警，还觉得十分相宜，可惜却死于急病，真的是属于英年早逝了。

跟我一桌的是一个女同学，名叫孙黎光。孙黎光跟我们同龄，但却显得非常含蓄，非常成熟。她那时很漂亮，性情又温婉，处事又稳重，且学习又极好，因此很得师生们的敬重，甚至也很得一些情窦初开的少男们的倾慕。在我最困难的时候，她曾给过我许多鼓励与帮助，令我难忘。她后来考上了沈阳医学院。

高中毕业那年，我决定报考文科，就常和几个同学在一起复习功课，其中有陈凯、马新福、董曼华、刘桂珍等。董曼华那时总是扎着两束弯弯的冲天辫，显得英姿飒爽。她的特长是体育，比如打乒乓球，比如滑冰。可能因此，她就很像个天真无邪的女孩子。记得有一次，她极秘密地告诉我，说她的父亲在台湾地区，吓了我一跳。几年前，她有电话打过来，说她父亲终于回了大陆。

陈凯呢，那可是全校著名的才子，绘画、表演、写作，跟我们相比，都堪称鹤立鸡群。只可惜那时讲究家庭出身一类，不然，他肯定能考上全国任何一所最有名气的大学。

马新福是我们那时的学生会主席，他考上了吉林大学法律系。有趣儿的是，1979 年夏，我在长春电影制片厂一朋友家聊天，意外地得知他就住在楼上。我赶忙上楼敲门，他母亲前来开门，时隔 17 年后竟一下子就认出了我，惊喜万分地叫道：“哎呀，新福快过来，吴若增来啦！”老太太如此记忆，堪称奇迹！

…… ……

限于篇幅，这里就不能够一一地忆述了。我只是奇怪，那时我们风华正茂，而今鬓已星星，从60年代初到90年代末，35年过去，却往事如昨，这只能说明：美好的人与事虽已沉入记忆，但却是刻骨铭心的了。

我感谢那时的同学们、朋友们所给予我的爱，这爱使我摆脱了生活的艰难与困扰，并促我发愤。

成年以后，我曾几次回返故城沈阳，却都因来也匆匆去也匆匆，以及同学们住址搬迁，致使大多未能谋面。80年代初的一次，我曾几经辗转，找到了我高中时期的班主任田增海老师，为的是他的朴实、善良、宽厚，也为的是他对少年的我所给予的同情与关照。彼时，他已做了另一所中学的教导主任。他见到我，高兴极了，领着我一个个地拜访那些我根本不认识的老师们，自豪地向他们介绍："我这个学生，现在已是作家了，他小的时候就作文好，作文好，作文好……"

我是1980年春天开始文学创作活动的，十几年来发表了一大堆小说、散文、随笔、杂文一类，或许不能说没成绩，但大出息是没有的，这只怪我太笨，以及不擅炒作。然而在我心中，以及作品里，我始终都在赞美着人世间的真诚与爱心。对此，我知道，这源于我的少年体验。

现在，我和我的同学们都已年过五十，老师们大概都已退休了，那么，我们能不能约个日子，重返母校，一诉衷肠呢？我多么想重新坐在那间大教室里，感受一下绚丽的阳光，以及漫步在校园的那片小树林里，倾听一次小鸟的清脆的鸣叫呀！

1998.1.19

羊的样子

鲍尔吉·原野

“泉水捧着鹿的嘴唇……”这句诗令人动心。在胡四台，雨后或黄昏的时候，我看到了几十或上百个清盈盈的水泡子小心捧着羊的嘴。

羊从远方归来，它们像孩子一样，累了，进家先找水喝。沙黄色干涸的马车道划开草场，贴满牛粪的篱笆边上，狗不停地摇尾巴；这就是胡四台村。卷毛的绵羊站在水泡子前，低头饮水，天上的云彩以为它们在照镜子，臭美。我看到羊的嘴唇在水里轻轻搅动。即使饮水，羊仍小心。它粉色的嘴巴一生都在寻觅干净的鲜草。

然而见到羊，无端地，心里会生添怜意。当一只羊孤零零地站立一厢时，像带着一些哀伤，仿佛知道自己的宿命。在动物里羊是温驯的物种之一，似乎想用自己的谨小慎微赎罪，期望某一天执刀的人走过来时会手软。同样是即将赴死的生灵，牛勇猛，也有几分天真，它知道早晚会死掉，但不见得被屠杀。当太阳升起，绿树和远山的轮廓渐渐清晰的时候，空气中的草香让牛晕眩，完全不相信自己会被杀掉这件事。吃草吧，连同清凉的露珠。动物学家统计：牛寿命为25年，羊寿命15年，猪20年，鸡20年，鹰100年。这种统计如同在理论上人寿可达150年一样，永无兑现。本来牛羊可以活到寿限，它们并非像人那样被七情六欲破坏了健康。在人看来，牛羊仅仅作为人类的蛋白质资源而存在着。除了鹰——这位天上的尊者。屠夫也从不计算它们是否到了寿限。

乡村的道上，羊整齐站在一边，给汽车马车让路。吃草时，它偶尔抬起头“咩”的一声，其音悲戚。时常是微笑着的丰子恺先生曾愤怒指斥将众羊引入屠宰厂的头羊是“羊奸”。虽然在利刃下，“羊奸”也未免刑。黄永玉说，“羊，一生谨慎，是怕弄破别人的大衣”。当此物成为“别人的大衣”时，羊早已经过血刃封喉的大限了。但生之时，仍然小心翼翼，包括走在满地血水的屠宰厂的车间里。既然早晚会变成“别人的大衣”，羊们何不痛快一番，如花果山的众猴，上蹿下跳，惊天动地，甚至穿着“别人的大衣”跳进泥坑里滚上一滚。然而不能，羊就是羊，除非给它克隆一些猛兽的基因。夏加尔是我深爱的俄裔画家。在他笔下，山羊是新娘，山羊穿着儿童的裤子出席音乐会。在《我和我的村庄》中，农夫荷锄而归，童话式的屋舍隐于夜色，鲜花和教堂以及挤奶的乡村姑娘被点缀在父亲和山羊的相互凝视中，山羊的眼睛黑而亮，微张的嘴唇似乎小声唱歌。夏加尔常常画到羊，它像马友友一样拉大提琴，或者在脊背铺上鲜花的褥子，把梦中的姑娘驮到河边。旅居法国圣保罗德旺斯的马克·夏加尔在一幅画中，画了挤奶的女人和乡村之后，仍然难释乡愁，又画了一只温柔的手抚摸画面，这手竟长了7个指头，摸不够。在火光冲天、到处是死亡和哭泣的《战争》中，一只巨大的白羊象征和平。在《孤独》里，与一个痛苦的人相对着的，是一位天使和微笑的山羊。夏加尔画出了羊的纯洁，像鸟、蜜蜂一样，羊也是生活在我们这个俗世的天使之一，尽管它常常是悲哀的。在汉字源流中，羊与“美”有关，与“瑞”亦有关，如汉瓦当“大吉羊”。从夏加尔27岁离开彼得堡的70多年时光中，在这位天真的、从未放弃理想的犹太老人的心里，羊成了俄罗斯故乡的象征。

城里很少见到羊。我见过的一次是在太原街北面的一家餐馆前。几只羊被人从卡车上卸下来，其中一只碎步走到健壮的厨工面前，双腿一弯跪了下来。羊给人下跪，这是我亲眼见到的一幕。另两只羊也随之跪下。厨工飞脚踢在羊肋上，骂了一句。羊哀哀叫唤，声音拖得很长，极其凄怆。有人捉住羊后腿，拖进屋里，门楣上的彩匾写着“天天活羊”。

后来，我看到“天天活羊”或“现杀活狗”这样的招牌就想起给人下跪的羊，它低着头，哀告。到街里办什么事的时候，我尽量不走那条道，即使有人用“君子远庖厨”或“你难道没吃过羊肉吗”这样的训词来讥刺我。此时，我欣慰于胡四台满山遍野的羊，自由嚼着青草和小花，泉水捧起它们粉红的嘴唇。诗写得多好，诗中还说“青草抱住了山岗”，“在背风处，我靠回忆朋友的脸来取暖”。还有一首诗写道：“我一回头，身后的草全开花了，一大片。好像谁说了一个笑话，把一滩草惹笑了。”这些诗，仿佛是为羊而作的。

1998.7.27

西湖知多少

李国文

中国有多少个名叫西湖的湖，很难说得出准数。有人做过统计，大约有十七个之多，语焉不详，真假莫辨，也就不必细追究了。但有两个西湖，却是大名鼎鼎的。一个是杭州的西湖，一个是惠州的西湖，而且都是与宋代苏东坡这位大文学家的名字联系在一起的。不知是这两个西湖使苏轼传名万世呢，还是苏轼使这两个西湖更加风光了呢？真是难下判断。当然，还应包括颍州的西湖，那也是苏东坡曾经出仕过的州县。因此，古人诗云“东坡原是西湖长”，就是这个出典了。也许钟灵毓秀的湖光山色，给了诗人灵感，写出了名诗名句；也许由于脍炙人口的佳作，而使这一碧万顷的绿水青山，与那些名不见经传的西湖，区分开来，而闻名遐迩。于是，这两个西湖便成为游人流连忘返的名胜去处。

这就是山水以文人名，文人以山水存的中国文化特色了。

谁来到这两个西湖，能不对这位中国文学史上的大家巨匠肃然起敬呢？在中国，稍识得几个字的人，无不知道“欲把西湖比西子，淡妆浓抹总相宜”，和“日啖荔枝三百颗，不辞长作岭南人”的诗句。

“淡妆浓抹”是写杭州西湖之美的再好不过的诗句，那时他任杭州太守之职，是他自己一再申请去的。他之所以选择离开都城，到外省做官，是厌倦了朝廷里那种险恶的政治环境的结果。而江浙一带，在北宋时期，是离战乱较远的富饶地区，他也早已属意这风光秀丽人文荟萃的杭州，希望在这里安顿下来。所以，在平静如愿的心态下来描绘西湖，自然是诗情从容自如的展露。而在惠州时所写出的“日啖荔枝”的抒怀之作，则是对他被流放到这道路不通、人迹罕至、闭塞偏鄙、隔绝阻难的不毛之地，一种有感而发的愤慨。那时的惠州，可不像今天这样生气勃勃，被放逐到这里，绝对是很残忍的政治迫害。“长作岭南人”的自负，实际是对他的政敌针锋相对的抗争！

那天，当我们踏上惠州西湖的长长古堤，两岸莺飞草长，杂花生树，绿水凝碧，青山苍翠，已是夕阳西坠、渔舟唱晚、鹊噪归林、行客稀落时刻，于暮色中读苏诗下描写过的惠州西湖，也令人生发出思古的幽情。那波光粼粼的水，草木葱茏的山，绿柳夹道的堤，红墙绿瓦的屋，一想到九百年前，一位文学巨人，曾经在这触目所及的山山水水处逗留停步，徘徊转侧，吟哦唱和，观山望景，我们也不禁联想浮沉，心神贯通。于是，那并不太大的西湖，便多了一份沉甸甸的文化和历史的分量。虽然其山水的气势、景点的氛围、文化的积累、经营的精善方面，都要比杭州的西湖逊色得多，但这里更能见到的，是一个受到挫折的文人那不屈不挠的精神。

流放，是一种政治上的徒刑和生活上的磨难，同时，也是对被流放者的一种意志上的摧毁。在一部中国文学史上，不知有多少作家诗人尝受过这种痛苦的滋味。但也奇怪，愈是大师级的人物，愈不被压倒，愈不至湮没。相反，愈砥砺，愈光辉；愈锤炼，愈坚强；愈挫折，他的文章愈盖世，愈不朽。

这是那些迫害他的小人们，所绝对想不到的。

他在《十月二日初到惠州》诗里，就已经完全认同这块“仿佛曾游岂梦中，欣然鸡犬识新丰。吏民惊怪坐何事，父老相携迎此翁”的岭南之地，然后抒发情怀：“苏武岂知还漠北，管宁自欲老辽东。岭南万户皆春色，会有幽人客寓公。”其实，他还没有到达惠州，就听别人告诉他这个他要落脚的地方，是“江云漠漠桂花湿，海雨翛翛荔子然。闻道黄柑常抵鹊，不容朱橘更论钱”的好去处。

苏东坡从宋哲宗绍圣元年（1094）到这里来，居住了两年零八个月后，再一次被流放到海南岛止，在惠州西湖要比他在杭州西湖生活的日子，多了整整一个年头。因此，他对惠州的感情应该更投入一些，是毫无疑义的。他给友人的信中说：“某买得数亩地于白鹤峰上，已令斫木陶瓦，作屋三十许间，今冬成。去七十无几，矧未必能至耶？”诗中也写过长住的打算，“已买白鹤峰，规作终老计”，他是准备卜老斯乡的。他给黄庭坚的信中，也表示“惠州久已安之矣”，给司马光的信中更说到逆境中的快乐：“寓居去江数十步，风涛烟雨，晓夕百变，江南诸山在几席，此幸未始有也。虽有窘乏之忧，亦布褐藜藿而已。”

他热爱这方水土，而惠州乡老也敞开胸怀欢迎他的到来，一点也不因为他被朝廷放逐，而对他白眼相待，也许比风光更使得诗人动情的，是南国人奔放的热情。“父老喜云集，箪壶无空携。三日饮不散，杀尽西村鸡。”一个为人民歌与呼的文学家，在这场合里受到老百姓的欢迎，是一点也不奇怪的。甚至到了九百年后的今天，当我们拾级攀山而上，看到那座完整如初的六如亭时，不禁为惠州人对苏东坡的深情而感动了。

这位与苏东坡厮守一生的朝云，是随着他度过放逐岁月的最亲密的女子。她最懂得这位诗人了，还在都城的时候，苏轼下朝归来，扪腹问随从人等，我这肚里都装了什么？只有她的答复，最可东坡先生意。她说：“相公装的是一肚子不合时宜！”说明她对他的性度恢宏、正直不阿的品格，是深刻理解的。

但是，绍圣四年（1097）的四五月间，开封城里的权贵发现苏轼在惠州不仅活得很充实，从未被压倒压垮，而且深受民众拥戴。尤其读到他写的诗：“花曾识面香仍好，鸟不知名声自呼。梦想平生消未尽，满林烟月到西湖。”诗前的序中说到了他对这两个西湖的眷恋之情：“惠州近城数小山，类蜀道。春与进士许毅野步，会意处饮之且醉，作诗以记。适参寥专使欲归，使持此以示西湖之上诸友，庶使知余未尝一日忘湖山也。”官员们见他居然这样潇洒地徜徉于湖光山色之中，气得两眼发黑，一纸命令，将他流放到更远的海南岛。

但这一次更残酷的远谪天涯，朝云再也不能陪他一同去受苦了。上一年她已经因病辞世，并长眠于惠州西湖边的山麓上了。于是，一代文豪就这样只身匹马地踏上放逐之路，离开了惠州。但在湖畔山巅里的六如亭，那位永远凝视着远行人的一双温柔的眼睛，便给“罗浮山下四时春，芦橘杨梅次第新”的惠州，留下来至今还能感受到的温馨。

惠州，这个四时皆春的温暖城市，更多的机遇在这里展现出来。现在，谁还记得数百年前那些侮弄大师的无聊小丑呢？当我们踯躅在惠州市区里那碧水荡澜的西湖堤岸上，山林里，六如亭间，感受至深的一点，莫过于认识到：唯有真的文学、真的爱情，才有可能在历史上、心灵上，留存下来难忘的踪迹。

也许，这样才能叫作真的不朽吧？

1998.9.7

我们二十岁

刘心武

他今年正好二十岁，暑假一过，便是大学二年级的学生了。他来找我，手里晃动着一本小册子，说：“把你逮了个正着！”我接过来一看，是我出版过的一本儿童文学书《睁大你的眼睛》，写的是“红小兵”抓阶级敌人的故事，结尾处，甚至有“对资产阶级实行全面专政”字样。那本书出版于1976年。现在许多人都知道我在1977年11月的《人民文学》杂志上发表了短篇小说《班主任》，到1978年，因卢新华发表了《伤痕》、王亚平发表了《神圣的使命》，以及还有其他一些类似的作品，形成了轰动一时的“伤痕文学”现象；但一般都以为《班主任》是我的处女作，更以为我写它时还在当中学教师。其实，我在“文革”前已经发表过几十篇小东西（我第一次印成铅字的文章是一篇书评《谈〈第四十一〉》，发表在1958年的《读书》杂志上，当时十六岁，还在上高中），而且，我在“文革”后期（1974），因为想脱离中学，给当时恢复出版业务的机构投稿，竟被相中，给我请了“创作假”。到1976年在一家的书稿怎么修改也攒不成“个儿”，但给另一家的《睁大你的眼睛》却“终于煮熟”，并且我就因此正式调入了出版它的北京人民出版社（现北京出版社），1977年时我已是该社文艺编辑室的编辑了。不过，现在来找我的大学生手握“铁证”，却使我再一次为自己的写作史之不纯洁而惭愧——其实我在1975年到1976两年间，按当时政治标准与“样板戏”创作“原则”炮制并发表的小说还有好几篇，甚至还有一个电影剧本。

面对今天二十岁的青年，我老老实实地承认，我的生活道路，我的写作历程，就是那么过来的。他鄙夷地问：“‘大跃进’时候你也在操场上炼钢？……‘文革’当中也参加批斗会，跟着喊打倒‘走资派’的口号？也唱‘语录歌’？也摇着小红书喊什么什么‘永远健康’？……那姚文元的文章明明强词夺理嘛，你当时怎么就不能站出来为吴晗辩护？！……真不可思议！”我问：“如果你赶上‘文革’，正在中学，没路子参军，你能不上山下乡吗？”他脖颈一扭：“我就抵制！正当求学的年纪，凭什么让我离开课堂？！”

面对二十岁，我一时无言。是的，改革开放二十年了，那时候出生的婴儿，现在已然成了青年。当然，不是每一个二十岁的青年，都和来找我的这位大学生一样。但是，他的提问与声明，却使我铭心刻骨地意识到，不仅二十年前的事，就是改革开放起点上的那些事情，也已然构成了历史。对于现在二十岁以下的青年，陈述往事的骨架已属不易，让他们获得血肉鲜活的感受，实在难啊！

我之所以要强调，酝酿、写作《班主任》的时候，我已不在中学工作，而是出版社一名编辑了，是因为，如果那时我仍在中学，生活积累不消说是有的，但中学天地太小，远不如出版社视窗大、关联多，更能激活我的思路。1976年时，北京人民出版社的同仁们，手里干着奉当时政治之命定下的活计，心里却都对“四人帮”不满，对把邓小平第二次打下去不平，并且已经勇于在交谈中说出。到1977年，兴奋之中，言论空间更大大得到展拓，这都对我思想意识的变化起着催化作用；但当时的最高领导人提出“两个凡是”，我们文艺编辑手里干着的活儿，虽去掉了“与走资派斗争”的选题，也还继续抓着诸如“广阔天地炼红心”“念念不忘阶级斗争”等1976年就已定下的书稿。我当时是一部叫“大路歌”的长篇的责编，写农村修路的事，两位农村作者写出的生活场景相当生动，文字也颇流畅，他们那儿修那条路本来并没有人搞破坏，可是，那时候必须把主题定为“抓革命，促生产”，因此一定要设置阶级敌人破坏的情节。我住到乡下去，跟作者整天整晚地研究那个阶级敌人怎么搞破坏，放炸药？放毒？杀人？毁车？怎么也编不圆，开头很痛苦，后来就一起骂街：为什么非得写这个？再后来，我就想，离开生活的真实搞写作固然令人生厌，生活本身里头那些个“假门假事”的东西岂不更令人气闷？于是，我回想起在中学所经历所体验到的一切，开始有了一种“写真相，说真话”的冲动，从农村回到出版社，听到很多消息，更感觉“试一试的时候到了”。于是，在 1977 年夏天，我开始写《班主任》，那当然是对《睁大你的眼睛》那一类作品的一个大反动，也是对我当时作为文艺编辑所奉行的“既定方针”的一次大背叛。当时虽然整个社会弥漫着一种求变革的气氛，但“文革”却仍被当时最高领导人的公开讲话肯定着，小说初稿写出来后，我像搞地下工作一样自己悄悄地复读它，“这不是否定‘文革’吗？”否定“文革”并不是我写作时的明确指向，但其文本效果却难辞其“咎”，我自己把自己吓了一跳……后来的事大家都知道，几经犹豫，我把它投给了《人民文学》，由当时负责人张光年拍板发出。

我的写作史不纯洁，但历史给了我机遇，《班主任》引出了轰动，我由此为人所知，并能连续写作、发表作品，二十年来很少间断。其间我虽也有失误，有坎坷，但就个人写作而言，再没有《睁大》那种东西，都是从自己心里流出来的真实体验，我把自己定位为一个关注变革中的中国社会世道人心、关爱“每一片绿叶”的作家。现在我虽然边缘化了，然而坚信“边缘有光”，企盼自己的文字能维系住一个相对稳定的读者群。

二十岁的大学生，听我讲述到当年情景，惊异于《班主任》发轫的“伤痕文学”会引出指斥为“给社会主义抹黑”的匿名信（韦君宜《思痛录》中记下了此事），惊异于我投出这篇小说时的犹豫，尤其惊异于它居然会引出那么强烈的轰动，他问我：“《牛虻》实在只能算本三流小说……你怎么不提提马奎斯，或者昆德拉？”

我们二十岁——一批青年人今年二十岁，改革开放二十岁，我自《班主任》以来的“写龄”二十岁，确实，关于二十岁，有许许多多的话，值得从头细说。不着急，慢慢说吧！

1998.9.21

温情也会让人自信

方　方

我是在一个秋天的日子里到达华盛顿。第一天出门，走在人行道上，立即便感觉到了美国人的细心：从人行道经过马路的所有道口，全都修成斜坡，以方便摇轮椅的残疾人的顺利通过，而不似通常我们在国内见的那样：所有的人行道同马路连接处都只是一个陡坎。当时我便感到一种惊讶。问随行的翻译，是不是仅仅美国的首都华盛顿才会如此这般，翻译用一种斩钉截铁的语气说："不，在全美国都这样。"如果是这样，仅仅用"细心"二字也就显得不准确了。

对于残疾人，我们见得最多的是，要求他们自强不息，身残心不残，而总是忽略了他们毕竟身有残疾这个事实。正因为此，他们与正常的人总归有所不同。他们的自强也必须要有相应的客观条件辅助，如果一个残疾人的轮椅行驶在人行道上，他要过马路，而人行道与马路相连处只是一道陡坎，那他又该如何是好？这样的事不是他有着自强精神便可以做得到的。他依然得靠别人帮忙抬车下坎。再或许，他就根本只能摇着轮椅车走在车行道上。所以，我常想，在我们日常为残疾的兄弟姐妹所发出的呼吁声中，应该多一些社会照顾，多一些人间温情，而不仅仅叫他们自强。

一个国家的公共设施建设，必须考虑残疾人的利益，顾及残疾人的方便，这是体现一个国家公共事业走向成熟的标志。在美国，几乎在所有的公共厕所里，我都看到了残疾人专用间，几乎所有的旅馆，都有残疾人专用按钮，几乎所有的商店也都有残疾人专用通道。当那些残疾人了无障碍地进出时，我感觉得到焕发在他们脸上的自信和轻松。我的翻译说，就是要让残疾人行动自如，并不感觉到自己业已致残。我想她说得太对了，一个人的自信心有时就建立在“我不需要帮助，我什么都能做”之上。

在匹兹堡时，有一天，我和朋友去一家商场购物。在卖皮鞋处，接待我的服务员总有一米九以上的个子，但他明显是一个弱智。无论我们怎么跟他说话，他都不发一言。当我请他为我拿一双靴子时，他用了很长时间才拿来。这双靴子有些大，我请他再挑一双小一号的。他摇摇头，表示没有了。我和朋友相信一定还会有的，于是耐心地说服他，请他再去找一双。于是他重新去寻找。当他手拿着那双靴子返回时，另有一人也请他拿鞋，他便又去接待那个人，而几乎把我们忘了。我们虽然有些着急，但都体谅地说：“我们耐心点，他一定会想起来的。”果然，过了一会儿，他想了起来。他把鞋送到我们面前，正好是我需要的号码。我们便一起夸奖他，说他做得好。他那张僵滞的脸上便有了一点点的笑意。在交款时，收款员问这鞋是哪位售货员卖的，我们都指着那个大高个，说：“就是他，他做得不错。”收款员笑了，然后连声地对我们说谢谢，谢谢你们。

或许我们的耐心和体谅使那位大个子弱智者做成一笔生意，他的自信心也由此而生。也或许，因了他的智弱而多做一桩生意或什么没做成，于他本人起不到任何促动作用，但是，无论如何，我们的耐心使他有了业绩。这就为他的工作效益提供了帮助，老板或许就会因此长期地雇用他。朋友说，在美国，有些老板会特意安排一些残疾人来他部门做一些他们力所能及的事情。或许这只是略施善举，抑或许就只是一种标榜，但无论出于什么目的，他们如此这般地做了，这就给予了那些被雇用的残疾人员非常实际的帮助。

对于残疾人来说，自强不息，身残志不残固然重要，而对于一个社会来说，大量地、切实地帮助和照顾残疾人员，并为他们的所需所求精心设想，实际上更加重要。

1998.12.21

下个世纪，什么女人最吃香

池　莉

有朋友办时尚一类的杂志，便不时地生出许多极时髦或者很惹眼的话题，引得大家都好奇。其中有一个话题是：下一个世纪什么女人最吃香？

这篇文章我就不好做了。下一个世纪什么女人最吃香？这实在是一个比较尖端的问题，也是一个比较刁钻的问题。未来之事，我从何得知？何况历史的经验也使我倍感惶惑。例如，领尽了唐朝两百九十年风骚的肥硕女人，到了宋朝却很受冷遇。唐宋之间，尽管改朝换代，社会体制却是没有根本变化的，管事的还是皇帝，而皇帝喜欢的女人却是清瘦型的了。这种无端的变化使我们后人感到毫无道理。更有汉成帝那种人，他的皇后赵飞燕，据说体态轻灵小巧到了可以作掌上舞的程度。一个女人，可以在手掌上跳舞，那不成了芭比娃娃？一个现实中的女人与芭比娃娃一样，岂不怪怪？再看另一个时代，楚王酷爱的却又是细腰。有诗为证："楚王好细腰，宫中多饿死。"女人们为了讨楚王的喜爱，把腰勒得饭都吃不进去了。快要饿死的女人，尽管腰是细得盈盈一握，可是还能做什么用？当代的风气也很没有道理，减肥之风，遍及全球。排骨美人在舞台上和电视屏幕上是好看一点，可是人工的乳房和人工去皱的脸蛋活生生地在你对面，那也是蜡像一般难看的。所以，想来想去，还真的不敢胡说往后的时代里什么样的女人最吃香。

但是，我敢断定什么样的女人不吃香。在下一个世纪里，太霸道的女人不吃香，总是把口红涂到了嘴唇外面的女人不吃香，每一双丝袜都跳了丝的女人不吃香，锋利如刀的女人不吃香，腻腻歪歪的女人不吃香，好吃懒做的女人不吃香，讨厌动物的女人不吃香，谎话连篇的女人不吃香，自恋情结太重的女人不吃香，母爱薄弱的女人不吃香，矫揉造作的女人不吃香，过于絮叨的女人不吃香，答非所问的女人不吃香，不懂得自己真实年龄的女人不吃香。

于是，我想说的是，或者说我希望的是：下一个世纪，没有以上缺点的女人最吃香。一个好女人，她绝不仅仅是物质上的，精神往往更重要。精神是一个女人的灵魂。这灵魂支配一切，它可以使一张俏丽的脸蛋显得晦暗肮脏，也可以使一张平常的脸蛋放射奇光异彩。当然，如果一个女人既拥有美好的精神，又拥有不肥不瘦的体型、不高不矮的个子，还拥有滋润的皮肤，圆润的嗓音，那么，一定是这种女人最吃香。在下一个世纪，体型的肥瘦对于女人已经是太简单太幼稚的衡量标准。女人嘛，还是应该复杂一点去欣赏的好。看她们，有的妆台倚镜，有的翠袖凭栏，说不尽燕瘦环肥。全凭自己的感觉去寻找好了。

1999.1.25

跨越的向往

蒋子龙

天地变化而成四时，四时交替构成历史的跨越。

跨越是漫长的，跨越一个世纪需要用比一个世纪更长的时间。然而完成跨越的一刹那又是极其短暂的——从20世纪的最后一秒钟进入21世纪的第一秒钟，是一种正常的时间过渡，不可能在世纪交替的一瞬会产生种种神话般的奇迹。但这确实又是神奇的一瞬，人类对这一瞬充满了种种幻想和企盼……

中国农村将农历腊月二十三称为“小年”，称正月初一为“大年”。

从近一二年到本世纪末，西方人，或干脆说是美国人——因为美国人早已成了西方人的代表，认为2000年的元旦才称得起是“大年”。其他元旦都是“小年”。他们从现在开始就着手做“过大年”的准备了……

芝加哥摩天大楼顶层2000年新年之夜的座位，已提前三年就全部预订出去了，人们想置身在世界的最高处能最先看到下一个世纪的第一缕曙光。美国还将在印第安地区搭建世界上最大的歌舞厅，从1999年的除夕开始连续举办三天三夜的“世纪音乐会”，全世界凡想亲耳聆听这场音乐会，想亲身经历这场世纪之交大狂欢的人，都可以得到满足。更有人准备到月球上去度过跨越世纪的一瞬间，想从另一个星球上观看地球进入下一个世纪的过程。一些妇女还希望在月球上怀孕、生产，推出一个实实在在的“超人”……

美国人不愧是个多梦、擅梦的民族，难怪他们把能以美国文化影响全球的好莱坞称为“梦工场”，把最能代表美国体育精神的篮球队叫作“梦之队”。不管上述关于他们过“大年”的设想是否都能实现，能这样企盼，这样梦想不就已经是很愉快很美妙了吗？记得过去只有小孩子才盼着过年，现在负担过重的中国孩子们似乎对过年的热情也正在减退。

热望是人类的本质。多梦、擅梦的民族发展得快。如果连做梦都不敢想，还会有大出息吗？

而现代人往往活得太过实际，或迫于生计，或耽于眼前得失，没有心思去考虑跟自己的现实生活无关的事情。今年不想明年，这个月不想下个月，哪还有情趣设想下个世纪怎么过？

人们还对下个世纪做出种种预计：没有恐慌，拨号选择情绪，冷冻还魂术推广应用……人都是喜欢向往，而不容易绝望的。以事实看现实，以希望看未来，以精神预见秩序。

能以自己的生命连接两个世纪，亲身经历两个世纪的交替，实在是一种大的幸运。在世纪的跨越之际进行设想和规划，是一种文化习惯。正是由于这种种的设想和规划，使下个世纪更具魅力了。从对下个世纪的设想和规划也可以看出一个人或一个民族的心态、情态、自尊、自信和精神状况……有谁会愿意表现得差劲呢？

1999.2.1

蓝不过

毕淑敏

大约一年半以前，为庆祝祖国的五十华诞，中央电视台决定拍摄大型电视系列片——《中国大西北》。周涛先生邀我和高建群共同担纲总撰稿。我踌躇再三，最终答应了。踌躇的原因是我从来没涉足过影视领域，一个生手，缺经验没把握，怕坏了整个片子。答应的原因是我把责任看得很重。我生在西北，青年时代在西部的雪山上度过，西北是养育再造我的地方。我们常说受人滴水之恩，当涌泉相报。我是受了西北的涌泉之恩，如今有了滴水相报的机缘。再者，周涛是我非常尊敬的天山大侠，他开了口，难以拒绝。

撰稿的过程，一一蹒跚而过。为取得第一手感受，主创人员重走西北。驱车穿越戈壁荒漠，六盘山飞雪，青海湖破冰，其中的艰难，是我从西藏转业回京后最苦的一次。

更磨人的是繁杂，实在比一个人埋头写小说和散文要混乱得多。特别是后期修改的时候，林林总总的稿纸，铺排遍地，令人想起"燕山雪花大如席"的纷纭。我深切渴望起老板台这种奢侈。如果有足够大的桌面，便可把各集资料，朝天铺开，眼观六路耳听八方，调整和删削的时候，心里好有点底。

否则，捉襟见肘，常常因为剪裁不当，将有用的部分丢弃了。待前瞻后顾地发觉了，赶紧趴在地上，把纸片拾回来，再次粘贴。后来，我自造了一个老板台，就是家里的双人床。铺满稿纸的大床很别致，好似蓝白相间偶尔开朵小红花的奇异草地。

将及终点，眼看可以喘口气时分，导演突然要我写一首歌词。真真把我唬住了。我从不唱歌，更不知歌词是如何写出来的，这不是难为人吗？但导演近乎恳求，两位黄金搭档又远在他乡，为了大家呕心沥血的努力，我只好仓皇上阵。

那几天，捧着各色歌词通读，反复看“音乐电视60分”。眼盯歌星，嘴中念念有词，活像一个逃课的女中学生。

看也白看，除了知道歌词分段，并无一点灵感降临。

交稿的时间越来越紧迫，只好求助于冥想了。我通常不信这法，但病急乱投医，死马当活马医呗。我对自己说，你一定要写出这首歌。然后把这句指令像铁锚一样，沉到自己的意识深处躺下，头埋进一只蓬松枕头，放松四肢，减慢呼吸，蒙眬欲睡。头脑中竭力浮现出独走西北时的风光感受情绪心境……

突然，一些很流畅的句子，排列着蹦了出来，好像我在幼儿园时，学过的洋娃娃和小熊的舞蹈。

蓝不过西北那片天
厚不过西北塬上土
长不过西北两条河
高不过西北万重山
啊
西北有黄陵
黑眉黑眼睛
陕甘宁青新
黄土变黄金……

它们太整齐地如同伞兵一样滑翔过来，以至有一个瞬间，我怀疑，是不是世上已经有一首现成的这样的歌了？

第二天早上，我略作修改，把第二段补齐，然后马上给导演打电话，有气无力地说，我写完了。是好是坏就不知道了，只知道我已尽力。

导演让我立即把歌词传真给他，后来，由赵季平先生将它谱成一首悠远壮阔的歌。

记忆是个爱回头的老太婆，特别喜欢收藏某些经历与记忆，比如初恋和死亡。还有人生很多的第一次，也被她用包袱皮紧紧裹起来。我不知道自己以后还会不会再写歌词，但为了祖国的生日，为了大西北，我会记得我所做的这次尝试。

需要给歌词起个名字。我随口管它叫“蓝不过”。可惜没人能听见这个名字，因为当这首歌正式问世的时候，已改叫了《西北谣》。“西北谣”也是我起的名，可我打心里，更喜欢它的小名。

当我念出“蓝不过”这几个字的时候，心就像打翻了一缸靛青的染料，连舌头尖都冰蓝了。

1999.11.8

心太软

沙叶新

我不敢说我性本善，我只能说我心太软。见到贫病老弱，总有恻隐之心。

前几年在电视上看到一个患白血病的小男孩，实在天真活泼，又可爱又可怜，我立即瞒着我的妻子打电话到中华骨髓库，报名献骨髓。其实后来我妻子知道后，也并不反对。没几天，一家卫生报的记者打电话来，问我是不是报过名献骨髓，我说是的。他问我是不是那个写戏的剧作家沙叶新，我说是的。他说他在献骨髓的名单上看到的名字几乎都是普通百姓，他没想到我也会报名，因而想知道我此举是出于什么样的目的。我说救死扶伤啊，救人一命，胜造七级浮屠，况且我非常非常喜欢孩子。他问我献骨髓有没有顾虑。我说没有，我十四岁患过脑炎，抽过骨髓，并不可怕。他又问我对名人献骨髓有什么感想。我说："我不喜欢称我名人。名人也是人。如果名人能带头献骨髓，也许能带动别人来献。可遗憾的是如今名人很少献骨髓，他们宁愿献精子。"

前不久，我在报上看到清华大学化学系的一个贫困大学生写给他父亲的信。他的父亲用在街头卖唱的钱来支付他在学校的生活费，他满含泪水地在信中表达了他对父亲的感激和爱，很感人，我也被感动了，马上就给这个大学生写信。因不知确切地址，所以在信中只夹寄了很多邮票，希望他多和父亲通信，并请他在接我信后告知他的详细地址，我好给他寄点钱去。我不是大款，有点钱，但绝对不算多；虽然我不能博施济众，但还是有点余力给个别需要援助的人助一臂哪怕是一指之力的。

这类事我小时候就有过，曾得到我父母的鼓励。但最近有两件事比较特殊。

去年11月，我和一些作家到湖南张家界游览，12日游金鞭溪，我走得快，中途在一转弯处休息。此时，有一当地小孩，10岁左右，问我要钱，说可以唱山歌给我听。我问他为什么不上学。他说他妈跟人跑了。我一听就惊呆了，妈妈怎么能跟人跑掉呢？世上只有妈妈好呀，没娘的孩子像棵草呀！我问你爸爸呢？他说，去找他妈了，一个多月了，还不知道能不能找到。我问他家里还有什么人，他说就他一个人了。于是我的心肠又软了，马上就掏钱给他。他说他要唱山歌给我听。我说不了不了。此时后面十多位作家都过来了，我连忙动员，我说这个小孩的妈妈跟人跑了，爸爸出去找了，家里只有他一个人了，已经是无人过问的小草了，大家可怜可怜他吧。于是诸位作家纷纷慷慨解囊，我连连表示感谢，好像这些钱是给我的。

当我们往前走了几步之后，有几个作家悄悄说："那个小孩编了一个故事，居然把沙叶新给骗了。"另几个作家也说这种骗局很多，越是旅游区越多，他们就碰到不少。于是大家都笑我心太软，太容易上当受骗。我说既然如此，那你们刚才为什么还掏钱给那个小孩？作家们说："你那么动情地动员大家，能不给你点面子吗？"

今年9月15日，我应邀到成都参加中国川剧节。20日，我和陪同我的周小姐一同去买书，在街头看见一个老者坐在路边乞讨，我见他面前有一纸告白，上面写着他已经106岁，无子无女，衣食无着，非常困苦。我一看106岁，慈悲心大发，毫不犹豫地掏钱给他。周小姐问我干吗？我说他106岁了呀！她说："106岁怎么头发还是黑的？"这一问倒把我问住了。是呀，106岁了头发怎么还是黑的呢？他总不至于用护发宝、黑发素吧？我当时只看他自己写的106岁了，根本就没看他的头发；即使看了也不会想到要以他的头发来验证他的年龄。

我不知道我的软心肠是不是又上当受骗了。我 10 年前曾写过一首诗，最后结尾有这么几句：即使我上当一千次 / 受骗一万次 / 我也还是坚信 / 总有一句话是真的 / 总有一片情是纯的 / 总有一滴血是热的 / 总有一颗心是金的……

1999.12.27

好心情

肖复兴

好心情就是人生中最好的伴侣。

好心情是自制的一剂良药。

好心情能让自己妙手回春。

谁都会有坏心情的时候。阳光灿烂的日子不会每天拥有。月有阴晴圆缺，人有悲欢离合。人生的日子，就是这样一段好一段坏串联起来的；生活就像是个卖东西的，好赖非要一起搭配卖，并不那么和善、讲道理。这是客观，这是现实，这是规律，谁也奈何不得。

都会有个病，甚至大病；都会有个灾，甚至大灾。失恋、失业、失学；缺钱花、少友谊、没爱情；儿子不孝、父母不公、婆媳不和；升级没指标、职称没希望、房子没盼头；领导不器重、孩子不争气、老婆不可心；要文凭没文凭、要年龄没年龄……阴郁的心情，就是这样随着阴郁的日子一起按下葫芦起了瓢，影子一样追随着你。可能刚碰着你的脑袋瓜，紧接着又砸着了你的脚后跟。这是没法子的事，谁兴许都得碰上。俗话说得好：看见狼吃肉的时候，你没看见狼挨打的时候；有人前笑的时候，就有背后自己偷偷哭的时候。所有的事情就是这样相辅相成，阴阳契合。枝头的苹果一样，有红的一面，就有青的一面；再好再甜的果子，也有有虫的果。

怎么办？愁眉苦脸？垂头丧气？悲观消沉？怨天尤人？骂天骂地？破罐破摔？咬到一个有虫的果子，就愤愤地把一棵树都砍掉？……管用吗？能得到别人的同情吗？即使得到同情又管什么用？《国际歌》里唱得好：“从来就没有什么救世主，也不靠神仙皇帝，要创造人类的幸福，全靠我们自己。”靠我们自己什么？首先靠我们自己有个好心情。这是个首要的也是必要的条件。有了这个条件，才有可能迈出第二步，去创造一个未来。

好心情，会让阴雨连绵的日子出现阳光；会让冰封的河流解冻；会让枯萎的花朵开放；会让没路踏出一条新的道路来；会让没有希望燃起一簇火苗来。好心情，会让你骤然绽放一种新的面容，会像是点燃一根爆竹的捻儿，能响起你意想不到的声音，怒放出你意想不到的花朵。别不相信，好心情，有时能创造奇迹。

就像虎豹为了抗寒需要一身漂亮而结实的毛皮；树木为了果实需要一树茂盛而芬芳的花叶；鸟儿为了飞翔需要一副拍天的翅膀；船儿为了航行需要一桅赴汤蹈火的风帆……好心情就是虎豹的毛皮、树木的花叶、鸟的翅膀、船的风帆。好心情可以伴你飞翔、帮你航行、助你御寒、鼓起你的勇气、树起你的自信，去努力结出命中注定本来就该属于你自己的那一份果实。

没错，好心情是人生中的最好伴侣。

也许，你可能会失去别的心爱的伴侣，包括你的钱财、你的珠宝、你的宠物，甚至你的爱人……这都是很有可能的事情，但你千万别失去你的这个最好的伴侣。

愿好心情伴我们一生！

2000.1.3

天才的境界

叶延滨

现代社会我们见到最多的是天才，一打开报纸，一按开电视，小天才与老天才们便迎面向我们走来。当天才应该是最惬意的事了。挣得多，比尔·盖茨就是例子。风头大，小歌星一夜成名天下知。还有房子、车子、爱情和追星族……啊，真让天才们受用不完。这是媒体炒作天才给大众造成的天才世界。其实，天才（和准天才）大抵是要经过三个境界，我们看到和听到的天才，分别在这三个境界中。

境界一，天才出世，或者叫崭露头角。这个时候，天才像刚出炉的面包，新鲜而充满生气。三岁会下棋（尽管只是会下而已），四岁会作画（当然只是儿童画的那种画），五岁会电脑（会开机关机会玩游戏不是会造硬件软件），六岁会……总而言之，这时候的天才，做的是别人也会做的事，只是他提前了，提前出发的赛马，提前下水的海豹，提前……而已。这一阶段，天才是最容易被发现并且隆重介绍出场。心理学家会说一套道理，社会学家会说一套道理，教育学家会说一套道理，道理多，反倒没说清为什么这个时候天才出得最多（还有下一句，在隆重推出今天新天才的同时也悄悄夭折了不少昨天的新天才）。这个时期天才处于最容易被发现被承认的“位置”：

位置之一，天才们这时候是儿女、是学生、是没牙的小老虎、是没角的小牛犊、是掌上明珠、是没刺的花骨朵。当父母、当老师、当领导、当长辈的我们自然是用特别的眼光关注着。位置之二，天才们这个时候，是提前表现他们“学习”中的天才，更早更快更多，并不构成对任何人的挑战。所以，这个时候是天才的泡沫时期，天才是“夸出来的”：啧啧啧，多聪明的孩子！啧啧，准是个天才！除了天才们的父母要为这种夸奖付更多的培养费用，其他人不用为这一串啧啧承受经济责任。

境界二，怀才不遇，或者叫倒霉时期。进入这个时期的天才，人们一般看不到或者说不承认，那些真正的天才，在这个时期往往不能被大家接受。他因为太专注于自己的世界，而成为人们眼中的傻子。他因为要破坏现有的观念或已有的生活方式，而成为人们公认的疯子。他因为所站得太高，高处不胜寒。他因为走得太远，没有知音和同行。对于天才而言，在这个时候四面楚歌是一境界，形影相吊是一境界。天才就是兔群里的刺猬，他的存在让四邻不安。天才就是睡在身边的小偷，他的存在让你丢失了平静。原因很简单，真正的天才在他开始施展他的才干的时候，他会打破许多陈规旧习，他会超越许多人建树的成果，他会改变事物原有的模样。总而言之，他是一个破坏者，一个超越者，一个强有力的竞争者，一个地雷，一只马蜂窝，一条咆哮的大江，一座冒烟的火山。这个时期的天才是人们假想的敌人，天才的“雷区”时代，人们像扫雷一样认真地清扫天才；退回去吧，回头是岸！随大流嘛，多少年都这么过来了！别冒尖呀，出头的椽子先烂！除了天才自己，没有人能帮他。这个时候的天才只有一个人承认，就是天才自己对自己说：“你是天才你能行，你要坚持做下去。”

境界三，青史留名，或是天才追认期。也许这个时候天才早已辞世，那些坟头上的青草说，一切都是过去。也许这个时候天才已是白发老翁，他曾惊人的大脑这时甚至不能认出来访的旧友。啊，天才已成为故事，天才不再引起麻烦，换句话说，天才过气了，天才只是一个象征了。于是鲜花又给天才，盛誉属于天才，纪念馆、研讨会、出全集、拍电影……以天才为师，以天才为荣，记得黄永玉的话：“追悼会再轰轰烈烈，说到底是个追悼会。”这话不中听，但真话就是这样说出来了，让天才与热爱天才的人们都知道天才已经死了，死了的天才人们更爱挂在嘴上。

人们喜欢泡沫天才，也景仰过时天才。而天才与天才的创造，总是在另一种境界中完成。这好像是自古如此，于是我把这篇短文献给那些被承认和不被承认的天才们。请多保重，请多对自己说：“你是天才，你能办到！”

2000.1.31

过去的生活

王安忆

有一日，走在虹桥开发区前的天山路上，在陈旧的工房住宅楼下的街边，两个老太在互打招呼。其中一个手里端了一口小铝锅，铝锅看上去已经有年头了，换了底，盖上有一些瘪塘。这老太对那老太说，烧泡饭时不当心烧焦了锅底，她正要去那边工地上，问人要一些黄砂来擦一擦。两个老人说着话，她们身后是开发区林立的高楼。新型的光洁的建筑材料，以及抽象和理性的楼体线条，就像一面巨大的现代戏剧的天幕。这两个老人则是生动的，她们过着具体而仔细的生活，那是过去的生活。

那时候，生活其实是相当细致的，什么都是从长计议。在夏末秋初，豇豆老了，即将落市，价格也跟着下来了，于是，勤劳的主妇便购来一篮篮的豇豆，拣好，洗净。然后，用针穿一条长线，将豇豆一条一条穿起来，晾起来，晒干。冬天就好烧肉吃了，用过的线呢，清水里淘一淘，理顺，收好，来年晒豇豆时好再用，缝被子的线，也是横的竖的量准再剪断，缝到头正好。拆洗被子时，一针一针抽出来，理顺，洗净，晒干，再缝上。农人插秧拉秧行的线，就更要收好了，是一年之计，可传几代人的。电影院大多没有空调，可是供有纸扇，放在检票口的木箱里。进去时，拾一把，出来时，再扔回去，下一场的人好再用。这种生活养育着人生的希望，今年过了有明年，明年过了还有后年，一点不是得过且过。不像今天，四处是一次性的用具，用过了事，今天过了，明天就不过了。这样的短期行为，挥霍资源不说，还挥霍生活的兴致，多少带着些“混”。

梅雨季节时，满目的花尼龙伞，却大多是残败的。或是伞骨折了，或是伞面脱落下来，翻了一边上去，雨水从不吃水的化纤布面上倾泻而下，伞又多半很小，柄也短，人宿在里面躲雨。过去，伞没有现在的那么鲜艳好看，也没那么多的花样：两折，三折，又有自动的机关，“哗啦”一声张开来，那时的伞，多是黑的布伞，或者蜡黄的油布伞，大而且坚固，雨打下来，那声音也是结实的，啪，啪，啪。有一种油纸伞，比较有色彩，却也比较脆弱。不小心就会戳一个洞。但是油纸伞的木伞骨子排得很细密，并且那时候的人，用东西都很爱惜，不像现在的人，东西不当东西。那时候，人们用过了伞，都要撑开了阴干，再收起来。木伞骨子和伞柄渐渐的，就像上了油，越用久越结实，铁伞骨子，也绝不会生锈。伞面倘若破了，就会找修伞的工匠来补。他们都有一双巧手，补得服服帖帖，平平整整，撑出去，又是一把遮风蔽雨的好伞。那时候，工匠也多，还有补碗的呢！有碎了的碗，只要不是碎成渣，他就有本事对上茬口，再打上一排钉，一点不漏的，今天的人听起来就要以为是神话了，小孩子玩的皮球破了，也能找皮匠补的。藤椅，藤榻，甚至淘箩坏了，是找篾匠补，有多少好手艺人啊！现在全都没了。结果是，废品堆积成山。抽了丝的丝袜，断了骨子的伞，烧穿底的锅，旧床垫，破棉胎……现在的生活其实是要粗糙得多，大量的物质被匆忙地吞吐着。而那时候的生活，是细嚼慢咽。

那时候，吃是有限制的。家境好的人家，大排骨也是每顿一人一块。一条鱼，要吃一家子。但肉是肉味，鱼是鱼味。不像现在，肉是催生素催长的。鱼呢，内河污染了，有着火油味，或者，也是催生素催长的。那时，吃一只鸡是大事情，简直带有隆重的气氛。现在鸡是多了，从传送带上啄食人工饲料，没练过腿脚，肉是松散的，味同嚼蜡。那时候，一块豆腐，都是用卤水点的。绿豆芽吃起来很费工，一根一根摘去根须。现在的绿豆芽却没有根须，而且肥胖，吃起来口感也不错，就是不像绿豆芽。现在的东西多是多了，好像都会繁殖，东西生东西，无限地多下去。可是，其实，好东西还是那么些，要想多，只能稀释了。

这晚，去一家常去的饭店吃晚饭，因有事，只要了两碗冷面，其时，生意正旺。老板和伙计上上下下地跑，送上活蛇活鱼给客人检验，复又回去，过一时，就端上了滚热的鱼虾蛇鳖。就是不给你上冷面，死活催也不上，生生打发走人。现在的生意也是如此，做的是一锤子买卖。不像更远的过去，客人来一回，就面熟了，下一回，已经与你拉起了家常。店家靠的是回头客，这才是天长日久的生意之道。不像现在，今天做过了，明天就关门，后天，连个影子都不见了。

2000.2.14

今年是龙年

贾平凹

中国人有许多崇拜，除了日月山河水光雷电外，也崇拜动物，认为自己的今世都是前世的动物托生，于是一年十二个月天天生人，人就以十二个月有了鼠牛虎兔龙蛇马羊猴鸡狗猪的属相。这些动物轮流当值，十二年一轮回，每到当值就称本命年。但是，任何当值都是有权在握，主宰一切的。偏偏本命年里该属相者则慌恐，因为一辈人一辈人传下来的经验教训，本命年这一年里顺者一顺再顺，不顺者百事不顺，是一道关口，一个门槛，便得系红腰带，摆酒席，若有好事将一生二，二生三，三生无数，若有不好的事就分为一半，大而化小，小而化了。我是属龙的，世纪的钟声一过，当值的就是辰龙，而且这一个本命年，四十九岁，百岁之间最厉害的一个，所以，前几日见到几位朋友，都说：今年得给你过过生日了！他们说着，要去商店买上好的红线编成腰带送我，也已商量着要我在什么豪华酒店里请他们的客。朋友这么一闹，我蓦地醒悟了：本命年对于当事者并不是有可能出现坎的事，而绝对只是好事，之所以系红腰带，这是在宣言这一年我的命神要当值了，是升堂，是扶上正位，最起码也是像球场上的队长要戴上袖标一样的。以中国的儒家观点，当值也就是做了官，做官威风了得，但做官也就有了社会责任心，不能张狂，不可妄行，是大人还得小心，是圣贤仍要庸行，如此才是公仆，为人民服务，这当然你得鞠躬尽瘁，每事慎其三思了。再者，之所以要设宴摆席，掏着口袋请客，一是众人要捧场起哄，以示祝贺；二是你做官了就得安抚众人，这是钱宜散不宜聚的道理嘛！

龙在中国人的心目中历来都是至高无上，每个皇帝总以真龙天子自尊，民间里也是以属龙相得意。美国运动员将国旗做成裤头穿在身上自豪的时候，我们都在唱着龙的传人，那么，新纪元首先轮到辰龙当值，这是多大的吉祥，这是天意呀，国家该要复兴了！举国上下到处在张灯结彩，摆龙台，舞龙灯，能怎么表现就怎么表现，据报载，竟在几个省有书法家在广场巨笔写百平方米的“龙”字。看到这种场面，属龙相的人当然喜之不禁，各个年龄层的，龙子龙孙们，都视作普天之下的盛典全是在为我们祝寿哩。

十二个属相中，为什么选中鼠牛虎兔龙蛇马羊猴鸡狗猪，而不是狮子老熊大象，我一直弄不明白。但十一个属相都是具体的动物，唯独龙是虚拟的。中国人崇拜动物，而崇拜到图腾地步的只有龙，龙又是综合众多动物的形象而想象出来的，这就说明中国人其实宗教的意识并不浓重，他们的思维注整体，重象征，缺乏穷极物理。这种思维当然就决定了中国的哲学和艺术的特点，从庄子的逍遥游到老子的大象无形，音乐、绘画、医学、武术、棋艺、园林莫不如是，即便是文学作品，也讲究的是生活流程的演义，悠然见南山的意境，不着一字尽得风流的形式美感，它虽不如西方悲剧的强烈而使读者为之震撼，但宽博幽远的韵味绵长在清明祥和中使灵魂得以提升。东西方的文化差异人人都在口头上说着，在当今全球风靡美国文化的背景下，却更多的人，尤其那些时髦的学者，偏以拿西方的东西诋毁中国的东西，拿西方人的奶油比中国人的白菜，殊不知肉食动物虽比草食动物高大强壮，但跳蚤专吸腥血仍是小，大象吃草大象却是庞然大物。说到这里，又有一个问题出现了，龙是中国人综合诸多动物而想象出来的，那么，综合性的东西若作为图腾是非常美好的，充满了大气和庄严，可现实的动物界里，是老虎你就长你的老虎，是狮子你就长你的狮子，而既要像这样又要像那样，就只会沦落到蜥蜴、鸡、壁虎、四脚虫那样的丑陋和弱小。任何借鉴都只能是精神的吸取，而不是能达到吃了牛肉就长牛肉的。我们的祖先创造了龙的形象后，不幸的是他们的后代也就有了以龙的形象组合原理而企图生硬拼凑的习性，使我们在多个领域里发生着失误，以至于今日常常听到一种哀叹：明明是龙种为什么就生下了跳蚤呢？！

龙在中国产生的年代已经够古老的了，但给我们的印象，清代的龙是绣在国旗上的，民间又是铺天盖地的到处是龙。时下之国人，动辄说到民族传统，精神的源头不是溯之而上下的，只是目光短浅到王气衰微的明清时代，以至今日庆典龙年，凡是舞龙耍狮者，凡敲锣击鼓者，所穿服装不是汉唐之衣，亦不是中山装西服，皆色彩贰样恶俗不堪的明清时打扮，只差一点要再拖个油乎乎的脏辫子了。还可以看看，现在充斥我们生活中的龙的形象是多么小气和萎缩！原本龙是虚拟之物，但越来画龙的、做龙的人全把龙弄得越具体化，似乎天底下果真有了个龙的活物，如他们炕头上的猫和门后卧着的狗。我是欣赏古人对龙的刻画，它综合着鱼、虎、马、蛇、鹿和猪的，西周战国时期出土的玉器上、铜鼎上、兵器上的龙的形象是最简练而充满张力，它往往在具体的物件上随势赋形，充满了非凡的想象力。可怜如今龙被庸俗了，将蛇称龙，将猪称龙，想象力枯竭，创造力丧失，民族精神的图腾一日复一日地削弱了它伟大的气质，这是龙之国度的人要浩叹的，连属龙相的我也恨恨不平了。

前几日，一位善戏谑的朋友见我，他先前叫我小贾，数年后叫我老贾，现在开口叫我先生："先生，该你腾云驾雾的时候了！"我说："是吗？可你比我大，你该是先生的。"他说："那怎么称谓你？"我说互称大人吧。大人虽是古称谓，但这称谓好，大人对着小人，从年龄上是对年长的尊重，从品德上是对君子的美誉。他说："这好啊，贾大人，瞧你这气色，明年龙当值，你若发达了，别忘了让我们也鸡犬升天哟！"我说："但愿如此，但我要告诉你，世上还有一个鬼，它的名字叫日弄！"

说是说笑着，但我回来还是数次翻阅了字典中关于龙的条例解说，感觉属龙的似乎也真有了龙性，臭皮囊也成了龙体，本来在医院挂了床号，每日去那里挂几瓶点滴的，就立即决定九九年十二月三十一日必须停止注射，让病留在前一个世纪里去吧！在前一个世纪的后近三十年里，我一直是文坛上的著名病人，躯体上、心灵上的病使我活得太难太累，如果近三十年里，尤其十二年里一直在无奈而知趣地隐着、伏着，新的一年里就该升腾显现，去呼风唤雨，去翻江倒海啊！今夜里满西安城里鼓乐喧天，人们涌向街头欢庆着新的千年，我和几位同样属龙相的朋友在家中小聚，我书写了“受命于天，寿而永昌”八个大字，这是公元前二百年时秦嬴政统一了中国所制的玺文，我说：“哇，时间过了二千年，原来这玺文是给我们刻铸的哟！”

2000.2.21

安静的位置

周国平

前些时候，有一阵听说我的书卖得挺好。一个人写书当然希望爱读的人越多越好，我也不例外，所以心里是高兴的。但是，接踵而来的热闹，诸如记者采访、电视亮相、大学讲座之类，我就非常不习惯了。我尽量推辞，有时盛情难却答应了，结果多半是后悔。人各有志，我不反对别人追求和享受所谓文化的社会效应，只是觉得这种热闹与我的天性太不合。我的性格决定我不能做一个公众人物。做公众人物一要自信，相信自己真是一个人物，二要有表演欲，一到台上就来情绪。我偏偏既自卑又怯场，面对摄像机和麦克风没有一次不感到是在受难。因此我想，万事不可勉强，就让我顺应天性过我的安静日子吧。如果确实有人喜欢我的书，他们喜欢的也一定不是这种表面的热闹，就让我们的心灵在各自的安静中相遇吧。

世上从来不缺少热闹，因为一旦缺少，便必定会有不甘心的人去把它制造出来。不过，大约只是到了今日的商业时代，文化似乎才必须成为一种热闹，不热闹就不成其为文化。譬如说，从前，一个人不爱读书就老老实实不读，如果爱读，必是自己来选择要读的书籍，在选择中贯彻了他的个性乃至怪癖。现在，媒体担起了指导公众读书的职责，畅销书推出一轮又一轮，书目不断在变，不变的是全国热心读者同一时期仿佛全在读相同的书。与此相映成趣的是，这些年来，学界总有一两个当红的热门话题，话题不断在变，不变的是不同学科的学者同一时期仿佛全在研究相同的课题。我不怀疑仍有认真的研究者，但更多的却只是凭着新闻记者式的嗅觉和喉咙，用以代替学者的眼光和头脑，正是他们的起哄把任何学术问题都变成了热门话题，亦即变成了过眼烟云的新闻。

在这个热闹的世界上，我尝自问：我的位置究竟在哪里？我不属于任何主流的、非主流的和反主流的圈子。我也不是现在有些人很喜欢标榜的所谓另类，因为这个名称也太热闹，使我想起了集市上的叫卖声。那么，我根本不属于这个热闹的世界吗？可是，我绝不是一个出世者。对此我只能这样解释：不管世界多么热闹，热闹永远只占据世界的一小部分，热闹之外的世界无边无际，那里有着我的位置，一个安静的位置。这就好像在海边，有人弄潮，有人嬉水，有人拾贝壳，有人聚在一起高谈阔论，而我不妨找一个安静的角落独自坐着。是的，一个角落——在无边无际的大海边，哪里找不到这样一个角落呢——但我看到的却是整个大海，也许比那些热闹地聚玩的人看得更加完整。

在一个安静的位置上，去看世界的热闹，去看热闹背后的无限广袤的世界，这也许是最适合我的性情的一种活法吧。

2000.3.6

父亲的遗物

梁晓声

一对玉石健身球。是我花五十元为父亲买的。父亲听我说是玉石的，虽然我强调我只花了五十元，父亲还是觉得那一对健身球特别宝贵似的。他只偶尔转在手里，之后立刻归放盒中。其中一只被他孙子小时候非要去玩，结果掉在阳台的水泥地摔裂了一条纹……

父亲当时心疼得直跺脚，连说：“哎呀，哎呀，你呀，你呀！真败家，这是玉石的你知道不知道哇……”

我站在椅上打开吊柜寻找东西，蓦地看见角落里那一只手拎包。它是黑色的，革的，很旧的。拉锁已经拉不严了，有的地方已经破了。虽然在吊柜里，竟也还是落了一层灰尘。

我呆呆站在椅上看着它，像一条走失了多日又终于嗅着熟悉的气味儿回到了家里的小狗看着主人……

那是父亲生前用的手拎包啊！

父亲病故十余年了，手拎包在吊柜的那一个角落也放了十余年了。有时我会想到它在那儿，如同一个读书人有时会想到对自己影响特别大的某一部书在书架的第几排。更多的日子里更多的时候，我会忘记它在那儿。

忘记自己曾经是儿子的种种体会……

十余年中，我不止一次地打开过吊柜，也不止一次地看见过父亲的手拎包，但是却从没把它取下过。事实上我怕被它引起思父的感伤。从少年时期至青年时期至现在，我几乎一向处在多愁善感的心态中。我觉得我这一个人被那一种心态实在缠绕得太久了。我怕陷于不可名状的亲情的回忆。我承认我每有逃避的企图……

然而这一次我的手却不禁地向父亲的遗物伸了过去。近年来我内心里常涌起一种越来越强烈的倾诉愿望。但是我却不愿被任何人看出我其实也有此愿。这一种封闭在内心里的愿望，那一时刻使我对父亲的遗物倍觉亲切。尽管我知道那即使不是父亲的遗物而是父亲本人仍活着，我也断不会向父亲倾诉我人生的疲惫感。

我的手伸出又缩回，几经犹豫，最终还是把手拎包取了下来……

我并没打开它。

我认真仔细地把灰尘擦净，转而腾出衣橱的一格，将它放入衣橱里了。我那么做时心情很内疚。因为那手拎包作为父亲的遗物，早就该放在一处更适当的地方。而十余年中，它却一直被放在吊柜的一角。那绝不是该放一位父亲的遗物的地方。一个对自己父亲感情很深的儿子，也是不该让自己父亲的遗物落满了灰尘的啊！

我不必打开它，也知里面装的什么—— 一把刮胡刀。在我很小的时候，就见过父亲用那一把刮胡刀刮胡子。父亲的络腮胡子很重，刮时发出哧啦哧啦的响声。父亲死前，刮胡刀的刀刃已被用窄了，大约只有原先的一半那么宽了。因为父亲的胡子硬，每用一次，必磨一次。父亲的胡子又长得快，一个月刮五六次，磨五六次，四十几年的岁月里，刀刃自然耗损明显。如今，连一些理发店里，也用起安全刀片来了。父亲那一把刮胡刀，接近着文物了……

手拎包里还有一个小小的牛皮套，其内是父亲的印章。父亲一辈子只刻过那么一枚印章。木质的，比我用的钢笔的笔身粗不到哪儿去。父亲一生离不开那印章。是工人时每月领工资要用，退休每三个月寄来一次退休金，六十余元，一年仅用数次……

再有，就是父亲身份证的影印件了。原件在办理死亡证明时被收缴注销了。我预先影印了，留作纪念。手拎包的里面，还有一层。那拉锁是好的。影印件就在夹层里。

除了以上东西，父亲这一位中国第一代建筑工人，再就没留下什么遗物了。仅有的这几件遗物中，健身球还是他的儿子给他买的。

手拎包的拉锁，父亲生前曾打算换过。但那要花三元多钱。花钱方面仔细了一辈子的父亲舍不得花三元多钱。父亲曾试图自己换，结果发现皮革已有些糟了，“咬”不住线了，自己没换成。我曾给过父亲一只开什么会发的真皮的手拎包。父亲却将那真皮的手拎包收起来了，舍不得用。他生前竟没往那真皮的手拎包里装过任何东西……

他那只旧拎包夹层的拉锁却是好的。既然仍是好的，父亲就格外在意地保养它，方法是经常为它打蜡。父亲还往拉锁上安了一个纽扣那么大的小锁。因为那夹层里放过对父亲来说极重要的东西——有六千元整的存折。那是父亲一生的积攒。他常说是为他的孙子我的儿子积攒的……

父亲逝去前一个月，我为父亲买了六七盒“××蛋白注射液”，大约用了三千元钱。我明知那绝不能治愈父亲的癌症，仅为我自己获得到一点儿做儿子的心理自慰罢了。父亲那一天状态很好，目光特别温柔地望着我笑了。

可母亲走到了父亲的病床边，满脸忧愁地说：“你有多少钱啊？买这种药能报销吗？你想把你那点儿稿费都花光呀？你们一家三口以后不过了呀……”

当时，已为父亲花了一万多元，父亲的单位效益不好，一分钱也没给报销。母亲是知道这一点的。在已无药可医的丈夫和她的儿子之间，尤其当母亲看出我这个儿子似乎要不惜一切代价地延缓父亲的生命时，她的一种很大的忧虑便开始转向我这一方面了……

当我捧着药给父亲看，告诉父亲那药对治好父亲的病疗效多么显著时，却听母亲从旁说出那种话，我的心情可想而知……

仰躺着已瘦得虚脱了的父亲低声说：“如果我得的是治不好的病，就听你妈的话，别浪费钱了……”

沉默片刻，又说：“儿子，我不怕死。”

再听了父亲的话，我心凄然。

那药是我求人写了条子，骑自行车到很远的医院去买回来的呀！进门后脸上的汗还没来得及擦一下呀……

结果我在父亲的病床边向母亲大声嚷嚷了起来……

“妈妈，你再说这种话，最好回哈尔滨算了……”

我甚至对母亲说出了如此伤她老人家心的冷言冷语……

母亲是那么的忍辱负重。她默默地听我大声嚷嚷，一言不发。

而我却觉得自己的孝心被破坏了，还哭了……

母亲听我宣泄够了，离开了家，直至半夜十一点多才回家。如今想来，母亲也肯定是在外边的什么地方默默哭过的……

哦，上帝，上帝，我真该死啊！当时我为什么不能以感动的心情去理解老母亲的话呢？我伤母亲的心竟怎么那么的近于冷酷呀？！

一个月后，父亲去世了；母亲回哈尔滨了……

心里总想着应向母亲认错，可直至母亲也去世了，认错的话竟没机会对母亲说过……

母亲留下的遗物就更少了。我选了一条围脖和一个半导体收音机。围脖当年的冬季我一直围着，企图借以重温母子亲情。半导体收音机是我为母亲买的，现在给哥哥带到北京的精神病院去了。他也不听。我想哪次我去看他，要带回来，保存着。

我写字的房间里，挂着父亲的遗像——一位面容慈祥的美须老人；书架上摆着父亲和我们兄弟四人一个妹妹青少年时期的合影，都穿着棉衣。

我们一家竟没有一张“全家福”。

在哈尔滨市的四弟家里，有我们年龄更小时与母亲的合影。那是夏季的合影。那时母亲才四十来岁，看去还挺年轻……

父亲在世时，常对我儿子说：“你呀，你呀，几辈子人的福，全让你一个人享着了！”

现在高三了的儿子，却从不认为他幸福。面临高考竞争的心理压力，儿子过早地体会了人生的疲惫……

现在，我自己竟每每想到“死”这个字了。

我也不怕死。

只是觉得，还有些亲情责任未尽周全。

我是根本不相信另一个世界之存在的。

但有时也孩子气地想：倘果有冥间，那么岂不就省了投胎转世的麻烦，直接的又可以去做父母的儿子了吗？

那么，我将再也不会伤父母的心了。

在我们这个阳世没尽到的孝，我就有机会在阴间弥补遗憾了。

阴间一定有些早夭的孩子，那么我愿在阴间做他们的老师。阴间一定没有升学竞争吧？那么，孩子们和我双方的教与学一定是轻松快乐的。

我希望父亲做一名老校工。

我相信父亲一定会做得非常敬业。

我希望母亲为那阴间的学校养群鸡。母亲爱养鸡。我希望阴间的孩子们天天都有鸡蛋吃。

这想法其实并不使我悲观。恰恰相反，常使我感觉到某种乐观的呼唤。

故我又每每孩子气地在心里说：爸爸，妈妈，耐心等我……

2000.3.20

补袜子时的罗汉钱

邹静之

我看过最大的评剧名角是新凤霞、魏荣元。我家里本是南方人，想不通母亲为什么喜欢看评剧。许是评剧有种悲切、温暖的平易感吧。那天看的戏现在已记不起一点剧情了，记得新凤霞一出台走了圈快快的碎步，后来我看到满台生风这词便想起那碎步。戏在长安大戏院演的，观众席是半圆形地面对着舞台。我们座位很靠前，看起戏来要仰头，那时我大概小学五年级，很不习惯那些铙钹的金属声。我对评剧的印象是，它没有戏剧的感觉，它太像一群人在讲一个故事了，现代的故事，也特别像楼下王奶奶和李婶聊天，那些神秘的样子，就是我理解的评剧的表情。

但我对评剧的唱腔非常喜欢，新凤霞有一个腔疙疙瘩瘩拖出来的，后来听说那就叫疙瘩腔。百转千回，欲行又止，有种迷人的复杂，那时评剧有着现在流行歌曲的地位。有一年春节，我们家的收音机总在放《夺印》的唱段，我发现有些人走在路上也那么哼着。上音乐课，高老师教我们唱何支书的一段唱腔。她先说了评戏的起源，我后来记住了，评戏源于“莲花落子”，它是个很平民没有多长历史的剧种。学习唱后，我们还考了试，一个原籍是东北的同学得了 5 分，高老师说他唱得有味。我得了 5-，声音不错，没味。在以后的日子里，我发现我对所有唱味的歌都唱不好，这不仅是口舌的缘故，是心，我的心拐起弯来也是特别慢。

有年冬天感冒了，几天发烧不退。小时发烧给我留下的印象，一是出汗，从悬崖上飘下；再有一是被母亲深夜摇醒，吃药。那天夜里又被摇醒了，吃过药后就精神了，看见母亲在台灯下补袜子，那时补袜子，先要把袜子套进个木头袜板里撑开了，再找相应的布，剪出圆而有形的形状来，一针一针地补。母亲边补袜子边听着收音机里的评戏。光很暗，戏的声音也很小，一会儿看见母亲流泪了，先以为是因我生病了心疼的，后来觉出不是，是为戏在哭（以后几次看过母亲哭大多为电影戏剧，有次她和妹妹在家看电视越剧《梁山伯与祝英台》，忽然两个人都哭起来了，我正从外回来，不知所以，后来觉出这才有种家的亲切，我不知那出戏叫什么，只是觉得唱得很悲哀）。那夜，看着母亲哭，我就背过身去了，小小年纪心里生出种责任感，觉得不该再病了，那样太脆弱。

第二天烧真就退了，问母亲昨天听的什么戏，告我是小白玉霜唱的《罗汉钱》。

后来，那就是我对小白玉霜的印象，深夜，发烧，缝补，孤单。我一见到小白玉霜那四个字，就想起那夜的场景。后来才知道她的一生的确也很凄凉。

评剧、越剧表现的悲哀，京剧很难表现，前者大多擅演才子佳人，后者长于帝王将相。京剧总是显出智慧的冷静来，它时时告诉你，这是艺术，我在演戏。京剧有种老北京才有的那种见多识广，诋毁浪漫主义的劲儿，它之于悲剧就是想演出不同身段，唱不同的腔。如《失子惊疯》或《霸王别姬》，没有一个人是为剧情去看它的，都是为了水袖，或是为舞剑。这大概是一门成熟艺术的结局。

评剧，依靠剧情的成分很大，它非常适合演现代的戏剧。这是它在“文革”前那几年上升的原因。

但“文革”中，至“文革”后评剧几乎没有了什么地位。前几年我住的大柳树附近，还有个院子挂着海淀区评剧团的牌子。这些年牌子没了，换了个什么公司，这很像演阮妈的赵丽蓉，成了个演小品电影的大角色了。

评剧到现在大概与我的这篇文章的情景相似，成了些怀旧的材料。

2000.4.3

简化生活

赵本夫

生活日益变得精致细微，变得五光十色，变得烦琐复杂，当代都市人已逐渐适应着喜欢这样的生活方式。

比如穿衣。春秋四季，自然有多套衣服，四时更换，日日更换，款式、色彩更是视场合精心搭配，唯恐有一处被人挑剔。比如吃饭。菜谱已开始进入家庭，吃饭由过去单纯为了填饱肚子转向讲究营养，还有各类营养品摆在橱里，定时取用。比如居室，豪华装潢屡见不鲜，客厅、卧室、厨房、卫生间，无一处没有讲究，明光锃亮，一尘不染。比如社交，广结朋友，八方应酬，或餐馆，或舞厅，或酒吧，穿梭忙碌，不亦乐乎。比如……总而言之，日子越来越刻意而稠密。据说，这都是文明人总归要步入的生活。

真是惭愧得很。如果按此标准，我实在还算不上个文明人。因为上述种种，我看着都觉得累。我所喜欢的是一种简单的生活。穿衣吃饭，随随便便，一件衣服穿七八年，是常有的事。除非一些必要的场合，平日随意就好。吃饭就更是没救，天生一副从家乡带来的胃口，盛不下美味佳肴。偶有应酬，满桌子好东西，就是吃不下。回到家必得重吃，也就是馒头、稀饭、咸菜。至于居室，一方地板，一块白壁足矣。屋子里常有些凌乱，却分明是家的感觉。

近来有了外孙，空气中又添些尿臊。小家伙刚满周岁，什么都新奇，蹒跚着各屋乱走，这里捅捅那里弄弄。我的客厅兼书房更是他常来骚扰的地方，特别爱胡乱拿一件东西，昂起头递给我。于是我的书桌上除了稿纸，还堆满了鞋子、小衣服、棋子，以及他的儿童画、小玩具之类。有时刚清理干净，他又蹒跚而来，把拿下的东西重新一一递上。在这种浓浓的家庭氛围里，我的脑子会变得非常简单，也非常开心，什么烦恼都不会有。外界的应酬几乎推托干净。刚装电话时，有人来电话就高兴，现在一听电话响就害怕。一群相识和不相识的人坐在一起，说些相干和不相干的话，大家都显得很亲热，心里都在想快点结束。何必呢？我平日了解外部世界的唯一窗口就是电视。我看电视最多的就是中央五频道，体育节目是我最喜欢的，球类、田径、棋类，都爱看。有时还写点关于体育的文章。体育节目使我仍然保有生命的激情，而且可以不太动脑子。

把生活搞得简单一些，会有更多的时间和心灵空间。其实把脑子搞得简单一点，也是一件好事，因为剩下的差不多都是快乐。不信你试试？

2000.5.15

“这是从中国学来的！”

晓　凡

日本人好奇好学，对一切没见过的东西，都想见识见识；对一切没吃过的东西，都想尝一尝；对一切没经历过的事，都想经历一番。结果占了大便宜。

我们在日本各地参观访问，经常听到一句口头禅：“这是从中国学来的！”尽管说这话的人的身份不同，他们那充满自豪感的语气，却是一样的。

“从中国学来的”东西太多了，多得无法计数。以取他人之长为荣的日本人，依然一一历数：茶道、书法、针灸、围棋、汉医、缫丝、造纸、火药、二踢脚、麻婆豆腐、和服、北京拉面，还有中国水饺、绣花鞋、红卫兵的红胳膊箍……

我们访问年过九旬的女作家住井末，她素雅的书房取名“抱朴舍”。老作家谙熟中国思想发展史，如数家珍般介绍说：“门楹上‘抱朴舍’三个大字语出老子，是中国颜真卿体。从名字到形式，都是中国货。中国历史久远，思想恢宏，我几乎无日不在研读老庄，目的是使自己充实些，聪明些。有些读者说我对日本世道看得透彻，其实我在很大程度上借助老庄哲学。真该感谢贵国的先哲……”

做客寺田章家，我们夸赞和子夫人的茶道和插花艺术。她笑道：“都是从中国传来的呀！就连这些瓶、钵、罐、碗、盘，也都是中国器皿的仿制品……”仔细察看，果然不假，那仿福建清漆的盘子，比福建清漆还福建清漆。

在吃的方面，“从中国学来的”就更多了。打开电视机，从“NHK”到一般商业电视台，都经常在黄金时段推出“中国名菜——四川麻婆豆腐”的大字广告，美貌妇人面对观众唱一曲日本味道的四字歌：“麻婆豆腐——”尽管那豆腐早已按日本人的口味加以改造，已经变成了不麻不辣不香也不滑润的豆腐脑了，却依然打出别国的品牌旗号。外来食品，加上本国技术的包装，各式各样的方便“麻婆”应运而生，在大大小小的食品店、宴会厅，都能占据一席之地。而且又由此派生出麻婆茄子，食品厂商们也不管成都麻婆一生是否卖过茄子，反正醒目商标照旧印上“中国名菜——四川麻婆茄子”。仿佛中国四川到处有麻婆，而麻婆出手的所有菜肴全都是名菜。

日本人求新好奇，在博采他人之长的过程中表现得谦逊好学。听说别人有什么好东西，就要拿来一试，一时难以适应，他宁愿暂时认定自己受用无方，也不先去否定人家的创造。我们一般人如果遇上什么外来食品，吃一口，不对味，就会马上把食品推到一边去，瞬间下定决心，今生今世再也不会问津于它了。日本人不，明明觉得那东西很难吃，也继续品味，还要说：“那些有教养又见过世面的外国人喜欢吃的食品，怎会不好吃呢？一定是自己不会吃，慢慢学会就好了。”梅兰芳生前爱吃的豆汁，一般人很难受用，就是在北京也已很少见，而东京的小食店里却依然有售。日本人说，梅兰芳大师爱吃，那一定是健身养颜的好东西！

日本人这种性格特点的生成，有社会因素，更有历史根源。吉田茂在《激荡的百年史》中说：“日本人所持的这种态度，是从历史上形成的。日本没有使它受到威胁的邻国，只有一个给它输入文明的相隔较远的大国——中国。古代中国拥有非常先进的文明，对日本来说，学习中国，是一个莫大的恩惠。”这确乎是精当的见地。

日本的文明史比较短，知道猪肉可吃，也才不过200多年。明治维新前后，一些先行者开始食用猪肉，却成为保守派讽刺挖苦的对象。那时有篇文章写道：“有的人竟然吃起猪肉来了，打着洋伞走路，穿着鞋子进屋，这可真是文明开放得让人受不了啦……”虽说吃猪肉不能成为验证文明的尺度，日本人普遍学会吃猪肉、打旱伞、睡床铺，毕竟是一种进化；也是大胆引进东西方文明，先学会、后适应的日本性格的结晶。如果他们至今恪守不吃猪肉的饮食习惯，大概所有日本人都会哀叹封闭的国民意识造成的愚昧与落后了。

当然，他们先学会、后适应的做法，也有受骗吃亏的时候。日本人说，受了骗，吃了亏，吃一堑长一智，以后就不会再受骗了。耳之会顾问市村一卫向我们介绍：二战后曾有几年时间，美国小麦生产过剩，要向日本倾销。而日本人向来习惯吃大米，不吃面。美国人想出妙方，利用一切宣传手段，登广告、写文章、发行科教影片，在日本各地举办展览会，说长期吃面就能长大个儿，长期吃米必然是小矬子。自愧个矮的日本国民，很快从吃米改为吃面，中小学生正是长身体的年龄，学校供应的午餐，也一律从米饭改为面包。全日本掀起了吃面食的时髦热潮，直到把美国剩余小麦吃个差不离了，美国的舆论工具也不再宣传吃面长高个了，日本人才恍然大悟：原来个子高矮与吃米吃面并无关系。他们发现自己受骗上当了，又纷纷改吃自己向来爱吃的大米。经过这一番折腾，日本农民因种水稻改为种小麦，又从种小麦改为种水稻而蒙受了巨大经济损失。往事已过半个世纪，他们仍有切肤之痛，说起这事就摇头：“万不可不加分析地听信美国文明的种种宣传……”底层民众从自身痛苦经历中吸取了深刻教训，政府能否猛醒，却很难说，事情常常是这样。

日本人在学习别国先进东西的时候，总是不声不响地使暗劲。日本的汽车工业起步很晚，却在暗中瞄准美国的管理和技术。只用了20年的时光，就使日本汽车年产量达到1100万辆，而美国那时的年产量只有700万辆，把老师远远甩在了后边，日本人还谦逊抑或是傲慢地说：“我们汽车工业的生产技术和管理艺术，都是学习美国的结果。”

日本人就是这样随时注视着人类的发现和发明，不管是谁的创造，只要是好的，他都要；要不来，他就仿；就是偷，也要把先进的东西弄到手。然后想方设法去超越你，还公开对你说：这是从您那儿学来的。

2000.7.24

雪野里的精灵

李存葆

东坡居士面对邈远天昊，苍茫坤舆，曾发出这样的浩叹："寄蜉蝣于天地，渺沧海之一粟。"我真正体味出这两句诗的奥义，是在多次晋谒了一棵巨树之后。

沂蒙山中的莒县，春秋时称莒国。比莒国历史更古老、更久远的是莒城西郊定林寺中的那棵银杏树。古银杏高约25米，周粗近16米，至今仍苍劲葱郁，岁结果千余斤。古树主枝周逸旁出，状若硕大无朋的莲花，繁荫盖地1亩余。

20年前的一个夏日，我第一次站在这棵被称为"活化石"的巨树下时，顿被一种强大的生命光波所震慑，所征服，所溶解。古银杏那腾游时空的气魄，吐纳古今的恢宏，剪裁春秋的博大，抽黄谢绿的顽强，都使我感到自己的渺小和卑微。

后来，我又多次拜谒这棵古树，每每都会对苏子瞻的两句诗产生新的感悟。苏诗的前句言蜉蝣朝生夕死，喻生命之暂短；后句指的是生命所占空间之渺小，乃沧海一粟耳。人类虽然可以嘲笑"朝菌不知晦朔，蟪蛄不知春秋"，但站在这棵树龄高达近四千载的古树前，仰望着无涯无际的

“宇”——空间，思索着无始无终的“宙”——时间，我们便会感到：在宇宙间，地球仅是一粒微尘，人生更如同蜉蝣、朝菌、蟪蛄一般，只不过俄而一瞬，稍纵即逝。

博大与渺小，久远与短暂，都是相对而言。定林寺里的古银杏无疑是一支巍峨峥嵘的生命进行曲。后来，我在雪野中两次偶然所见，则又领略到了弱小生命吟出的生的礼赞。

那是70年代末的一个暮冬，我到崂山顶峰的驻军观察哨采访时，喜逢一场瑞雪骤从天降。这天早饭后，雪停天霁，哨长神秘地告诉我：崂山仙境胜地虽多，但有一处向不为游人所知。它在哨所之下，上清宫之上的山谷里，战士们称它为“鲜花美女地”，要睹其芳容，须在大雪之后。我心中暗暗思忖：莫非山谷中有梅花开了，要去踏雪寻梅？没容分说，哨长拉起我就走。

大雪后的崂山，峰若玉雕，石似晶铸，粉塑千松，银裹万树，简直变成了一座童话般的银色天堂。

从哨所直线下山，无路可行。我与哨长扶石踏雪，拽枝腾挪，当来到一向阳处的山坳里时，我俩俨然成了雪人。

此处有平畴半亩许，东西两边山崖上，古松奇槐相间，北面是一片竹林，竹丛旁有暗泉流动，像木琴一样敲打出叮咚叮咚的乐音。沉甸甸的积雪，缀满竹的枯枝黄叶，把亭亭玉立的竹竿压弯。整片竹丛竟像一群周身缟素的云鹤，交颈而眠。这时，我猛然发现，向阳的竹林边，竟有柔草如茵，毛茸茸，青翠翠，密匝匝，在这银色的世界里，织出了一小片绿毯。

哨长在这绿毯边沿旁的一巨石前面，正小心翼翼地用双手扒着雪层，并唤我过去观看。当我走至巨石下面，呈现在面前的竟是一片美妍的小花。我也快速而细心地用双手扒着雪层，但见小花一株株，一簇簇，攒攒挤挤，比肩争头。这些小花仅比米粒儿稍大，白的、紫的、蓝的、红的、黄的，五颜六色，星星点点。看到如此众多的小生命，坚韧不拔而又蓬蓬勃勃地活在这雪地里，我的眼睛被染得灿烂起来。我惊异地看着这些小生命，它们也仿佛睁着深情的眼睛凝望着我……

这些米粒般大小的生命，像是在告谕我：希冀、希望、追恋、向往，是一切生命的本质。即使天冷了地冷了宇宙的一切都冷了，它们也会顽强地举起美的萌芽，决不肯把生命的篷帆轻易降落。

这些美的萌芽，是春的启明星，它们正在呼唤着春蕊的艳丽，春树的繁茂，春蚕的吐丝……

寻找着，寻找着，雪层下面到处都有小花。我无意中发现，有几只小蜜蜂竟在一簇小花前默默陨灭，抑或是突来的春雪使它们猝不及防，竟过早地终结了它们勤劳的生命。它们与严寒抗争而殉身，是最早拥抱春天的使者。

崂山大雪后的美的奇遇，常常萦回脑际，使我难以忘怀。

前年元宵节前夕，我应长白山林场友人之邀，曾到雪国一游。此时的南国，已是惠风和畅，蝶舞蜂喧。山茶花早已开得红如胭脂，若霞似锦；木棉花也早已在枝头上火焰般燃烧，开得轰轰烈烈……而这北国边陲，却仍冰封雪锁，寒风砭骨。久居京华、在钢筋水泥筑成的方块中生存的我，一投进原始大森林宽厚的怀抱，面对眼前的一片大洁白，呼一口空气，都感到分外惬意和清新。

北疆早春的大森林，虽然萧索且寂寞，但它赠我以深邃和幽远；雪国的大洁白虽然凝滞而单调，但它却深埋了一切龌龊，使我修离了远方的喧哗与骚动，雪国的大洁白以诗意般的沉默赐我以诗意般的思索。

一日下午，我和友人在莽莽的安睡着的一片杉林里漫游。蓦地，有几点蓝色的彩光在雪地里闪动，一下跃入我的眼帘，燃亮了我的双瞳。我趋前蹲下细瞧，竟是几朵蓝色的小花。

这蓝色的小生命，由纤纤的细茎挑着，那吹弹可破的花萼，显得那样稚嫩和孱弱。此时，我的惊讶之状，绝不亚于在崂山中那次“鲜花美女地”

里的寻找。

几朵蓝色的小花，使我的心灵受到巨大的震撼。这雪国中的蓝色小生命，纤细里充溢着坚韧，孱弱里蕴藏着刚强，微小里含纳着博大；这小小生命里，也浸透着星的璀璨，月的妩媚，日的明丽。它们以小小的蓝色火焰与巨大的寒流搏击，它们以火热的心律终于鼓破了厚厚的冰窖，它们是这漫漫雪国里生命的精灵。

友人告诉我，这蓝色的小花名叫“白头翁”。

定林寺中的银杏树，崂山雪地里的小花小草，还有这雪国中的“白头翁”，都是造物主无与伦比的杰作，都是生命的奇观……

人们惯常喜爱吟诵刺破青天的大树，喜爱聆听它们博大生命的浩歌；人们也惯常喜爱咏唱那报春的蜡梅，好像只有它才是唯一的傲雪斗霜的花魁。但浩歌是一种境界，寂寞也是一种境界。浩歌是夏的宣言与旗帜，寂寞则是春的预报和序曲。

天无私覆，地无私载。对憧憬着春天却不能轰轰烈烈、大红大紫的众多的小花小草，谁也没有权力去有意或无意地践踏它们……

2002.5.13

感受瞬间的美好

朱铁志

我有一大本剪报，里边全是新闻照片。既有憨态可掬的动物，也有健美的体育明星。说来都是些没有重大意义的普通图片，但带给我的快乐，并不亚于感人至深的美文。茶余饭后，我时常和老婆孩子聚在一起，拿出这本一点都不讲究的“画册”，欣赏把玩。一家人其乐融融，无比温馨，那种由衷的快乐和享受，非亲历者不能体会。在这快乐和享受中，我感受到生活的美好，也体验到自己的年轻。我常对家人说：“什么时候不再对这些小玩意儿感兴趣了，我们就老了。”老婆对我的看法赞赏至极、笃信不疑。

几年前，一位非常年轻的女博士看到我剪下的足球明星照片，非常惊讶。大概在她心目中，我还算个趣味尚可的人，怎么会对四肢发达、头脑简单的“体育棒子”如此感兴趣。那一瞬间，女博士的表情虽然小到不易察觉，但我还是敏感地捕捉到了。作为国内顶尖大学的法学博士，这位朋友平日里不苟言笑、非常深沉。我有时甚至觉得，她的表情和神态，要比她的法学论文深沉得多。我不敢断定是冰冷的法学理论钝化了她对美好事物的感受能力，还是压根对这种肤浅的勾当不屑一顾。但说老实话，我为她的年轻而“深沉”、单纯而“成熟”感到悲哀。

而在更早之前，就是我刚刚走出校门、跨进单位大门不久，曾傻里吧唧地提过不少“幼稚”的建议。一个是：“咱们单位那么好的阅览室，晚上干吗不开放？”当即引来会场一片有节制的笑声。过了许久我才明白了，在这个算是有文化的单位里，晚上还想去阅览室的书呆子早已不多了。第二回冒傻气，是代表年轻人向单位争取分房权。虽然同志们都已过了法定结婚年龄，但有些没有达到单位规定的结婚年龄，我就质问为什么单位的规定可以凌驾在婚姻法之上。这回还好，没有受到嘲笑，但受到比嘲笑更有力的回应：“要结婚，可以，到野地去结！要分房，也可以，找婚姻法去分！”说这话的，是当时单位一个志得意满的中层干部，年龄其实才四十来岁，不能算很老。但不知为什么，对年轻人的一点幼稚诉求，竟如此无情。那张因为自负而显得夸张的脸，长久地定格在我的心目中，成为永远的反面教员。从他身上我明白一个简单的道理：什么时候变得不能理解年轻人、开始嘲笑年轻人，这个人差不多就老了，他的爱心便死了。

人不能因为年轻而干什么都有理，提什么要求都不过分。但只要是寄予美好感情、怀着美好憧憬的想法和行动，总有理由获得尊重。马克思甚至说过：年轻人犯错误，上帝都原谅——犯错误尚且如此，何况一点略显幼稚但并非毫无道理的诉求呢。

一个人对年轻人的态度，大体就是他的人生态度；一个社会对年轻人的态度，基本是这个社会是否有希望的标志。从漫长的人生历程来说，青春是短暂的瞬间。而这瞬间的美好足够人回味一辈子。明白了这一点，我们就不能允许自己做一个麻木的人、一个不会被感动和感动人的人、一个无动于衷的人。

我知道自己不是一个主观唯心主义者，也并非唯意志论的信徒。但我坚信：只要心中有一个温暖的太阳，生活就会充满阳光；只要心底深处装满善良，瞬间的美妙就会化作永恒的美好。

2005.1.12

最后的试卷

刘兴雨

有人说，人生是一本书，老年是它的封底，一本书读完了，何必在乎它的封底呢？这话刚听觉得有理，细品起来，就发现不对。中国人，尤其是有些影响的中国人，人们在回顾他的时候，常常只看一个点，而不看一条线。比如，人们看袁世凯，就记住了他当了83天皇帝，至于他其他种种好处或坏处就无暇顾及了。人常常在最关键的事上定格，那个造型将永不改变。

20世纪30年代，日本人侵入中国，让中国人尝到了做亡国奴的滋味。对中国“以华制华”，也就是借用中国人统治中国人。而这个中国人又不能是一般的官员或富翁，必须是过去当过首脑，有些威望的人。北洋的军阀头目，便成了他们争取的主要对象。而结果却大大出乎他们意料。

徐世昌的名字现在许多人已经很陌生了。因为他没有突出的政绩，也没有昭彰的劣迹。但他确实当过几年中华民国的总统。七七事变后，汉奸王克敏曾以师生之谊前来拜会，企图拖徐世昌下水。徐闭门不见，并向人表示“我没有这样的门生”。曹汝霖也来充当说客，声称徐如能出山，和日本订立亲善条约，日本即可撤兵，徐以年老婉辞。曹告辞后，徐对门房说：“以后曹若再来，就说我不在家。”一个姓金的学生劝老师不要失掉千载难逢的机会，徐以年老多病推辞，并怒斥金曰：“你太浑。”并从此装病，闭门谢客。

我们再来看吴佩孚。1937年日寇占领北平后，要建立傀儡政权，看好一文一武两个人。文的是汪精卫，武的就是吴佩孚。汪精卫答应合作了，从中国战时陪都重庆逃到河内，但吴佩孚却沉默如山。对汪精卫，他曾回过信：“公果能再回重庆，通电往来可也。”言外之意，你只要还在日本占领区，就别来烦我。日本人还越俎代庖地为他安排过一次记者招待会，他尚未开口，中外记者们已经读到了日本人代写并打印好的“吴氏对时局的意见”。“意见”称：他已决定参与“和平运动”。一身中国绅士装束的他，放下打印稿，一字一句地说：唯“平”乃能“和”，“和”必基于“平”。本人认为，中日和平，唯有三个先决条件：一、日本无条件自华北撤兵……怕在场的日本人听不懂，他厉声令秘书“断乎不可更改”地将自己最后的“政治宣言”翻译成日语。

曹锟在历史上名声不好，为了过把总统瘾，不惜大把花银子贿赂选举者，留下了“贿选总统”的恶名。1937年卢沟桥事变后，华北沦陷。曹锟的老部下纷纷落水，出任汉奸政权要职。日本侵略者还千方百计地拖曹锟出来当傀儡，年迈的曹锟却在刘夫人劝导下，立誓宁肯喝稀粥，也不给日本人办事。

日本人打主意最早的莫过于东北王张作霖，最有戏剧性的也是这个土匪出身的张作霖。

某次，张作霖出席日本人的酒会，三巡酒过，一位来自日本的名流，力请大帅当众赏字，他也许知道张作霖出身绿林，识字有限，想当众出他的丑。但张作霖抓过笔就写了个虎字，然后题款，在叫好声中，掷笔回席，那个东洋名流瞅着“张作霖手黑”几个字笑出声来。随从连忙凑近大帅耳边提醒：“大帅写的‘手墨’的‘墨’字，下面少了个‘土’，成了‘黑’了。”

哪知张作霖一瞪眼睛骂道：“妈了个巴子的！俺还不知道‘墨’字怎样写？对付日本人，手不黑行吗？这叫‘寸土不让’！”在场的中国人恍然大悟会心而笑，日本人则目瞪口呆。

日本驻奉天总领事吉田茂某次为中日交涉，曾向张盛气凌人地说道：“你要真不接受的话，日方当另有办法。”

张乃反唇相讥地答道：“怎么说？你们有什么好办法，尽管拿出来，难道又要出兵吗？我姓张的等着你好了。”

说完话，起身送客。

在张离开北京之前，芳泽仍去纠缠张作霖，逼他正式履行“日张密约”的手续。对这种趁火打劫的行为，张作霖非常气愤，拒绝在芳泽送来的文件上签字。1928 年 6 月 4 日当他的专车开到皇姑屯附近时，日军按动电钮，张作霖的蓝色铁甲车被炸得粉碎。

一代有血性的中国军人，就这样向国人和历史交上了最后的试卷，为自己书写了最后的光荣。

有人可能觉得奇怪，从哪个角度看，他们都是最容易迈出那可耻一步的人，而他们却坚守了人生的底线。这是怎么回事呢？

人生有大是大非，卖国不卖国就是大是大非，他们在大是大非面前决不含糊；人生有做人的底线，不当汉奸就是一个底线，谁当了就会留下千古骂名，而他们守住了这个底线。

孔子说，老年戒之在得。其实人的一生都在想得，得什么呢？得权力、得金钱、得美女、得名声。这些东西诱惑实在太大，想戒实在太难。尤其是权力，诱惑力更大。就像唱词中说的：宁可少活十年，不可一日无权。男人们整天争争斗斗打打杀杀，不就是为了一个权吗？有了权，也就有了钱，有了钱和权也就有了美女。无怪乎有些人已经卧床不起了，还惦记着权力，有些人已经病入膏肓了，还把住权力不放。

上面提到的几位本来已多从权力的高峰退下，他们尝到过权力的甜头，就像吸大烟的人，对大烟有一种依赖。可他们面对日本人送上的“权力大烟”能断然拒绝，这需要多大的定力。他们心里清楚，这种选择是要付出代价的。接受了，就是荣华富贵；拒绝了，可能就有生命之虞。但他们依然义无反顾地选择了拒绝。我们由此知道，这世上还有比权力更重要的东西，那就是大是大非，那就是做人的底线。

2005.6.29

感谢月饼

大　卫

说起来应该是三十年前的事了，那时我八岁，和小康、四倍关系贼铁，村里人都说我们玩得像一个人，所谓穿一条腿的裤子是也。临近中秋的某个周末，我和小康，到四倍家玩，因为要做一件玩具，找剪刀，就翻箱倒柜地找，像工兵找地雷，后来，剪刀没找到，却在一个大木箱子里，找到一大包月饼。那个年代，农村人能买到月饼，几乎是不可能的，一切都要凭票——光有票还不行，还得有关系——那时的月饼，像现在的高尔夫一样，是富贵的象征。四倍家真小气，好像怕香逸人家似的，把这月饼一层一层地包裹得严严实实的，最外面是一层颜料布——但那种香，却像任性的孩子，是怎么也裹不住的——我们怀着好奇，把颜料布打开，一层一层，像花，一瓣一瓣地开，最后，跳出来的是花蕊——金黄金黄的月饼——八块，分两层，摞在一起，不甚整齐，油亮油亮的，那种光，像把魂都要吸进去。四倍、小康、我，把口水咽了又咽，三个连稀饭都喝不饱的孩子，哪见过这样的宝贝。我和小康，也顾不得四倍的阻拦，把月饼最外面的一层皮屑，揭了下来，那种月饼，是我们本地最老式的做法，像有千层。心想，反正揭一层吃看不出来，于是，就把那层比梦还薄、还脆、还香的皮，放进了嘴里……当然，这种月饼，像洋葱一样，揭一层，少一层，你能想象出来，月饼瘦身速度之快，比现在减肥广告效果明显多了，四倍想拦着我们不让吃，毕竟这是他家的珍馐，但这小子也是半推半就，其实，他比我们更忍受不了诱惑。我们一层一层地揭着皮，当小小的饼屑，滑到舌床，那是天下之至味，好像有一把小钩子，打开了所有的味蕾……不知不觉，怀着激动而忐忑的心情，把三块月饼揭完了。这下子轮到我们面面相觑了，到哪儿去亡羊补牢？正在我们抓耳挠腮之时，四倍家的门，“咣”的一声被撞开了，只见四倍那个胸脯鼓胀得不像农村女孩的姐姐，冲了进来。眼前的一切，她一下子明白了什么，像被抽了筋一般，瘫倒在地，无论如何也不会想到，她精心收藏起来的月饼，会被我们找到，还被吃了三块，她气得说不出话来，眼泪哗哗地往外流，我们吓坏了，这可咋办？

后来，四倍被他父母亲吊起来痛揍了一顿，我们也被勒令再也不准跨进四倍家的大门，四倍为我们受了皮肉之苦而我们也没有及时表示慰问，以至于误解越来越深，最后发展到侧目而视的地步，仿若路人，这也算一块月饼，毁了我们三个人伟大的友谊。古有一桃杀三士，今有一饼毁三友。

原来，四倍家的月饼，是他准姐夫—— 一个腿有残疾的中学教师送来的——中秋节了，怎么着都要给未婚妻家下节礼。与这些月饼一块送来的，还有一匹涤纶布，五斤肉，两瓶酒。四倍姐，一直看不上这个中学教师，正准备把这些东西托媒人送回去，她最放心不下的，就是那些月饼，所以才放在箱子最底层，外面还用衣服遮了又遮，哪知被我们找到并吃了。这下子是无法归还了，以他们家的实力，到哪儿也买不到原样的月饼，而不归还人家的下节礼，就意味着你同意了这门婚事。反正阴差阳错的，月饼没能送回去，这婚事，后来竟成了，不过，那中学老师很争气，考上了社科院的研究生，后来，出国留学，拿了绿卡，竟把四倍姐姐给带出去了。有次回家，四倍姐姐开玩笑说，幸亏我们把月饼吃了，不然，她的人生当是另一种可能，一定要感谢我们。我们说，别感谢了，要感谢就感谢月饼，谁让它那么好吃。

另一个与月饼有关的例子，还是与四倍有关，他大学毕业后，没找到合适的工作，那年中秋节他正怏怏地不知怎么过，就随便到一商场买了打折的月饼。拎着月饼回来的路上，遇一小偷，正行窃一对老夫妇时被发现，拔腿就跑，经过四倍身边时，四倍一把没抓住，情急之中，转身急追，眼看就要追上了，小偷却掏出一把刀子，冲四倍挥来，情急之中，四倍把手里刚买的那包月饼，照小偷劈头盖脸地抡了过去，哪知一下子竟把小偷给抡晕了，当场倒地不起，被逮了个正着。后来，公安局审查得知，这是一个网上通缉的要犯，四倍被县里隆重表扬，还被团市委树为先进典型，工作问题也得到妥善安排。更有月饼厂请他做广告的，他谢绝了，被窃的那对老夫妇要感谢他，他说不用谢我，要谢就谢月饼。如果不是那月饼像石头般坚硬，小偷哪会晕倒在我的手下。而生产那种月饼的厂家也受了启发，马上到县电视台给月饼做了广告，广告词是：×× 月饼，随时让你立功。后来，有好事者把它改了：×× 月饼，连坏人都头疼。

2005.9.21

父与子

何立伟

一眨眼我儿子高三就要毕业了。我带他到上海，见到老朋友马原，马原张开东北人憨厚的嘴：哎哟，你儿子都长成帅哥啦！那一瞬，时间很模糊，我都不晓得这小东西是怎么长成帅哥的。十八年，弹指一挥间。别时君未婚，儿女忽成行，我们速朽了。

同济大学办了广播电视编导专业，我儿子喜欢这个专业的趣味，决定到上海来考。有个考前班，十天，我陪他来读。这是十八年来我们父子第一回结伴而行，虽然此前也一同到过北京同桂林，但那都是同许多人一起，而且心境也大不一样。游玩同命运是没有什么关系的。

在火车上，我发现儿子大了。吃完饭，他就收拾碗筷，寻找车厢尽头的垃圾桶，帮我泡茶，还嘱咐我别在车上看书，影响视力。他很快就同邻座的人熟稔起来，聊天，海阔天空，夹着不少新鲜的识见，很得他人激赏。

报名当天没有课，我带他到外滩看了看，又沿福州路走到人民广场。在福州路逛了几家书店，儿子买了几本书，《天文学简史》和《凡·高书信》，还有新译的马尔克斯小说。我有点高兴，世界上有辽阔新鲜的东西，他想一点一点装到心里去。我们在人民广场看了一会子广场鸽，坐着喝饮料，又去马路对面看达利画展。我儿子很兴奋，他喜欢有想象力的事物，喜欢天才的不拘成法同狂放不羁。有一回他母亲开完家长座谈会，同儿子说起他的一位同学成绩如何好，班上名列前茅，年级也名列前茅，意思是榜样当前，理应效法。哪知儿子歪歪一笑：那算什么？从初一到高三，他才看过一部电影！儿子从来不欣赏死读书，视野狭仄而少识见的人。

每天他去上课，我无事可干，就去泡网吧，走神，或者睡觉，卷成一只懒虾。黄昏时候他回来，我们一同上街寻馆子吃饭，在升起的灯火里露出笑容同牙齿。上海的菜没辣椒，若是在家里，儿子的脸上就会有愤怒，但是出门在外，他忽然变得平和，埋头努力地吃，说，我要习惯外头的饭菜。他还跟我说，他在那个考前班，已结交了两三位朋友了。他和他们很聊得来，还说，上海的学生很不错，眼界很开阔，并不读死书，新交的一个朋友，还是天文迷，暑假里一个人背着天文望远镜去野营，观察星星，差点走失。他拿了我的手机，跟这位朋友发短信，你一句，我一句，乐得哈哈地笑。

考试的前一晚，我儿子一点不紧张，我们一同在街上散步，有霏霏细雨飘下来，灯光毛毛的湿亮，儿子的情绪有一点诗意，他说他喜欢这个城市了。他没有一点陌生感，完全像一块方糖，溶入上海这杯巨大的夜咖啡里了。

回来的火车上，他的朋友给他发来短信：我们有缘在上海相识，相信还会有缘相会在上海。儿子很感动，说他一定要考到上海来，就为有这样的朋友。

火车穿过黑夜向面包一样新鲜的明天奔去。我失眠了。想起一松手，儿子就要单飞了，像一只鸽子，飞到生活的云朵里去，真是感慨系之。回忆他的成长，影像却很破碎，如窗外的星光，连不成整体。

他还是幼儿园的时候，有一回老师告状，说他顽皮，我就厉声呵斥他。他哭了，说，他要到舅舅家里去。舅舅家在很远的地方，他说了一句相当狠的话：我去了，不许你想我！

他现在长大成人了，不会不许我想他。我坐到儿子的卧铺上，把他一只手从被子里抽出来，一直那么握着。黑黑的窗外，有孤灯如流星，斜斜划过，落到我心里。或许我是在准备一些细节，供以后的漫长日子，慢慢回想。

世界寂寥，唯有车轮空锵，如时光流水，永无止歇。我们是什么时候老去的呢？

2006.8.7

散文的品格与乐趣

韩石山

专门写散文、杂文、文史随笔的，我总看不上眼，不是歧视，是可惜。前些年，有位见过一面、来往却不太多的天津朋友，给我寄来他的书，一本随笔集子，附信中说愿意听听我的意见。我看了，读书多，文笔也好。回信除了称赞的话，又说，你读书这么多，文笔这么好，为什么不做一门学问呢？光写这类读书随笔之类的文章，实在是可惜了。后来，这位朋友再没来过信，交浅言深，我也觉得自己是太孟浪了；但我不后悔。

文学要的是创新，事业要的是长远。这也就是为什么许多不可一世的散文名家，一旦时移世易，个个都成了明日黄花，过眼云烟。如果不信，请去稍大些的书店转转，郁达夫散文，朱自清散文，徐志摩散文，鲁迅散文，梁实秋散文，钱锺书散文……哪个是专靠散文安身立命，维系他在文坛的声名的？

这些人中，你或许会说朱自清便是。我同意。我再给你补充一句，台湾有学者曾撰文指出，朱氏的散文并不怎么样，怎么会有那么大的名气？疑心朱氏是清华大学教授，又当过多年中文系主任，门生故旧遍天下，我爱我师，也就尊崇有加了。这也正好说明了，朱氏不是以散文安身立命的。

他是名教授、名学者，写出一点真情，文笔也还说得过去，声名也就随之鹊起了。

复旦大学过去有个教授叫赵景深，“文革”斗他时说，你不过是个中学毕业生（实际是工科中专），怎么能当了大学教授？赵先生是个很风趣的人，不以为忤，当即答道：“确实是的。”又说他年轻时给报刊投稿，每每遭拒，有朋友指点，说这是因为你不是专家，若是专家，就不一样了。问为什么，朋友说，一成了专家，不管你谈什么，都是专家在谈，分量就不一样，别人也就另眼相看了——大悟。便下功夫研究中国古代戏曲史，不久遂成为这方面的一个专家，再投稿，便无阻拦了。这不是笑话，是多年前我在《随笔》上看到的一篇文章上说的。

上海作家中余秋雨的散文，多少年来风行天下，这也与他先已有了戏剧史专家的身份不无关系。反证是，上海还有个写散文的作家，学历与余相当，文笔不在余氏之下，数量更远在余氏之上，却绝没有余氏的声名，为什么呢？就因为此人是个专业的散文作家。再一个反证是，诗人舒婷近年来不作诗了而多写散文，居然也蜚声文坛，若她没有写诗的声名，仅靠她写的散文，数量再多，除了自得其乐之外，怕也难以有人赏识。

这就要说到散文这一文体的特质了。凡天下事，入门容易的深造必难，入门难的深造必易。散文可说是一种大众文体，三尺童子会作，百岁老人会作，偶然一点灵性，说不定会成全一篇千古名妙文。这只能说是特例，常人难得有这样的运气、这样的福分。

中国文学有“余”这样一个特殊的概念，比如辞赋乃诗之余，就是说，诗作好了，剩下的那点材料作辞赋，其辞赋必工，所谓“诗人之赋丽以则”是也。这也就是为什么，当今的小说家、诗人，要么不写散文，若写就坏不到哪儿。上文所说，摆在书店柜台上的散文选集，多是作家、诗人、学者所作，正是这个道理。

非大家莫办，非名家莫为，见学识，见才华，见品质，见性情，这一看似寻常的文体，实则是内涵最丰、品格最高。这说到了极致。明白这一极致，方知散文上要显山露水，出人头地，太难了。

据此，也不必说凡写散文者，必先成为作家、诗人、学者，然后才能秉笔为文。可以说的是，散文作家，总要先丰富自己的学识，充实自己的腹笥，而后下笔作散文，才不至于流于俗烂。欧阳修说，“中充实发而为文者辉光”，实在是不刊之论。

特质既定，品格既明，接下来就好说了。可以这样说，在中国的所有文学体裁中，散文是以其特质的独异、品格的高卓而自立于世的。若以为散文者，粗通文墨即可随意为之，说到底，还是不知散文为何物，其见识之粗鄙，与三家村之村学究无异。写不好散文，也就不足为奇了。

有一个标准虽说不雅，念其通俗易懂，不妨为诸公道来。世界之大，不外五大洲分之，人种虽繁，不外黑白棕黄别之。然而美女的标准，普天之下，鲜有差异。尤其是近世以来，好莱坞大片风行世界，白人美女自不必说，已成定则，就是黑人美女、棕人美女、黄人美女，也几成定则。

凡散文作家，提笔属文之前，心中一定先要存一美女形象。其文章的整体，要似美女之体形，该凸的凸，该收的收，详略是也。其文章的亮点，要似美女之目，顾盼流波，勾人魂魄，所谓文眼者是也。其文章的见识，要打动美女之心，不同凡响，迥异流俗，所谓超卓是也。苟能如此，虽是一篇寻常之文，无异于花前月下，卿卿我我。

散文的品格既如彼，乐趣又如斯，细心揣摩，倾力而为，想作不好，怕也由不得你了。

2006.11.6

熟练与陌生

史铁生

艺术要反对的，虚伪之后，是熟练。有熟练的技术，哪有熟练的艺术？熟练（或娴熟）的语言，于公文或汇报可受赞扬，于文学却是末路。熟练中，再难有语言的创造，多半是语言的消费了。罗兰·巴特说过：文学是语言的探险。那就是说，文学是要向着陌生之域开路。陌生之域，并不单指陌生的空间，主要是说心魂中不曾敞开的所在。陌生之域怎么可能轻车熟路呢？倘是探险，模仿、反映和表现一类的意图就退到不大重要的地位，而发现成其主旨。

米兰·昆德拉说：没有发现的文学就不是好的文学。发现，是语言的创造之源，便幼稚，也不失文学本色。在人的心魂却为人所未察的地方，在人的处境却为人所忽略的时候，当熟练的生活透露出陌生的消息，文学才得其使命。熟练的写作，可以制造不坏的商品，但不会有很好的文学。

熟练的写作表明思想的僵滞和感受力的麻木，而迷恋或自赏着熟练语言的大批繁殖，那当然不是先锋，但也并不就是传统。

如果传统就是先前已有的思想、语言以及文体、文风、章法、句式、情趣……那其实就不必再要新的作家，只要新的印刷和新的说书艺人就够。

但传统，确是指先前已有的一些事物，看来关键在于：我们要继承什么以及继承二字是什么意思？传统必与继承相关，否则是废话。可是，继承的尺度一向灵活因而含混，激进派的尺标往左推说你是墨守成规，保守者的尺标往右拉看你是丢弃传统。含混的原因大概在于，继承是既包含了永恒不变之位置又包含了千变万化之前途的。然而一切事物都要变，可有哪样东西是永恒不变的和需要永恒不变的吗？若没有，传统（尤其是几千年的传统）究竟是在指示什么？

或单说变迁就好，继承又是在强调什么？永恒不变的东西是有的，那就是陌生之域，陌生的围困是人的永恒处境，不必担心它的消灭。然而，这似乎又像日月山川一样是不可能丢弃的，强调继承真是多余。但是！面对陌生，自古就有不同的态度：走去探险，和逃回到熟练。所以我想，传统强调的就是这前一种态度——对陌生的惊奇、盼念、甚至是尊敬和爱慕，唯这一种态度需要永恒不变地继承。这一种态度之下的路途，当然是变幻莫测无边无际，因而好的文学，其实每一步都在继承传统，每一步也都不在熟练中滞留因而成为探险的先锋。传统是其不变的神领，先锋是其万变之前途中的探问。

也许先锋二字是特指一派风格，但那就要说明：此“先锋”只是一种流派的姓名，不等于文学的前途。一向被认为是先锋派的余华先生说，他并不是先锋派，因为没有哪个真正的作家是为了流派而写作。这话说得我们心明眼亮。

那，为什么而写作呢？我想，就因为那片无边无际的陌生之域的存在。那不是凭熟练可以进入的地方，那儿的陌生与危险向人要求着新的思想和语言。如果你想写作，这个“想”是由什么引诱的呢？三种可能：市场，流派，心魂。市场，人们已经说得够多了。流派，余华也给了我们最好的回答。而心魂，却在市场和流派的热浪中被忽视，但也就在这样被忽视的时候它发出陌生的呢喃或呼唤。离开熟练，去谛听去领悟去跟随那一片混沌无边的陌生吧。

在心魂的引诱下去写作，有一个问题：是引诱者是我呢，还是被引诱者是我？这大概恰恰证明了心魂和大脑是两回事——引诱者是我的心魂，被引诱者是我的大脑。心魂，你并不都熟悉，它带着世界全部的消息，使生命之树常青，使崭新的语言生长，是所有的流派、理论、主义都想要接近却总遥遥不可接近的神明。任何时候，如果文学停滞或萎靡，诸多的原因中最重要的一个就是：大脑离开了心魂，越离越远以至听不见它也看不见它，单剩下大脑自作聪明其实闭目塞听地操作。就像电脑前并没有人，电脑自己在花里胡哨地演示，虽然熟练。

2006.12.19

读 石

王鸣久

闲来无事读石头。布莱克说：“一颗沙里看出一个世界，一朵野花里一座天堂，把无限放在你的手上，永恒在一刹那里收藏。”一个散漫的“读”字，一旦逸出文字和纸张，透入另外一个生命，垂满飘窗的柔软阳光便倏然隔去了尘嚣，让人无法不在心灵对视中寂然疑虑，悄焉动容，从而，一次次走进物质深处。

这是一块古日晷般大小的巴林彩石，造型浑圆，质地温润，“水墨”斑斓、画面绚丽犹如一轮七色大月，坐落在客厅一端，与我已相伴了七八个春秋。

我向无爱物之好，也少雅趣，与此石相遇，纯属偶然。那年一周日闲逛图书城空手而归，返家途中，在北市场街边见一奇石小店，漫不经心进了去。一间老屋寒碜破败，凌乱不堪，靠着墙壁的简易木架子歪歪扭扭，幽暗光线里，从满壁满地的石阵里我一眼望定它，便觉有“咔嗒”一声从体内传来，闪出一瞬讶然的雪亮。“好生奇怪，倒像在哪里见过一般”，林黛玉初见宝哥哥的恍惚感觉，使我在怦然心动的刹那无端由地认定：这是我家的老物件哩！于是，欲擒故纵，侧翼迂回，王顾左右而言他，进而贬之以理，褒之以情，用尽种种杀价伎俩，终于私心得逞，抱了这枚彩石回家。

一巾清水拭去点点浮尘，小心翼翼放上红木底座，我于半步距离端详这被一代天骄成吉思汗所称道过的“天赐之石”。但见它坚而不砺，圆而不赘，华而不浮，腻而不浊，直径一尺有余的石体正面凸凹有致，背面平滑若砥。最奇特的是它酣畅淋漓的天然色彩，氤氲幻化，俨然一帧中国大写意。凝重而饱满的铜色主调下，造化之笔将羊脂般的白、碧翠般的绿、枯叶般的灰与点点猩红、斑斑鹅黄、丝丝墨黑巧妙调度，组合得精妙恢诡，跳脱无羁，气韵浑然。再细看，那遒劲线条与斑斓色块交叉掩映，恣意泼勾皴点出的，竟是一幅巧夺天工的《塞上金秋图》：画中央，秋水一脉蜿蜒曲折潺潺横流，上方有斑驳秋树纷披而下，下方则古石嵯峨，如坐如伫；草木夭乔，更有飞鸟奓翅其间，白蝶翩跹其里，几尾鱼儿摆尾摇鳍，唼喋水中；半空处，三五颗老红浆果欲落将落，仿佛正把透明空气划颤出一片细微而响亮的秋韵秋声……整幅画面苍润古拙，却全无中国古典山水那种常见的呆相与死气，万物灵动，生机盎然，情态万千。而当视线缓缓翻过这秋图边缘到石的背面，却是天青林碧，芊草连绵，一派春日景象。

我知道巴林石与寿山石、青田石、昌化石并称“四大印石”，其彩石以色彩绮丽见长，是中国独一无二的水彩玉。但天然图案竟能如此传神具象，布局巧妙，意趣飞扬，且惟妙惟肖，真叫我肃然间叹为观止并心生了谦恭与敬畏。我无法知道，这百般颜色万种风情，是经历了怎样漫长而激烈的地质运动才演化而成。而内蒙古巴林右旗，千里荒原上那不知名的采玉师傅，他又怎么晓得，这块石头里藏着这样一幅绝美的画呢？

人与物同人与人一样，其邂逅，其情愫，是需要缘分的。而这种情缘之美一旦结下，又常常是与时相生、发现不尽的。

又两三年，携了这巴林石的照片回老家，指点给小侄女看。精灵鬼怪的小侄女咬着指尖审视，良久，突然指给我说：“这画里有两个人儿！”我惊诧不已。但照片太小，双眼累酸，终不得要领。

从老家归来，凝神屏气，再读此石，兀的不喜煞人也么哥！果然童眼通神。原来画面上方万丛之中那只翩然飞蝶，竟酷似一窈窕女子屈身水边濯洗长发，一缕秀丝影影绰绰，若有若无；而近处那如坐如伫的古石，那凸起的部分，赭铜色纹理如遒劲笔触简练明快，活脱脱勾勒出一个布衣大士。这大士方脸阔面，隆鼻高额，身体前倾，背对远方濯发女子傍岸而走，双眼微垂呈羞涩状又似含着一脸窃喜。那样子，颇像在自我告知：吾乃君子，非礼勿视。而那面貌，又分明是个西域牧师……这亦真亦幻的一男一女，一远一近，一虚一实，仿佛时空错置中一次只可意会不可言传的不期而遇，瞬间喜剧风情无解，使一卷石头倍加妙趣横生，烟火葱茏，释放出无尽的人间意味。

造化无穷。《礼记·中庸》二十六有云："天地之道，可一言而尽也，其为物不贰，则其生物不测。天地之道：博也，厚也，高也，明也，悠也，久也。"上帝灵感，自然手段，鬼斧神工，非人所及，信焉。

又记起浪漫主义老头儿庄子那句名言："一尺之捶，日取其半，万世不竭。"便禁不住突发奇想，我这枚彩石有两掌之厚，背面春景，正面秋图，假若有无形神手像揭千层纸那样一张张揭开去，那该是一幅幅何等壮观的时序更迭、意象纷飞的山水长卷呵！春的萌动，夏的葳蕤，秋的丰饶，流动成天章云锦，其间花开花落，云起云飞，雨霁霜飘，鸟去鸟还，鱼儿虫儿兽儿自由自在于光影中快乐生息、千幻万化，待那画中人也一个个地鲜活起来，即便女娲再生，怕也难免瞠乎其目而自叹手拙吧。

天地有大美而不言。一块石头以它内涵与物象的无法穷尽告诉我：人，千万不可太虚妄太狂妄。纵然自恃英慧，才高八斗，在造物面前，也只是个贫乏肤浅，甚而无知的开蒙童子；即使落笔生花，腕下有鬼，在一掌天然面前，也无非是美之皮毛。而物转星移，岁月不居，又有几人的笔墨，能如斯淡定，永恒过一块石头呢。

2006.12.25

外省故事

刁　斗

“外省”作为一个名词而不是词组，在中国是不大使用的，我现在用它来作文说话，主要是图个方便。

我最早懂得“外省”这个词的含义，是在法国小说里。福楼拜的《包法利夫人》，副题叫作“外省风俗”；巴尔扎克的巨构《人间喜剧》，包含了一个比较重要的部分被命名为“外省生活场景”；还有司汤达的《红与黑》，在那个名叫于连·索黑尔的青年身上，“外省”的痕迹就如同他贫贱的痕迹一样，是烙在他身上的红“A”字。在法国，大约只有一个地方不必被称为外省，它的名字叫巴黎。

不过巴黎是巴黎，广东是广东，上海是上海。我是沈阳人，在我眼里北京不是乡下而是首都，我的外省，是就北京而言。

外省似乎只针对首都而言，看起来这仅仅是个地理概念。可是积累了一些生活的冷暖之后，我们便会为词语的力量所震慑而不敢妄言。事实上，外省更主要的存在于文化的隔阂里，它隐含着种种永不餍足的欲望，它是一种无形无状精神企盼的诞生地与出发点。外省是丧失一切和向往一切的总象征。

我刚刚学会读小说时，就懂得了外省的耻辱。我生长在辽宁沈阳，照理说不论大而辽宁还是小而沈阳都非菲薄之地。可在我那捡煤核捡白菜帮子的少年时代，我能看到，周围的贫穷如同夏天的苍蝇，繁殖迅速且无所不在。当时作为一个外省少年，我最大的愿望是盼父亲去北京出差。父亲每次从北京回来，不光他的脑子里会装满那些瞬息万变的精神，他那个土黄色的、特大号的、写着“要斗私批修”的旅行袋里，更会盛满令人垂涎的首都的猪肉。我记得，在我活到现在的几十年里，父亲唯一一次对我拳脚相加，就是那个时候。

有一天傍晚，父亲把首都的声音和猪肉一齐从北京带回，他一边兴高采烈地指示母亲做一顿解馋的葱爆肉，一边命令我去学校把姐姐找回来。有肉的日子就是过节，而过节的晚餐需要团圆。姐姐是她就读的那所中学的女子篮球队队员，而这支球队是沈阳市的中学生冠军队。她们的训练情况可想而知，不到天黑没人能回家。我骑车来到姐姐学校，扒着墙头看了一会儿，没敢惊动那个严厉的教练。那时候我相当腼腆。回家之后我如实相告，父亲对我的胆怯非常生气。老师不给假是另一回事，他说，可不敢请假，就是你的毛病了。这时我低声回了一句，我说，姐姐不回来，咱们每人不就能多吃点肉嘛。也许这只是我情急之中为自己的胆怯找到的另一个理由，但这的确是一个可耻的理由。听完我的话父亲愣了，接着他脸上现出了绝望的神情。我知道在他下放改造时，在他挨整倒霉时，他也从没有过这样的神情。他是一个反对“棍棒底下出孝子”的父亲，但他是一个崇尚“舍身饲虎”的知识分子。他在极度伤心处，对我操练起来的也只能是苍白的拳脚。我至今能懂得一些正直、善良、怜悯与爱，我得感谢父亲的拳脚。

当然北京使我这个外省人所得到的，除了猪肉，还有很多很多。1979年至1983年我在北京读书，它所提供给我的人文熏陶将使我受益终身。1983年以后我重又成了一个外省人，虽然我依然向往和热爱首都北京，但更加懂得的，却是如何热爱和尊重我的外省故乡和外省身份。我知道，我的深沉的热爱和尊重，也是四年的北京生活赋予我的。

还有一件事，与猪肉和北京和外省也有关系。

那是一个卖小白菜的季节，猪肉似乎已不再凭票供应。我在商店买猪肉时，与一个北京口音的售货员发生了口角。具体起因我已忘了，我只记住了他对我的羞辱。他说我“穷鬼”“穷就别买”一类的话。开始我还压着火气，我说你北京人怎么还这个态度。大概是关于北京人的话题触到了他的痛处，他居然对我动起手来。没准他曾有过一段辛酸的漂泊历史，但即使那样，我也不能允许他在用语言羞辱我后又用拳脚羞辱我。我向他发起了强硬的反击。我们在小白菜堆旁厮打之时，有限的打架经验使我及时地记起了武器的重要，于是，我操起小白菜堆旁的木头钱匣子抡了起来，把那个恶语伤人的北京人打得抱头鼠窜。

第二天早晨，一个身穿戎装的年轻警察敲开了我家房门，他对我父母说我昨天在商店抢钱匣子，要把我带走。

那样一个日子阴冷而阴森，坐在派出所内一间无窗无凳的空屋子里，我头一次思考起了我未来的命运。我渴望解释或者申辩，我需要证据及其公允，我甚至宁可让那个年轻的警察打我一顿。但整整一天，没人理我，那个年轻警察只偶尔看看我或看看将我囚禁的铁锁。后来就到了晚上。警察拎着皮包准备下班，并且几乎已经走出了派出所的大门，可忽然之间，他又想到了我。他把我从黑黢黢的空房子里放了出来，对我说：“以后你要是再敢抢钱，我饶不了你。”

在那之前，我已经在心里边不知谋划多少遍了：一旦把我放出去，我不仅要杀了那个北京口音的售货员，还要杀这个年轻警察，然后我将以偷钱和抢钱度过一生。可是现在，一听说要放我回家，我差点没“扑通”一声跪在地上。而且我说，甚至是发自内心地说：“谢谢……”

事情没完。一年多以后，我又一次走进了那个派出所。我已经很久足不出户了。我有过“抢钱的前科”，我必须把自己深埋在孤独和窒息中，可现在我又不得不自己走进派出所。果然冤家路窄，那个年轻的警察仍像一年多以前那样冷漠地坐在那里。他认出了我。他的目光和声音都让我畏惧。“你干什么？”他问。“起户口。”我答。“是下乡吗？”他又问。“不，是去北京。”我又答。年轻的警察也一定神往北京，我看到他的眼里有了点光泽。“去北京干什么？”他接着问我。“去读大学。”我接着答。“你……”他惊讶地站了起来，把我的录取通知书捧在手里，看得很慢很慢。

户口手续办好以后，我没说谢谢，我的目光里甚至充满轻蔑和嘲弄。我以一种高傲的姿态转身离去。就在这时，那个年轻警察的声音在我身后缓缓响起，我只听一句，泪水就抑制不住地淌了下来。“你没抢钱。”他说。“抓你之前我就调查清楚了，你只是一般打架，没抢钱。”他的声音非常平静，“我关你一天，只想教训教训你……”

后来，我就离开了外省，再后来，我又回到了外省。

2013.1.17

我怕惊动湖畔那些精灵

谢　冕

好久没来这湖边了。清晨，严寒，有点风，还有点雾——可能是轻霾，这座城市为雾霾困扰已久，我们也习以为常了。这湖是我的最爱，我生命的大部分已弥散于此。常居昌平之后，我总找机会回来，回来一定找机会到湖滨跑步，这已是我数十年的习惯了。这里的一草一木都有记忆，也都会说话。我脚步轻轻，怕惊动那些沉睡湖畔的精灵。严冬，湖面已结上薄冰，工人正在整治今年的冰场。再过几天，冰场就会启用。

我有自己的跑步路线。从住处畅春园出发，进西校门，过鸣鹤园小荷花池，绕池一周。经民主楼、后湖，入朗润园。紧挨着路边，出现一座小院，正房住着温德先生，东厢房住着他的中国用人。温先生终身未娶，中国是他永久的家。他九十岁时还能骑自行车上街，还能仰泳，他为美丽的燕园增添了精彩的一笔。温德的小院种满花草，其中不乏他喜爱的富有营养的野蔬。他不仅精通汉学，还是营养学家。温德先生是闻一多先生的朋友，当年闻先生“引进人才”，一引就是终身。中国成了他唯一的、也是最后的选择。

我跑着，想着。眼前就是十三公寓——季羡林先生的家到了。先生住在东边单元二层，那边窗户里深夜的一盏灯，是朗润园的一道风景。那灯光我是熟悉的，因为我和季先生曾是邻居，我住过十二公寓。记得那一年，火焚一般的夏天过去了，好像是秋风萧瑟时节，已是落叶满阶。那日在朗润湖边遇见先生。久别重逢，他关切地问：“还写文章吗？”我答：“还写，但不能发表。”先生意态从容，沉吟片刻，说：“那就藏诸名山吧！”我们相对无语，淡淡的，在我，却是如沐春风。

由此向东，是十二公寓了。情景如昨，也是冬天，湖水凝冰。透过湖面薄雾，依稀是儿子正在滑动他的冰车。迷蒙中我欲唤他，却是伤痛攻心，遂止。想起那厢住着吴组缃先生，他是直接教我的，我要向他执弟子礼。吴先生当年从镜春园搬过来，也是住二楼。他搬来时我已搬走。那次拜望是为北京作协的朋友引路，记得有林斤澜、张洁、郑万隆、李青，可能还有严家炎。那年我们为吴先生庆八十大寿，吴先生说自己是“歪墙不倒”。陈贻焮先生住在吴先生的楼下，他也是从镜春园搬来的，不仅搬来了他的书房，也搬来了那边的竹林。先生有名士风，爱竹。先生一如既往地欢迎我，一如既往地款我以香茗，与我谈诗论文，也一如既往地展示他湘人的傲骨、湘人的才情。

朗润园四围环水，有石桥通往内园。岛内崖畔，镌有季羡林先生手书“朗润园”三字。整座园子清朗温润，宛若一块浮于水中的美玉。此刻冬寒，花事式微，已是满眼枯瘦，只能于记忆中寻找旧时芳华。此刻这一带枯水寒山，一路唤起我的记忆，有欢愉，也有无尽的怀想。金克木先生的家我是去过的，也是那年夏季过后，风雨萧疏中大家都很寂寞，我在北大想约请学界纯正人士，谈些那时已被冷落的学术。约请金先生出席，电话那头传来的声音爽朗而诙谐：“不行啰，我现在除了嘴在动，其他的都不能动了。我已是半个八宝山中人了！哈哈……”北大人都是这样，他们会把沉重化解为谐趣！

从朗润、镜春两园逶迤向西，林间山崖，婉转隐约，顷刻间未名湖展开了它冰封的湖面。湖滨柳岸萧瑟，叶已落尽，空有枝条在寒风中摇曳。沿湖小道两旁，昔日葳蕤的花草也已枯黄。这边是斯诺墓，这位充满爱心与正义的美国人，选择这里的一角长眠。墓地面对着花神庙。花神庙那边有一片略为开阔的地面，稀疏地立着供人们休憩的几张靠椅。那年也是在清晨，也是在这里，晨曦中但见朱光潜先生在练拳。趋前请安，先生告诉我，这套拳法是他自编的。80年代，先生还未退休，身材精干，脸色红润，双目炯然。那时他正在紧张地翻译维柯的《新科学》。他是康健的，记得当年英国一剧团来华演出莎士比亚戏剧，朱先生挤公共汽车去展览馆看戏，一时引发舆论热议。在北大，年长资深的教授挤公共汽车是常事，不稀奇的。

临湖轩优美地隐藏在竹林中。竹子呈青绿色，有点暗，带着与霜冻抗争的痕迹。这里曾是司徒雷登校长的住所。司徒校长当年主事燕京大学，这里是燕大师生感到亲切并且向往的地方。据说冰心先生的婚礼是在临湖轩举行的，司徒雷登校长主持了她的婚礼。此刻竹影婆娑，似乎参加婚礼的人们还沉浸在昨夜美丽的满是香槟和鲜花的回忆中。对于司徒雷登而言，这里当然也是他最不忍离开的地方。燕大的校友们、北大的师生们对他的思念是永远的。我选择这一年的最后一个清晨，向至今还活泼泼地生存在这里的精魂致敬。我怕惊动他们，蹑着脚步，又不免沉重，因为这方土地的负载太沉重了。

绕湖一周，习惯性地回到了燕南园，这是我从学生时代就隐秘地钟情的地方。院子不大，内涵却深厚，花径弯曲，总觉绵长无尽。三松堂人去楼空，三棵“院树”（宗璞先生“封”的）依然凌寒而立，发出严寒中凝聚的苍绿的光焰。路经冰心先生当年的小楼，仿佛见她正推着婴儿车款步于花荫，裙裾迎风，风姿绰约。周培源先生的家就在近旁，那日我陪徐迟先生拜访他，在他的书房聆听他关于湍流的论说。

燕南园集中了燕园最瑰丽的风景，他们劳作过，思想过，快乐过，也痛苦过。他们以自己的方式表达自己的意愿，作为学者，他们的人格是独立的。一旦有人试图改变他们的生活方式，或者试图摧毁他们的学术尊严，温文尔雅的他们，也会以自己的方式抗争。燕园的居民都记得，历史学家翦伯赞先生及其夫人，曾经以最断然、也最惨烈的方式把自己写进了历史。他们，以及与他们同时代的人以自己的方式决然离去，成为这座园林始终不能愈合的伤口。尽管我的脚步轻轻，但我还是触动了历史最敏感的一页，我还是惊动了那些曾经爱过、曾经痛过、曾经辛劳过、也曾经幸福过的灵魂。

2015.4.10

“哎呀”一声忠实去

刘兆林

早晨刚从床上坐起，一则朋友传的微信让我“哎呀”一声，嘴就张着不动了。紧随着一个个更重的“哎呀”声，如同呐喊，低沉地从遥远处传来。

大约5年前的春天，我登上了西安郊外的白鹿原。在高耸入云的白鹿碑下站定，往日一欢快便想开玩笑的心情却悄然溜走，心下不由暗自“哎呀”了一声。那次暗自的“哎呀”，不是我的东北口音，而是10年前走在江西赣南红军长征路上的中国作家采风团团长之一的陈忠实先生发出的，前面的“哎”字要比后面的“呀”字重得多，是被浓醋啊烈酒啊老辣子啊羊肉泡馍的老汤啊，日久天长混合浸泡而成的陕西味儿，那绝对是经白鹿原的长风与灞河劲水熏染而成的陈忠实的口音，与我听过的别的陕西文人如贾平凹、雷抒雁、白描、白烨、邢小利等都不同。10年前那次重走长征路采风，我是陈忠实手下一名团员，过后我曾在《过梵净山》一文中把他独特的“哎呀”译为相当于古汉语的“呜呼”，所以，一激动了，大家便一起（连另一位团长张健副书记也带头）学他口音连声呜呼一阵，以示对他“哎呀”的呼应。而我在白鹿原这块文学高地暗自发出的这声“呜呼”，源头就在那次重走长征路。

与作为团长的陈忠实同走了一段江西并贵州的长征路，才有了后来无数次近距离细细端详白鹿原上文学之碑的机会。他抽的烟是格外粗壮的雪茄，还随身带一个装了浓茶的大水杯，这两样提神的东西使他眼睛总是亮亮地在深思，却很少有话，会上也很少有。一旦忽然有了感触，通常也是前面所说那样“哎呀”一声了事，其余都留着力透纸背，或说给确能听懂的人了。至今清晰记得，过梵净山时，当地政府安排了叫作滑竿的简易轿子抬我们翻山，大家都不好意思让人抬，但都没办法拒绝，人家说这是为了拉动经济，好让挣不着钱的农民工得几个工钱。陈忠实没坐，他说身体不舒服，不能和大家一起翻山了，就从山下绕到对面和我们会合。当我们一群坐过轿子、“压迫”了农民工的人和他会合时，我和山西的葛水平请他坐到放在路边的滑竿上歇息一会儿。他刚一坐下，我和葛水平却乘其不备抬他在大家面前走起来，他急得哎呀呀叫停，还是被我俩抬了好几圈，惹得大家齐声呜呼了一阵子。其实他这个农民的儿子，是最不好意思“压迫”农民工的，才没和我们一块翻山。我们却非让他压迫了我们一会儿，心思当然是出于对他的尊敬。那一路上说了太多兴高采烈的话，原因当然和《白鹿原》的作者是团长有很大关系。但那次我没单独和他说多少话。一是很累，二是我自觉不配浪费他的宝贵时间。但从那以后，每次中国作协开会，我都要和陈世旭一同到他房间坐坐，陪他喝杯啤酒或茶，就是表示一下对文学老大哥的尊敬，但也因此逐渐有了感情。记得有回我自己去他屋里坐，他一口一口抽雪茄烟，我陪着一口一口喝茶，却没几句话。后来他忽然对我说：“你该好好写一部长篇。”我知道这话的分量，他是指垫棺当枕头那种长篇，我何尝没想过。其实我在长篇处女作《绿色青春期》后，又有个长篇稿子在手里放了多时，只是一想到他那砖头样厚重石碑样高大的《白鹿原》，便丑媳妇不敢见公婆了。后来他说他自己也打算再写部长篇小说，我却表示了不赞同，说再写那么沉重的东西，会把他自己压垮的。较长一段时间后，我还是悄悄把放手里好一阵子的长篇跟他说了，就是上海文艺出版社刚看过的《不悔录》。所以跟他说，是因编辑部看后很感兴趣，想出版但有顾虑，建议我找位著名评论家写个序，再找位著名作家写段评语。

我清楚，《不悔录》不该是他希望我写的那部长篇，不想他却满口答应，并很快写了一段至今让我感念不已的话印在书上：“刘兆林是位经遭过生活磨难、阅历丰富的真诚作家，却又永远有着乐观襟怀和幽默情调。他曾以小说《啊，索伦河谷的枪声》《雪国热闹镇》和长散文《父亲祭》震撼过文坛，也震撼过我的心。他的长篇小说《不悔录》，又使我受到一次更深刻的感动和震撼。”不用说，这段评语，我既感动不已，又羞愧难当。我不会大言不惭地认为他真就受到那么深刻的感动和震撼，其中是会有感情因素的。但我敬重他的感情，我觉得他的感情很纯粹，很真诚，给了我很大继续写下去的鼓舞。

因了这份感情，才又有了后来陈世旭约上我，分头飞往西安，共赴老大哥的“摘樱桃”之邀。他在电话那边是这样说的：“白鹿原樱桃熟了，你和世旭来原上摘樱桃吧！”我们就千里迢迢去了。到后他问我们除了摘樱桃，还想看看啥。我和世旭不约而同说最想看白鹿书院和他乡下旧居。旧居我在他自传式的创作谈《寻找属于自己的句子》里已反复领略过，如能亲眼看看则最为如意了。他却又是一声“哎呀”后说：“我的旧屋子没什么好看嘛，先看看书院就去原上摘樱桃吧！”第二天他就带我们直接上了白鹿原。一同上原的，还有他邀来的人民文学出版社原副总编辑何启治，他是《白鹿原》的责任编辑，还有来西安参会的评论家白烨。人多了，想法仍不谋而合，还是都想看看白鹿书院和陈忠实的乡下旧屋。陈忠实仍是那一声“哎呀”说：“我的旧屋子有什么好看嘛，先看看书院就去原上摘樱桃！”这便是陈忠实，人越多，话越少，越执着。

忠实老大哥把我们引进乡间古朴风格的白鹿书院，领我们挨间屋子看了看，便叫我们坐到庭院的凉棚下喝茶，吃黄瓜、西瓜、瓜子、小西红柿和樱桃。那樱桃颗颗如山杏子大小的紫玛瑙或红珊瑚，我以为就是白鹿书院种的呢。环顾一番才明白，环抱着书院的大园子，种有芍药、月季、西番莲、毛桃和矮松树等，这就等于书院是建在花园里了。对怎么办书院，身为院长的陈忠实只字未提，倒是主持书院学术研究的《小说评论》副主编邢小利热情向我们介绍说：“白鹿原上办白鹿书院，实至名归。陈老师在《白鹿原》里写的白鹿书院和主持人朱长山先生，都是有原型的，其原型是蓝田县清末举人牛兆濂主持的蓝田‘芸阁学舍’。而这个蓝田县，自秦设县以来一直沿用至今，蓝田学舍是在为宋代著名的吕氏四兄弟状元学者吕大忠、吕大防、吕大钧、吕大临修的‘四献祠’基础上拓修而成。四兄弟中，吕大临创造的哲学‘合二而一’论，曾被新中国哲学家杨献珍发掘并推崇，后又受到批判，在全国形成一次‘一分为二’与‘合二而一’的哲学大辩论。由‘四献祠’到‘芸阁学舍’，再到小说中的‘白鹿书院’，到现在白鹿原上的白鹿书院，历时千余年，而神脉不断，这就是对中国文化精神的薪火传承，薪尽而火传，灵魂不灭。《白鹿原》中的白鹿终于回到了白鹿原上，实现了陈老师的心愿。”对邢小利这些说法我们频频点头，陈忠实却不时“哎呀”一声，以示这些美好想法能实现多少，还不一定。

临要离开书院时，擅长书画的邢小利执意让我们每人都留下一点墨迹。世旭写的是“汉唐雄风”，当然是赞美《白鹿原》的，很大气。我写的只是“寻句白鹿，不亦乐乎”“白鹿谁云不还童，原下灞水尚能西”。我这两句，写得小气，但也是由衷写给陈忠实老大哥的心迹。他曾写过一本专门谈《白鹿原》创作始末和感想的书，就是前面我说到的自传式心血创作谈《寻找属于自己的句子》，那可真如割破血管从身上放血一样宝贵的经验，读后感到这部书才是打开陈忠实人生密码与写作密码的最佳钥匙。此时能坐在白鹿书院和陈忠实先生一块喝茶、聊天，怎能不再次想起“寻找属于自己的句子”的新意?

在白鹿碑前只站了一小会儿，就有个年轻人跑上前说，陈老师有事我帮你跑腿啊。陈忠实问他是谁，他说是原下的乡亲。看来，原上原下许多人都认得陈忠实，没见过的，也家喻户晓他的名字了。他谢绝了人家好意，就陪我们碑前碑后转起来。

明媚的阳光把我们几个人的影子投映在坚实的原土上，使我更加感觉脚下自己的身影的单薄。而细看阳光下的陈忠实，苍硬的头发衬着沧桑脸上炯亮如炬的眼，不禁想起何启治先生讲的一件事。有位青年作家读过《白鹿原》后不知陈忠实是否还活着，便给他写信谈感想说：“50 多万字的《白鹿原》，简直字字都是蘸血写出的，即使作者活着，恐怕也要累吐几次血吧。”此事让我想了许多。在长篇小说年以千计的时下，作家们实在应该写得慢点再慢点。

因为我们在白鹿书院和白鹿原碑流连时间过长，陈忠实反复说摘樱桃的事却没时间了。他只好在樱桃园为我们每人买上两大盒樱桃，叫带回去品尝。人说樱桃好吃树难栽，我却认为，应该是樱桃好吃果难摘才对。虽然现在的改良樱桃比老品种大了许多，仍是不好摘的。我们千里迢迢来摘樱桃，却没亲手摘上一颗。

离开西安前那个清早，我抽空到古长安城下的菜市场闲逛，远远听见有壮年男子扯嗓子喊：“白鹿原大樱桃啊，好吃不贵……”我赶过去，竟见青青古城墙下，卖主的驴车上，还插着一枝硕果累累当幌儿用的樱桃。听我说认识白鹿原下的陈忠实先生，那男子二话没说便允许我摘了，我不由得心下又是一声“哎呀”。那声“哎呀”，已成了我今天的哭声！

2016.5.16

我所受的小学教育

韶　华

在我上小学的时候，已经是20世纪30年代了，虽然清朝已经倒台了二十多年，但军阀混战不止，“地盘”不断变换“主人”，社会没有什么改革。连缠小脚这样的陋习都没有改，旧文化仍然统治着农村。

就我的家乡河南省滑县庄子营说，十二个自然村两千多人口，只有一所小学，四五十个学生，上学儿童不到百分之五。政府因为没有经费，不办教育，是农民在一所祠堂内，每个入学的学生出一斗粮食给教师当工资办起来的。科举制度已经取消。农民让孩子上学，还不知道什么考大学的事，农村百分之九十的人是文盲，百分之十是自学的半文盲。让孩子上学，无非是学几个字，能记记账、写封信就够了。我们两千多人口的庄子营，四五十个学生，说明大部分孩子还是没有上学的机会。

县里倒是有一个初级师范，一个堂堂五六十万人口的大县，也只有初级师范的二百来个学生，大部分是富家子弟，又说明它只是一个摆设。

我再说这教材。国民政府颁布了“复兴”课本，按政令是必须在教学中使用的。我记得第一册，第一课是带插图的“弟弟来，妹妹来，来来来”，三个生字；第二课是“来唱歌，来跳舞，来游戏”，六个生字。农民认为白话课本“没有学问”，还是要学《三字经》《百家姓》《论语》这样的“老书”，学问大。像《三字经》头两句是“人之初，性本善”。五六岁的孩子怎么明白人本性的善恶呢？所以有的孩子就把“苟不教，性乃迁”，读成“狗不叫，砸一砖”。另一个普及课本是《百家姓》，头两句是“赵钱孙李，周吴郑王”，既没形象，又无意思，只是简单的四个生字，就更难记了。有些刚入学的四五岁的孩子，“大学长”（十多岁的学生）有意逗孩子，教他几句：“赵钱孙李，来到山里，捉个兔子，拿回家里——谁呀？老师他兄弟——你就这么念，老师一定说你聪明，不学自会。你可别说谁教你的呀！”

老师一到学校，孩子便高声朗诵起来。在我们家乡兔子是骂人的话。教师拿着“教鞭”（手指粗细一米长短的一根竹条），走过来生气地问：“谁教你的？”小孩子指着大孩子：“他！”免不了各挨两教鞭。

我们那所学校原来是一个祠堂，院子很大，还有个小树林和一片草地。孩子们都不爱读书，总是借着上厕所，在外面闲逛。所以老师制了两个“出恭板”。出恭就是解手。不拿出恭板是不能出教室的。拿着此板的学生，在外面玩够了，一回教室，便有好多学生去抢。我的一个同学抢不到出恭板，憋不住了，在墙角照着一个老鼠洞撒了泡尿，还冒着黄沫。他悄悄叫我去看，我小声问什么东西，他说：“屎壳郎吐的吐沫！”我忍不住笑了一声。老师过来一看给他两教鞭，也给我一教鞭。

从县政府说，他们倒是有个教育局，常常派“督学”到下面检查各校是不是都用了政府法定的教材。老百姓叫“督学”为“查学的”。“查学的”一来，教师就让学生摆上《复兴课本》装样子。“查学的”一走，又换上《三字经》《论语》等。

老师讲课时摇头晃脑地说：“子曰，学而时习之……子，就是老夫子，姓孔，名丘，鲁国的圣人，曰，就是说……”

有一次督学来“查学”。老师让学生把“老书”藏起来，摆出来《复兴课本》装样子。但《百家姓》《论语》等老书没有地方藏，我只好装在裤裆里。下学回家告诉父亲，父亲责备我：“你把‘老圣人’装在不干净的地方，这不好……以后不能这样！”父亲也没有上过学，把旧书当成“老圣人”，说明他尊敬文化。

最可笑的是背书。像《论语》是文言文，内容和孩子的生活八竿子打不着，怎么能记得住？比如《论语》有一节文句是：

“如切，如磋，如琢，如磨，其斯之谓与。”

一个叫玉田的同学怎么也背不下来。到天黑要下学了，拿着书本走到老师桌子前，书本放在桌子上，转身背道：

“如啊，如啊，如切啊……”回头问老师：“啥呀？”老师提示一次：“如磋！”这同学回头再背：“如磋啊，如磋啊，如磋啊……”又问：“啥呀？”按规矩老师可以提示三次。这时老师用教鞭敲敲课本生气地说：“瞧瞧！”（意思是：你看看书本）。这位同学以为是提示的课文，回头背道：“瞧瞧啊，瞧瞧啊……”气得老师不让他下学回家。那时孩子都很少洗手洗脸，哭着揉眼睛，脸上和手上的泥巴，一揉，像熊猫似的。

还有一个叫燕然的同学，背这么几句《论语》：“颜渊死，子哭之恸。从者曰：子恸矣！”就这几句背了两天，也背不下来。老师在旁边拿着教鞭，他恨这个学生太笨，你背不下来就打一下。这位同学一面哭着一面背：“颜渊死，子哭之恸，唔唔唔……颜渊死，子哭之恸，唔唔唔……”那时的所谓学校也就是两三间闲房，隔壁邻居听见了学生的哭声，一个问：“颜渊是谁呀？怎么死了？颜渊哭那么恸？”另一个邻居回答：“颜渊嘛……可能是燕然他姨夫或二舅吧……”另一个早先也背诵过《论语》的邻居说：“扯淡！颜渊是孔子的大儿子……”

我就在这样的小学里读了四年书。参加革命之后，自学了点文化。我没有文化优势，之所以后来当了作家，是因为我在生活的泥水里翻滚了几十年：抗日战争把兵当，解放战争在前方，土地改革下了乡，抗美援朝过了江，经济建设修建“大伙房”（水库），“文化革命”遭了殃，“五七”道路下了乡……都在生活第一线，丰富的生活积累，补充了我文化的不足。

2016.6.4

那个夜晚那首歌

江　洋

父亲说，那个夜晚没有歌声。

那是一个秋凉的夜晚。中华苏维埃机关和中央红军部队从周边百十里集结到这儿，许多人还打着赤脚，穿着单衣，他们心头有一个不约而同的信号：准备出发，去远方。

苏区的第五次反“围剿”失败了，号称百万的敌人正在从四面八方向根据地合围，夜幕中已经能够听到敌人远处的炮声。

红军士兵们不明白，我们都在拼命地作战，为什么这次的战斗越打越别扭？

苏区的百姓也不明白，我们拼了全力支援的红军，为什么不能像以前那样一次次地打败敌人？

没有人给出答案。

远处的红军将士是英勇的。18 岁的红军师政委萧华此时正带领着他的近万名少共国际师不满十六七岁的战士们，在一个叫石城的地方阻击敌人，他们奉了党中央的指示，凭借着手中的土枪、大刀，甚至石块、木头，要将 3 倍于己的敌人阻挡在“共和国”大门之外，为中央机关和主力部队的集结争取最多的时间。他们最后的武器是拳头、牙齿，直到自己的热血。那一仗，萧华的少共国际师损失近5000多人，23岁的师长吴先群壮烈牺牲。当萧华完成了阻击任务，带着浑身伤痕来到河边时，他只听到了嘹亮的军号，却没有歌声。

父亲说，部队出发，去远方，这对每个官兵来讲都不是新鲜事。

父亲从1928年参加红军那天起，早就习惯了说走就走、说打就打的常年征战。尽管他的家乡就在百里之内，可是6年中他从没有回去过。而此次的出发，他和大多战友一样，似乎只是一次重复、重复多次的转移和出征。

可奇怪的是，每个人的心里好像又有一种奇异的感觉，不像往次那样的轻松，不光是因为打了败仗，仿佛有一种“风萧萧兮”的预感。

然而集结和出发的命令是保密的，纪律不允许谁回家去告别，哪怕你能够看到自家闪亮的油灯，能够听到自家婴儿的啼哭。

即使是相当一级的指挥员，也不知道去哪里——负责开路的红一军团长林彪和政委聂荣臻就去问过毛泽东：“我们要去哪儿？”而当时只担任中华苏维埃主席而失去兵权的毛泽东其实也不清楚，只是巧妙地回答说：“去命令你去的地方！”

21岁的团政委杨成武，参加革命已经6年没有回家，家乡人听说他的部队到了于都，老父亲带着村里乡亲从100多里外的长汀赶来，就想见儿子一面，告诉他，母亲想他都哭瞎了双眼，这个年轻指挥员正在忙于部队出发的准备，他只见了一面就悄悄地躲了起来，他害怕缠绵的亲情影响了自己坚定的意志。以至后来的路上，他飞夺泸定桥、攻克腊子口，斩关夺隘，一路先锋，也许正是把父母的亲情深埋在心底。

父亲就是于都河边长大的。他说，于都河就是贡江，从瑞金流到于都，就叫于都河，流到下游到赣州，在那里与章江汇合成赣江。江西的简称赣由此得名。

小小的于都，只有不到30万人口，在红军即将踏上转移征途时，竟有6万多人参加了红军，还有5000多人当了民工。

于都河水面不宽，也不深，军民联手架起了浮桥。为了行动保密，部队的行动全部从傍晚开始，到清晨停止，于是这座浮桥只能晚上架起，凌晨时拆除，一连三天，几万大军转移上路竟没有被敌人的飞机发现，这不能不说是一个奇迹。

82年前的那个夜晚，中央机关和中央红军，从于都5个渡口过河，踏上了不知去向的征途。

那样的夜晚会有歌声吗?

没有孤篷远影的浩旷，也没有灞陵折柳的浪漫，甚至也没有浊酒一杯——被留下的一大代表何叔衡只是用清水邀来林伯渠、徐特立等老友做最后的话别。

每个渡口处，都有不少前来送行的人流。有的是当地的百姓，他们送自己的儿子、丈夫，处处能够看到那种依依惜别、热泪沾衣的场面；有的是那些因为受伤、疾病而被留在苏区的战友们，他们的告别则是一种壮烈。后来担任共和国国防部长的耿飚曾经回忆，他永远忘不了一位双目失明的排长，站在河边，逐个地抚摸着他同生共死的战友，干涸的眼眶里已经淌不出泪水。

送行的人举着火把，拼命在人群里寻找自己熟悉的人；出征的人也举着火把，匆忙地在人群中穿行，好像不敢对视自己亲人的目光，他们担心自己克制不住的感情。

送行的人把自己能够带来的菜团、红薯、鸡蛋，还有能够拿出手的被子、衣服、草鞋纷纷塞给认识或不认识的人，而出征的人，则匆忙地接过，用热烈的握手和拥抱作为简单的答谢。

送行的人说得最多的一句话是：你们可要早点回来呀!

出征的人回答都是：我们一定会回来的!

没有音响，没有鼓乐，没有歌声。

但是有红旗。红旗在夜空中招展，人们朝着红旗指引的方向聚拢着，行进着；还有火把，无数的火把组成一条条发光的长龙，蜿蜒着，起伏着，好像要把远方的黑暗吞噬。

父亲们不知道，他们正在创造着一个人间最伟大的奇迹。

父亲只是说，那个夜晚所有人的心情都无比复杂。当毛泽东走上临时搭建的浮桥，回头眺望着自己经营了6年多的中央苏区，想想那时分田分地、“收拾金瓯一片”的热烈场景，大概心中也是五味杂陈，他毫不怀疑一定能够回来的信心，可他未必想到，这是他与赣南苏区的最后告别。

父亲说，他那个叫葛坳的小山村，有60多个青壮年当了红军。直到新中国成立后，能够联系上的只剩下了3个人。父亲甚至多年不敢回乡探望，他家乡的亲人已经被敌人杀光，他更不敢面对那些失去了亲人的父老兄妹……

多年后，父亲在弥留之际还说，那个夜晚很冷。

那个夜晚没有歌声吗？我不信。

那个夜晚应当有歌声，那是当年红军从井冈山下到赣南开辟根据地时，乡亲们送行时的那支歌——

一送里个红军，介支个下了山……

父亲说，那是在井冈山地区唱的，后来人们希望在红军长征出发的时候也会有这支歌。然而，这首歌里面的“拿山”和“五斗江”却都是井冈山地区的名字。

只能说，这首歌从那时流传了下来，流传到了红军再次出征，人们期盼的是——几时里个人马，介子个再回还！

而这一次，许多人就再也没有回来。

今年我去于都时，听到大街小巷流传着这样一首歌——

红军哥哥你慢些走，小心路上有石头，碰到阿哥的脚指头，疼在老妹的心里头……

当地人说，这是我们送红军的歌。可那个夜晚，可能没有人唱，但那招展的红旗不是歌吗？那燃烧的火炬不是歌吗？那支雄浑壮阔的旋律，已经贮绕在我们心头80年！

站在于都河渡口，天涯一望，今日水犹寒。河水平静地流淌，那首歌仿佛在水面上跳跃，追伴着那远去的红军哥哥……

2016.10.11

跟音乐一起“发酵”

刘恩波

不记得老片子叫什么名了，只记得申军谊演的家伙喝醉了酒，在夜总会的大堂出神地听着一个萨克斯手的演奏。曲调恍惚，迷离，忧伤。悲剧性毁灭的前奏由音乐垫场，再好不过了。接着就是敌对双方火并和大爆炸的场景，至今想来，还以为音乐是最好的引线。

再说《廊桥遗梦》，里边的主人公罗伯特·金凯和弗朗西斯卡越过家庭和礼教的双重束缚相恋了，片中有一个镜头，他们在音乐和烛光的点缀下，忘情拥抱着跳舞，为诗和远方的存在而欢呼雀跃。

也许，生命与音乐似乎总是天然的盟友。当音乐响起，人们沉浸其中，情绪也跟着“发酵”，就可以变得疯癫、放达、天真烂漫一些。而平时他们可是蜷缩进自己日常惯性之壳里的蜗牛。我甚至想到，如果《末路狂花》中的两位女角不是在激情的摇滚乐的催眠下，她们是否还会飞车峡谷，向命运发出如此激烈的挑战还真的是个问题。

这是艺术中融解的传奇和故事。

那么真实生活中呢？

翻开历史，真实的腹地依然上演着音乐“发酵”的印记，在英雄们挥洒热血和热泪的舞台上，似乎也总有旋律的砥砺、陪伴和烘云托月。

想一想荆轲正是吟诵着“风萧萧兮易水寒，壮士一去兮不复还”的悲凉调子，来为自己的即将赴死的旅程壮行。嵇康打铁，大概从那铿锵顿挫的心灵敲打乐里，亦会找到和触摸着应对黑暗现实与迷茫心绪的一把任性纵情的钥匙。我总觉得失传的《广陵散》里会有丝丝缕缕的铁一般淬炼的韵律。就连斯斯文文的孔夫子在齐闻《韶》居然也会“三月不知肉味”，可见他老人家“醉”得不轻。

这样想来，音乐就是贯通天地的一种脉息，其间氤氲着冰与火，隐匿着爱和欲，渗透着人伦的悲欢喜怒，交碰着与自然万物的互感和谐。

你听过贝多芬的《命运》吗？那激情的扫荡莫可名状；或是柴可夫斯基的《悲怆》，有人在其中听出了生死之交的迷茫；还有阿炳倾情演绎的《二泉》……痛彻肺腑的旋律之间，分明涌动洗礼升腾起心魂的秘密节律，那音乐在某种程度上就是一个人情感的导体和通道，也是开启另一个世界的门径与路标。

音乐无处不在。正像生命无论昂扬还是落魄都一样生生不息。其实，好的文字、好的绘画里又何尝不“发酵”纠结着几缕音乐的脉搏和呼吸？

古龙《多情剑客无情剑》甫一开头就声势逼人：“冷风如刀，以大地为砧板，视众生为鱼肉。万里飞雪，将穹苍作洪炉，融万物为白银。雪将住，风未定，一辆马车自北而来，滚动的车辆碾碎了地上的冰雪，却碾不碎天地间的寂寞。”

这样的书写，仿佛游走在高音区的琴弦，苍凉的涩音，透入裂帛之中，颤动着生命的极致。古龙的笔法，大概有点像闵惠芬行云流水的二胡，于激荡慷慨回旋悲凉里，荡开一圈又一圈的命运的歌吟与惋叹。

而当你逼视着凡·高那幅《星月夜》，却又宛如走进德彪西错落缤纷的印象乐章，在其间享受着神秘的快慰和醉意。蔚蓝的安谧的小镇，火炬般拓展个性造型的植被，金黄的星月，欲语无歌。

音乐当然是和人的心意相关的。毋宁说它是一个场，其间包裹着情感的起落、心意的抑扬。

记得那天重温《笑傲江湖》，黄霑的曲子《沧海一声笑》，听起来一如当初的惹人撼动欣喜，又落寞。它竟有点像刀剑交错中乍然绽放的人性的花朵，吐露着英雄豪杰荡气回肠的心曲和那灵魂角落里无处埋藏的幽香。“苍天笑，纷纷世上潮”，“谁负谁胜出天知晓”，“清风笑，竟惹寂寥，豪情还剩了一襟晚照”，片刻之际，恍惚通体为历史的波涛翻卷淘洗过一样。生活中跌爬滚打的庸常和琐碎不见了，只剩下缕缕豪情，如烈酒，一饮而尽。

当动人的音乐响起，我们的心也会跟着起舞欢跃，有时候身不由己地仿佛置身于另一个天地，另一处梦乡，成了它的漂泊的浪子，释放奔涌着快意恩仇的决绝和释然，游走无踪，那是解禁的梦想和心灵的自由。

2017.3.2

干 净

宁珍志

“干净”是形容词，其本意和引申义，不用查找《辞海》《词源》作更多解释，谁都会说上十句八句的。只是生态失衡，人性庞杂，“干净”出现的频率日益减少，我们感到了陌生化而已。如果来到西藏，看看这里的蓝天、这里的绿地，看看这里的山光、这里的水色，才会真正明白什么叫作“干净”，或者说单凭“干净”已不够用了；假如有比“干净”还干净的词汇，用在这里并不为过。西藏是“干净”的最好注释词典。

我们感受了纳木错、巴松错、羊卓雍三大湖泊的干净。远望也好，近观也好，那份湛蓝、那份清、那份精美简直失真、简直绝伦，人间天上还是天上人间？仙境绝尘，一尘难染，犹如梦幻。我想，即使把全世界的画家们都集中到此，也无法调配出能表现它们干净的色彩。在纳木错湖边行走，我几次想蹲下身来，掬捧湖水，让干净浸染一下，最终未果，还真怕自己的双手污染了湖水。同行的朋友都带有佳能、尼康等专业单反相机，拍出的照片该是最能还原本来景色的，可到沈阳发至电脑一看，还是与我们看到的真实有距离。开始以为自己电脑屏幕分辨率低，所以又拿着U盘到图文工作室的高清显示屏查看，结果还是一样，最大差别即是照片无法把高原、湖泊独有的干净显现出来。

汽车几乎全部沿着尼洋河、拉萨河、雅鲁藏布江、年楚河四条水系行驶，江河的干净让我们的心头流满澄澈。在河道的转角或狭窄处，溅起的水花卷起千堆雪，于阳光下闪烁出七彩斑斓；平缓之处恰如镜面，倒映两岸风光，雪山、草原、森林、田园织就的万千佳丽，不断被河水重复，交替出现。在鲁朗林海、在南伊沟、在比日神山、在卡定沟等风景区，更是把藏区的干净推向了极致，或者说单纯用“干净”已缺少表现力度了。在此，干净是一种氛围，是一种情态，是一种美妙的旋律，是一种与人类息息相关的生命意识。我们的脚步很轻，不敢大声说笑。足下小草沉静着，身旁野花芬芳着，耳边溪水嬉戏着，眼前牛羊悠闲着，远处雪山耸立着，头顶蓝天空旷着……霎时，牧民的毡房一侧姗姗升起了几缕炊烟，与散淡的云朵融为一体……无须再多说什么，我们所有的表达词汇立刻苍白。

我们住宿拉萨，夜晚总会有一场细雨，翌日天空的洁净程度可想而知，阳光毫无阻碍，不是照射，是喷洒，是倾泻。驱车林芝又宿，夜空净洁，万籁俱静。我在宾馆门前踱步，竟想到了初恋。女朋友不乏浪漫且通俗，要我给她摘颗星星。我连天上的星星看都看不清，怎么摘啊？因为是内地的工业城市嘛！结果女友噘嘴，以为我不愿意与她海誓山盟。其实她要的就是一句话，并非要我真摘，怎么能摘得下来？现在身在高处，摘星星倒真的成为可能，离我们太近了，数得清，够得着，就在山峰的肩头，如果我攀上峰顶……然而，值得为她摘星的人呢？浪漫早被现实推出去了老远。

导游告诉我们，论空气含氧量，和内地相比，拉萨为百分之六十五，我们翻越的那根拉山口仅为百分之三十五。我们一行人除了开始的两天有些紧张外，而后却没什么大的反应，呼吸蛮畅通，如履平地。藏区高原空气少，质量却比内地高，一个词：干净，有个百分之几十，够用了。说话之间，我突然张大嘴，快节奏地吸了几口，哈，先洗洗肺吧！开句玩笑，假如谁无意说出几句脏话，待传到听者耳边时，也会变得干净起来，空气能把脏话擦洗得脱胎换骨。

面对扑面、接踵而来的“干净”，不能不和内心形成对比，人非草木。

即使是草木，也需要良好的生长环境，虽然草木无语，但它们以自己的茁壮茂盛证明着。我们的青春岁月，我们的情感履历，我们的流逝往事，究竟有多少不检点之处？我们的今后历程，还有没有龌龊发生？西藏的山水风光难道不是强效力的去污剂吗？每时每刻都在净化提纯我们的灵魂。让生活干净点，让生命干净点，让社会干净点，让所有的日子干净点。西藏所有的景色都在提示我们。

2017.5.30

九十抒怀（外一篇）

彭定安

时光匆匆，不觉间我已经活到 90 岁了。平生坎坷，竟能达此年岁，实在出乎意料。我曾经婉谢一位朋友邀我口述、为我写少年时代传记的好意，心中想的就是：连少年时代在内，一生太平淡又太平凡，有何可写？又太坎坷，无须诉说，也不愿回顾。

不过我却由此想起“口述历史”这档子事。现在相当流行的“口述历史”学术工程，是很有历史意义和社会价值的，美国哥伦比亚大学的这一工作，很出色，他们所作顾维钧、张学良的口述历史，就是很具有历史价值的文献。由此我想到个人口述历史的意义和价值问题。

我理解，所谓“滴水映太阳”，“个体”之中“全息”地蕴存着整体的点点滴滴。比如我的平生风雨、起跌浮沉，都不完全是个人命运所致，而是有着时代的风云、历史的印记、社会的状况和文化的生态等，蕴含于其中。在这个意义上，一个人的经历，就不仅是个人的，而且也在某种程度上是历史的、时代的、社会和文化的。就我来说，平生 90 年，历经两个时代，多个历史时期，也接触到一些重大历史事件，从这“滴水”中，也还能够窥见一点社会情状、时代风云、历史行迹吧。只不过，我这个“滴水”，却是历史、文化内涵稀薄，不足道哉。

同时，我也还想起，从“口述”中，可以述说一点人生体验的问题。我一直认为，人的一生的起跌浮沉、成败得失，皆取决于三个链接一起的因素，这就是：时代，机遇，以及个人的性格和努力，三者缺一不可，而且要相互关联地发挥作用。而其中，重要的一环则是性格。性格即命运，这是确实的。再好的机遇，性格忤逆，终于无用，就会遇而复失；时代条件再好，所谓“海阔凭鱼跃，天高任鸟飞”，的确充满施展才华、为国奉献、取得成就的机遇，但是，如果性格不济又不知努力，终会是痛失良机空悲伤。拿我来说，平凡一生中的成败得失、起跌浮沉，皆与此三者及其综合的力量血肉相连。

关于长寿，我也想说一点体察。记得2005年，在北京参加中央文史研究馆举办的“纪念抗日战争胜利60周年座谈会”。与会人士中，有著名画家、作家郁风女士。她当时已经90多岁，仍然身心健朗、行动自如、思维清晰。开会休息时，我们闲聊，我问她：“郁大姐，您高寿而又健朗，您有什么养生秘诀？”她笑着回答说：“我呀，就是个‘没心没肺’！”说完，莞尔一笑。这话简单而带着调侃意味，但我过后细思之，却觉得其中有深意。我想，这位中外闻名的杰出女画家、作家，父亲郁曼陀，著名爱国律师，在沦陷期的上海，为保护爱国者、惩治叛国者，伸张正义，被日本侵略者杀害；叔父郁达夫，著名爱国作家，在日本已经投降时，竟被日本宪兵秘密杀害于苏门答腊，父叔均为人民政府追认的革命烈士。丈夫黄苗子，著名书法家、作家，也曾放逐北大荒。总之，她是经过风雨、生逢坎坷的，俗话说也是“翻过筋斗”的老人。故此，她之所言，其实就是事关一己祸福得失，不能说一点不往心里去，但能秉持家国情怀，摆脱一己悲痛，不伤心伤肺，过于伤怀，而能坚毅豁达。应该是这个意思吧。我于是想到自己，也该如此，甚至也曾经如此。多少次颇有发展前途的上好机遇丧失、多少回风雨载途前路茫茫、多少坎坷多少困顿、多少忧伤多少凄苦，还不都一一挺过来了？拂去“已经”的伤痛，排除面对的困顿，保持心理的沉稳、心境的安详，面对现实，面向未来，眷顾妻儿，沉住心性，打起精神来工作、读书、生活。这就是个“没心没肺”吧。说得文雅一点，就是范仲淹在《岳阳楼记》中说的“先天下之忧而忧，后天下之乐而乐”，还有说到的“不以物喜，不以己悲”——大而言之，就是抛却个人得失恩怨、喜怒哀乐，以天下为己任之谓。

然而，我也还读到另一种说法。那是著名翻译家、画家高莽先生说的话。他去年 91 岁高龄去世。生前，他在与一位年轻学者谈话，那位女士说，她想“做一年‘没心没肺的人’”，高莽则回应说：“别说你做不到没心没肺啊，就连我这么大岁数，想扔也扔不掉呢。”应该说这是“得道之言”，是从很高的思想修养境界来品味这种世俗的说法。他说得有道理。要真正做到“没心没肺”，即“不以物喜，不以己悲”，完全抛却一己之私，而以天下为己任，那是一种很高的人生境界呵，一般很难达到的。不过，虽不能至心向往之吧，作为思想修为的目标还是可以的、需要的，而且是有益的。

当然，我的缓解与解脱，最主要的还是靠读书。读书，使我能够与古今哲人大师做思想的对话，在他们的箴言教诲、宇宙人生真谛的体认和思想境界、人格魅力中，来受教、化解、升华，从书本到现实，排除思想的尘垢、消解精神的危机、安详地面对困顿，而循着他们的思想和人生足迹，锻炼修为，迤逦前行。

2018.3.7

九十忆“平生三书”

九十忆华年、忆平生，何所忆、何所思、何所得？

我忆念起“平生三书”。

真的，读书，唯有读书，曾经救我于精神的泥潭，豁免于思想的危机，而振拔心性，目光向前，虽说趺趺撞撞，却坚定不移地走过革命的征途、人生的险滩、问学的旅程。记得有一次接受《沈阳日报》记者采访，曾经述说过“平生三书”，即影响了我的思想和灵魂的3本书。其实，那次所说，应该是第三个“平生三书”，此外还有3个。我现在就一一略述它们，既是自身的温馨追忆，也期望或许可供人们借鉴吧。

第一个“平生三书”，阅读于20世纪的50年代初期到中期。它们是《共产党宣言》、《马恩列斯思想方法论》（此书1951年购于齐齐哈尔）、《马克思主义与文艺》（周扬编于延安时期）。那是1950年冬，抗美援朝初起，为备战、防不测，疏散部分年轻干部，我从《东北日报》分到了北国荒寒之地的克山县。没有采访任务，于是自学理论著作，第一本就是《共产党宣言》。初读就被震悚和吸引。那理论的宏达深邃、论列的开豁明朗、语言的流丽优雅，还有革命的最高理想和对实现理想的全新叙论方略，使一个22岁的青年学子立时沉醉其中，引发了思想、理论与文脉的觉醒，并从此自觉地走向马克思主义道路，若干年后，我相继阅读了中央选定的“干部必读12本书（马克思主义经典著作）”。后二书则攻读于1951—1953年，书上至今犹存稚嫩的眉批，是心得体会。故我称它们为“启蒙三书”——启革命之蒙、启马克思主义之蒙、启学术之蒙，也启人生之蒙。

第二个“平生三书”，则是《马克思、恩格斯论中国》、吴玉章的《论辛亥革命》和胡绳的《帝国主义与中国政治》。在第一本书中，马克思论述了小农经济与家庭手工业的“合成一体”，“这种闭关自守的村社……始终是东方专制政体的稳固基础”；马克思、恩格斯还分别论述了两次鸦片战争和太平天国以及中国的革命走向，马克思指出：英国的大炮“迫令‘天朝’与外洋接触”，它就像“严密封闭在棺材内的木乃伊一样”，迅疾腐烂，而革命就发生了，并成为“东方的曙光”。吴著和胡著，则分别论述了辛亥革命以及帝国主义侵略对中国走向进步和革命的历史必然，它们除了历史知识的传输之外，更重要的是，在哲学和史学方面，尤其在马克思主义理论方面，给我以理论的启迪以及学术规范的理解与感悟。故我称为“论学三书”。记得拙著《鲁迅评传》问世，颇获佳评，其中有评论认为，“作者于中国近代史有较深的研究”，论述起来“驾轻就熟”却鞭辟入里。那就是得力于这“三书”。以后的诸多著述，也都蕴含着它们的“理论基底”和潜移默化的影响。

第三个“平生三书”就是“救赎三书”了。那是艰困的1957年，我在放逐之前，在机关内劳动，白天拉纸、运煤、淘大粪，晚上读书，读鲁迅、读美学。日后回忆曾说：“我在最不美好的时候，寻找和研习美。”正处此时，读到世界妇女运动领袖、德共领导人克拉拉·蔡特金的《列宁印象记》。其中写道，列宁批评蔡特金为当时犯错误的德共领导人保罗·李维辩护，并指出，李维“暂时脱离政治生活”，“那可以成为一个潜心研究和自我了解的时期”。斯时也、斯夜也，读斯书，而猛然觉醒，好似电闪雷鸣，轰然惊诧猛省：“潜心研究”！这不正是自己今后应该选择的道路吗？于是，尔后几十年岁月中，就在这“四字箴言”引导下，走过人生道途，直至如今。第二本书是德国领导人、杰出的马克思主义理论家罗莎·卢森堡的《狱中书简》。她在狱中，在不自由的写作中，寄出许多书信，在面对苦难和死亡的时刻，她书写阳光、鸟雀和小草，表现出为革命牺牲前的坚定、沉稳、乐观的情怀。她写道：“我怀着必要的开朗、沉着的心情去承担命运的一次次坎坷”，“人们在社会演进中也要像在个人生活中一样，必须镇静、豁达、面含微笑去对待一切”。她的教诲，均入我心。再一本，则是被德国法西斯政府杀害的、工人出身的德共领袖恩斯特·台尔曼的《台尔曼狱中遗书》，他在自述经历时指出：“德国历史，童年时代的磨炼，对人们生活过程的观察，唯有这些才是我的导师。”这是台尔曼的教导，使我认识到、体会到个人的成长和命运，和国家历史、社会生活以及自身的磨炼分不开。在这个人生关键时刻，集中读到的这样3本书，虽然都是小册子，却成为我的革命征途、人生道路的“导引大书”，指引身处困顿、尚未到而立之年的我，驱除心头的阴影，避免精神的危机，排除思想的困惑，而振奋精神、奋发精进，去正确认识“小我”与社会、家国、历史的关系，而选择向上的精神择取和正确的人生道路。是故它们是我的“救赎三书”。

第四个“平生三书”，则是最近二十几年中阅读并研习的起引导作用的学术著作。它们是斯宾格勒的《西方的没落》，雅克·巴尔赞的《从黎明到衰落——西方文化生活五百年，1500 年至今》和马歇尔·伯曼的《一切坚固的东西都烟消云散了——现代性体验》——主要是其中的第二章《马克思、现代主义和现代化》。马克思在这里，揭示和批判了资本主义与文化的根本矛盾，因为它改变了人们相互之间的关系以及与自身的关系；它“把个人尊严变成了交换价值”。而斯宾格勒则在 20 世纪刚刚开头，就唱响了西方文化没落的丧曲。巴尔赞则在 21 世纪以大量的事实，揭露并论证了西方文化没落的命运。他们共同引导的结论是：人类文化要走向新的途程。而中国现今的走向世界、立于世界舞台的中心，中国的文化自信，以及不断为世界提供中国智慧、中国道路、中国方案等，则正体现了这一人类文化发展的大趋势。这是我近些年来探求的学术视域，故我称它们为“探索三书”。

九十回首，往事前尘，所思无垠。然而至今思平生，难忘书中情。我还将读书以度余生，我仍将在读书中思索进益，这就是我从海德格尔的哲思中凝练出来的我的“‘存在’的‘此在’性”和“‘此在’的‘存在’性”。

几经“书灾”（离城下乡，净身出户）、数度搬迁（从城市到边陲），几番赠书，捐出百分之九十的藏书，而此四个“平生三书”中的前 3 个“平生三书”中的 9 部著作，历经数十年人生风雨，至今犹存，书封破损、书页萎黄、印迹模糊，但思想与精神之光，熠熠生辉，照亮我的心灵和回忆中的坎坷人生。

我还想要从书中寻觅、演绎、凝练，结合现实生活的思想、意绪和情怀，并散见于文字，以奉献人间。

2018.5.21

农民大哥

女　真

春天来了，我还不会种地。

东邻请了一位大哥翻地、备垄，令我羡慕。某天大哥又来种菜，一番联络，答应也帮我忙。建菜园子的初衷是自己动手种菜、种花，过接地气的慢生活。种花我已经在阳台上实践多年，可以把阳台经验转移到土地上，种菜却是新手一枚，得从头学。

一楼园子，表面是黑土，长满蓬勃的灰菜、各种我叫不上来名字的杂草，地下埋了许多建筑垃圾。农民大哥一锹一锹翻起来，砖头、瓦块、水泥疙瘩，推出去四五车。大哥在前面翻，我在后面捡。翻完地，敲土疙瘩，备垄。干活歇息时喝水、聊家常。种地大哥家住附近农村，有地十亩，包给大户种玉米，上打租（预收田租），一年旱涝保收几千块。春天开始，大哥进城里打零工，刨沟、栽树、种地，各种杂活、力气活都干，收入万把块钱。关于种菜，大哥给我提各种建议，带我去他家附近的大棚里购买菜苗，指导我买种子，当我面栽秧、播种。

我跟着大哥在园子里种菜，不经意间引来围观人众。经常来的，有门卫，有保洁，有园区里的一位住户，这位住户大哥经常在附近捡拾装修剩下的纸壳包装卖钱。跟他们闲聊，发现几位竟然都是农民大哥。

门卫大哥来自大连庄河乡下，独生子在沈阳建筑工地干活，把老夫妻也接到城里来一起生活。老家有地，让亲戚帮种了。每个月休息五天，从物业那里收入两千块钱工资。我眼见着他工作服从冬装换成夏装，脚上的皮鞋从棉鞋换了单鞋，每天骑着自行车在园区里巡逻，分管的责任区域他一个小时要签到一次。每次他站到我园子栅栏前面，言语不多，时间不超过五分钟就赶紧走人。种地大哥头一次来我家，门卫大哥把他拦在外面不放行，让种地大哥说出我家楼牌号和我的姓名，种地大哥能找到我家楼，说不明白楼栋号，知道我手机号，不知道我确切叫什么名字，我接电话允许了门卫才放他进来。

不是冤家不聚头，门卫大哥经常来我家院子围观，偶尔忍不住指点种地大哥操作。垄沟刨深了，牛粪不应该广泛铺撒而应该放到垄沟里，豆角种子不应该就那么干撒下去而应该坐水种。对于他的建议，农民大哥一概不接受，我行我素。两个人唇枪舌剑，半认真半开玩笑，十分热闹。几次之后，我突然有了想法，坦率问门卫："大哥，你是不是看见别人种地自己眼馋了？"门卫大哥眼睛一亮，不好意思地笑了："可不是咋的，有点儿！平时在家里种地叫苦叫累，种了一辈子地，冷丁不种了，还不习惯呢！"

经常来我家围观的另一位大哥是保洁。门卫大哥穿蓝白制服，保洁大哥着孔雀蓝工作服，从颜色一眼就能分辨出他们。保洁大哥的劳动工具是扫把和撮子，他在园区里骑着小三轮，见到垃圾随时打扫。新建小区，很多人家都在装修，虽然有专门的垃圾投放区，但春天风大，建筑垃圾有的没封闭好，风刮起来的塑料袋、泡沫块在园区里跳舞、盘旋，保洁大哥只好满院子追，一边追一边抱怨城里人素质不咋样，没有良好的卫生习惯。保洁大哥来自朝阳农村，有几次他和门卫大哥一起趴在我家栅栏上看热闹，互相讲述各自老家的种地习惯。朝阳天旱缺水，很多地只能种谷子。朝阳的小米好吃。朝阳的大枣也好吃。朝阳老家的大田，哪能像你们城里人这样浇自来水？你们算没算浇水的成本？这么种出来的菜，比在街上买的贵多了！

保洁大哥在我家园区里有地可种。一楼个别没卖出去的房子，房前屋后的地，他利用下班时间，把草铲掉了，种南瓜。我跟他开玩笑：结了南瓜归谁？他认真回：归伙食，大家吃！

拾荒大哥是园区里的住户。他家也住一楼，有跟我家一样的园子。我刚搬来时，到小区院子里“巡逻”，观察谁家园子种得好，发现他家的园子最像样，垄备得一丝不苟，杂草一根没有，居然还有一个小小的塑料棚在育苗。跟大哥拉话，知他来自吉林榆树，儿子在沈阳就业安家生子，老两口过来帮忙看孙子。儿子家住楼上，老两口住不习惯，儿子特意又买了带园子的一楼，让老两口种地解闷。农村老家的地呢？大哥说他“五一”回去种，平时让亲戚帮忙照看着，自己两边跑。房跟前的小园子，对于种惯了农村大田的他来说，太小了，施展不开，所以大哥有闲暇就在园区里拾荒。装修剩下的纸壳包装，很多人家根本不在意，随手扔掉，大哥一一捡起来，摞在自己家的北院。他家的南院种着地呢，北院成了大哥的小仓库。他的儿子能在自己的住房之外给老父亲买一楼，想来经济条件应该可以，能愿意自己的老爸捡废品堆满院子？大哥说过他家南面的一个阳光房装修就花了四万块，儿子应该不差钱。大哥回答我说：不让捡我也捡，闲着没事干啥？再说儿子也不天天来，我基本上捡点就卖了，有时候整好，一天也能卖上三五十元。他不来就看不见。农村一亩地一年才出多少钱？我一年卖废品顶好几亩地收成，孙子的保姆费也省下，中了。农村人，腿脚闲不住，闲了就生病。你家不要的废纸壳，还有水瓶子，也能卖钱呢。我知道你们城里不在乎这点小钱，不要都给我。我看你是认真想种菜的，那什么，明年春天你不用买苗了，我们育苗时给你带出来，我家的茄子、西红柿、辣椒、小香葱，你都可以拿回家种。我还有农村老家带来的倭瓜子，是农村的土倭瓜，比卖的瓜好吃多了，面甜面甜的，你种了就知道。

我从小接触的多是工人，又没赶上下乡当知青，在现实生活中认识的农民实在有限。因为种小园子，倒一下子认识了好几位农民大哥。城里有人如我，期待过田园生活，把房子买在城乡接合部，因而有一小块可以自己种植的土地。城乡接合部的房子，从前都是菜地吧？农民大哥们的地只能越来越少了。他们对土地的感情十分复杂，既割舍不了，留恋不已，完全靠农村那点地又已经不能支持他们现有的生活。像种地大哥这种，每年帮十家八家种小园子，收入跟他们耕耘家里的大田差不多。苦点累点，好歹能有收入。但我想，侍弄别人家的园子，和种自己家的地，感觉上会不一样吧。

如果是城里的工人，大哥完全可以靠退休金休闲养老了。大哥生于1955年，过六奔七的岁数。但大哥自己说过，农村人，没有退休的概念，只要还有力气，他会一直干下去的。

2018.6.18

北国故事

草棚夜话——辽河纪事

刘湛秋

初春，辽河两岸的夜还是这样的静呵。几天前下过的一场大雪，把田野、道路、河流都盖住了。

这时，月亮已慢慢地移到了半天空，映照得雪格外明净，仿佛谁在大地上撒下了白花花的银子。

饲养员冯大爷悄悄地走出草棚，去给牲口添草。他端着筛子，走到槽子跟前。牲口看见他来，都伸长了脖子，有的还咴咴地叫起来。他一面挨个地把草料倒进槽子，一面还用手摸着牲口的脖子。

就这样，他又来回溜了好一会儿，仔细地倾听，直到他确信听到的声音都是那样匀称时，才又一步一步地回到牲口栏旁边的草棚里。他望望天空，月亮已挂在中天了。

冯大爷坐上炕，这时他照旧不能入睡。不过他仍然欠身要过去吹灯。

“爷爷，点一会儿吧！”睡在炕上的小孙子宝柱说话了。本来，爷爷和他都住在村西三间大屋里，和爸爸、妈妈、奶奶、姐姐、弟弟住在一起。可自从去秋他爷爷当上饲养员，要在牲口栏旁边搭一间小草棚住时，爷爷就和他们分开了。可是，孙子离不开爷爷，奶奶没法，只好让他跟爷爷一起睡。

“那就点一会儿吧，依你的！”爷爷到底是疼孙子的。不过他把灯头捻小了一点。

就这样，一场十分倾心的谈话就在爷爷和孙子间开始了。

“爷爷，我白天看见，灰溜马又长高了一寸。”

“瞎说，哪里是你看见，是你梦见吧！”

“你不信，李大伯也说，春耕时灰溜马就能拉套了。我听见他跟赵队长说的。”

“你还听他们说什么来着？”爷爷一面把被子往宝柱身上拉拉，一面低声说。

小宝柱趁势把身子靠近爷爷一些，一只手伸出来托着头，不慌不忙地说：“李大伯说，这一冬牲口膘都上来了；还说枣红马亏着爷爷侍候，要不……哼！赵队长说，车把都得训练，叫爷爷讲几课。嗯，还说什么来……还说选爷爷进北京呢！”

“小柱子，你也糊弄起爷爷来了！”爷爷笑得直呛，同时把孙子的手塞进了被窝。“爷爷老了，能干什么？等我的小柱进北京吧！你说说，爷爷今年多大了？”

“五十八！”

“还五十八？爷爷六十一了！读了两年书连个数也不会算。”

小宝柱撒起娇来：“爷爷就是五十八嘛！”

“让你说好了。爷爷活一百岁，总也不死，陪着你！”

“我才不要陪呢！我长大去开拖拉机，我是想队里的牲口哩！”

爷爷突然不作声了。灯芯一爆一爆地跳动，火光映照着老爷爷的脸，仿佛每一条皱纹都能数得清。这时候，在深深的夜里，在低低的草棚里，只有小宝柱一个人知道，爷爷心里想些什么。也许小宝柱这把幼小的钥匙，能打开这沉默的爷爷的心灵的秘密吧。小宝柱转过头，望着草棚顶上挂下来的一绺高粱穗，他觉得，在灯光的照耀下，高粱穗是那样鲜红呢！

又等了一会儿，他看见爷爷点了一下头，便又说：“爷爷，讲讲马吧！比方说，马有多少种？有多少名字？有什么脾气？”

“这回不讲，明天你放学帮爷爷铡草，爷爷给你讲。小柱，你说说，等你长大了，地里开的全是拖拉机，你也当了好拖拉机手，还要这些牲口不？”

“当然要啰！”小柱不假思索地说，“可以磨面。”

“磨面也使唤机器咧！”

“那……”小宝柱说不上来了，用手挠了挠自己的腮帮子。

“总会有用的！”老人突然果断地说。

“对！”孙子毫不含糊地跟着说，爷爷从来也没说过错话。

“好了，好了，”爷爷笑着说，“别去想了！我给你讲点别的。讲讲咱们家吧！”

爷爷就讲开了。讲着讲着，忽然，他发现小柱已经睡着了，鼻子里呼出均匀的气息，便不再往下讲了。他把头靠在炕沿边的一根柱子上，斜望着窗外。月亮在云层里浮动着，星星很稀很稀。他侧耳听听，牲口栏里十分安静。

他一口吹灭了灯，躺下了，拉过一件羊皮大氅，盖在自己身上。

1962.4.9

步步高

李　伟

我的家乡有句民谚：栽花不如栽柳。

我爸爸却是一个喜欢栽花的怪老头。他栽花已经有三十多年历史了。一个庄稼汉，年年坚持栽花，单是这一点，就够怪的了。可更怪的是他所栽的花，品种单一，都是步步高花。老实说，这种不能登大雅之堂的乡间土花，以前我就不屑一看。然而，爸爸可不，他栽这种花栽出了癖，爱这种花爱入了迷。刚打过春，爸爸就在房前翻起一块二尺多宽、一丈多长的地，用耙子把土耙细，均匀地撒上精肥，天一暖和，就把花种播下。从此，他便多了一份心思。下工回来，常是蹲在花畦跟前相弄一会儿。秋后，老霜还未下，爸爸就把花种精心采集好，放在孩子翻不到的地方。年复一年，从未间断。

爸爸虽然栽花成癖，可不是那种游手好闲的人。他爱劳动，肯吃苦，是个庄稼里手。从互助组、初级社，一直到人民公社，他到集体里干活，可以说是风雨不误。爸爸脾气好，很少发火。但是，举家过日子，哪有舌头碰不着牙的？我就知道家里吵嘴的几件事。而这几件事的起因，又都是在步步高花上。第一次，远了，是在1948年春，爸爸和妈妈生过一回气。

这件事，妈妈给我讲过多次。听妈妈说，爸爸前半辈子是泡在黄连水里，强扒拉过来的。爸爸八岁，就给地主放猪了。接着，又扛了二十多年大活。那年月，难啊！一家人挤在马架子里，肠子隔三岔五就空几天。可是，爸爸对未来充满着幻想的希望。每年除夕，都虔诚地烧香上供请财神，还要在院子当中升起木柴火，说是火烧旺运，日子很快就会好起来的。可是日子还是一年不如一年。1948 年，咱们家乡解放了，爸爸第一次笑出声来。分地主浮财的时候，爸爸东瞅瞅，西转转，最后，抱着两个红泥花盆兴冲冲地走回家。

“弄这玩意儿干啥呀？”妈妈问。

“栽花呗！”爸爸答。

“你还有心肺没？这玩意儿顶吃，还是顶穿？咱们这样人家，栽的哪门子花哟！”

“……”

妈妈淌了一回泪，爸爸生了一回气。

从此，咱们家的庭院里，开了步步高花。有粉，有红，一簇簇，一层层，连成片，如霞似火。每当爸爸看到花，眼睛里就浮现出幸福的神采。

为了这花，爸爸跟我也发过火，记得还曾给我一撇子。多年前，一回，我在学校一个教研室的窗台上，发现一盆仙人掌，浑身净刺，怪好玩的。我想到爸爸爱花，还不曾见过这种东西，要是拿回家，他一定高兴，于是心安理得地捧回家。由于这个花盆太难看，比不上爸爸分浮财时得的那个，我就动手把爸爸花盆里的步步高拔掉，小心翼翼地把仙人掌栽在里边。我怀着喜悦的心情等着爸爸回来。晚上，爸爸刚一迈进门槛，我就兴冲冲地喊道：“爸，你瞧！”我指着那盆仙人掌，期待着爸爸的赞许。可谁料到，爸爸发现盛开的步步高变成了满身是刺的仙人掌，脸色唰的一下沉下来。他迅疾地取过花盆，将仙人掌拔下来，狠狠地摔在地上，厉声问：

“我的花哪儿去了？”

我茫然了。好一会儿，才把那株躺在地上、花朵已被踩扁的步步高捡起来，递过去。并且劝解道：

“爸，为这一棵破花，也不值得动这么大肝火呀……”未等我说完，爸爸双眼像是在冒火，盯着我：

“你，你，我把你这个……”他没有骂出来，却使劲地打我一巴掌。我委屈地哭了。这时，爸爸的神情显得无比痛楚，他的手指在颤抖，眼角挂着大泪珠子。这是我第一次看见爸爸掉泪。他用手轻轻拂去花瓣上的泥土，自言自语地说，“唉！我，我不能让这样的刺刺头毁了这么好的步步高啊！”

还一次，记得是1975年，爸爸为步步高花竟气出一场病。爸爸身板硬朗，在生产队，样样活拾得起，放得下，又肯出力，人人竖大拇指。在家，爸爸是个“搂钱耙”，他起早贪晚利用工余时间种园田，剜猪菜，编席茓，织筐篓，收入不少钱，我们家的日子也越过越红火。然而，天有不测风云，不知从哪儿掀起恶浪，又是“开刀”“割尾巴”，又是“打土围子”，爸爸被当作小生产的典型和资本主义自发势力给批判了。那阵子，他吃不下，睡不着。可是，当他一看到步步高花，紧锁的眉头便舒展开来。有一天，突然有几个人闯到我们家，挥锹弄镐，把辣椒地和韭菜池子都给刨了。爸爸手抚门框，只有气，没有话。可是，当那些魔鬼牙齿似的锹镐开始吞噬步步高花时，爸爸蓦地扑过去，发疯似的大喊：“花……花……你们凭什么刨我的步步高啊！”

爸爸病倒了，一连二十多天没下炕。

第二年春，爸爸又种上了步步高。按节气，到了十月份，这花该凋谢了。但是这一年不同，这花不但越开越盛，而且那色彩也出奇的美。爸爸逢人就讲，“四人帮”垮了台，这花也像有灵气，越发开得好了。

前几天的一个上午，我的刚会迈步的孩子笑笑，趔趔趄趄地走到花畦前，伸出小手要折花，爸爸看到了，立刻跑过去把孩子抱住。不过，没有生气，而是用他那粗壮的大手一面指着花，一面乐呵呵地说：“好宝宝，这花开得不易呀，只兴看，不兴摘。你看你看，这朵花就好比是爷爷我，那高一层的就好比你爸爸，那又高一层的就是你啦！顶数你走运，真正的好日子是你的哟。”孩子被逗得嘻嘻笑了。

我被这情景陶醉了。我想得很多。是啊，我们的祖国已经走完了三十个年头，风风雨雨的三十年啊！天灾人祸不时袭来，然而我们的祖国毕竟迈着坚毅的步伐走过来了。各项事业在发展，人民生活水平在提高。就拿农村说吧，庄户人的日子不正像那步步高花一样，节节高、朵朵美吗？

说真的，我开始深深地体会到爸爸那颗酷爱步步高花的心……

1979.9.27

北国第一枝

张力戈

我羡慕江南。听说那里一年四季花不败。这种花还没谢，那种花又开了，人们总是生活在鲜花丛中。在我们山海关外的北国，却没这个福气。一进十月天，秋风一刮，落英缤纷，绿肥红瘦；随着就是银装素裹，水瘦山寒。不过，北方的人民有丰富的想象力，把漫天飞舞的鹅毛大雪，比作“千树万树梨花开”。从此，我们这里也花开四季了。

雪花“谢”了，迎春花吐出绒嘟嘟乳白色的嫩骨朵。不几天，风一吹，泛着淡褐色柔软的枝条上，翘起累累星星般的金子花了。远远望过去娇黄娇黄的。在姹紫嫣红的群芳谱里，迎春花平淡无奇。既缺乏桂花的馥郁芬芳，也没有杜鹃的艳丽多姿。诗人郭老在《百花齐放》中写道：迎春花“缺少香气，认真说是有点单调”。她却牵动我的情思，勾起我的遐想。因为她和蜡梅有相同的性格——朔风中傲然怒放，代表一种不畏困难的精神。所以人们又赋予她“金梅”的称号。她象征着追求理想，象征着奋发向上，象征着继往开来的春天。金梅——北国春天第一枝。

研究所七十高龄的副总工程师张坚喜爱花，特别是迎春花。在祖国风雨如磐的苦难岁月里，他怀着“科学救国”的理想离开了祖国。在撕人心碎的汽笛就要响起来的时候，张坚奔下船，流着泪，捧起一把泥土，小心翼翼地用手帕包好揣在怀里。他流浪在异国他邦，这把故乡的泥土却从没离开过他。

1949年金色的秋天，黎明的曙光穿透浓重的夜幕射到祖国的大地上。在太平洋彼岸，张坚如孩子守岁般坐在收音机旁，聆听着，聆听着。忽然间，他站起来，刚要欢呼，夫人赶忙捂住他的嘴："说不定外面有人还在监视呢。"他在书房里踱来踱去，攥着夫人的手激动得声音有些发颤："你听见了吗？中国人民站起来了！"

一个金梅盛开的季节，张坚携带家眷漂洋回国了。他一踏上祖国的土地，一眼就看到了最喜爱的迎春花。一股激情的潮水在他周身奔流，他弯下腰，拢起那舒蔓的枝条，深情地凝视着。两行热泪洒在金丝线般的"花心"上……祖国啊，您的游子和春天一起回来了。

寄物以抒情。张坚在他的窗前栽了一丛迎春花，把那捧跟随他多年，浸着他的汗水和体温的泥土也撒在这株花根下……一个早春的清晨，迎春花绽蕾怒放了。正好，这一年张坚在科研上做出了贡献，获得了党和人民的奖赏。

时光如流水悄悄地淌着，淌着。这丛报晓春天来临的迎春花，饱吸着春天的乳浆，沐浴着金色的朝晖，孕育着充沛的精力，就像她的主人旺盛的青春和横溢的才华。可是，在逆转的岁月，一场酷寒过后，花树凋零，金梅僵冻……她挺着三尺铁骨铮铮的枝茎在寒风中摇摆，宛如对寒潮淫威的抗争，又像对春天热烈的召唤。这多么像她主人张坚的命运啊！

在那日日夜夜，他很少休息。眼窝深陷了，面色苍白了，眉宇间的皱纹很少舒展开。这只有他的夫人才知道是为一篇学术论文在苦苦攀登，也只有他的夫人才知道，在这个工程师的家庭里曾发生这样庄严的一幕：张坚面对毛主席和周总理的画像，如同当年站在镰刀锤子的党旗下宣誓似的说："敬爱的毛主席、周总理，在科学的道路上我张坚决不后退！"

老工程师美好的愿望和赤诚的心却被"四人帮"粗暴地践踏了。他们给他戴上"复辟""倒退""理论至上"的帽子。在"四人帮"设置的路障和科学崎岖的山路上，他艰难地甚至是匍匐地跋涉着。最后还是被撵出了实验室。张坚攥着未完成的论文手稿，惆怅、迷惘、困惑地冥想：祖国啊，我还能为您效力吗？

野火烧不尽离离原上草，寒流冻不僵簇簇迎春花。粉碎“四人帮”，春风浩荡，万物复苏。张坚窗前的金梅在春风化雨滋润下又抽枝吐叶迎接春天了，也迎接她满头银丝的主人——张坚从一个遥远偏僻的山乡归来了！他一头扑向了实验室。

今年迎春花开满地金的时候，张坚要去北京部里开科学讨论会。经过严格选择，他带上了那篇刚脱手的学术论文和一枝象征青春活力的迎春花。他要把论文和鲜花一起捧献给春光明媚的祖国。

迎春花啊，你迎来的仅仅是杏花、桃花和那八月的桂花、九月的菊花和大自然的花卉吗？俯瞰祖国大地，你会作答：不，还有那奔流直泻的石油之花，浪涛滚滚的稻禾之花，用阿拉伯数字和图表编织成的科技之花，还有那新长征路上的突击手、红旗手胸前的大红花，当然也有怒放在张坚胸中的心花……

1979.10.5

看开江

王文杰

离江沿尚有一段距离，我就隐隐听到有一种犹驴拉磨似牛低哞若有雷动如风过林的声音——那是大江封冻一冬的冰的骨骼松动声，那是大江从昏昏冬眠中醒来时昂首舒肢声。

黑龙江，我又来了。我是来看你解冻开封的奇观异景的。

我曾多次来看你。可那都是百卉凋零寒风萧瑟万木摇落的冬日。我的脚踏在你的胸脯上，曾丝毫未觉地问："黑龙江在哪儿？哪儿是源？哪儿是尾？从何来？向何去？"你横卧在漫无边际的雪野中，如一具入土的僵尸。被冰封闭着的江面底下，淌着一脉江水，悄然若无，几尽枯竭。昔日你那裹波翻浪，携泥带沙，"淘尽千古风流人物"，有点像中华民族和华夏历史的恢宏气势呢？你那惊涛拍岸，巨浪排空，卷起千堆雪，有点类似炎黄子孙和龙的传人的博大襟怀呢？我苦苦地寻找着。不看开江心不死！我发誓：要在有生之年看一眼流动的黑龙江！

我在地下矿藏很深地表道路却极窄的路上走了好久，好久，总算重返你身旁。我终于看到了一个开江的过程。

我看到了大江从冬眠噩梦中醒后的最初一展。接到春汛的黑龙江，犹如母腹中怀胎满月时给母体反射的信号。禁囚在冰层底下的一江新水，像要透视新鲜阳光，呼吸外界空气的新生儿，一次次地冲击，一次次地跃动，一次次地鼓噪，给被厚厚冰雪封着的大江带来痉挛、悸颤、蠕动。冰层盈溢老气横秋的大江，在这沸腾的江水的冲撞下，膨胀的江面出现裂罅。这时，只要留神，从这裂罅中可听到一种声音，像呻吟，丝丝缕缕。这当儿，一股水流从裂罅中漫漫溢出，向外浸润，逐渐扩散，开始是温柔的，轻曼的，随着裂罅被拓开，变宽，挣大，隆隆然变成一道豁然开朗的豁口——一道迎接新生命的门户。继而，水流冲腾而出，变成激烈的、强硬的、火山口涌出般的岩浆。大江呼喊着，挣扎着。开江是壮丽的，壮丽是在阵痛中产生。

接着，我看到了大江迎接鼎盛时期的壮观。冰层被击破，化作无数块冰排。大小不等，参差错落。江水流动，冰排解去。白的冰，黑的水。白冰在黑水上走，黑水在白冰下流。黑白相间，犹如一轴极长极长的水墨画，舒展开来。那凹凸不平呈千姿百态的冰块，像攒动的人头，一个冰块一个模样。这不拘一格的冰块，活脱脱是一江人物，画面似的，一幅幅地从我面前，不，从历史与现实面前走过：隆起的，如凛然挑大梁不惧风险的改革家；低垂的，如骨弱筋柔怕树叶掉下来砸破头的胆小鬼；半俯的，如凸背凹腹一任风雨吹打哼着号子的纤夫；沉入的，如在晦暗角落里恶语中伤施放冷箭的阴谋家；时隐时现的，如犹豫不决且退且进的看风使舵的人……稍换一角度，这些人物又变成动物：高翘者，若良骥受羁不得其奔；俯首者，若渴牛思水不得其饮；侧身者，若狐狸回眸鬼鬼祟祟；隐入者，若身匿洞穴作窥测的狡兔；时沉时浮的，若百步一顾十步一盼的贼鼠……这些人物、动物，被江水推动着，在江水中翻动，旋转，沉浮，流动……流动，尽管有时可能是盲目的，流动，总比静止好。静止就是死亡。

我还看到了大江送走了冰排后那如释重负的清丽。冰排流去后，迎来的是一江精神饱满斗志昂扬的春水。昨天，冰里曾是一个热闹的世界，一个死凝的世界，一个多彩的世界，一个单调的世界。嵌在冰里的月亮与太阳；凝在冰里的尘埃与绿藻，叠入冰里的人影与兽影，全都流走了。被送到大海去海葬。大江一释重负，满腹清澄。它以更快的韵律、更捷的速度，扑向那满是船帆的大海。它有多自豪！多轻爽！我蓦地想到：为什么沉重的现实总是羁绊于历史的丝丝缕缕的网系中而纠缠不清踉踉跄跄？看看黑龙江吧！少一点拘束，少一点绳索，少一点羁绊，就会多一点自由，多一点放任，多一点宽松。我期待着我们的时代应有点大江那样的魄力，那样的肚量，那样干净利落的风度，使我们的生活有大江那样的流速……

1988.3.24

铁荆山抒怀

徐宏智

一提起本溪，人们自然想到天下奇观的古水洞。其实，本溪的山山水水都是绝妙的天然风景区。

距水洞 45 公里处，便是著名的九顶铁刹山。整个山区奇峰峭拔云集，林木葱郁遮天，刻石苍劲有力，洞府烟雾缭绕，是本溪又一天然游览胜地。

春秋季节游览铁刹山，最令人惬意。

进入本溪山区，给人的第一印象是悦目的绿，嫩绿、翠绿、墨绿，然后是怡人的黄，鹅黄、杏黄、金黄，再就是红，桃红、浅红、棕红……交缠重叠在一起，像油画家随意点缀的油彩，丛树如屏，积叶盈尺，花香泉冽，空气清甜。

山区的秋天也是多彩的。

我们的小车在如画的盘山道上飞驶，大约两个多小时才来到铁刹山脚下，从北山脚沿着曲曲折折的盘山路向上迂回攀登。铁刹山虽然不算太高，但是太陡太峭了，而且不像泰山有石阶，皆是曲曲折折的小路，人们尽尝了登山之苦乐。

这就是铁刹山的顶峰吗？人们站在高高的山顶眺望，心胸顿开，天宽地阔，观千岩万壑，云烟缭绕，望万年乔木，蔽日遮天，真有意想不到的无限风光。

登上九顶铁刹山，方知名为九顶，实际上只有六顶：元始顶、真武顶为山之主峰，南北对峙，显得格外雄险峻美；东有锦绣顶、灵宝顶：西有玄武顶、太山顶，巍然屹立。还有秀炉峰、狮子峰，南北天门，及紫金岭、金母岭、来龙等大岭，可谓峰峰葱绿，岭岭花红，加之群鸟飞翔，野生动物在丛林中奔跑，天然的景观，是众多名山大川所不能媲美的。

铁刹山又是东北道教的创始地。公元1630年（明崇祯三年）道士郭守真来到辽东，隐居铁刹山八宝云光洞，苦修十余载，收度弟子，被称为关东道教之始祖。

八宝云光洞是铁刹山诸洞中最有名的一个岩石洞，位于山南，洞口高5米，进盆30多米，洞内还有左右两个小洞。里边有天然形成的石虎、石龙、石寿星、石蟾蜍、石木鱼、石仙床、石屏风、石莲盆。这大概就是所谓八宝吧！洞中还有一小潭，称为“圣水井”，水味纯正且甜。望着这些壁石，不禁令人惊叹。古诗云：“非洞非烟影横斜，一片云光洞口遮。杂树槎枒森立槊，乱峰突兀俨排衙。”

游罢八宝云光洞，还可以漫游乾坤洞、天桥洞、玲珑洞及卧虎等古洞，只是比云光洞规模略小，但也颇有情趣。另外还可以观赏著名的刻石。其中乾坤洞侧有“铁刹三千年”五个斗大的字，另一青石上刻有长为1.8米、宽为1.3米的“乾坤正气”四字。这些都表明，历代文人墨客光顾此山者甚多。在抗日战争时期，这里又是我党开辟的革命根据地之一，杨靖宇将军曾在摩天岭痛击过日寇。民间流传着很多抗联歼敌的动人传说。

归来的路上，回首仰望九顶铁刹山，我想，本溪的山多山奇，水多水秀，洞多洞古，林多遮天，而更多的是地下宝藏有待开发。随着旅游事业的迅速发展，必然引来众多的国内外有识之士和游客观光。辽东山区的未来是美好的……

1988.4.14

南大荒行吟

王金屏

芦荻赋

纵然是一片片被斫杀，却依旧一茬茬又生出，冰雪封不住绿色的梦幻，狂风扭不断时而低垂时而昂扬的头颅。荒蛮饥寒的原野，也会变成炽热的方阵，苇涛发出雷鸣般的怒吼！

无人播种，无须耕耘，盘结而粗壮的根茎匍匐着，深扎在盐碱地里。啊，这是万顷既贫瘠又肥沃的黑土！朝朝暮暮年年岁岁汲取着溶解了酸甜苦辣的浊乳。纤细的肢体似乎没有筋骨，任风霜冰雹捉弄着，还要强颜欢笑地婆娑起舞。但听那窸窸窣窣的低吟浅唱，也是那千般心思的倾诉……

赞之曰坚韧，生性能屈而不折断；毁之曰卑贱，头重脚轻根基浅，甘心与草芥为伍——高高举起旗帜上书写着清白，四处飘飞的宣言上昭告着耻辱。有意舞东风，无花也争春，亿万株翠碧的身影，偏铺向荒野山谷，尽情渲染着温馨的理想，日夜翘盼着甘美的雨露。

轻飘飘不足斤两的身躯，沉甸甸的堆积如山的尸骨，无意硬充栋梁之材，只覆蔽清贫简陋的寒屋，灵魂更化作洁白的纸张，谱写下秉正公道的春秋。

采油树之歌

莫非是依旧重复着千万年来祖宗们已经习惯了的动作——不停地叩头作揖？钢铁铸就的身架，怎么会这样容易弯曲，这么软弱无力？还祈求什么呢？世世代代早就哭干了眼泪，喊哑了喉咙，供奉了所有的血汗和财物，可曾换得神或人的理解、同情和怜悯？可曾给予丝毫的实在恩惠吗？

采油树并不回答我的诘问，仍然默默地运作着，兀自重复着机械而单调的揖拜，还发出吭哧吭哧的咳嗽声，好像是吟唱一支老祖母教会的古老、低沉而粗犷的歌，又恰似无可奈何的叹息。我正欲迅速离去，却又听见潜流在粗大的管子里汩汩流淌，似乎在嘲笑我的迂腐和无知。

取油样的女工喜鹊似的飞来，身披彩霞，迈着轻盈的步伐，沿着田间小路。翠绿而茁壮的稻秧为之唱起欢快的乐曲，同时养殖在方田里的鱼虾和乌龟、自由自在地在稻叶下游耍嬉戏着，蛙鼓此起彼伏，四处充满诗情画意。啊，因盐碱浓重而贫瘠荒凉的沼泽地哟，在人们索取时，居然也能奉献出丰盛的物类。如果采油树不那样卑躬屈节，能昂扬起头颅，这里的风光该多么协调而优美！

经过采油姑娘的指点，我终于破译了那铁树的语言真谛——它们不请求恩赐和怜惜，上上下下都是为了索取，索取的是幸福、财富和繁荣昌盛，汲取的是火焰、血液和能源动力！仰视它的兄弟，看高耸入云的钻塔，敲敲这采油树的骨架，谁不铮铮作响？谁不傲然挺立？俯身索取并不是膜拜，被侮辱被埋没的时代已经结束，南大荒也变成了会索取命运和丰足的风水宝地！

丹顶鹤颂

翔舞于九霄，沐浴旭日霞光；唳鸣于九皋，声闻高天云乡；栖息芦荡，鲜花芳草卜邻；漫游河汉，虫虻野实为粮……古诗曰：江山无恙鹤归来。啊，象征吉庆和长寿的丹顶鹤哟，为什么成群结队地飞来这千载沉睡的南大荒？

人们喜爱你、崇敬你、保护你，不是因为你头上那顶红帽子在闪闪发光。你的羽毛，或洁白似雪，或浓黑如墨，间无杂色，昭示着品格的高雅、性情的豪放。你是珍禽而不是凶鸷，温驯可亲，聪敏警惕，不贪不暴，怎不让人把你的生存、来去和繁衍挂记在心上？

当这里还是一片寂静，千亩荒凉，你就翩跹而来安家落户，用唳鸣驱走黑暗和豺狼，用歌舞迎来光明和太阳。鹤书召来了智能之士，茫茫的黑土地苏醒了，响起了钻探机的声响。于是这片荒野就变成了火的源泉，烈焰奔腾着，把天和地都燃烧得光芒万丈。而你，丹顶鹤哟，是偷来火种的普罗米修斯吗？啊，你是烈火中涅槃的金凤凰！

1994.2.2

成熟的日子

鲁　野

猛抬头，一片刚刚收割的稻田露出我遗忘二十年的熟悉。生产后的黑土地，似乎有点疲惫，望着那含金量十足的金黄稻谷，呈现出母亲的欣慰。面对高天的感激秋风的抚恤，她默默地仰卧产床。

说熟悉，是因为我来过这地方。这个“环滁皆山”的小村北边那块玉米田里有我点点滴落的汗珠。“出工慢腾腾，一坐一个坑”，这个内含深远的消极把远在省城的出版社的男女老少拘到这里支援秋收。这里固有的勤奋呢？那自力更生的雄心呢？祖祖辈辈以勤为本的农民何须书生支援，他们以其彻底的沉默改变命运。不能说那时山上没有树，不能说树上没有绿。记得最深的却是一株红得发紫的望一眼都要心酸的山里红。

离开春风弥漫的文化硝烟，沐浴秋风散淡的自然，人们很快忘却求索的艰辛。不再想过去，且莫谈未来，全身心捕捉今日，网住生存的信念，扑向那株山里红的形象，不知怎的竟流出了一派匪气。我从此知道酸味十足的山里红给人的口感有点像饥馑中逮住一块巧克力。

这地方叫弯甸子，依恋笔杆子的书生们喜欢这名字，我更深爱这里浸染过满族先祖血汗的土地。上面是一条小溪，流到下面竟是一条大河。河水流过日本开拓团用刺刀挑开的野甸子，流过历次战争留下的石屑瓦砾，流过贫苦农民赖以生存的耕地，流过灰雾蒙蒙饥馑荒凉的河滩。那信念与信念交锋的湍流，那格杀文化的炮弹在小村中留下了弹片的残骸。

满眼是梦啊！历史终于在一个边远的小村中投下了它现实的公正。如今这里风景独好。“砸碎大锅饭，活计不够干”，这一生活真谛把大批剩余劳力送进城里打工。“城乡交流，富得冒油。”那条小溪呢？那条小河呢？一双转动历史巨轮的手臂把它牵向五湖四海。青山遮不住，毕竟东流去，山深不闻鹧鸪！

问一声草甸上的秋虫，还认识当年的我吗？那些自恃清高的人，那些不懈于求索的人，那些百般忏悔入不了正册的人，那些再教育、再再教育也很难涅槃再生的人，那些经劫历难得以侥幸存活的人，如今都步入了黄昏的小径。书生意气耐不住大自然的规律。然而书生的哀怨不在晨昏冬夏，不在昨日今朝。过程不等于结局，安隐更不是目的！他们与农民一样期望真诚！

寻觅历史的足音苦乐参半，瞻望明日的天宇才有广阔的甜美，心灵的光华才是成熟的秋日。

1994.3.2

心上的江

木　青

天下的江河湖海我没少见，可论诱人，还是我的黑龙江、讷谟尔河、嫩江。只因这童年的江河装在心里，再别的什么水域就都没有位置了。

或许由于年小，思维能力与参照系均属单一型，反正我对它们就像对母亲那般依赖，至于长得漂亮与否、是否还有毛病等，连做梦也不会想到。我看讷漠尔河，就像一个憨实庄稼人只顾成年到辈地奉献。我们这些穷孩子的最大乐趣，即是扑奔到它身边，在河套里摸鱼钓鱼玩狗刨，坐岸边手托下巴颏儿静观鲤鱼搅水跳龙门，拎筐在河边苇毛子里捡野鸭蛋，躺草甸子听天上的窝翎鸟欢叫……遇雨，伙伴们疯跑，把雨帘甩在身后。

记得"土改"那年，我父患伤寒病，人称"窝子病"，一人得，全家人都跑不了。一庸医不让父喝水，说喝了会怎么怎么着。父烧得说胡话，满嘴起泡，伸手要水。我急得不行，不能干看着父亲这么渴死，于是心一横，拎斧子到封冻的讷河上，刨来一块块晶莹的冰，趁人不在跟前，捧给父亲。父亲抱着冰块大口啃，大口嚼，咔吧咔吧，甚是吓人。事后听名医说，父命是我用讷河冰水救活的，否则，五脏六腑都得烧坏。

我从懂事起，除跟讷河厮混外，还不断听大人们说到黑龙江，仿佛那是北边人的血脉，性格的象征。可为啥这么亲近黑龙江？不知道。我总想去看看，却一直没得机会。尽管听说离我长大的地方才不过百十里路。有人形容它呈黑色，是油黑土地和黛青山野映衬的；还有人说它本是中国的内河，后来生生被沙皇老毛子抢割去了江东六十四屯，才成为现在的界江。不过我想，卖国贼也好，强盗也罢，改了江山却改不了人心民情。说来我头回看见黑龙江，还是那年去苏联（当时尚未解体）参加国际作家联欢会，乘车沿江行驶，驻足观看的，它给我的印象有如圣母，与我童年想象的无大差异。只是我觉得头回看它不该在境外，不知为什么，多少带点酸楚感。后来，我又与朋友特意去了一趟，才觉得心理平衡，有如扑到母亲膝下，尽可耍娇尽可任性地玩儿。

哦，我在这儿看见了小时爱吃的黑龙江特产大马哈鱼、鳇鱼什么的。黑龙江的鱼，和海里的鱼乃至其他江河里的鱼都不一样，纯属绝无仅有！鳇鱼体大，活似潜艇，跟我小时在嫩江看见的土话叫“怀头”的大鱼差不多，嘴和鼻子尖且长，全身深褐色，无鳞。大的鳇鱼有一千多公斤，一般也有几百斤。由于其体形大而奇，肉鲜无比，古时常作贡品，于是皇帝封它为鱼中皇帝，“鳇鱼”也便由此得名。鳇鱼习性特别，活动范围小，不喜欢长距离游动；觅食方式属于等食，卧江底，张嘴等小鱼游到嘴里才吞下。吃饱了喜欢用尾巴抽打江底的石头和漂浮物，仿如孩子玩儿。渔民便抓住这一特点，把成排的大铁钩子沉到江底，鳇鱼看到铁钩子和钩子上漂动的鱼漂，就用尾巴抽打起来。岂料，这一抽，恰被铁钩子钩住，鳇鱼感到痛，自然会乱滚乱蹦，这样钩子也就越滚越多，跑不了啦。七八月份，是鳇鱼的排卵期，正是雨季，江水不稳，鳇鱼会从江底浮到水面，这时，有准备的渔民会用大网网住，倘无准备，很可能网破船翻。

黑龙江的另一绝鱼，是大马哈鱼。它当数鱼中美人儿，体形修长而匀称，不胖不瘦，属标准流线型，鳞细发光，脊背灰褐色，腹部淡红色，游动起来优雅而敏捷。大马哈鱼肉味鲜美，入口醇香。尤其鱼子，有黄豆粒大小，似鱼肝油丸般透明。科学家化验证明，四粒大马哈鱼子，能顶一个鸡蛋，被世界列为上等佳肴。

大马哈鱼还有一令人不解又令人可怜的习性，其幼鱼，春天从黑龙江游到海里，在海里生活两年，成熟了，达十斤左右，待树叶飘飘落下的秋天，又从海里游进生养之地黑龙江，并一直逆流而上，遇任何险阻都不回头。这时的大马哈鱼，已横下心来不吃任何东西，一边精疲力竭地往上游，一边产下卵，直往上游到不能再游为止。这时卵也产完了，生命也结束了。

它从生到死，都离不开黑龙江这个家，一代传一代，辉煌而壮丽！

我无比赞美大马哈鱼这种视死如归全身心奉献的精神。我想，鱼尚且如此，人呢？当然更应不在话下。

我爱生养之地的江河，它是我的血脉，真的。

1994.3.30

怀远门怀远

刘振操

秋日的一天，我从报纸上看到重建仿清怀远门的消息并图片，心里陡然一亮，随即又为之兴奋不已，而且决意去为之一睹。初冬，一个假日的早晨，旭日洒下万道金辉，晓风拂面，我推车从宿舍楼走出，一路蹬车缓行。我的脑海里不时闪过大西门各个时期的掠影。

啊，大西门，对我这个“老沈阳”来说，可谓既熟悉又陌生，既亲切又疏远。沈阳是我的家乡，但我生在长春，直到1946年我9岁那年，才跟着父母从松花江边的一座小城回归故里。记得第一次坐有轨电车过大西门时，父亲指着街口两侧被风雨剥蚀得残破不堪、摇摇欲坠的城墙豁子告诉我：“这就是大西门。”我望着那坑洼不平的路面、破坏得千疮百孔的城墙和城墙前苍蝇逐臭的垃圾山，禁不住皱起了眉头。后来我家就住在大西边门北的一条胡同里，上一中、进文干班、分到市图书馆上班，20年里我几乎每天都走在大西路到沈阳路这条街上。可以说我是走在这条街上，也是在看着这条街的面貌不断变化中长大的。

建于清（后金）初的怀远门，俗称“大西门”，为方城式砖石构造，城门上筑有三层城楼（又称“明楼”或“敌楼”），城楼周围筑有7尺5

寸高的女墙，设有60个垛口，并有瓮城（瓮城是围绕在城门外的小城，也称“月城”）设了吊闸设备。大西门的门额上外书满文、内书汉文“怀远门”。城门南北两侧是高大的砖石结构的城墙，城墙高3丈5尺，阔3丈8尺，周围都筑有垛口。早年的怀远门是：“一个垛口一个兵，一个兵旁一杆炮。”怀远门不仅建造得雄伟壮观，而且“壁垒森严”：清代的盛京城，每晚7时起更关城门，五更过后开城门；城门开时，粮车货担行人畅通无阻，砖城内的五行八市商号店铺也相继营业，街上人来人往，络绎不绝。

清时的怀远门，同盛京的其他7座城门相似（此外在大北门与小北门之间，还有一个“镇边门”，俗称为“九门”，后被堵死），但又有别于其他的城门。《陪都纪略》有二诗，一为《瓮城两便开》：“城门八卦式，街道仿田畴。瓮城开两洞，二十四气周。”二为《鬼门六只眼》：“怀远门称坤，俗言似太诌。门扉六眼孔，泱囚设来由。”《陪都杂述》：“怀远门两扉各有三眼，旧时说按八卦方位，此当属坤。盖六眼取六断之义，未知可否？或谓以八门论，此为死门。故罪大辟者，自是牵出，俗因呼为鬼门。然六眼之义，究无能解者。”《东三省古迹遗闻》：“大西门外瓮圈两门扇下面，共有六孔（孔是辟门时置），他门无之。故老说，早年刑场设在西郭外，凡决之囚必出此门，遂有‘鬼门六眼’之说。”又旧时骂人有“出大西门的”一语，意即“不得好死的”。

为什么出大西门就不得好死呢？这是因为晚清以来，沈阳监狱设在城内，而刑场设在大西边门的西南角，凡是处决的人犯，临刑前都要装进脑袋露在外边的木笼马拉囚车，背后插着罪犯姓名的死招，游街过市，即俗称的“出大差”。囚车出了大西门，即飞奔边门西南角的刑场。

当时的刑场，占有方圆10丈的地面，外面围有6尺高的砖墙，里面南有监斩亭，北有断头台。几十年里，此处名刑正法的累以万计。1931年春，在此处开辟菜市场，因有失观瞻且妨碍卫生，遂将刑场移往他处，但“出大西门的”一语，仍在沈阳周边的百姓中流传。

车子驶出路口，当我从历史的遐思中走出时，蓦然间，好一座仿清古建筑，飞檐斗拱，雕梁画栋，金碧辉煌，雄伟壮观有着三层城楼的怀远门，已巍然耸立在眼前了。

我忽然想起一个多月前,远在台北的伯父的来信。今年已经83岁的伯父,在信中记下了他在九一八事变那天写的诗:“今夜枪惊北大营,强吞弱肉气难平。卢沟晓月仍秋色,歇浦寒潮有怒声。客久巴山昏雨涨,春归华夏晓鸡鸣。悠悠六十三年事,无限青衿报国情。”宦游在外的伯父离开家乡已 63 年了,但“儿时情景,依然深刻”,不时地在书来信往中,向我们娓娓道来。想到这里,我赶紧取出相机,对着城楼按下了快门,留下了珍贵的镜头。我想,当伯父看到这重建的怀远门,巍峨耸立在故土上时,还不知会落下多少思念家乡的喜泪呢!

1994.11.30

家住陵西

王充闾

有趣得很，去年无意中我也当了一回候鸟。还没到盛夏呢，便自南而北做了一次搬迁。不过这个“南”，并非南雁北飞的起点——湖南衡阳的回雁峰，“北”，也不是“牧羊北海边”的北海，而是从南湖迁到北陵，行程不过一万多米。

我的新居，后墙外面就是名闻遐迩的新乐遗址。七千万年前，处在新石器时代的远古先民就选中了这块高地筑室以居，生息繁衍，于今，这里仍是松林掩映，气象萧森。而它的东邻旧日是一片苍苍莽莽、郁郁葱葱的皇家园林，方城“宝顶”下面埋葬着后金第二代帝王皇太极，通称“北陵”。可见，这是一方名副其实的“风水宝地”。但由此也可得知，当日这里原是一处幽僻的荒郊，因为从古以来，没有哪一个皇帝会选择繁华的市区作为他的终古长眠之地。时间过去了三百五十多年，情况自然发生了很大的变化，但比较起来，北陵一带仍然还算空气清新、幽雅僻静的地段。

有人问：“你抛开寸土寸金、灯红酒绿的繁华市区，偏要到这里来住，究竟图个啥？”我说：“图的就是这个幽静的环境。”

过去住在闹市区，整日里市声喧杂，噪音盈耳，车轮“轧轧”声，摩托“嘟嘟”声，小贩叫卖声，加上并不“OK”的卡拉音响，弄得人精神紧张，头昏脑涨。在软尘十丈中，浩荡车流混杂着汹涌人流，首尾相衔地鱼贯穿行于斑马线上、红绿灯下。有人翻用鲁迅先生的话，调侃说：街上本来有路，走的车多了、人多了，也便没了路。

现在，家住陵西，同这些嘈杂混乱现象“拜拜”了，告别了熙熙攘攘的市廛繁华，远离了浓烟四散的车尘、尾气，不见了星级酒店、溢彩霓虹。回归萧散，结缘自然，尽情地享受着盈盈绿意，剪剪清风，一番天籁，几许诗情。

南楼，昨夜，东风。月影悄悄地爬上了前窗，几树长杨欢愉地翻摆着肥硕的叶片，茸茸的嫩草丛中送过来疾徐有致的阵阵虫鸣，听来宛似潇潇的春雨，清极，静极。十年前吟咏白洋淀的诗句中的情境——“轮蹄不到红尘远，一枕酣眠梦也清”，想不到竟在这个北方特大都市中展现了。

楼前，隔着一片宽大的草坪，新开河清波一脉，汩汩西流。晨兴不寐，沿着堤边小径闲步，顿觉神清气爽。几只五彩风筝在晨风中摇曳，缥缈的云空荡漾起了美丽的蝴蝶、苍鹰、金鱼、蜈蚣，绘出一幅构图疏朗、设色斑斓的画面；而仰首苍穹、沉酣忘我地赏玩着飞鸢清景的人们，此刻便也化作点缀其间的“画中人”，共同构成一道亮丽的春郊风景线。

一场新雨过后，青青无尽的草坪越发显得鲜活亮艳，一眨眼工夫，急性子的报春花便把簇簇新黄挂上了枝条，而野杏、京桃更是忙不迭地在光秃的树冠上扯起绚烂的霞幡，紧接着，小桃红、紫丁香、刺玫瑰、野蔷薇也相继地开花绽蕊，千朵万朵缀满了枝头。就这样，居民们还没来得及静下心来着意地欣赏，春光夏景便已在暗中偷换了，让人蓦然记起宋人的“化工只欲呈新巧，不放闲花得少休”的诗句。

当然，这里的“化工”一词只是借用，若是表述得完备一些，应该说，其间更多地凝结着人工的智慧、勤劳的汗水。岸边草坪上陈列着一张河渠改造前的老照片：一条臭水沟，几间棚户房，旁边丛生着齐腰高的杂草，堆放着一些陈年积淀的垃圾。如果不看说明，外来人无论如何都不会相信，它原是眼前的清波、石岸、碧草、新楼的前尘旧影。

劳动，无论其为精神的还是物质的，同样都可以创造不朽。一幅《蒙娜丽莎》，一支《义勇军进行曲》，可以通过图像、音符传承下去，达到千秋长在；同样，人们对于客观环境的改造，诸如疏浚河渠，栽植林木，筑路修桥，通过物化劳动，也可使子孙后代享用无穷，实现其不朽的价值。

整治后的带状公园，交由“劳模物业”管理。跨越半个世纪的各个时期的新老先进生产者，共同为美化环境、绿化家园倾洒着心血。去年五一劳动节，他们用三天时间，在这里义务栽植了千株青槐，命名为“劳模林”，现在已经生根、吐叶了。前几天，管理人员又在径路两旁的草坪上，每隔几米，栽上一簇簇的串儿红，种植了许多花草。万绿丛中红数点，微风拂过亦多姿。从坚持晨练者的“月旦评”中了解到，市民们对近年来沈阳的市政建设与环境整治工作是满意的。

我也是晨练队伍中的一员，每天都要循着河干小径散步一个小时、两个小时。从黄河大街旁边的新乐园出发，十分钟后就进入了长江园，再经过较长一段的缓步或疾行，怒江北街便已踏在脚下，抬望眼，隐映在绿树丛中的太平庄和塔湾也遥遥在望了。全程往返总有五六千米吧，细想想，这也是颇有象征意义的。从新乐遗址所在的“辽河”流域出发，一路奔向西南，而“黄河”，而“长江”，最后向祖国的边陲延伸，进入“怒江”流域，几十分钟就心旷神怡地畅游了神州大地。借用清初文学评论家金圣叹的话来抒怀，真是：“不亦快哉！不亦快哉！”

穿过怒江北街，循新开河北岸西行，即置身于一片丛生的榛莽之中，蜻蜓翩舞，鸟雀啁啾，透过蒿丛、柳线，依稀可见碧绿的稻畦和菜圃。此时，仿佛回到久违了的童年时代，回到了半个世纪前的故乡。为了追求那种“城市山林”的逸趣，《红楼梦》里的贾府要在大观园中特意修建一个“稻香村”，依照外面村庄的式样，筑出一道黄泥墙，编就两溜青篱，盖上数楹茅屋，分畦列亩，种蔬栽花，还要在树梢头用竹竿挑出一个酒幌。我们自有天然野景，无须刻意去摆那份阔气，只要迈开双脚，通过随缘随机的游目骋怀，同样能够赏玩这番清趣，充分领略大自然无尽的恩波。

原来，“趣”字是由“走”与“取”合并组成，说明情趣是靠着行走来获取的。醉拍栏杆，也许能够称之为豪情，却与逸趣迥然不同；北窗高卧，东篱啸歌，这些中古时期的文人雅兴也同现代人不相搭界。记得有个英国人写过一本题为《道旁的智慧》的书。是的，只要这颗易感的心灵时时踱步于人生路旁的小径上，就可以不断掇拾蕴蓄丰富的人生智慧。

家住南湖，我也是经常闲步的。八年过去，人地两熟。穿行于车水马龙的通衢，不出十步，总能碰上三两个熟人。来到这里，觌面相逢的个个都是新面孔。碰头次数多了，招手、注目之余，免不了要唠上几句。有人问我“在哪里上班”，我常常以问作答：“你看呢？”经过一番打量，他笑说：很可能是在大学里教书；也有人猜测我是研究人员。根据之一，是我总好静默地沉思，像个“文化人”的样子；之二，辽宁大学、沈阳师范学院、省社会科学院都在附近。听后，我笑而不答，或者颔首以应。这倒不是有意撒谎，或者附庸风雅，我原本是这三家货真价实的兼职教授和特约研究员。

早春的一个星期天，漫步中突然遇到我的一个邻居。多年前，他是这里的住户，后来随着工作单位迁往南湖。这次回来探望一位老同志，重游旧地，面对着万象一新的般般变化，竟有隔世之感。昨天，他又给我打来一个电话，说我们楼前的那片低矮房屋扒掉后，准备矗起高楼，开辟绿地；马路旁的违章建筑已陆续拆除，人行道较前大大拓宽，美化、绿化有了新的进展。听了，欣慰之余，不免生发出丝丝缕缕的怀恋——

毕竟那里完整地保留着我的一段永生难忘的韶光，不知不觉中我已将生命的一部分封存在那里。

毕竟那里攒聚着、闪烁着人间最珍贵的友情，一些知心朋友通过促膝论道、聚首言欢，彼此的心灵在某一段时空发生过交会与融合，躯体迁徙了，而这些生命密码并没有随之而流移。

毕竟那里出门办事、购买东西实在是太方便了。

然而，对于迁居，我终竟不悔。人间万事，总是有得有失。舍弃当中自有获取，拥有的同时便是失去，失落是拥有的一种继续与延伸。世上没有不需付出就可以无端得到的东西。选择本身看似获得，实际上也是一种放弃。我选择了清静，就放弃了方便，失去了正常交往。

一千九百多年前，东汉著名隐士严子陵把物质享受与心灵自由分置于心理天平的两端，最后，毅然弃去种种优越的物质享受，以孤贫、潦倒为代价换取了人格的独立与心灵的自由，从而实现了对固有的生存范式的超越。人生在世，每个人都只能选择一种生存方式，而只要选中了某一种，其他种种生存方式就将自告放弃，当然，同时也就独具了其他生存方式所不具备的东西。

选择本身体现着价值取向、生活态度和理想追求。选择总是多种多样的。有一句很流行的话，叫作“趣味无争辩”，意思是人是各从其好、情有独钟的，兴趣不必强求一致，也不可能整齐划一。但自得自适的生命体验，确须经由自我来营造。德国著名哲学家海德格尔说，诗人从跃动、喧嚣不已的现实中召唤出幻境和梦。这里说的“召唤”也就含有“营造”的意蕴。

我想，滚滚红尘中许多叫嚷“活得太累”的人，并非都是甘心沉湎的，可是，往往缺乏从强大的世俗压力、物欲诱惑中挣脱出来的勇气和毅力。可见，回归自然，确立自我，又谈何容易！

2000.1.31

马加，我的老师

杨大群

我的老师马加走了，我心为之震颤。

马加是我的老师。大辽河是黄河、长江的三兄弟，她是东北的主要河流、辽宁的母亲河。马老对地域性的辽河文化更有着卓越的贡献。在九一八事变那灾难的年月，在民族生死存亡之中，他是浴血杀出的一批作家中的一员骁将，他拿起笔为民族争生存，他是在东北文学创作方面的带头人之一。因此，马老在东北文学史上，给我们创造出了“马加精神”。这是当之无愧的。

马加深入生活的精神。

当年他在土匪还没有肃清的情况下回到东北，中途遇见土匪枪战几乎遭难，他写出优秀的传世之作《开不败的花朵》；在翻天覆地的土改时期他发表了《江山村十日》；在抗美援朝时期他深入前线，写出《在祖国的东方》；接着在祖国建设时期，他发表长篇《红色的果实》等；在进入老龄时期他奋笔写出成功的名著《北国风云录》《血映关山》，当他已经进入九十高龄，还写出《漂泊生涯》长篇回忆录；他还写了许多中短篇散文、随笔等文章。马老他为什么能宝刀不老，勤奋而笔耕不辍呢？就因为马老不仅感到写作是为人民服务的使命，更因为他有深厚的生活底子。他在人民群众中建立了许多块生活基地，交结了许多新老朋友。他是一位遵循着毛主席的“生活是创作的源泉”的教导写作的作家。因此他才有了取之不尽的创作源泉。

马加追求艺术的精神。

马老的诸多作品中浸透着孜孜追求艺术的精神。他在作品里边追求民族化，从作品的结构到人物的感情都追求民族化，但他也不断地吸收外国的表现手法，充实丰富自己的作品的内涵。从晚年的《北国风云录》等作品来看，从结构到语言上都更加明快了。在他的作品中充满了生活气息，有时代的精神，他的作品不是写个人的生活情趣，不是写哪个阶层的命运，而是写国家的兴衰、民族的奋斗，这和作家的历史观、使命感分不开。马老的语言带着浓浓的乡土气息，生动而又形象，甚至从一句话都可看见这个说话人的面目表情和行动，把辽河套的语言运用活了。我觉得一个作家对自己的作品没有追求，那就不会获得作品的价值。马老的作品在艺术上的价值会经受住历史的考验的。马老追求艺术的精神值得我学习。

马加实事求是的精神。

马加认真的一丝不苟的创作精神和他对人对事的认真精神，我十分敬佩，最近，我写一部《义勇军演义》，早有请马老作序的愿望，但感到马老高龄不敢惊动，但是有一天他打电话说给我写序，我高兴极了，赶忙到他家里去，本想把我写的提纲读给马老听，他笑着说：“大群，咱们还来假招子吗？我写序要先看你的作品，才能写出序来。”我当时觉得有些现代名人作序，有的是作者把书中内容讲一遍，然后名人开笔写，有的是作者把序写成，名人在稿纸上边签上个名字就了不起了。我把近八十万字的书清样送到马老家里，这可苦了老人家了，他还给我把书分单章订起来，看有近一个月，看得非常仔细，从情节到人物，都提了非常恳切的意见，甚至连打新民时耿继洲的义勇军活动的情节，以及义勇军使用的枪械等，都给了帮助和指导，使我很受感动。马老写的名为“还我英雄本色”的序，发表在《辽宁日报》上，反响很好。我觉得像马老这种认真的精神如今是少了些，要学习发扬马老这种对创作认真、对事对人认真的精神。

2004.10.27

读你的灵魂，我的大东北

马秋芬

一方热土生养了你，你却不一定能读懂她。

身为东北人，我曾是那样地向往着关内，向往着江南，向往着或古韵优雅，或现代时尚的异域他乡。因为那时的我，觉得东北是如此坚硬、如此冰冷、如此粗陋。一块傻大黑粗的土地，前生命定是故里，让一个追求开放与文明的无知小辈，在世人面前简直有点没面子。于是我写作，笔下的或人或景或风物，离开了本土的滋味，专心在语文意义上营造着一番孤芳自赏的美妙。

80年代初，我带着语文意义上的文学作品，来到北京，先后在中国当代文学最高学府：中国作协文学讲习所和北京大学作家班进修，一学就是四年。来自全国各地的同学，个个都是自己那方土地养育的好作家。因其“好”，所以才风骨韵致各不相同。这不同，是文化的不同，是土地质感的不同，是血缘根脉的不同。而各自诱人的艺术魅力，正是从这土地滋味的不同中生发和开掘出来的。

我在形形色色地域的土香中获得觉醒：脚下血脉相系的土地，是我焕发灵性和构建别样文学风情的唯一资源。然而，觉悟和收获是事物的两端。

觉悟仅仅是重塑自我的一个开头。为了文学的自我重塑，我开始强化自己作为东北人的感觉。

人是环境的产物。环境如刀如斧，雕着人的轮廓，也雕着人的神采。为了让环境唤起我的感觉，我从80年代起，背上我的行囊，遍涉大东北的山山水水，阅尽大东北的日升月落，草枯树荣。我向北走，一直向北走，火车开不到，换汽车，汽车走不了，换马匹。百里、千里，一直走到黑龙江的边沿上，这才停住脚，隔岸已是邻邦俄罗斯的小镇和村庄。沿江的村村镇镇、山山石石、草草木木，用脚蹚，用心滤，用手摸。这样，腊八将至，我沐浴着高寒地区那稠粥般的大雪，坐着雪爬犁，在耀眼而无际的雪丘上飞样地滑行，饱饮着清凉呛人的冷气，冻木了手脚，冻僵了嘴唇，领教了北方神寒冷的牙齿和凌厉的冰感；早春来临，我夜宿在黑龙江边的小店里，谛听由远而近、由近及远的咔吧咔吧的冰裂声，目睹一条有着无数传说和故事的界河，那生命蜕变的壮观景象；盛夏时节，我在荒野的暑气中跋涉，在青蒿的香味和蚊虫的叮咬中，陶醉于鄂伦春迷人的情歌和古老的神话里；进入暮秋，我穿行于小兴安岭的五花山，跟随讲粗话的猎人，在如火的枫林和黄得抢眼的柞树岗子上，追逐迷失的野兔和山鸡……于是我明白，东北的大林大莽、大山大河、大风大雪、大寒大暑，不是白生白息、白来白往的，它将生于斯、长于斯的东北子民，用它的利牙和罡风，雕得有棱有角，快人快马，粗粗粝粝，掷地有声，豪气万丈！绝无半点温温软软，黏黏糊糊，犹犹疑疑，苟苟且且！东北人就这样全被雕成了伟丈夫——男丈夫和女丈夫！

人又是文化的产物。岁月一把把地过去，沧海桑田几轮回，土地里就积存了先人们重重叠叠的车辙和脚印。在东北大荒大野里旅行，你会路经一个又一个古战场，你常常在驻足远眺的刹那，一下子与历史衔接，耳边时不时萦绕着女真人金戈铁马的喧嚣、大清帝国崛起的凯歌、军阀角逐的隆隆炮火、日寇丧心病狂的杀戮声。在这种种历史风逝的交响中，你不能不看到努尔哈赤大帝那个挥之不去的不屈的身影，不能不重温东北王张作霖那不凡的人生和别样的灵魂，更不能不感悟张学良将军那永垂千古的浩气和撂地三截的个性……不知不觉中，你的心被一次次震撼，你的眼里会涌出层层湿雾，你的骨节会爆出咔咔的响声。你顿时会因彻悟而感慨：哦，我的苦难的东北、悲情的东北、血性的东北、打不垮的东北哟！躬身细辨着先人们重重叠叠的车辙和脚印，你的心会一热又一热，你从中嗅到了血脉之香，看到了自己的身影。你忽然懂得，你作为一个东北人，一个铿铿锵锵、敞敞亮亮、爽爽朗朗的东北人，什么是你的根脉、你的依据、你的头绪。你之所以成为现在的你，不是无缘无故、无根无梢的。你的身后拖着长长的影子，你的举手投足，你的气质秉性，别无选择地带着土地的烙印和遗传。这土地是血与火冶炼的温床，是如此的烫脚烫心，而又泛着馨香的母性。你在一把一把拭着泪眼的同时，就不能不为这块土地献身！

谁向土地奉献了深情，土地也便还谁以灵性。我为大东北的人文地理、自然风物，为大东北的一切，而感动，而骄傲。我为自己是东北土地的女儿自豪。认识着土地，等同认识着自己。我在创作上找到了感觉，这感觉如同藏于地下的深泉，一经掘开，那活水便喷涌不息。我反省着自己、超越着自己，不自觉中形成着自己独有的叙述方式和独有的话语风格，建立着全新的艺术境界。我用心和亲情触摸着大东北的灵魂，阅读着大东北的灵魂，再用真诚蘸着谦恭来刻画这块鲜活而朴厚、宽怀而博大的母性的土地。

2005.1.12

那时候

刘　镇

工业现代化的宏伟景观，曾使无数人向往。作为一名工人，也曾是20世纪50年代青年的美好志愿。1953年7月，为了响应号召，及早参加第一个五年计划的建设，我刚由江苏一所师范学校毕业，便和40名同学一起，来到东北沈阳这座工业名城了。

我是自作主张报名，瞒着家人谎称“去京”的。此前想象中的“沈阳”，不过借助于偶尔看到的宣传画；想象中的“工人”，不过来自《大生产》牌的烟盒；一个不到16岁的孩子，连火车都没有见过呢。当经过三天三夜漫长而兴奋的旅程终于落脚沈阳，当在今机床三厂（当时叫“机械三厂”）独身宿舍院内放下行李，当身着那件土布对襟小褂、双手插进裤袋走在繁华的太原街街头时，亦俨然是这城市的公民了——这在今天，或许少见如此“早熟”，何尝不是一种美丽的真诚？！

一个时代有一个时代的风貌。

一个时代有一个时代的崇尚——

那时候，新生的共和国，阳光普照，清风四拂，人们执着追求；新生的沈阳，刚从战争废墟站起，格外令人瞩目地于时代的聚光灯下；新生的机床三厂，由为“抗美援朝”修造枪支而转入普通车床的生产，并成为轰动全国的“新纪录运动”发祥地。虽不免初春的峭寒，火红的日子却总是伴着《咱们工人有力量》的歌声上升！而生活在这片热土的人们，也许来自昨天低矮的工棚，也许来自前天流浪的街头，凭着他们的经历，更理所当然地，深切体悟到“解放”的含义和肩负的重任；一个大写的“人”字，扛起一个“工”字，这便因之平凡而伟大了！

那时候，多少荒凉充满了期待。多少残旧渴望更新，但更多的“第一”成为建设者手下的奇迹！最风光的是闹革新，以最快的速度、最好的质量和时间赛跑；“当家的”在厂是否先进，工人村的家属们都“上心”！著名劳动模范赵国有，作为新中国工人代表，访问了苏联；为了学习文化，掌握先进技术，更有多少普通工人还在工后业余，背上书包走进夜校，让一具圆规在茧手中灵动而快感地转动……

一代人的精神意志之于历史的推进，是何等重要！那踏雪创业的豪情与欢愉，又怎样亮丽了人生？！

那时候，收入固无以言丰，却终未致道德的崩坏；而艰苦可以共赴，快乐也难分享。贫困的、也是富有的我们，终不失一身傲骨，既羞于伸手也不屑祈求上天，只以更多的汗水摄取尊严生活必需的“盐”；勒紧裤带高举大锤偏将似水柔情置于铁砧猛锻！而拥有“三大件”，其实更是劳动好、劳动光荣的象征呢。

那时候，从独身宿舍到厂的那条“街”，其实也是土路，但是在我们年轻的心上，依然宽坦笔直，仿佛每一个来回日子就会变个新样！记得来沈阳后的第一个冬天，确有我从未领略过的奇寒，可当南方家人来信嘱：不妨顶个类似被子的东西出行，暖暖的心只暖暖地一笑而已。也许我还没有我另厂同学的尴尬：最初住的平房因为半落街路下方，雨后马粪竟从门外顺水漂进床下，可待多年后说起，依然成一段美妙的故事！

那时候，也曾在一个风雪天戴顶狗皮帽，“摩电”咣当了好长段路去“辽艺”，结果却也只在门前的剧照前，痒痒地流连了一番罢了。倒是车间一个周末的晚会，使我至今萦怀动容：身手不凡、各怀绝技的工友，有的画画，有的吹口琴，有的演戏，有的倒骑单车……而青工刘英俊，竟在我从邻厂借的风琴的伴奏下，挺胸昂首以俄语高唱了《祖国进行曲》：

我们祖国多么辽阔广大，
它有无数田野和森林，
我们没有见过别的国家，
可以这样自由呼吸……

——这歌声是那么深沉、雄浑、大气磅礴充满自信与自豪！它在高大的厂房扩散不止，至今犹似不绝于耳。这歌虽来自不同的国度，却无疑传达了高昂的同一时代精神，洋溢着同样高涨的人民情绪！而此时作如上追述，相信也不仅为了留恋，为了那年月所赋予的一种纯属个人世界的不解之缘吧！

的确，我是幸运的；作为一个工人出身的诗人，尤其感恩于当日沈阳慈母般的接纳！那时之我，正值青春年少，由此开始的生活，不仅让我真切见证了身边发生的一切，更见证了曾生机勃勃的年代！那年代，仿佛总把一切美好的东西留给咀嚼深味，从而很大程度上，决定了并深远了我精神的指向、感情的投射！

2005.12.14

快意沈阳

丁宗皓

沈阳的春天和秋天都短得可怜——春天像人的脖子，美丽但长度有限。北方民间有“春脖子”的说法，指的是春天和夏天结合部，但其实整个春天都是脖子，实无细分之必要。所以踏青是极短促的事情，脚刚刚踩到青草，夏天就到了。秋天则像一个动物的尾巴或者人的小腿，自然也没有所谓金秋。

在沈阳，不被天气耽搁的，只有秧歌。秧歌在沈阳满地都是，累月经年，风雨不误。最初的一次，我在公共汽车上，想事走神儿，忽然一扭头，看见一个老年孙悟空在我身边站着，他身边站着金箍棒。

我有点愣，继而想笑。这时孙悟空往车窗外使劲抻脖了，只见一个老年八戒骑着自行车，正贴着汽车走，大声和孙悟空约定地点——现在，我习惯了这样，散步的时候，身边经常出现穆桂英，两个野鸡翎子迎风摆着，身段婀娜，回家路上顺手买了鱼食。菜市场上，洪月娥和沙僧一起买豆腐和雪里蕻，雪里蕻炖豆腐，当然好吃。这个扮相，卖菜的习惯了。

在扭秧歌的人群外，常常围着很多人，老少都有。上述的几个都是角儿，当然都在队伍前面，音乐一起，便满面红光，扭捏起来，整个天地就成了舞台啦。

舞蹈（注意：不是跳舞）受到了影响——那天，我在和平区十三纬路上溜达，在一条小街街口，忽然听见了“天鹅之死”，正宗的柴可夫斯基的《天鹅湖》。这冷天，谁在玩这个。我好奇拐过去，开了眼了——一家烤肉店开张，门前挂满各种叫不出名字的彩条，空中悬着气球。门口两个黑大的音箱里，天鹅正在缓缓接近死亡。

事情出在门脸前的马路牙子上，一对男女正在那里跳《天鹅湖》呢！柔情与哀伤，交叉揉着心灵——美中不足的事情有了，男女主角都在毛裤外面套了体形裤，所以王子和天鹅的体态里，仿佛增加了成倍的脂肪。在马路牙子上，穿正宗的舞鞋肯定无法作业，于是脚上蹬着黑皮鞋。大跳免了，腾空打击也不行，和着忧伤的旋律，下腰可也。于是下腰了，因为，不小心，腰际还露出了绿毛裤的光芒。

好在他们很快结束了这段，双双扯手谢幕，但看客零星，似乎也无幕可谢。于是他们调整精神，上了一段拉丁舞，目光炯炯，刚柔并济。舞姿好，也喜庆，当然也结束了我关于天鹅和烤肉店之间关系的联想——这家新店主烤牛肉。

对于沈阳舞者，这的确是一个不怎么样的季节。沈阳公园里，跳舞为保留性运动，年长者跳个交谊舞，白头发、灰衬衫、背带裤，倘若戴上眼镜，哇！文化内涵！而中年男女，则一码儿国标，脑袋甩来甩去，颈椎病肯定治了，眩晕症不好说。在漫长的夏天里，热，是舞者天敌。好在形式不重要，所以男人们常常是跨栏大白背心、大裤衩子加拖鞋，管它什么交谊舞与国标，都不在话下。

我个人不很喜欢国标，因为它过于技术化，技术化的目的是将女性特征放大到极致，无论如何都感觉有风化问题。想想在公园里，在舞蹈之间，女性特征锋芒毕露，还是不太合适。可在沈阳似乎是个例外，在舞蹈一角的树丛里，常常闪出一个全副武装的国标女选手，国标行头的特点就是少，算不上武装到牙齿。其实老练者一般都混迹于看客之中，在音乐起时，突然脱去外衣，围绕男伴，闪转腾挪起来。

现在，天气远远过了毛裤阶段。前天，我特意去了公园，想看看怎么个形势了。我发现男女们都已经穿上厚厚的棉大衣，戴上了白色大口罩。因为风大，多数人戴了茶色墨镜。穿着臃肿外衣的男女舞者，在风中安静地跳着，这时国标像过季的蔬菜，只能等来年再说。现在只能跳交谊舞。花样不说了，拐弯都难。胳膊远远地架着，衣前襟已经贴在一起，挪动脚，走着直线，到了场地边缘，再掉头回来，乍看像推磨，也像两只企鹅或者是耳语中的灰熊。

不知道他们彼此是否能够看得见表情，但是他们旁若无人地舞——这样，站在一侧的我，感觉事情有点神秘了。

演奏家们的难是双重的，寒冷与风。男女各一，两个萨克斯手面对面坐在椅子里，军大衣裹身。戴着手套，但手还是僵，约翰·斯特劳斯某圆舞曲的一段，两个音阶之间跨度大了点，女的怎么也吹不过去，男的反复演示，还是不行。风起了，两个人的腮帮子都红了，男的最后也过不去了。

在离他们不远的一个现场，两把二胡机械重复着一段快板，一个女人唱得陌生，听得我一头雾水，开始以为是奉天落子，后来一问才知道是二人转老段子。操二胡者坐在马杌子上，大衣领子竖起来，遮了耳朵，手指黑，略有皴裂。久了，一个操琴者，手僵了，他只能以抖动大腿代替手指揉弦，让生活的颤音出来。另一位索性站起来，把二胡顶在小腹上，边拉边跺脚……

我所描述的，大多是沈阳公园里的景致，那些表演和观看的，都是中老年的男男女女，他们从哪里来，住在哪里，都无从知晓，这也不是我观察的重点。我的重点是表演者和观众的关系——那是一种根本没有关系的关系。唱或者跳，仿佛置身荒野，周遭无一人在。听者默默来听，喊一声好或不喊，来就来，走就走，来去也不用打招呼。

——喜欢看这一幕幕，起于去年的冬天。那天下了冬天最初一场雪。我家北窗外的公园一角曾经是麻将战场。有人备麻将，有人带桌子，有人搭棚。上午 10 点，在雪里，四桌麻将已经开始了。在公园拐角处，一桌旁，孤零零地坐着一个女人，同样是穿棉大衣，戴大口罩，一切设备都有了，但缺人，而且缺三个人，以麻将术语来说，叫一缺三。女人袖着手，静静地等，对我的诧异视而不见，像一个如约而来的武林高手，雪再大，也等。

现在，冬天还没有彻底地来，我就开始想，它究竟啥时候能过去的事了。

2006.11.27

故宫门前那条路

于　勤

东入抚近门，西出怀远门，是沈阳著名的“清代一条街”。它笔直地从盛京故宫门前经过，穿过文德、武功二坊，以石铺地，昔日东西朝房、八旗衙门等旧址分列两旁，还有整齐的仿古建筑，多经营古玩书画文房四宝，青砖红柱，飞檐雕梁，使这里古香氤氲。踏入此地，不觉得便收声屏息，轻手轻脚，怕惊动了什么似的。

这条街，地理名称叫沈阳路。与城市同名，可见它的古老与显赫。据史料记载，从西汉时期建立沈阳城之初，直到清代建都，都是以沈阳路为中心，逐步向四周扩散而最终形成“方城”。

我对这条路由熟稔而生情，从出生到现在，我一直生活在它的近旁，它特有的古香古色，它的那一丝雅致，它浓郁的生活气息，无不让我感到亲切。暖洋洋的正午时分，淫雨霏霏的早晨或是雪霁之后的寒风中，我都乐意漫步在沈阳路上，看宫墙与琉璃瓦的连绵起伏，在皇帝家边听市井之声。

沈阳路与朝阳街会合便是东华门，东华门往南一里地，是大南门，著名的张氏帅府所在地。20世纪五六十年代，辽宁省作家协会曾在这里办公，随着在作协工作的父亲，我家曾住在这个深宅大院。虽然大帅府里有草有树，孩子终不能日日在院子里捉迷藏，我被送进了幼儿园。幼儿园坐落沈阳路上，与故宫毗邻。就这样，我和两座不朽的建筑群都产生了关联。

每天一早一晚，我都会被妈妈牵着踏上沈阳路，早晨朝着文德坊，走到东华南巷口拐进去，就到了幼儿园；傍晚背向文德坊，拐出沈阳路，走回我们居住的那片灰色楼群。我们那时管文德坊叫牌楼。牌楼那边有什么，当时的我是不知道的，但不影响我一路采风夺景乐趣无限。

从大南门到东华门的路上，有两处吸引我的地方，一个风味回头馆，一个粉墙黛瓦的小吃部；一个能品尝外焦里嫩香浓可口的回头，一个能吃到豆浆油条豆腐脑。一拐进沈阳路，又出现了吸引我的地方，一家副食店，那里买炉果、桃酥、奶豆、油茶面……这些好地方不能常去，因此就更有诱惑力，走过那里，就会多看几眼。

终于有一天，我的目光不再局限于“吃”，而是对“文化”有所发现。那是一个黄昏，不知为什么，妈妈没有按平常的路线回家，而是领着我穿过牌楼，走向街的另一端。这样，我们就路过了故宫的大门口。高大的门楼庄严华美，望进去，朱门重叠，神秘莫测。我要进去！妈妈说，今天晚了，改天吧！你可以在门口看一会儿！结果，就这一会儿，须臾，酿成了终生难忘的一次历险。

宫门里的世界是人间天上，我趴在门口的栅栏上好奇地向里张望。越看越向往，看得入迷，不知不觉，脖子伸长，头就钻进了栅栏里。等往回缩的时候，耳朵被铁栏杆卡住，动弹不得。眼看天色渐暗，妈妈急得团团转，路人在出主意：侧转！慢慢使劲！掰栏杆……我则吓得大哭，以为这辈了永远被卡在这里了！

今后的日子里，我乖乖地走在这条路上，对皇帝家，只是远眺，不再近观。

小时候总盼着长大，其中很重要一个原因是：做自己想做的事，包括自己买票逛故宫。愿望很快就实现了，因为我们很快就长大了。

生活在故宫周围的人们有没有历史赋予的骄傲自得？大概是有的。不过，这种情绪潜滋暗长，自己都不会觉得，外人却会有所察觉。难怪，走在沈阳路上，与行走在别处是不同的，在这条街上少有行色匆匆，多见探询踟蹰。慢些，似乎就能听到远古的足音。

努尔哈赤1625年迁都沈阳，开始了进军中原一统天下的新进程。通往龙庭的路上，滚滚烟尘摇征辔，铁蹄渐行渐从容。待到宫殿初具规模，沈阳路庄严威武起来。它的中段，即东华门、西华门之间，属于皇宫内院，行人不得通行，文武官员至此也必须下马，至今仍留存“下马碑”。皇太极即位后，皇宫气势巍峨。登临凤凰楼，能看见大清门前的这条路，它定是寂静肃穆的。虽然是清草创时期，金戈铁马声犹在，王公贝勒尚面带风霜，袍染征尘，但这里毕竟是皇家所在，戒备森严。

公元1644年，大明王朝覆灭，清世祖福临在沈阳故宫的大政殿发出了进关令。年幼的他从这里出发前往北京，也许他并不知道这一次告别意味着什么，他也许还带着留恋的目光回望过宫门前的这条路。

此后，昔日皇宫变为“陪都宫殿”，成为清朝皇帝祭奠祖先回顾历史的地方，康熙、乾隆、嘉庆、道光四朝皇帝十次东巡驻跸在此。

“山一程，水一程，身向榆关那畔行，夜深千帐灯。风一更，雪一更，聒碎乡心梦不成，故园无此声。”这是一首诞生在康熙东巡途中的著名诗篇。诗中的榆关是指山海关，关外风光不比京城，康熙帝一行人马顶风冒雪跋山涉水风餐露宿，场景壮观豪迈。沈阳路，是漫漫长途的目的地，每当皇帝驾临，龙车凤辇，浩浩荡荡，彼时宫殿门前这条路定然千般锦绣万般风光。

所谓“有路必有福，有路必有胜”，路，总是承载着美好的希望。沈阳路，是沈阳这座城市之肇始，文明、繁华以及随后衍生的一切皆与之相关联。

年幼时的沈阳路，已经经历了沧海桑田，变得平淡谦和。故宫不再有皇上，是老百姓的游览场所；沈阳路不再是禁地，引车卖浆者上班的上学的车水马龙络绎不绝，记得我横穿这条街道时还为躲避汽车而飞跑。

时光荏苒，沈阳路也经历着变迁。幼儿园的主办单位“工农兵服装厂”已经不知去向，副食店搬走了，整条街除了保留修葺原先的古建筑，还增建了仿古建筑，街道变成步行街，看起来齐整安静，为烘托故宫这个“主角”营造着戏剧化的气氛。其实，站在凤凰楼上巡睃周遭，宫墙外从不缺少市井之声之趣，无论站在上面的是皇太极还是今天的我们。只不过皇亲国戚看见的中街那时叫四平街，沿街丝房、绸缎庄、小商品行市，也已光怪陆离。如今，商场酒肆更是依宫墙而立。现代生活所包围的“清代一条街”担当着怀旧的角色，它强调着旧宫殿曾经的存在以及它的历史价值文化价值，它既表达人们保留历史痕迹的愿望，也流露出人们对于记忆终将远去的焦虑。

儿时居住过的大帅府如今变成纪念馆，我们这些住户早在20世纪60年代末就搬迁了。现在，只要肯花上一点行走的时间，我也可以来个故地重游。

这天早晨，阳光格外好，天湛蓝如洗，初春的风却料峭。故宫大门外游人熙来攘往，有摄影师趴在东门外，瞄那朱漆木门上的金黄色大铜钉，他匍匐着身体，镜头仰着，一直这样瞄着。

几位大妈站在巷子口聊天，我走过去搭讪，看看能否找到昔日幼儿园的见证者。

曾经的幼儿园如今变成了书画装裱店，对面的书店店门窄小，天棚低矮，书并不紧跟“排行榜”，多为古籍、字帖、画册，还有小人书。有的版本很旧，让人想起遥远的年代；有的专业性很强，让人肃然起敬。店主悠然自得地看书，对顾客不那么热心。而顾客也似乎熟客居多，操一副行家面孔，有时抬眼乜斜一下后进来的人。让人进店胆怯的还有那些“斋”和“山房”，琳琅满目的宝贝，其高低深浅还真让人吃不准。

故宫，除了作为世界文化遗产而拥有伟大意义之外，也在以多种方式荫庇着它周围的人们，给人们带来现实的福祉。

逛沈阳路，最后总在西头一家点心铺子落脚，奶茶的香雾中，故宫的红墙远远跳入眼帘。想起一次雪霁之时游故宫。正值春节过后，红门上还贴着门神挂着宫灯。同行的摄影记者目光独到，记得那组照片中，有这样一个镜头：一只脊背披着积雪的小石狮，正仰望高高的远远的凤凰楼。小狮子是近景，很清晰，但是背对着我们的目光；凤凰楼高远虚幻，却迎面而立。这使我对于“距离”产生许多感觉或者说是错觉。就像我一直生活在近旁的宫殿，说近也近，说远也远。

2011.4.21

潢源寻水

王秀杰

我的家乡盘锦地处辽河入海口。饮辽河水吃盘锦大米长大的我，自懂事以来，对神秘辽河的发源地便有着一份崇敬与感恩之情。总长1342公里的辽河，在《水经注》《汉书》等史籍上均有记载，是中国七大江河之一。从古到今，辽河一路润泽了两岸的土地和生民，孕育出了兴隆洼文化、红山文化等古老的辽河文明形态。今年7月，有机会去辽河源探寻，使我夙愿得偿。

辽河分为西辽河与东辽河，而西辽河有南北两个大的源头。南源老哈河地处河北省平泉县西北的七老图山脉的光头山，北源西拉木伦河地处内蒙古克什克腾旗中西部的浑善达克沙地东缘。我们一行的寻源路线，先去老哈河，然后去路途远而难行的西拉木伦河。

西拉木伦河古称潢水、潢河，在与老哈河汇流之前自行流淌了375公里。潢河源远流长，那些镌刻在河两岸山峰上的古老岩画证明，早在原始社会这里就有人类活动，沿河流域是商先民及北方游牧民族的摇篮。

奔波数百公里后，我们在克旗经棚镇换乘吉普车，向西行驶40多公里至好来呼热乡驶出公路，余下的路程全部是自然路了。在开阔而起伏的沙丘和草野上，时隐时现的便道长满了茵茵绿草和烂漫的野花。这样的路程走了近30公里，进入沙包之地，车轮陷进沙土中不能自拔，只好开动双脚。走着走着，就不见人迹了。几经往返周折，终于到达一处平坦的沙冈，从此下坡，再下坡，在长满杨树、榆树、桦树、红柳及灌木杂树的林间一味地倾斜而行。旁侧是一道深二三百米的沟壑，对面高耸的是一道被绿树青草覆盖的沙梁。最后，从陡峭的沙坡下到一处沙地平台。平台呈簸箕状展开，东向开裂成谷，从台顶下望，深十几米处三面环丘的坡底有些湿润晶莹。克旗的朋友说，那便是叫作“源水头”的潢源了。

我三步并两步跌跌撞撞地下爬到坡底，终于站到了源头的沙地上。水从坡底头及两侧坡脚的水草和沙土中一点一滴地渗出，一群蓝色的小蝴蝶飞来飞去，争相落在湿漉漉的沙土上吸水。顺着斜面往下走二十几步，便可见两岸斑驳陆离的沙面上如蚯蚓般蠕动的细流涓涓涌出，汇成了一道水深不过拳头、宽度一步可跨的清澈溪流。潢水渗流发源的过程，就像大地母亲在用手一点一滴地挤出她的乳汁，溪水的熠熠闪光仿佛就是生命的脉搏在跳动。这就是与黄河长江一道，孕育了北方传统文化、历史遗存，并使中国古代文明史提前了近千年的辽河文明的源泉之地吗？简直令人难以置信！那一刻，我的心一下子收缩得很紧。辽河之源，你的形成是如此艰难，又是如此神圣！我虔诚地走近水岸，然后，伫立在那里，默默地向源水头致敬！

潢源在辽朝以前有一个非常好听的名字，叫“平地松林”。起先，我是从《契丹国志》记载的一则青牛白马祖先缔造契丹的故事里，知道了这个地名。故事用那个骑青牛从潢水源头而来的女子的话说，我家乡那儿，土地平坦，长满了高大的松树，叫“平地松林”。后来，从《中国历史地图集》上，我真就查到了对平地松林的标注。当时的平地松林，也称千里松林，主要是潢水源头南北区域，应包括七老图山与大兴安岭南端之间的一个三角地带，方圆千里。今天的潢源一带正是它的核心区域。

然而，今天我去寻访源水头，一路经过原来被称为“平地松林”的潢源周围，于源头的沙丘草野中看到的多为阔叶树，偶尔可见云杉、沙地柏，松树却十分稀少，千年以上的松树已不得见。专家断言，广阔的平地松林是在辽末消失的。

从潢源回来的路上，参观了两座水电站。离水源头最近的，同属于潢源区域的是响水水电站。在那里，我们看到的是一幅人水和谐、山清水秀的清丽场景：山包上密密麻麻的白桦树倒映在一泓碧水中，库边大片的波斯菊正在盛开，潢河在这里是那样恬静而光鲜。

返程沿着内蒙古大通道从克旗直奔赤峰，其实一路都是沿着西拉木伦河在走。我盯盯地看着，那河一会儿在路左，一会儿在路右，与我的心意百般缠绵。7 月的西拉木伦河，朝着 3000 里以外的目的地，不停地向东、向南、向前方，源源不断，流水汤汤。真希望这源远流长、生生不息的情景能够保持久远。

2012.12.6

家住安源萍水头

王立春

还记得三年级时，我们代课的白老师教我们唱《家住安源》，那是京剧《杜鹃山》里的一段。白老师年轻，嗓子好。细细的眉毛，白净的脸红扑扑，长得不比柯湘差到哪儿。只是柯湘脸小点，白老师脸大点，笑起来却一样弯着眉，怒起来也一样立着眉。

白老师那天教我们唱歌时，把教室门关上，用一根棍子顶上了。我觉得很神秘，并感到一股莫名的兴奋。别的老师上课从来不顶门，现在她把门一顶上，我就觉得她好像是偷着教，我们也是偷着学了，我甚至在学唱时都有意把嗓音放低点。我一想，原因可能是：一、白老师是不想让门外的太大的风沙卷开教室的门；二、白老师是代课老师，可能是不想让别人听到她教这首歌——这首歌歌本上没有，是从电影上学的。

白老师前头说了两句什么京剧的“西皮”“流水”，我没听懂，不知道这两个词和这首歌有什么关系。她可能看出来对我们说这些基本上是对牛弹琴，就不再说，直接教唱。一句一句教。

教第一句时，就出了状况。“萍水头”的“水”字要拐许多弯才能接上“头”，她唱起来特别好听，听起来那个“萍水头”就像她住的地方一样，就在眼前，那么美。但我们全班一唱，就全不在一个调上了，好像有多少个同学就有多少个调，起也起不来，落也落不齐。白老师皱起了眉头，脸上的红开始扩大、加深。将就着教完了第一段，没几个跟下来的，再加上几个男生故意乱唱，白老师的脸就涨得通红，上眼皮也跟着红了。人家柯湘是唱到“我父兄”时才发怒，她还没教到这儿，就竖起细眉毛，开始发怒了，嘴里嘟囔着，好像骂我们。一看就知道，她是个急性子。

后半节课她失去了耐心，自己干脆把后面的一大段唱了一遍。那么长的一段啊，我们直着眼睛听着看着，全班静悄悄的。我在想，她得看了多少遍《杜鹃山》啊，都背下来了，好厉害呀！那段京剧让她唱的，简直了，和柯湘本人比，真不差哪儿去。白老师的动作模仿得也像，不论是压手掌（后来知道那叫云手），还是愤怒地举起一只拳头，都让我心动，把我和我们全班都带到了杜鹃山，满山的绿竹子，满坡的杜鹃花。我那时就想，这个代课老师是从哪儿来的呢？她的家一定住在安源萍水头。

许多年后，我千方百计找到了我这位白老师，她老了、胖了，但还是那么白。大身板，富富态态。儿子是镇里的干部。她家住的院子好像是旧物收购站，一院子的瓶子，摆得整整齐齐，院子打扫得一尘不染。

她没有大起大落的生活，不像柯湘。她的家从我童年记忆里浮出水面，我可以确定，她没住在安源萍水头。是辽西乡村的一个普通小镇。满镇没有一棵竹子，镇子后面也没有杜鹃山，和电影里不一样。

2015.4.24

苹果香

王　辉

沈阳浑河沈水湾，我家高楼大门前，生长着一棵苹果树，每年苹果一挂满枝头，全楼居民便格外关注。树上的苹果还很青涩，就日见其少。有人在果树枝上挂上绿牌：“苹果青青，请勿摘采。”没过几日，树上的苹果又少了，黄牌挂出：“苹果宝贵，请勿偷盗！”随着苹果一个一个减少，红牌亮出：“果树打药，小心中毒！”但是没用，神不知鬼不觉，夏天的最后一个苹果没有等到春华秋实就无影无踪了。金风送爽之时，一棵空空荡荡的苹果树立在楼前无言面对着人来人往。苹果是大自然的杰作，它是完美无缺的，而人犹如被上帝咬过一口的苹果，没有谁是完美的。

我出生在关外第一县，那个地方盛产苹果。我来到这个世界上吃的第一口水果就是苹果，那是我妈把一块国光苹果肉嚼烂了嘴对嘴喂我的。初次尝到了苹果的滋味，长牙前后，我喜欢抱着苹果连玩带啃。那时我还不知道，苹果富含矿物质和维生素，也含有大量的果胶，充饥解渴，开胃去火。从那时起，家乡的苹果就慷慨地滋养了我强壮了我娱乐了我。

我童年时暂别在县城上班的父母，寄居在乡村的祖父家。祖父家房前有很大的院子，院子里长着杏树、桃树和枣树，房后也有不小的后园，除了高高的杏树和矮矮的樱桃树外，还有一棵苹果树，这棵果树主要是由我四叔照料的。大家偏爱这棵果树，可是它结果颇吝啬。而后园的土墙外不远，就是生产队的苹果园。寂静的果园有机警的人看着，平常看不到人的踪影。祖母不让我随便到那里去玩，果园里充满着神秘的色彩。一个秋天的夜里，我老叔偷偷地从果园里弄回几个苹果来，我和姑姑们分吃了，是黄元帅，有点儿酸，有点儿涩，有一个有缺点的带着虫子眼儿的果却是甜的。为此，我老叔还被我祖父祖母一顿好说。

我回到县城上学，离校园不太远的西山坡上有大片的苹果园，这里渐渐地成了我一个人读书思考的好地方。苹果花开，我在苹果树下坐着看，苹果花落，我在苹果林里走着读。微风翻开了崭新的书页，春风吹拂着新生的枝叶，暖风亲吻着青涩的苹果，清风摇动着树上的果实。高兴的时候，我来到这里，郁闷的时候，我游到这里，委屈的时候，我躲到这里，气愤的时候，我跑到这里，苹果园成了我的乐园我的陪伴我的最爱我的天堂。在西山坡上，我远远望见了西北方向的大台山。听说那里有著名的果树农场。终于有一天我向着城西 4 公里外的大台山骑去。我像一只出笼的鸟儿，在一望无际的果林间蜿蜒穿行，一直向北，飞到大台山果树农场的北端大台山脚下。看山人一问我是来自县城的学生，便热情地指引我上山的路向。我开始爬一座海拔 159 米的大山，往山上行，果树逐渐被柞树和松树代替，看不见的山野虫鸣叫着像在齐心合力地合奏着一曲什么动听的歌谣，登枝的几只花喜鹊则三言两语地讨论着我这个不速之客的到来，上山的野径似乎好久没人走了，蓬草、岩石和苍松就像在哪幅古画上见过的一样熟悉而陌生。爬到半山腰，我就出了汗，于是在一棵老松树下的一块表面平整的岩石上坐下来歇脚喘气。硕果累累，松涛阵阵，我透过翠绿的松枝看见蔚蓝的天空中有淡淡白云游荡，山风吹来，松香飘过，脚下黄色的蝴蝶伴着粉色的野花随风曼舞。我一跃而起，向着山顶奋力攀登，很快登上了大台山山顶的明代石砌墩台。大台山南临渤海，北襟燕山，因山顶有明代墩台而得大名，更因山顶此明代墩台而有奇观。此台处塞外之地，历经战乱与动乱，形散而神不散，前不见古人，后不见来者，雨打风吹，台固石坚。

大台山之行，一个人看果看山，看石看云，看松看花，真是又寂寞又美好。

后来，我从县城，进了省城，游全国各地，又走出国门，行囊里总少不了放一个苹果。人在旅途，最后伴着我的一定是一个苹果。有时我舍不得吃，只是拿出来闻一闻，闻一闻，苹果的气味里有母亲的消息，有田野的消息，有风雨的消息，有春天、夏天和秋天的消息，有甜的消息、香的消息和一点点酸的消息。是的，就是这样，苹果的气味里有很多我喜欢的消息，从遥远的童年飘过来，从我的家乡不绝如缕地飘过来，从四面八方源源不断地飘过来。苹果香，让我忘却了舟车劳顿，忘却了身在异乡，忘却了孤独寂寞，忘却了坎坷沧桑！苹果香，使我记起了幸福，重温了美好，增添了力量，充满了希望！

这么多年来，我吃得最多的水果还是苹果，一年四季，几乎每日一果，一天不吃，就好像缺点儿什么。我曾经沉醉榴梿，曾经青睐山竹，但都不持久。与苹果相比，榴梿太腻了，缺少清新；山竹太淡了，缺少醇厚；香蕉太面了，缺少实诚；菠萝太甜了，缺少余味。葡萄太涩，白梨太寒，樱桃太嫩，杏子太酸，西瓜太水，枣子太干，橘子太燥，荔枝太黏，山楂太土，桃子太烂，木瓜太肥，释迦太预……从苹果出发，最后，我还是回到了苹果。有人说，历史上有3个苹果改变了世界：一个诱惑了夏娃，这是文化的苹果；一个砸醒了牛顿，这是思想的苹果；一个成全了乔布斯，这是科技的苹果。除此之外，还有一个苹果害死了白雪公主，那是文学的苹果。另有一个小苹果主宰了广场舞，这是娱乐的苹果。苹果是普通的又是神奇的，是沉静的又是灵动的，是流行的又是完美的，是悲剧的又是喜剧的。除了苹果，没有哪样水果承载了如此丰富的内容，如此令人感伤，如此令人喜悦，又如此耐人寻味。

2015.6.26

“土记者”姜玉林

关　捷

那天下午，手机忽然响了，一个熟悉的声音在里面说：“关捷呀，你寄给我的书我没有收到，我想看，我想过年这几天看完……”我听了，心里特别地愧疚，我连忙说：“快递放假了，我今晚到你家，我给你送去。”

老姜，我的姜大哥，我有七八年没见了，想当年可是三天两头就要见的。

姜玉林先生，辽沈老一辈的新闻人无人不知无人不晓。他骑着一辆破自行车，背着一台相机，在风雨中穿行了快50年，仅在《沈阳日报》发表文章与图片就有数千篇幅。人们叫他辽沈地区最著名的土记者。

姜玉林出身于沈阳郊区的贫苦人家，刚解放时曾做儿童团团长，为新中国站岗放哨。16岁那年，这个小学毕业生做了小学教师。那时候，他就热爱新闻事业，曾考入《哲里木日报》做记者，最后，人们发现他的大哥在台湾，他被辞退回到了老家沈阳，从此一生为孩子王。姜大哥天生乐天派，一向笑呵呵的。但有一年冬天，我去看他，看到了他愁容满面。学校没有煤，孩子们冻得受不了。他手拿炉钩子对着冰冷的炉子一言不发，突然，一个教师跑过来，“校长，可怎么办呢？又有3个孩子感冒了。”姜大哥操起电话，一向不求人的他打了这样一个电话，“快来救救你的师弟师妹，他们快冻坏了。”很快，一个老板拉来了一车煤，进门就给他鞠躬，“老师，对不起，我不知道，让弟弟妹妹们受苦了。”姜大哥听了，又恢复了笑容。

哥哥的背景，让他受尽了苦难，甚至在“文革”时，腿也被折磨坏了。我看过他年轻时的照片，是个美少年呢！

但他的新闻梦仍在顽强地做着，沈阳的城乡，让他走个遍，我翻他的集报夹子，他的作品都是有新鲜生活气息的，即使是在极“左”年代的作品，仍然有生气。他的书教得也好，学雷锋也做得好，“文革”结束后，他终于成了汪家小学的主任。他用军民共建的方法，把全市最落后的“无围墙、无操场、无玻璃”的“三无”小学，改造成了全市精神文明单位，声名远播。

有一天，沈阳军区司令员李德生来到了校园，亲切地看望全校师生。李将军问他：“你是党员吗？”姜玉林说：“从当儿童团团长起到现在，我的申请书和思想汇报写了好几十斤了，人家不批呀！”李司令问：“为什么？”“我哥在台湾。”“你哥是你哥，你是你，我看你就是个共产党员。”不久，姜玉林真的入党了。入党那天，李德生将军亲自到学校祝贺。后来，他做了校长。

虽然教学工作十分繁忙，但他仍骑着那辆破自行车，背着相机，东奔西跑，为沈阳读者拍好片子，写好文章。自己能做的就做，不能做的，就报料。

在辽沈地区，他是我最佩服的新闻记者，我认为他具有强烈的职业精神，他像情痴一样地热爱新闻。我有时会想，在报界，如果人人是姜玉林，那会是什么样？当代大书法家沈延毅先生曾为他书写条幅“笔走龙蛇”，这是老一辈文化人对他的肯定和褒奖。

20世纪90年代初，我们相识。每当我没有线索没有题材的时候，电话打过去，马上就会传来一个热情的声音：“跟大哥走。”我骑车跟在他后面，他身体远远不如我，但比我骑得快。大哥腿不好，腰也不好，脊椎也不好，骑车只好采取半卧的姿态，沈阳的风吹着他倔强的一缕缕竖起来的头发，我在后面看了，心生敬意。每次，我都能采写到一篇好稿。那些年，我跟他走城市，也走乡村。我的工作变得丰富多彩。

这老大哥非常关心我，报上每发我文章，他必看，看了必打电话。

1995年5月1日，我在广西北海采访，忽然，手机响了，他在里面大声地说：“兄弟，中央电视台正在播你的节目，你知道不？你真行，不愧为我兄弟。我为你高兴。”我听了，非常感动。

姜大哥为人真诚热情，爱开玩笑，人缘特别好。他与我们报社好多人是朋友，我经常看他在各个版面上发表文章和图片，我也为他高兴。他一到报社，我的同事们抢着请他吃饭。有时，我这个老朋友还排不上号呢！他是《沈阳日报》的铁杆通讯员。以后会不会有这样的通讯员，难说了，姜玉林是一个新闻时代的典型代表。他是传统媒体的骄傲，细细研究，他很可能也是传统媒体的希望。媒体再先进，也需要热爱、敏锐、勤奋的新闻写作精神。

近年来，他的腿脚更加不好，很少到报社来，他又搬到了更远的地方，后来又搬了。我们只能电话沟通，再后来，电话也少了，而且总是他打来。我承认，我有些忽略他了，我甚至是忘了当年的兄弟情谊。

电话一通，我说要去他家，他当时哽咽了。见了面，我才知道他已经82岁了，他还在写，不久前，还为《沈阳日报》报庆写了一篇文章。已出版新闻作品集《永不飘逝的昨日》，还有正待出版的回忆录《往事》。他一直在工作，而且卓有成效，在别人自鸣得意无所作为的时候，他像秋天的老农一样心平气和地收获果实。

我们聊了好久，讲我们当年那些故事。临别，在门厅那里，我回头看我的好大哥，他扶着助力架，久久地凝视我，干瘪的嘴唇抖了几抖，他说：“兄弟，我真挺想你……”

2016.7.7

会心处不必在远

刘文艳

我曾经到过许多国家的城市、乡村，考察过许多名胜古迹，欣赏过许多风光美景。留给我印象最深的，不是那些繁华的城市，那里人声鼎沸，熙熙攘攘，人们摩肩接踵，匆匆忙忙；也不是那些名胜古迹、名都盛景。因这些曾经多次在电视、网络上看到，也曾经心驰神往。实际上，“看景不如听景”。一旦到了实地，实景并没有想象的那么美好，也没有介绍的那么神奇，便常觉有失所望，那种喜出望外的感觉是很少有的。

然而，给我印象最深的，倒是那些名不见经传的小村镇，绿草如茵中红墙白窗的别墅，小溪潺潺在门前流过的院落，房前房后开满鲜花的小洋房，都是那样的别致、新颖，让人耳目一新，流连忘返。我曾经去过丹麦安徒生的故乡，那是一个特别洁净、十分优雅、充满文化色彩的小镇。我在小镇的书店里，买了一本安徒生童话，并盖上了书店的纪念章。坐在小镇街道一侧的石台阶上，沐浴着阳光，仰望着蓝天白云。然后，低下头来，读那些早已熟悉的童话故事。那安琪儿、冰姑娘、小杜克、卖火柴的小女孩等等，都在我眼前鲜活了起来。觉得他们就生活在这个小镇上，而这小镇本身，就是那童话般的世界。

我还特别喜欢荷兰的田园风光和田园中的小村庄。碧绿的原野，一望无际。在原野中分散地居住着几户人家。家家有一个用木板、木条围起来的院子，院子里是红墙白窗的几间房子，院外有停放的汽车，还有几棵大树，随风摇摆着柔软的枝条，偶尔还能看到有马的伫立、狗的奔跑，一派生机。让人羡慕地觉得，在蓝天白云下、在碧绿的田野中居住着，无疑就是人间天堂。

我也特别喜欢那小镇中的清清河水、悠悠小桥。夜晚，桥的两岸，灯光闪烁，忽明忽暗，静静的，听得见潺潺的流水声和脚踩木板桥的吱吱声，那意境真是很美啊！每当那时，心里便想着，如果自己也能生活在这样的环境里，该是多么惬意啊！

真没想到，这个愿望竟然很快就实现了。

近年，父亲时常来沈阳，居住在浑河南岸奥体中心附近的小区。我也经常去看望他，早晚陪他到浑河边上的沈水湾公园、奥林匹克公园、五里河公园散步。所亲炙、亲历、亲见的正是出访中所赏鉴的那种景观。记得《世说新语》一书中记载，晋简文帝到御花园华林园游玩，对左右侍从说："会心处不必在远，翳然林水，便自有濠濮间想也，觉鸟兽禽鱼自来亲人。""会心处不必在远"，信哉斯言！

你看，早上浑河两岸的公园，阳光洒落在河面，波光粼粼。公园的草地，也被透过树林的阳光照射着，明亮而松软。这时，无论走在公园的甬路上，还是走在公园的木栈道上，都会有一种沁人心脾、清爽明快的感觉。

步行的男男女女、老老少少，三三两两、陆陆续续地来到公园，他们有的散步、有的打拳、有的踢毽子、有的做健美操。还有几位喜欢养鸟的人，先后带着自己的鸟来到公园里。这些鸟儿见到自己的同类，异常兴奋，一鸟高吭，引得众鸟争鸣。河岸上，有百余把钓鱼竿，齐刷刷伸进浑河里。这里也是钓鱼爱好者的天堂。喜欢音乐的人也来到这里，让二胡的悠扬和民歌的清亮，构成了公园的交响。还有十多个快走队、自行车队在公园穿过。他们打着旗子，穿着统一的服装。快走队有时高喊着口号，迈着统一的步伐，看上去真有一种军人的气魄和豪迈！让整个公园彰显出蓬蓬勃勃的生机与活力。

这就是公园的早晨，充满了阳光，充满了朝气。

晚上的沈水河畔，月光与灯光相辉映，浑河大桥的灯光，把桥的倒影挂在了水中。河对岸绿色的灯光如同数条绿色水晶柱倒插在浑河水中，熠熠生辉。还有红色、黄色、白色的水晶柱倒映在水中，把个浑河装点得五彩斑斓，绚丽无比。偶然有用红色的灯光装点的游船，在浑河里穿行。那红色的游船如同一只红色的鲤鱼，在河面上欢快地游荡。到了晚上9点钟，这里静了下来，那喧嚣声也随之渐渐歇息了。

这时，我才发现，原来这奥林匹克公园、五里河公园还有许多幽静之处。公园由浑河及两岸的护河长堤以及其间的绿色地带组成。二百多米宽的绿色地带，由几层区域构成。靠堤坝处是高高低低的各种树木，然后是幽静的石径小路，曲曲弯弯，接下来是青青的绿草，柏油马路，然后是草坪花卉，接下来是用塑胶铺成的路，松松软软的，走在上面十分舒适。再靠近浑河处是临水的木栈道，与木栈道相衔接，时而建起几处宽阔的木质亲水平台，在靠近河水那面用木栏杆围起来，供人近河欣赏河景。进入公园，无论是走哪条路，都好似置身于绿草、丛林中，不时地变换着曲径通幽、草场漫步、林中散步、岸边小憩等诸多甜甜美美的感觉。

大自然是最美丽的，置身在大自然中是最惬意的。浑河公园，包括奥林匹克公园、五里河公园、沈水湾公园、罗士圈公园，还有体育足球公园、长白岛森林公园，等等，最大的特点就是自然天成，顺其自然。整个公园的设计、建设，就是顺着浑河的自然景象，稍加整理，适当补充以树木、草坪和鲜花，充分保持了大自然的本色。我觉得，这是浑河公园最成功的地方。它保持了浑河的自然美，如同一个清水出芙蓉、天然去雕饰的美女，不是描眉画鬓的美，也不是涂脂抹粉的美，而是自然的美。这种美，保留着自然的韵致，充盈着自然的底色，彰显着魅力无穷、历久弥新的自然质朴之美。

浑河的岸边，有的堆积着一组组形状各异的石头，让河水不停地拍打着，溅起浅浅的浪花。悠闲的钓鱼者，坐在岸边的石头上，在波光潋滟的河水中放着鱼竿，静静地等待着鱼的上钩。偶有一丛丛绿色的芦苇，让浑河水浸泡着茁壮成长，它们用绿色装点着河岸，自然而清爽。浑河水弯弯曲曲、自由自在地流淌着，有的地方没有缓冲，浑河水直抵岸边。岸上便用一尺宽的木板做成栏杆，栏杆里面是三到五米宽的地板平台，一边探过水面，悬在水上，用木柱支撑，一边固定在岸上，与木栈道紧紧相连。从木栈道上一路走来，再踏上那木质亲水平台，真有置身于水上的感觉！我特别喜欢走木地板铺成的栈道，听着那木地板发出吱吱的响声，就感觉自己融进了大自然，与整个浑河浑然一体。

有时在河边走着走着，竟然找到了那种以往在国外心怡的感觉，那时的期望如今已经变成现实，就在眼前。这里的景色很美，只是平时没有留意！这要是在国外，在这样的月光下，走这样的河边小路，一定会生出许多羡慕与向往。

其实，我们的家门口也有许多美景，只是我们没有珍视；我们日常生活中，也有许多美好，只是我们没有发现。一位散文大家曾说："家乡处处是美景，何必他乡万里行。"此时，我也生出了与之相同的感慨。

2016.10.28

沈水叙九畴

老　藤

天下名城，莫不临水而筑，如宁波有甬江，厦门有鹭江，广州有珠江，哈尔滨有松花江。水之于城，犹血之于人，水阔通衢商贾聚，血润筋骨人精神，水尽则城败，血枯则人亡。古城沈阳，因地处沈水之北而得名，靠沈水之地利演绎着数百年的辉煌，这条绵延八百里的沈水，就是今日之浑河。

作为沈阳名副其实的母亲河，从遥远的滚马岭一路走来，沿途的沟沟坎坎可想而知。曾几何时，浑河地利之势不被人所倚重，靠山吃山、靠水吃水之理念，让人习惯于对她只是一味索取，而缺少一分感恩和敬畏。层层截流，滩滩挖沙，房屋建于堤坝之上，河床竟成排污沟渠。因浑河流经辽宁中部城市群，这里传统的重工业相对发达、人口稠密，浑河基本上成为沿岸城市废水排放的主要渠道。这条见证了“一朝发祥地，两代帝王都”的北方名河变得不再驯服、不再壮丽：汛期，水势狼奔豕突，吞噬沿岸稻谷；旱季，水流细如蛇蜕，委身蒲苇蓬丛。汤汤浑河，如同古城沈阳一条洗不净的尾巴，成了名副其实的混沌之河。

城与河，虽相伴而生，但必先有河而后有城，河乃自然之造化，城是人类之文化，造化在先，文化在后，故河为主，城次之，若主次不分，恶紫夺朱，则有违天道，两败俱伤。须知这样一个道理：水尽山穷，河肥城富。当年柳永在《望海潮》中赞美的“参差十万人家”不是临街，而是依水，“烟柳画桥”“十里荷花”“云树绕堤沙”写的都是水景，因为有了钱塘江、有了西湖，杭州才有了“人间天堂”的美誉。因此，欲造名城，先浚江河，这是被历史证明了的真理。

民国时期，江南名城镇江在城市建设上的教训犹在眼前。镇江是一座古城，“京口瓜洲一水间”这句诗人人耳熟能详，这京口，就是现在的镇江。在《水浒传》中，黑旋风李逵被朝廷招安后，到这里做过都统制，那时镇江叫润州，一个“润”字说明这里与水关系密切。的确，镇江地处长江运河交汇处，古漕河横贯城厢，支渠纵横，密如蛛网，交通、排水均赖于此。民国省会迁至镇江后，想不到主持城市建设的官员恰恰忽略了这个水的要素，拆城墙、填河道、筑马路，以致水土失调，造成洪涝，百姓损失奇重，苦不堪言。尤其将城西引水入江的京口港填埋改筑为中华路，毁掉桥梁，将城厢主干水系的河槽截为数段，致使古城原有水系遭到破坏。1931 年，镇江遭受洪涝灾害，中华路两侧的鱼巷、柴炭巷、打索街、姚一湾、新河街一带几成泽国，一片汪洋，城内第一楼街、万古一人巷等地段内涝严重，盐栈、糖坊尽毁，货物到处漂浮，给百姓生活财产带来莫大的灾难。随着全国解放，江苏省会迁往南京，镇江这段“挖肉补疮”的城市建设教训被时光冲淡了，一些地方又在重蹈覆辙，搞一些违背天道常理的所谓“大手笔”，后果堪忧。

值得欣慰的是，沈阳在河与城的关系上做出了一个温情的选择，他们将浑河作为最大的地利来勾勒“一河两岸”的规划蓝图，这无疑抓住了要领，抓住了根本，更抓住了脉络，凸显出对母亲河的尊重、呵护和利用，让古城沈阳真正进入了“拥河时代”。

在认同沈阳做足浑河这篇文章的同时，我不由得思考着“一河两岸”这一构想的文化含义。中国传统文化注重阴阳观，讲一阴一阳谓之道，所谓孤阴不生，独阳不长，阴阳相合，才能生生不息。沈阳，顾名思义，是沈水之北，北为阳，相对而言就是南为阴，若不能两岸互动，必然阴阳不合，单翅难飞，况且会顾此失彼，宏图难绘。一河两岸，统筹发展，构成的是水之卦象，这种现代理念和传统文化的契合，也给人留下了无限遐想的空间。

浑河旺，幸福沈阳的地利便盛，城市的发展就有了滋润。当然，仅有地利还不够，正如古人所言："天时地利人和，三者不得，虽胜有殃。"只有天时、地利、人和俱备，梦想才能变成现实。

天时即机遇，机遇可遇不可求。机遇有时像一道长虹，不会持久地贯穿天地；有时它又像一道闪电，只在瞬间撕开乌云密布的苍穹；更多时候它是万物遵循的中道，需要用一颗至诚至善之心去参悟。曾巩说，"察天时以授民"，虽然是指时序，可也蕴含某种玄机。《易经》有"先天而天弗违，后天而奉天时"，这也是沈阳曾经命名为奉天最早的出处。当下，沈阳的发展机遇可谓百年不遇，上有庙堂垂爱，下有万民翘首，与首都的强强合作正结连理，老工业基地振兴牛耳执于手中，这正应了孟子的名言："此一时，彼一时也。"作为区域性中心城市，沈阳必将在东北老工业基地新一轮振兴中应时合势，乘势而上。

人和即人心，人心向背乃为政之要。作为在辽沈大地生活的人，都经历过那么一段自尊受伤的日子，徘徊不前的经济，虚夸冒领的数字，还有错综复杂的圈子，这些文化雾霾暗淡了人们的视野，涣散了人们进取的意志，让辽宁形象含羞蒙垢。经过净化和修复政治生态，浴火重生的沈阳可谓春和景明，人心思进，一扫懒政时弊，上下勠力营商，无掣肘之内耗，有过坎之同心，可谓政通人和，人心备矣！

万事齐备，疾风劲吹。站在滔滔浑河岸边，我仿佛看到了这样一幅图景，如同伦敦的泰晤士河，如同巴黎的塞纳河，如同布拉格的伏尔塔瓦河，如同圣彼得堡的涅瓦河，沈阳的浑河在两岸绿树和灯光的簇拥里，正在成为人们的梦想之河、记忆之河、幸福之河。

达子香盛开的季节，我跟随辽沈作家浑河行采风来到浑河的源头，在滚马岭下我看到了浑河的源泉，那是一处清澈的山泉，汩汩流淌着珠玑闪烁的泉水。同行者大都聚集在源泉处拍照留影，我的目光却被泉水下面百步见方的一潭碧水所吸引。这汪碧水如同一块岫玉镶嵌在山涧中，波澜不惊，美不可言。但仅仅靠这碧绿还不能打动我，真正让我惊奇的是水中有一棵倒伏的大树，就像九寨沟湖水中的钙华树，大树轮廓清晰明朗，枝干形销骨立。更让我惊奇的是这树的形状竟然呈现出一个龟背的椭圆形图案。由此，我想到了历史上的“河图洛书”，传说伏羲通过黄河中浮出的龙马身上的图案而演八卦，夏禹通过洛水中神龟背上的文字写《洪范九畴》，那么，这浑河源头的钙华木又在预示什么呢？

我不想预测什么，既然“一河两岸”卦象为水，卦名为坎，那么古城沈阳在滚石上山、爬坡过坎之后，迎来的一定是康庄之衢。

2017.6.17

云飏阁随想

王重旭

一

在中国，凡美景处必有名楼，尤其水边。

武汉的黄鹤楼，矗立于长江边蛇山之上；山西的鹳雀楼，高耸于黄河之滨；湖南的岳阳楼，拔起于洞庭之水；江西的滕王阁，雄踞于赣江之畔。

而我们偌大东北，却无一处。即便我们以十大名楼计，东北仍然没有一座能名列其中。

这不能不是一件憾事。

不过，今年5月，沈水之上，浑河之滨，一座名曰“云飏阁”的楼阁正拔地而起。能否进入名楼之列姑且不论，至少我们东北，我们的国际大都市沈阳，那条被称为沈阳母亲河的浑河岸边，终于有了一座可供文人骚客览景抒怀的去处了。

其实，这“云飏阁”并非无中生有，凭空而建，它也是有着历史渊源的。据史料记载，此阁建于辽代，顺临沈水，坐北朝南，木式结构，五脊双檐。“云飏阁”的名字取自汉高祖刘邦的《大风歌》，“大风起兮云飞扬，威加海内兮归故乡，安得猛士兮守四方”。此诗虽只三句，却雄浑浩莽，既展示一代帝王的雄才大略，又透出对未来的忧虑和感伤。当年的那位楼阁建设者之所以取名“云飏阁”，正是看中了刘邦此诗的雄浑和对未来的警示吧。明嘉靖三十六年（1557），此阁因辽沈大水而轰然倒塌，从此沈水之滨，再无楼阁。

新建的这座“云飏阁”，位于浑河北岸沈水湾公园三好桥与浑河桥之间，为仿古建筑。但因辽代的“云飏阁”模样消失，只能重新设计。此阁采用辽代建筑风格，为一阁四亭，一阁为云飏阁，四亭为春花亭、秋月亭、夏雨亭、冬雪亭。这春花秋月、夏雨冬雪，涵盖了北方的一年四季，倒也蛮有诗意。

巧合的是，云飏阁背对着沈阳万泉公园内的摩天轮，摩天轮的最顶端距地面有 88 米，30 层楼高。夜晚时，摩天轮上闪烁的彩灯如一巨大光环，把这云飏阁罩在其中，犹如云飏阁放射出的美丽光环，恰似佛光。

二

浑河源头在抚顺湾甸子镇滚马岭一山林茂密的山坳处，那儿有一泉，从山的缝隙中汩汩流出，清冽可人。几步之后，便成潺潺流水，正可谓始而涓涓，继而潺潺。此水经砍椽沟流至湾甸子，又经尖山子流经太平屯汇入腰岭河，至清原马前寨与英额河汇合之后，始唤浑河。

好端端的一条河为什么唤作浑河呢？

其因是明末发生在抚顺萨尔浒的一场大战。

说起来，当是 400 年前了。那时的浑河虽然河水滔滔，却并无名字。明朝末年，后金努尔哈赤自立为王，明朝发兵十几万，号称 47 万，分三路从盛京、辽阳、宁远向建州杀来。而努尔哈赤手中只有几万兵马，如何才能以弱胜强？

努尔哈赤打起水的主意。他令手下兵马全部下到河里，驱赶战马在河里交相驰骋。又令沿河百姓将自家马粪倾倒河中。一时间，原本清澈的河水，泥沙泛起，粪水横流，犹如百万兵马，铁蹄驰骋。明军见状，不敢恋战，慌忙遁去。从此，这条河便被名曰“浑河”。

当然，这个故事不过是一个传说而已，不可不信，也不可全信。

不过，在我的印象中，浑河之水浑倒是真的。

我是一个本溪人，40 年前第一次坐火车到沈阳，就路经浑河。那时候，浑河之上就一座铁路桥和一座公路桥。浑河之水，浑浊不堪。河道虽宽，河水却瘦得可怜。河道之中以及河的两岸，荒草丛生，垃圾遍布，远远地便能嗅到河水的腥臭。

这种状况，直到 2000 年，才开始有所改变。

记得一个重要的节点就是沈丹高速的修建。有了高速，本溪人来沈阳的次数就多了起来，当然也就见证了浑南的变化和发展。开始的时候，收费口就设在浑河南岸不远处。再后来，高速路口远远南移，周围一片空旷。当时我还想，为什么把高速路口移到离城市那么远的地方？现在明白了，随着高速路口的南移，浑南这座新城拔地而起，不断扩张。而且，最近这十几年更是日新月异，几日不来，便又是一番景象。就是浑河，也变宽了，变清了，岸边绿柳成荫，河中小船漂游，河上更是新桥纷呈，正可谓：“长桥卧波，未云何龙？复道行空，不霁何虹？”

三

城市依水而建，水和城市相互依存，城市因水而美，水因城市而名。

说到上海，我们便想到黄浦江；说到南京，我们便想到了秦淮河；说到巴黎，我们便想到了塞纳河；说到伦敦，我们便想到了泰晤士河。反之亦然。

什么时候我们能够说到沈阳，便想到了浑河，说到了浑河。便想到了沈阳呢？这一天会来吗？从浑河两岸的变化，从沈阳百姓的期盼，从沈阳市政府的决心，我们看到了希望，这一天不会太远。

现在，人们开始喜欢上了原生态，无论是山，无论是水。可是，作为一座城市却不是这样，尤其是流经这座城市的河。要让这河与这城融为一体，就要对这河进行打扮，为她美容，为她选择最美丽、最合体的衣裳，为她置办最能体现其内涵和品质的饰品，使其成为一个美丽佳人，只有如“窈窕淑女”，才会有“君子好逑”。

莱茵河、多瑙河、塞纳河那么清澈丰沛，那都是经过治理的结果。而且花费的时间不是几年，而是十几年，几十年。拿巴黎的塞纳河来说，它的治理就整整花了40年的时间。40年啊，那将是多少届政府的一个共同的目标。

塞纳河上有一座漂亮的大桥叫新桥，虽名新桥，却是老桥。在塞纳河上挺立了400年，仅建这座桥就用了将近30年的时光。够慢的了，可是，如果快了，它就不会是一个珍贵的艺术品了。

塞纳河的两边还有很多建筑，大多已经几百年，依然那样风姿绰约地矗立着。这些经得起岁月和风雨洗礼的建筑，都是几代人心血的结晶。

我喜欢木心先生的那首《从前慢》的诗，不久前被一个年轻歌手谱了曲，听得我直落泪：

从前慢

记得早先少年时
大家诚诚恳恳
说一句　是一句
清早上火车站
长街黑暗无行人
卖豆浆的小店冒着热气
从前的日色变得慢
车　马　邮件都慢
一生只够爱一个人
从前的锁也好看
钥匙精美有样子
你锁了　人家就懂了

慢一点有什么不好呢？那些为了赶时间、为了剪彩的工程，有几个能留存百年？放慢一下我们的脚步吧，有时慢慢地走会比匆匆赶路来得更踏实。

四

其实，一条河流，仅仅河水清澈，建筑精美，还是远远不够的，还要有灵魂。

四大名楼中，岳阳楼是因了范仲淹的“先天下之忧而忧，后天下之乐而乐”；黄鹤楼是因了崔颢的“黄鹤一去不复返，白云千载空悠悠”；滕王阁是因了王勃的“落霞与孤鹜齐飞，秋水共长天一色”；鹳雀楼是因了王之涣的“欲穷千里目，更上一层楼”。

名楼和文化是紧密相连的，文化和名人又是相辅相成的。再美的楼，如果没有文化的内涵，如果没有名人的登临，它就永远只是一座楼而已，没有谁会记住它。

巴黎的塞纳河之所以让全世界仰慕，之所以每年都有成千上万的游人前来瞻仰，他们走进罗浮宫，登上埃菲尔铁塔，瞻仰巴黎圣母院，散步于香榭丽舍大街，参观巴士底狱遗址，就是因为这里是自由和民主的圣地，是艺术和典雅的象征。

所以，人们赞叹塞纳河边的建筑，其实是在追寻建筑背后的那些故事，那些几百年间一直在塞纳河边游走的灵魂和自由思想的空气。

来到塞纳河边，谁能不去瞻仰那座并不豪华却让人肃然起敬的先贤祠呢？这座建于200多年前的先贤祠里，安葬着让全世界都景仰的文化名人：伏尔泰、卢梭、雨果、左拉、居里夫妇、大仲马等。祠中安葬的72位先贤中，大都是艺术家、作家、思想家，而政治家仅有11位。

来到塞纳河边，谁能不去寻找那些曾经在此生活和创作的世界名家的身影和足迹呢？像乔伊斯、毕加索、巴尔扎克、海明威、王尔德、萨特、加缪，哪一个不是大名鼎鼎。就连俄国的列宁，我们的周恩来这些政治家，也都曾在此探寻真理之路。

有人曾做过一个统计，仅仅塞纳河岸边的一座小小的立普啤酒馆，来过这里的名人多得难以计数，仅诺贝尔文学奖获得者就有10位之多。

这里不仅有艺术，更有思想，就连一个名叫花神的咖啡馆，它的菜单上都印着萨特的语录：“自由之神经由花神之路。”

是啊，一条河，流淌的不仅仅是水，还有一个民族的血脉和文化的传承，它是一座城市的文化遗产，更是一座城市荣耀的象征。

我想，作为浑河，仅仅成为沈阳城市的生态带和市民休闲健身的场所是远远不够的。因为这样的一条河，到头来仅仅还是一条河，一条和其他无数的河没有任何区别的河。

所以，仅仅流动的河并不是一条真正的有灵魂的河。尽管这里不会再有王勃、王之涣、崔颢、范仲淹这样的文学家、政治家、思想家们留下他们的不朽之作，却可以成为当下作家、艺术家们驰骋想象、飞扬灵感、碰撞思想的创作之所。不仅仅是市民休闲娱乐之地，更要成为他们传承文化、追求梦想的精神家园。

2017.7.15

我的编外老师

刘国强

在内蒙古呼伦贝尔大草原，草们密密挨挨相拥而生，绿皮肤般覆盖整个大草原，不露一星土地，你中有我、我中有你，手拉手根牵根，窄窄的一丝丝，矮矮的一叶叶，竟织就了壮观辽阔的大美。这让我浮想联翩，站在绿浪翻涌的草原上，我虔诚地双手合揖，深施一礼，深情地对草说：你是我的老师！

在新疆阿尔金山大草原，每棵草都特立独行，如同老北京四合院，自成体系，相互间有间距，边界清晰，绝不你我不分。我步入其间，感觉这里的草在没有法律法规的约束中，抑制了扩张的冲动和私我诱惑，规规矩矩生长，每家每户都温良恭俭让，以为奇，拜为师。

在新疆罗布泊大戈壁荒原，数百里无人区，没有一丝绿色！偏偏，在新修建的公路两侧，现出一蓬蓬嫩绿嫩绿的草，在灰黑色的“盐壳子地”背景映衬下，像绿星星点亮了夜空，格外明亮！在秋天，在大戈壁滩，在公元 2017 年 9 月 12 号，怎么会惊现生动的春天的嫩绿色？司机告诉我，这里常年干旱，年降水量十毫米，年蒸发量达四千毫米。公路边这些草籽，不知怀揣时刻准备发芽、破土而出的梦想多少年，突然遇水便立刻萌芽，抓紧时间蓬勃生长。杨师傅说，这里水分的来路有二，一个是刚刚下过雨，再就是汽车排气管的少许尾气所致。我深深震撼：我的新老师告诉我，只要抓住机遇，何时不春天？

在新疆吐鲁番八十多公里长的火焰山，每座山都像刚从大炉膛里掏出来，个个呈深红褐红浅红色面庞，仿佛怀揣的火焰随时一跃而起。就在茫茫褐红颜色的火焰山包围中，突然一道绿闪撕裂死寂的褐红色岩山，在火焰山脚下，建立因狭窄逼仄才更加缺稀珍贵的绿色王国！这又是一位我师哟！凡事别被表象吓住，八十公里火焰山有什么了不起？我奔河去行不？这片绿草怀里拥搂的，正是一条四季不歇的小河。

在甘肃敦煌大荒原，草们很少，但“间或有”。在“春风不度玉门关”旧地，它们像小股游击队，在洼处举起绿旗。浩荡的死灰色荒原，这少许绿色何等珍贵？我从它们身上，第一次学到什么叫见缝插针。

在新疆罗布泊彭加木失踪地以东，我向甘草学会了乐善好施。在细沙若土的地方，顽强地生长着一大片甘草！因为生活条件太差，它们面容憔悴，叶片呈灰绿色，脚跟站不稳。罗布泊镇人大常委会主任吴玉成向我介绍，这是世界上最好的甘草。这里气候干燥炎热，风沙大，水分太少，能活着实属不易。草根要下扎沙中二三米深，才能维持生命。但是，怎么难，也没忘了甜。我万般激动，却一句话都说不出。人生何不如此：怎么难，也别忘了甜。

在青海西宁东南，我从连绵不绝的黄土山上，学会了知进知退、礼让三先。这里的黄土山不长一棵树，也不长杂乱混居的他类草。在这样有无限扩张空间、无拘垄断条件之地，草们仍如会“疏果”的树，知情达理，像禾苗们保持间距。个头太小也如“同模印刷”，像和睦的孪生兄弟姐妹，不争不抢。从人类角度看，它们应该多生长些，别裸露那么多黄土才好。地球是生物们共同的家园，请别用人类的尺子去衡量他类。正如，别用化学公式去解物理题。

在我的家乡东北，一种稗草最有心计。它们比执行任务的特务还会化装，混在大片大片的水稻中看不出来。人们拔稻中杂草时，什么三棱草、蒲棒草、浮萍草等悉数被捉现行，只有这种难以辨识的水稗草能蒙混过关。有经验的农人，要逆风辨识它们。风吹翻叶片它便露出马脚，叶片背面为亮白色，而水稻则为绿色。此刻，它们只能乖乖就擒。那些更加有心计的水稗草有着“长远规划”，宁可忍受难耐的孤寂和饥饿，后出来，错过农人拔草期，搭上水稻生长的“末班车”实现理想，进入豪华的丰收庆典。以为大功告成，加快生长速度，拼命跟水稻抢食营养，果然在抽穗时“高人一头”。就在它们贪婪得忘乎所以时，因为黑油油的草穗太“抢眼”，“咔嚓”，被伸过来的剪刀剪断了穗。这情形令我惊心动魄，假的终究是假的，不管多么会伪装，潜伏了多久，用了多少心思，夺人所爱，迟早会被捉。

新疆楼兰故城，汉代张骞开辟两条丝绸之路的必经之地，这个失踪了千余年的繁华国家，1900 年，被荷兰探险家斯文·赫定揭开神秘面纱后，许多谜团扑朔迷离。此后一个多世纪直到现在，国内外专家一直争执不休、莫衷一是。我不想参与他们的课题，却为新的课题而迷惑：现存的古城表面，除了能看到泥筑的半截佛塔，就只剩下三个泥墙的“三间房”遗址。我去时，眼前最引人注目的还有两样东西，一个是一堆堆横七竖八乱放的方形胡杨木，上有人工凿的长条形、边角呈九十度的建筑榫孔。另一个担当主力的建筑材料跟汉代长城一样，则是弱小的芦苇！多个雅丹上的“高地民宅”都是芦苇和黄泥所建筑。我触碰了千余年前充当地基角色的芦苇，硬而锋利，毫无朽意。我再次对芦苇肃然起敬，因为，她教会了我思考——貌似空心，却内在丰盈，博大精深。理论上讲，芦苇与胡杨木相比，后者一定会更加耐朽。那么，在楼兰，柔弱空心的芦苇为什么能坚忍不拔地穿越厚厚的时光隧道，同坚硬的胡杨木同样并肩前行、千年不朽？

在甘肃敦煌，我从草跟泥的联手合作中，领略到团结的风采和血肉凝结的神奇力量——世界最耐久的不是材料，而是心灵。芦苇草是弱小的，还是空心。黄泥也是软弱的，用水和好后，像面那样柔弱，在手里能捏成任何造型。可是，当弱小的芦苇草跟柔弱的黄泥合作，一层泥一层草叠垒成墙，能在两千多载岁月中傲然屹立，这便是汉代长城。

我站在汉代长城前感慨不已，当年，我们的国门卫士就是站在芦苇草与黄泥垒砌的城墙上，保卫边疆。导游指着眼前的山脉道：看，眼前就是阴山。王昌龄悲壮激昂的边塞诗立刻从遥远的唐代穿越而来：秦时明月汉时关，万里长征人未还。但使龙城飞将在，不教胡马度阴山。

2017.11.18

文庙与文庙小学

白长鸿

沈阳城历史上有座文庙，坐落在城内东南隅。这文庙当年何等风貌?人们只能依据历史资料，了解一些吉光片羽。据《清一统志》记载，沈阳文庙的大成殿高悬康熙皇帝的御书“万世师表”匾额，还有雍正皇帝御书“生民未有”匾额，此外，文庙还悬挂着乾隆皇帝题写的“与天地参”“先觉斯民”两块匾额。乾隆八年、四十三年、四十八年，乾隆东巡时都为沈阳文庙题写“御制文庙诗”。这些匾额与御制诗，使沈阳文庙披上了一层皇家色彩。从留存下来的老照片看，文庙的大殿虽然不高，却是飞檐斗拱式建筑，显得雍容气派。

晚清时，西风东渐，西方先进的科学文化知识被介绍到中国，酝酿并引发这片古老大地的一场巨大变革。1904 年，清政府迫于形势，下诏废科举，兴学堂。1905 年，全国各地都办起了新式学堂。沈阳城依托文庙及附近建筑办起了文庙小学，成为中国第一批兴办的新式学堂。再后来，清政府被推翻，五四新文化运动兴起，落日余晖中的沈阳文庙失去了昔日光彩，代之而起的文庙小学则伴随着新的思潮、新的教育体制而兴盛起来。

我刚上小学时，学校的名称还叫“文庙小学”，一年后改为“朝阳大街第一小学”，简称“朝阳一”。据说是为了统一校名，于是就出现了“朝阳一”“大南三”这类校名。不过，大家仍然习惯称呼“文庙小学”，传统的惯性有时是顽固的。虽然叫文庙小学，旧有的文庙建筑已经荡然无存，校园西侧有一株老树，大概是原来文庙院内的种植。那时我们还小，只听说过“文庙”与孔子有些关系，却没听说过“天地君亲师”，更不知道什么是“温良恭俭让”。

那阵子正值推行简化字，课本采用简化字，社会上许多书仍是繁体字。对于我们小孩子来说，很难认得那些繁体字，不过，文庙小学的“庙”的繁体字，我们却都认得，这缘于当时有一个谜语：“一点一横长，一撇到南洋。上十对下十，日头对月亮。”这个字谜不难猜，组合起来就是“庙”字的繁体“廟”。有一年，我和教育系统一位姓乔的同志闲聊，他小时在文庙小学念书，比我年长。我说起那个谜语。他说，他上小学时也知道这个谜语。大家相视一笑。没想到，这谜语还成了印证曾在文庙小学读过书的“通关密语”。

那时，低年级上半天课，作业不多，只有高年级才全天上课。我们低年级的“小豆包”，通常“玩”心都很盛，打弹弓、打瓦、斗蛐蛐，没把多少心思放在学习上。我有时自我调侃，那时怎么没有人说出“不能让孩子输在起跑线上”这样精辟的语言？我们班，是一群玩心很重的孩子组成的，大家还不知道要刻苦学习，更不知道什么是“起跑线”。一次，一位新来的女老师上课，不记得她讲了哪句话让学生们抓住了，几个调皮的孩子带头起哄，后来男生们一起起哄，甚至一些女生也加入了起哄队伍，那位女老师抹着眼泪跑出了教室。学生们得意极了，有的人还拍着课桌，教室里喧哗声一片。过了些许时候，大家静了下来，每个人都知道：我们闯祸了。下一堂课，没有老师来上课，大家更蔫了。放学时，大家耷拉着脑袋回家了。

第二天，来了一位新班主任，据说是整个文庙小学最厉害的老师，她自我介绍，她姓“严”。天哪，她竟然姓“严”！严老师说话很严肃，如果谁交头接耳，她的声音立刻会提升一个八度，那股严厉劲儿，让人害怕。

教室里鸦雀无声，大家自觉地把手背在背后，腰板拔得溜直，目不转睛地注视着老师和黑板。如果有谁恰恰在这时推开我们班的门，一定会以为这是一个课堂纪律非常好的班。

学校东墙外，是老城的东南角楼。那些年，旧的城墙和城门楼都扒掉了，只剩个别地段没拆干净。残存的东南角楼，残垣断壁，破败荒凉，让人下不去脚。其他班有学生去那里玩过，回来说，那儿有个“仙人洞”，钻过去就能成仙人。我和班上一些同学准备放学后去看看，不知怎么就透了风，严老师在课堂上严厉地警告不让大家去，带着批评的口吻，好像我们已经犯了错误。放学后，谁也没敢去“仙人洞”，似乎身后有严老师的眼睛。后来，那段旧城墙被拆掉了，让我们失去了一次“成仙”的体验。很多年后我才知道，所谓“仙人洞”，是明、清时对城墙角楼下面一个专用通道的俗称，可容士兵通过，用于两面城墙守城士兵便利通过，而不需要从角楼爬上爬下。

一学期过去了，期末考试了，第二天，大家提心吊胆地准备聆听老师的训斥。严老师说：“这学期，全班成绩比上学期有很大进步！”奇怪的是，或者说不奇怪的是，全班同学没有喜悦，没有欢呼，大家表情木然地盯着老师。下课后，大家都围到了讲台旁，有话没话地要跟老师说上几句。我印象非常深的是，那一刻，严老师的表情和蔼，这是我们从来没见过的。下堂课，严老师依旧那么严肃。不过，孩子们已经很满足了。

我看过一个法国音乐电影《放牛班的春天》，是获得过法国年度票房冠军的影片，讲的是有位叫克莱门特·马修的教师，通过组织合唱团，让学校最淘气班级的学生们燃起了希望。看这影片会让人产生几分感动，也让我想起了小学时的老师。虽然严老师与克莱门特·马修的教育方法不同，但他们都影响着孩子们的人生。

每个人都不会忘记自己就读过的小学，因为，它与自己的童年记忆紧紧相连。如果就读的学校与一个城市的历史文化相联系，那么，这种记忆应该更有意义。

在很长一段时间里，我对文庙小学的记忆虽然很深，但对它的前身——

文庙，却知之不多。现今世界上许多国家办起了孔子学院，这引发了我对沈阳文庙前世今生的更多关注。我翻阅了一些史料，知道了全国各地有许多座文庙，这些建筑体现着中国传统的文化理念，它本身也是一种文化。除了曲阜的孔庙，唐宋时，各州县都建起了夫子庙，到了元代，不再叫夫子庙而改称文庙，明、清两代延续元代叫法，也叫文庙。宋代以前的夫子庙很少保留下来，而建于明、清的文庙在各地多有所见。南京的夫子庙始建于北宋景祐元年（1034），后来多次毁于兵火，最后一次是1937年南京大屠杀时被日军烧毁。1985年南京修复夫子庙，没有采用清代南京“文庙”的称呼，而叫“夫子庙”，表明了承续的是宋代的文化传承。当然了，宋代夫子庙坐落在秦淮河南岸，今天的夫子庙坐落在秦淮河北岸。历史上东北地区地广人稀，读书人也少，尽管如此，元代以来也建起了一些文庙。明代纂修的《辽东志》记载，广宁（今北镇）、三万卫（今开原）都有元代文庙旧址。沈阳的文庙始建于明代，《辽东志》记载，当时沈阳卫有座文庙，后来建先贤祠，就建在沈阳卫的文庙内。《辽东志》纂修于正统八年（1443），说起来，沈阳城内最早的文庙，有将近600年的历史。清初，皇太极敕建沈阳文庙，应该是复建或重建，不过，却是清代立国后兴建的第一座文庙。

我多次路过南顺城路，路北侧就是“朝阳一”。我很想有机会走进校园，看看昔日的文庙小学今天会变成什么样子。也巧，有次朝阳一校组织活动，我有幸参加。活动结束时，校长陪着大家往外走，我很随意地对她说：“我小时在这个学校念过书，那时叫文庙小学。”只因为提到了“文庙小学”，校长单独留下我，非要陪我参观学校。这是个很干练的女校长，也很热心，她要让当年的校友看看学校的变化。我没有想到的是，学校有体育馆、游泳馆、微机网络室、多媒体语音室，单单是音乐教室就有5个，全校还有24个钢琴房。每班的教室都有投影仪、录音机、电视机、大屏幕及教学用的电脑。女校长边走边介绍，声音中充满自豪。“朝阳一”已经成为远近闻名的好学校，是国家级现代化教育技术实验校、辽宁省教育教学管理先进单位，央视、中国教育电视台等媒体都报道过“朝阳一”。

孔子是思想家，他的学说影响了中国两千多年。孔子还是教育家，“弟子三千，贤人七十二”，他提出的教育学说，为中国古代教育奠定了思想基础。从沈阳的文庙、文庙小学到“朝阳一”，承载着一个城市的历史记忆，折射着一种文脉的传续，是从传统教育向现代教育发展的一个缩影。从一定意义上说，教育，意味着一个国家、一个城市乃至一个家庭的明天。中华民族历来重视教育，现今的教育事业又是历史上无可比拟的，我想，我们的国家、我们的民族，一定会有一个更加美好的明天。

2017.11.30

铁西的诗人

胡世宗

我出生在沈阳铁西，在这块土地上读了小学、初中和师范中专，而后参军到外地的军营，十几年后调回沈阳军区机关，退休后又落脚到铁西区这片热土。我的少年时代，或者说我在学校读书的年月，与铁西的业余诗歌作者们有太多的交往和联系，这当然首先是因为铁西有一位群众文化活动的热心组织者张忠和，无论是他担任铁西文化馆的馆员，还是担任这个馆的馆长，都始终不放弃致力于组织铁西区的文学活动，特别是诗歌活动，举办赛诗会、诗歌讲座、诗歌研讨会等。大家也有抱团取暖的迫切愿望，是张忠和老师把大家召集到一起来的，或者说是他个人的魅力把大家吸引来的。他常邀请报刊编辑如解明和阿红等人来铁西讲学。

在张忠和之后，有王传章、黑继文接续举起了这支文化传承的火炬。

大约是 20 世纪 50 年代末、60 年代初，铁西区的诗歌活动达到了一个鼎盛时期。为人们乐道的，在全国诗界较有号，为铁西甚至为沈阳和辽宁争光的，有代表性的工人诗人，这便是沈阳重型机器厂的晓凡和沈阳机床三厂的刘镇。晓凡的《车间风雷》和刘镇的《满天飞霞》，在喜爱诗歌的读者中间，在社会上，产生了很大的反响。身在工厂车间或从工厂走出来的诗人，还有陈进化、高东昶、徐光荣、王占喜、关维国、于路、毕增光、乔魁才、林占琢、李香春、赵树岭，以及在铁西教育战线的岸冈、冯幽君、任启元以及王石文、边永绵等。那真的是一支浩大、雄壮而扎实的创作队伍。

我曾为晓凡、刘镇写过印象记，收入到春风文艺出版社出版的《当代诗人剪影》一书中，我为创作成绩颇为突出的徐光荣写过多篇关于他的诗和报告文学的评论。我想，我应该为更多的铁西的诗兄们写上一笔，因为他们在我心目中都是十分高大的，我和他们都曾有密切的交集，他们都给过我很多的帮助和鼓励。

比如王占喜，当时他是拖拉机配件厂的工人，满目笑意，温文尔雅，生活中不失为工厂主人的气魄，而谈起写作和动起笔来写诗，完全是机智和灵动的。我去他们厂看他，他们厂的大牌子就是他题写的，他那时书法就挺棒的，难怪他儿子王大公成为鲁迅美术学院专职书法教授。我到占喜家去玩，谈诗，他的高龄老母为我做一碗香喷喷的面条，那时粮食是定量的呀，能留客吃饭，简直是太高的规格了，而且吃的是细粮啊！占喜是精明而浪漫的，在沈阳市文联组织的晓凡、刘镇诗创作座谈会上，他把这两个人的写作风格比喻成一个是一张嘴就给你一块糖，让你感到甜蜜；另一个是给你一块酱牛肉，让你慢慢使劲嚼才品出滋味。他本人还写讽刺诗和曲艺作品，出版过一本《野酸枣》，深受大家好评。

比如于路，我曾经在报纸上为他写了一篇《短诗大王于路》的文章，当我还是一个热情澎湃却不谙世事的学生时，他已是沈阳颇有名气的工人业余作者了。他真诚、朴实，曾在六年的时间里写出一万首短诗，一万首啊！这工程令我想到了蚂蚁垒山。我在当时的保工街沈阳二十二中读书时，离他家近，经常去他家看望，约他一块去参加区里和市里的诗歌活动。他写的打油诗真的有嚼头，如《垃圾箱》：“笔墨虽黑也怕脏，摇头拒写垃圾箱。此箱默默纳污秽，自脏不使别人脏。”这首四行短诗令人想到人生的价值和文学艺术家的良心和责任，他的思考何等深刻，表达得又是多么的形象和风趣！他讽刺把出名的希望寄托到名片上的人：“欲当名人无才干，省吃俭用印名片。逢人便给到处撒，犹如雪花落水面。”（《名片》）

诗意和诗句都是那么接地气。

比如陈进化，这位已故的诗人，工作单位是机电学院，后来更名为沈阳工业大学，他是铁西区出类拔萃的诗人之一。粉碎“四人帮”之后，春风文艺出版社编辑邓荫柯就想为沈阳的诗歌作者出书，他找到《沈阳日报》老编辑解明问，哪位作者最出色？解明毫不犹豫地回答：陈进化。因为陈进化是用自己的心血在写诗。于是陈进化的诗集《水仙》顺利问世了。这是新时期全省范围的业余诗歌作者最早个人出版的一部诗集。他的那首长诗《欢鸣吧，雪亮的雕刀》曾被多少人高声朗诵。

比如岸冈，我在沈阳第二师范学校读书时，他在四中当老师，他的家和我们学校同一院落，我常去他家，向他请教诗歌写作。他的儿歌写得很有情趣，也颇受孩子们的喜爱。他善于把人们口口相传的民歌或顺口溜，稍加修改就赋予其新的时代色彩，如人人皆知的不入大雅的民歌：“下大雨，冒水泡，王八盖子戴草帽……”经岸冈的手就变成了主流的歌唱：“下大雨，冒水泡，爸爸妈妈戴草帽，不盖家的缸，不去把柴抱，跑到南山根，救回公社小羊羔。”进入新时期后，他的诗集《月亮船》出版，我在报纸上写了评论，表达了我衷心的喜悦和祝贺。

比如高东昶，这是高压开关厂的工人诗人，总是灵感迸发，激情四射。我至今仍记得我少年时读到他在省的文学刊物上发表的大作——一首阶梯式朗诵诗《劳动万岁》：“把耳朵贴近大地，听，风镐在歌唱……”他天生有诗人的气质，他不看重生活中的坎坷和曲折，总是高昂地歌唱我们所处的时代和我们英雄的人民。这种饱满的激情，是每一个写作的人都应该具备的，特别是目前在中国特色社会主义新时代里，不应哑默，应放开我们的歌喉，鼓舞人民前进。

比如毕增光、乔魁才、林占琢，这三位都是化学厂（后来更名为味精厂）的诗人。毕增光是厂里技术型的干部，是典型的知识分子类型的诗人，他的诗虽有欧化的成分，却满是中国风味、中国情调。我在校读书时就曾到卫工明渠边上他们厂去看他们，参观酱油和味精流水线，听他们关于诗的高谈阔论。毕增光不仅写诗，还出版过味精的生产专业理论书籍。他是工厂业务专家，却不乏诗情。在他带领下，这个工厂的文学小组总是生气勃勃，令人艳羡。乔魁才、林占琢都是工人，后来都当了干部，林占琢还到了市总工会，他们都酷爱写诗，并不因脱产而脱离写诗的队伍。我在他们厂吃过他们用饭盒打来的饭菜，我更多的是倾听和学习他们写诗的经验和技巧。

比如关维国，当时他是沈阳电缆厂党委的干部，也是从工人干上来的。我好奇他怎么写出那么好的诗，他是当时极不容易在《诗刊》上发组诗的几个辽沈诗人之一。我曾专门到他们厂子去拜访，他热情地领我一个个车间转，回来后我也写了电缆厂生活的组诗，尽管我很投入也很用心，却终因是局外人，不是工厂的主人，又因为我是一个学生，免不了学生腔调，所以写得很表皮，但关维国却给了我很大的鼓励。他后来在生活和工作的路上有这样那样的不顺，但诗心一直没有泯灭。我和关维国曾与不属于铁西的诗作者汤炀、郎恩才、刘文超等多位诗友，还有解明老师和徐光荣等人一起到市郊的鹿园观光和写作。

比如冯幽君，他在小学里教书，酷爱写儿歌，并自成一派。他喜欢戴望舒的诗，与我多次谈起戴望舒。他有一首诗叫《窗》：“阳光通过清澈透明的窗子，把教室照得耀眼通亮；教师就是孩子心灵上的窗子，把智慧的阳光引进幼小的心房……”这是他对自己职业由衷的赞美。我一直与这位诗兄保持联系，他后来到辽宁少儿出版社当编辑，我去省出版大厦时也常见到他，他和你一谈起诗来，就止不住兴奋和专注。他也写散文，他的散文集曾归入康启昌先生主编的《美文经纬》辽宁散文丛书，他热情邀我写序。他在编辑岗位上也很有作为，许多儿童文学作家都十分怀念他。

…… ……

如今这些诗兄有一些已经作古，但我对他们的思念一直没有停止。铁西这片火热的土地养育了一批又一批为她而歌的诗人。这些诗人也给这片土地增添了明亮的丰富的色彩！

2017.12.7

一碗面的使命

潘　石

一抔面粉，在田野里孕育，在黍麦中生发，却因缘时会，化身为中规中矩的老北京炸酱面、艮啾啾硬生生的油泼面、绵里藏针的重庆小面，到了沈阳，它变成了二人转演员的艺名——老四季。

老实说，连我都觉得这名字不太雅致，可是，它的的确确是我在沈阳城里吃的第一碗面。

那是十年前的2月，整个沈阳在倒春寒中陷落，同事刚子神秘兮兮地冲我说："兄弟，走，吃口面去。""面条，有啥好吃的？""嘿，去了你就知道了，不吃老四季，不算沈阳人！"

朴拙的门面，简陋的匾额，推开店门，一股股热气却扑面而来。如果不是大家都穿着衣服，我还以为进了澡堂子。煮面的大锅喘着气，一碗碗面条冒着气，端面的顾客嘴里呼着气，吃面的师傅头上喷着气，气追逐着气，气搅拌着气——这才是春天该有的模样。

趁着刚子去排队，我看了眼抻面的品种，鸡汤面、鸡丝面、肚丝面、蛋炒面、肉炒面、素炒面——油汪汪，亮晶晶，份大量足。面按宽窄和形态，还分为一细、二细、龙须、三角、四棱、韭叶、中条、宽条、皮带九个品种，精妙中透着俏皮。副食则包括煮鸡架、煮鸡脖、煮鸡肚，厚实饱满，彰显诚意。

桌是长条桌、凳是长条凳，四周满满登登都是人，只好和他人拼桌。刚子要了两碗鸡汤面、两个煮鸡架和四瓶“老雪”，还端来榨菜末和香菜末。看我一副不明就里的样子，他笑着说：“来，哥教你。”

一碗泛着油花的鸡汤面，在灯光下纤毫毕现，刚子挑上几缕榨菜末和香菜末，又浇了些醋和辣椒油，刚刚还了无生趣的场面突然变得生动起来，面汤的醇白、榨菜的淡黄、香菜的翠绿、辣椒油的鲜红，挑逗得我味蕾绽放，舌下生津。刚子却不慌不忙，他推开面条，又戴上一次性手套，先把鸡尖去除，然后三下五除二，将鸡架掰开，和榨菜末、香菜末混在一起，他又拿来青醋，淋上少许，舀了一匙辣椒油搅拌均匀，大功告成。

我学着刚子的样子，将面和鸡架打理完毕，顾不上矜持，匆忙挑上一口放在嘴里。面爽滑筋道，浸满了浓厚的汤汁，里面还掺杂着鲜香脆嫩的榨菜、清新可人的香菜，辅以醋和辣子的香，果真美味不可多得。鸡架亦是如此，肉质鲜嫩，骨香四溢，轻轻一扯，骨肉就服帖地分离开来，重重地蘸下佐料，再轻轻放入口中，细细咀嚼，榨菜、香菜的加入，极好地中和了鸡肉的腥气，冲淡了多余的油腻，使每次吞咽都分配合理，香气满溢。

大快朵颐的同时，我环顾了下四周。从面友的“业务”熟练程度来看，极少我这样的菜鸟，基本都是熟客。他们有的衣着华贵，风度翩翩；有的一袭粗布，蓬头垢面，却都是一碗面打底。多不过一盘副食，几瓶酒，十几元钱。每个人在出门时，脸上都写着满足。我突然想起刚进店时的情形——这还真像个大众浴池，大家姿态平等，高度平均，诉求一致，普遍放下了架子，抛开了斯文，往往一口面一口肉一口啤酒，手上嘴上都是油渍，手里嘴里都是话语，酒精和鸡汤在体内发酵，又化作丝丝缕缕的汗和气，用一身淋漓换来了一刻轻松。

一碗面的使命，最初也就是果腹而已。

欢笑中，我恍若真的融入了沈阳。

2018.7.9

寻找喜鹊

王本道

1968年深秋，我与同校诸多老三届同学在辽南山区插队，青年点的不远处，有两棵葳蕤挺拔的杨树，树有20多米高，粗壮的树干足可以合抱，据当地老农说，树龄都有近百年历史了。在树的枝叶高处，有两个喜鹊筑成的鸟巢，如同两个硕大的箩筐挂在树上枝头，三三两两的喜鹊追逐穿梭在枝叶间，“唧唧喳喳”鸣叫不息。乡亲们说，这喜鹊是报喜的鸟，迟早会给咱们带来好运的。当时的知青生活清苦而平淡，同学们虽然不指望喜鹊能带给我们什么好运，但这种如诗如画的田园生活，人鸟长依的祥和景象，多少也给大家焦灼烦乱的心头增添几许慰藉。盛夏时分，多急风暴雨，夜里我常常担心着喜鹊的安危而难入梦乡。记得在一个风急雨骤的夜晚，一棵杨树顶端的枝丫，连同一个鸟巢被同时折断，4只小幼雏掉在了草丛中扑棱着翅膀，“啾啾”地鸣叫着，它们的父母也在周围低回盘旋鸣叫，我和房东大爷见状，急中生智地找来一个旧箩筐，四周垫上毛草，把四只小雏鸟小心地放到箩筐里，然后迅速找来根绳子，登梯上树，把装有雏鸟的箩筐口朝外地挂在树的枝丫上。这一招果然灵验，有了箩筐建起的临时窝巢，雏鸟的父母每天又继续飞来飞去赶来喂食。日复一日，小喜鹊身体渐渐长大，翅膀也显得硬实了，大喜鹊常带着它们在窝巢周围试着飞翔。夏天将要过去的一天，两个窝巢的大小喜鹊们很早就在两棵大杨树的枝丫之上，“唧唧喳喳”叫个不停，接着又在青年点周围盘旋翻飞了许久，随之像结队似的向着朝霞升起的远方飞去，直到那年三伏过后，我被抽调返城，再也没见到它们的倩影，心中一直怅怅然……

自从当年在乡下插队与喜鹊结缘，此后无论在何处邂逅喜鹊，总会不期然想起那段人鸟相依的生活。我无从考证一只喜鹊的寿命会有多长，只是觉得它们的样子连同它们的叫声都是那么相像，所以每每见到一只或是几只喜鹊在枝头朝我鸣叫时，便会立刻想到，它们能否是当年我知青年代的“喜鹊朋友”，抑或是它们的后代？此间，我曾查阅过相关喜鹊生活习性的资料，方知喜鹊是一种有灵性的鸟，它对环境十分敏感，无论是从生物学还是环境学的角度看，它都是出色的生态指示性物种。一般来说，喜鹊等鸟类多的地方，自然环境就比较好，人的文明程度也较高；反之，则是那里的自然环境还不够好，或者是人类对鸟类的态度不够友善。我在辽河和大辽河下游城市盘锦已经工作生活了30多年，这里属辽河三角洲的中心地带，沃野千畴，水网密布，郊野森林与城市公共绿地面积持续增长，大树也越来越多，加之这里120多万亩湿地中，有250多种鸟类活动。特别是作为一座全国文明城市，这里生态文明宣传教育活动深入开展，人们的爱鸟意识不断增强。因此我笃信，这里一定会有更多的喜鹊种群生存。为了能与喜鹊再续前缘，自去冬以来，我开始了“寻找喜鹊”行动。办法是先咨询当地居民，打探喜鹊出没的行踪，另外与诸多文友联系，请他们参与行动。

半年多来，“寻找喜鹊”行动让我眼界大开，美不胜收，不单看到了辽东湾右岸这片土地上大量的喜鹊种群，而且领略了美丽乡村建设的累累硕果。从城区至辽东湾新区，对开八车道近60公里的公路两侧，树木挺秀，花海鲜红，高大的白杨、椿树、柳树的枝头，数不清的鸟巢隐约可见，巢中时而见到幼小的雏鸟探出头来，等待鹊妈妈的哺喂。在大洼区唐家镇北窑村，我们看到田野里一栋栋大棚望不到尽头。内中栽植的葡萄、碱地柿子，还有热带火龙果已经果实累累。村中央的广场，衣着艳丽的多位大妈在跳着广场舞。而广场一隅的一棵老柳树的枝头，赫然筑着4个喜鹊窝——有两只上下交叠，是典型的“父子”窝。谈起喜鹊，年轻的村党支部书记介绍说，这里自古就有喜鹊的种群，只是几十年前，由于周边地带不合时宜地办起了“小轧钢”“小炼油”工厂，终日烟熏火燎，噪音不断，致使长期与村民亲近的喜鹊也不见了踪影。这十几年，周边早已停办了污染环境的企业，村容村貌大为改观，村民们因地制宜大力发展棚菜、水果种植，加上稻田养蟹，收入大大增加，也改善了生活习惯，喜鹊才又飞了回来。在田家镇大堡子村，王家镇石庙子村，我们更欣喜地看到，一座座民宿，一个个农家小院，青堂瓦舍，清爽而雅致，让人立刻感受到“绿树村边合，青山郭外斜。开轩面场圃，把酒话桑麻”的意境。沿着宽敞整洁的村路徜徉，随处可见许多民居蓝灰色的屋瓦檐头上，园中果树的枝头上，都有喜鹊雀跃的倩影，耳畔时时传来“唧唧喳喳”的欢声笑语。村中央那口老井旁有人在汲水，走近一看才知道，竟是两个中学生正在拍照做出的行为艺术。听两个孩子说：“现在农村家家户户都有了自来水，灶厨用煤气，村中还有超市、卫生院、浴池、垃圾处理箱，如今的乡下，比城里还美呢……”

“寻找喜鹊”，其实远不只是寻找一种鸟，而是寻找文明修养；“呼唤喜鹊”，也不单是呼唤这种可爱的鸟，而是呼唤城乡人民都树立起应有的生态觉悟；“留住喜鹊”，则是为了进一步巩固和发展几十年来改革开放的成果，开创更新更美的幸福生活。

2018.7.17

思念那朵云

盖云飞

球球走了，在6月里一个雨过天晴的早晨。

唧唧喳喳的喜鹊欢唱着新一天的开始，似乎没有烦恼与痛苦，剩下的仅仅是欢乐。就像那只刚刚离去的老猫，弥留之际也没有一丝痛苦，只有静静地等待，等待着雨后初霁，等待着阳光普照，等待着新世界的开启，更为了我们不再暗夜里悲伤。

我翻过一楼庭院的栏杆到了外面的草坪，水滴从枝叶上滑落，像止不住的泪水浸湿着我的衣襟。我站在草坪上，融入一片绿色之中，那勃勃的生机让我不忍多看眼前这个生命的消逝。世界就是这么冷静，无论在何时何地，生命的归宿最终都要与荒草为伍，与泥土为伴。按照妻子的执念，要把球球葬在一个她能看得到的地方，她更愿相信它会化成树叶敲打她的窗户。我的目光停留在一棵桃树上，它长在南窗斜对着约10米的地方，在我印象里这棵桃树是小区刚建成时候栽种的，如今已是枝繁叶茂。凝望的那一刻让我想到了《诗经》中的那句“桃之夭夭，灼灼其华”，虽说新婚宴尔与生命结束有些风马牛不相及，但同样也是一个新的开始，若是明年此株桃树硕果满枝也是不错的，我就这样安慰着自己。

铁锹铲起桃树下草坪的一刹那，我又不由自主地赞叹起老猫的乖巧来。几日的大雨滂沱让泥土变得十分松软，我为它挖坑竟也变得如此轻而易举了，将近一米深的长方形土坑，成为它最后的归宿。包裹着它的还是它以前用过的垫子和被子。新鲜的泥土撒落在被子上，每一锹都是伤痛。妻子站在窗前已经哭成了泪人，爱猫如命的她一夜没合眼，我不知道该怎么安慰她，只能任由她独自在那里哭泣。

当铲掉的草坪又恢复了原貌时，一个生命也就彻底被尘封。我拄着铁锹站在草坪上看着那一片被翻动的泥土，阳光从绿色的缝隙中钻了进来，我抬起头迎着那柔和的光亮，一朵白云从树的缝隙中飘过。白云在微风中翻滚，像和风儿在打闹，毛茸茸的一团白像极了球球的小时候。

白云在天空中任由风儿撕扯，我却在这撕扯中充满了哀伤。18 年啊！球球这只雄性波斯猫和我们一样，早已融入这个家，融入这座城市，跟着我们一起品味冷暖幸福。它来到我的身边时只有 3 个月大，那是 2001 年的春天，料峭的春寒让它忍不住钻进被子里躺在我的肚皮上呼呼大睡。我俩就那样一起租住在北站附近的一个老式单间里。那时的它唯一的乐趣就是在一扇外面包裹着皮革的门上爬上爬下，累了就会蹲在窗台上发呆，听火车与铁轨的碰撞声，那种让人无法入睡的声音如今却让我有些怀念。尽管在城市里的打拼是很艰辛的，但球球的伙食却出奇的好，每天都是鸡肝加炸油扣，生活很惬意。球球跟着我在沈阳搬了几次家，从皇姑区到和平区再到铁西区，它跟着我在这座城市里迁徙。

有一段时间它还曾和岳母在一起生活，那个家里有它的伴侣咪咪和女儿点点。咪咪是一只土猫，是早市上跟着岳母一路回家而被收留的，善良的老太太对它们的照顾是极为精心的，那是她晚年的一大乐事。各种好吃的变着花样买，生怕怠慢了它们。

两三年前，我们开始打探猫的寿命，因为我们心里都清楚，生离死别的时刻终究还是要到来的，我们想有所准备。人生仿佛就是一场生离死别的大剧，想必猫也不例外。第一个离开的是点点，2016 年的夏天，它从窗台上跳下来的一刹那突然没有了生命体征，死得毫无征兆，突如其来的变故让我们悲伤不已。我把它葬在了岳母家门口的一片小树林里。从三楼的阳台上可以看到那片树影，风掠过树梢，我时常会认为那是点点搞的鬼，这个一辈子愿意蹲在高处的猫，也许在那边也喜欢高处。纵然高处不胜寒，它也放不下自己的那份孤傲。咪咪的死则和球球一样，都是生命无法延续的结果，是一种生命自然状态的结束，只不过咪咪最后的时光生活不能自理，活得并不自在，相比于它们母女，球球的死倒是极其自然，像一个隐士看破了世俗而悄然离去，没有一点儿痛苦，死后身体竟也是柔软的。我猜想，球球的临终告别是幸福的，它的主人守护着它，手一刻都不曾松开。

有人说，逝去的人会化作星星，在夜空继续守护着他们爱的人。如果这种祈愿是真的，我想动物也会如此吧。如果是那样，我宁愿它们化作一朵朵白云，那样似乎更契合它们那一辈子的洁白。

阳光笼罩着大地，城市又活泛起来。我站在草坪上抬头凝望天空，一朵白云变幻着姿态在天空中游走，像一个无拘无束的背包客，时不时地会停下来俯视着大地，因为那里有猫爪留下的痕迹。

2018.8.2

书人茶话

总结在造山运动之后

阿　红

《朦胧诗纵横谈》是田志伟同志的新著。

我通读了，我喜欢；从评论的角度，从诗的角度，我都喜欢。

70 年代末、80 年代初，中华诗陆爆发了一场造山运动。隆隆的声，熠熠的光，山摇海荡，朦胧诗出世了。

今天，这场造山运动已经结束（可以这样说）。这本《朦胧诗纵横谈》就是对这场诗的造山运动的俯瞰与观照。

这里有对朦胧诗产生基因之内外分析；有对朦胧诗引起的论争双方之观点介绍；有对朦胧诗理论根据之哲学的与美学的剖析；有对朦胧诗审美艺术特征之分解；有对朦胧诗纵横双向之比较。

资料是翔实的。不读很多东西，写不成这本书。分析是有眼力的。没有颇高的审美能力，写不出这本书。评议是公允的。不是简单地站在哪一方；不是像某些论者自我膨胀，以狂言吓人。他是以科学态度、史家精神、发展观点，评论诗的这场造山运动。

《朦胧诗纵横谈》，是迄今为止，关于朦胧诗最好的一本书，我认为。

关于模糊认识，他作了哲学的和美学的分析。说“模糊性不是别的什么，而是客观事物连续运动，质的不断转化在人的意识中的投射”。他从美的角度考察模糊性，认为“美的概括性、整体性、丰富性、变动性”这些美的固有特征“构成了美的模糊性”。又从模糊性的角度考察美，认为模糊“可以构成某种意味”，“可以引起联想，触发想象，使审美过程深化”。

关于朦胧美，他认为这是一种“有特殊表现形态的美”，基本特征是“内容通过某种朦胧、模糊的形式，含蓄蕴藉地表现出来的象外之象”，具有“似真性”“多意性”“曲折性”“蕴藉性”“寄寓性”。

朦胧诗作为我国新诗发展的一个阶段基本过去，继之而起的是“后崛起”“第三代”。再“否定”者有之，但朦胧诗对新诗发展作出的奉献，从这场造山运动出现的山峦，是谁也否定不了的。它的前一代否定不了，它的后一代也否定不了。其影响随处可以发现，既是前生代关注的对象，又是新生代重要的艺术参照系。这是现实，我们只能正视它、研究它。

1988.4.21

更有诗情壮山川

周兴华

诗人丁晓翁继《淡淡的风月》之后，又结集出版了他的又一本诗集《山川走马》。前者以写农村风情见长，于清新淡雅之中，抒发诗人对故土人情的深挚的爱，而这本诗集则放眼山川、寄情山水，于山水之间充溢着一种哲理的美。

或许因为从事新闻工作吧，他可以得天独厚，有机会畅游名山大川，饱览祖国锦绣山河，遍访华夏文化胜迹，足迹遍及大半个中国，于是诗兴大发，几年间，竟写诗几百首。他的这些诗，一如先前写的诗一样，朴朴实实，毫不矫揉造作，读来给人一种轻松之感。清新淡雅，又寓意深远，这是一种很高的境界。晓翁的诗看似平平常常，却有着深深的哲思。同样的山，同样的水，同样的街，同样的树，在诗人眼里有着无尽的情思，在诗人笔下寄寓着美好的人生理想。读着诗，回首那当年血雨腥风的岁月，人们的心灵为之震颤。那首《长城拾韵》写得相当深沉："凝固了的/血与泪/矗起的巍峨净化了的/爱与仇/旋跳的壮歌举目，沉吟/呵，一个民族的渴望/化作东方曙色"。诗人对古老的长城及关于它的种种传说是熟悉的，这里，诗人仅仅从一个侧面切入，时空转换，虚实相生，收到意想不到的艺术效果，尽得“一粒沙里看世界”之妙。

晓翁的《山川走马》，就写山水诗来说，也有自己的特色。我国历代山水诗不乏佳作。已经出了名的地方再去写诗，实为难事，而写出新的境界就更难了。诗人所到名山大川，皆是有感而发，且大都较有新意，不惟意象生动，语言也充满生活情趣。说晓翁在刻意追求一种新的山水诗的意境和途径，是符合实际的。那首《哦，海边石子》，想来必是作者得意之作。这首诗写得确实不错。八行诗句，概括了多少人生体验，把作者对大千世界的俯视，浓缩到诗句之中：“我踏着 / 哗哗作响的现实　我凝视 / 颗颗磨圆的历史　人们躬身采撷 / 犹如斑斓石子　我苦苦寻觅 / 哪里有带棱角的诗”。崂山古柏，岱顶日出，苏州小巷，郑州风情，诗人一路行色匆匆，却又诗思泉涌。这些诗歌赞了祖国锦绣山河，启迪人们对祖国的热爱，对历史的回顾，可以说读一点儿这类诗，对人还是有所裨益的。希望晓翁继续为人们奉献佳作。

1991.4.17

永州的召唤

孙丕任

我知道永州是因为柳宗元的《永州八记》，很小的时候就被柳氏笔下的山水所征服了。那是一片奇丽而幽峭的世界，是作者通过山水所反映出的心灵独白。及长读了韩愈的《柳子厚墓志铭》，更加钦慕他的为人。唐永贞元年柳宗元参加了王叔文派的革新集团，革新很快便失败了。他和几位要员都被贬为偏远地区的地方官，柳宗元先是被贬到永州，一待就是10年。10年之后被召还京师，旋即被贬到更偏远的柳州，不几年就客死在柳州任上。韩愈在《柳子厚墓志铭》里重笔叙说的是：当柳氏被召到京都又被派为刺史的时候，诗人刘禹锡也在重新贬谪之列，应当到播州（今贵州省遵义市）就任。子厚流着泪说："播州不是人居住的地方，而梦得（刘禹锡）家中又有老母亲，我不忍心梦得的困窘，以至于使他没有办法去禀告宽慰老人。"柳宗元锐身自任，愿意用柳州刺史之职去换播州刺史之职。或许是柳宗元的忠悃感动了皇帝，刘禹锡终于被派往较为方便的连州（今广东省连州市）。韩愈深为柳氏的高风亮节所折服，尽管他与柳氏在政见上及学术思想上颇有龃龉，而这种人格的力量可以穿过重重屏障而作用于人的心灵，所以引出了退之先生那段荡人心魄的议论，这绝非换几个润笔的谀墓之词。

为了柳宗元的为人、为文，多年来我心中郁结着一股“永州情结”。小石城山、小石潭怎么样了？使他幽然神往、乐而忘归的西山是个什么样子？再看看“欸乃一声山水绿”的潇湘画境，还有那“清莹秀澈，锵鸣金石”的愚溪。

终于在去年的秋天我实现了多年的夙愿。说起来，永州现在也是个交通不便的地方，地处湖南省的南端，辖于冷水滩市，近年来由零陵县改为永州市。由冷水滩下火车再乘汽车一小时可达。在火车上看到一个奇异的景观，一丛丛的石头就像石笋一样从土里钻出来，奇形怪状，颜色是黑黑的，有一种天然的原始的美，不像太湖石那般玲珑剔透。正如柳氏笔下所描绘的：“其石之突怒偃蹇，负土而出，争为奇状者，殆不可数。”这正是“楚之南少人而多石”的背景。

柳子庙在潇水的西岸，白墙黑瓦，古色生香，带有天井的古建筑颇多南方的特点，有几间进深。庭院里有硕大的芭蕉，一簇簇的叶子肥大厚重，有如张开的绿伞，在古老和庄严中透出了盎然生机。正殿作为柳宗元纪念馆，上面悬着“八愚千古”的匾额。八愚者自然是指柳氏在《愚溪诗序》中概括的八种景观了，即为：愚溪、愚泉、愚丘、愚沟、愚池、愚堂、愚亭、愚岛。纪念馆里端坐着柳宗元的石雕像，清癯的脸上，挂满了宁静与忧思，左手放在膝上，右手握着一支笔。这支笔记录了作者10年间的风雨人生、宦海沉浮，更记录了永州的奇山异水，那种清幽、静寂的境界中充满了人与自然的亲和，以及忧谗畏讥的贬谪之思，于是有了著名的《永州八记》，有了我这次数千里之遥的永州之行。至于“八记”中记述的风物，我是无由寻得了，雪夜访戴，兴尽而返。

出了柳子庙，无意发现正对大门的桥柱上豁然写着“愚溪桥”3个大字，当时的心情不啻发现了新大陆。站在桥上，下临深溪，危崖断壁，古桥苍藤，披襟当风，如饮甘醇。溪旁矗着一座石碑，刻着柳氏的《愚溪诗序》。一座清浅的小溪，东流入于潇水，洋洋洒洒，自由生息了多少年。那是柳氏贬到永州的第六年，他把家搬到了这条小溪边，把本名冉溪的小溪改名为愚溪。宗元以愚自命，带累了小溪也染上了“愚”字。他自有一番道理：

“今是溪独见辱于愚，何哉？盖其流甚下，不可以灌溉；又峻急多坻石，大舟不可入也。幽邃浅狭，蛟龙不屑，不能兴云雨，无以利世，而适类于余，然则虽辱而愚之，可也。”柳氏另有歌咏愚溪的诗作，惜乎已经失传。柳氏另有寓言体的散文《愚溪对》，迷离恍惚，把人引向了幽深的哲学小路。愚溪成了柳宗元生命的血脉。

我沿着石级走下小溪，坐在溪旁的巨石上。溪水清浅，时时冲击着大大小小的石块，碰撞出层层的波纹，透过波纹可见溪底的卵石欢快地跳跃着。陡峭的不规则的河岸逶迤远去，走不多远就挡住了你的视线，这样的浅溪的确容不得一苇之舟。千载之下，柳宗元的遗迹已经荡然无存了，但是他的节操风范仍像这愚溪水一样荡涤着人们的灵魂，临溪而立我似乎感到作者的冲和之气。作者把天地之间的元气与自己的浩气都融入了溪中，于是小溪便有了“漱涤万物，牢笼百态”的神力，春夏秋冬滋润着永州。一代一代召唤着世人。

1995.5.8

一本珍贵的书

黎泽宁

这本书只印了一册，作者是一代伟人毛泽东。看到过它的人，为数极少。然而我却有幸看到过，那是 1967 年 10 月在我的伯父家看到的。

伯父家的五斗橱上端放着一本装饰十分考究的书，书册的装帧同我小时候读过的清末手抄本《西游记》相仿，不过书皮外面还包着一层印有中国古典花纹的精美绸缎。打开这本书，里面是毛泽东在 1915 年至 1920 年间写给我伯父的 6 封亲笔信的复制品。

我的伯父黎锦熙，是著名的语言文字学家和教育家。在全国解放后，他把冒着生命危险精心留存的毛泽东早年写给他的这 6 封亲笔信原件，全部捐赠给了中共中央档案馆。这本书正是中央档案馆遵循毛主席指示专门为伯父印刷的，并请他监制，仅印了一册便毁掉了胶版。当时伯父把信拿给毛主席看的时候，毛主席紧握伯父的手说："谢谢你在漫长的黑暗年月中敢于保存至今。"书印好后，也是由毛主席亲自还赠给伯父的，并说："留个纪念吧！"伯父对这本书十分珍爱。

我小心翼翼地抽出两枚象牙扣，轻轻翻开这本书，仔仔细细地拜读了这 6 封珍贵的信件。其中短的只百多言，长的达千多字。记得有一封信中，毛泽东论述了那时的新文化运动，他在信中称其为“文化革命”，并满怀信心地指出“这场革命一定会胜利”。信里还揭露了当时社会的黑暗腐败，披露了劳工的痛苦生活，竭力主张“粉碎这个不仁不义的政府”。这封信洋洋洒洒、议论纵横，充分显露出20岁刚出头的青年毛泽东远大的抱负、出众的学识和恢宏的气魄，不愧为一篇向旧世界宣战的革命檄文。我和当时正在清华上学的姐姐看着看着情不自禁地齐声朗读起来。这6封信上的字体也各有千秋，有的字体斜长，有的像仿宋，有的近乎行书，虽然同后来毛泽东自成一格、独具风韵的草书稍有区别，但已挥洒自如、大气磅礴，一眼就能看出书者有较深的书法功底。

很值得一提的是这本仅仅印了一册的珍贵书籍还救过我伯父的命。在那轰轰烈烈的“文化大革命”初期，北京一夜之间大乱了起来。红卫兵小将也气势汹汹冲进了我伯父的家中。心脏不很好的伯父又气又怕，只感到大难临头了。正当小将们忙着抄家、训话、翻箱倒柜进行“革命”时，突然一个小将头头大叫起来。原来他们发现了这本珍贵的书，打开一看，一下子全都被镇住了。嘿！书里毛泽东反复称呼我伯父为“先生”“师长”和“良师益友”。毛主席的话可是“最高指示”啊，吓得小将们呼呼啦啦地赶紧撤了兵。

早在1913年，我的伯父就认识了毛泽东。当时青年毛泽东在湖南省立第四师范学校预科一班读书，伯父在该校任历史教员。后来“四师”与“一师”合并后，伯父又任毛泽东的国语教师。伯父学识渊博、讲学精彩，而且一直热情支持青年学生的进步活动，曾经多次给毛泽东等一些进步学生写过表示支持和鼓励的书信。毛泽东对我伯父也一直抱有好感且非常尊敬。后来伯父去北京教育部任职，毛泽东一直与伯父有书信来往。

在这次红卫兵抄家之后不几天，“中央文革小组”派戚本禹一行登门向伯父道歉，并下令将被红卫兵“查封”的书柜启封。此后，无论“文革”浪潮如何汹涌澎湃，伯父倒还算比较安宁。“文革”后期才得知，原来这本书的作者毛泽东曾指名要保护黎锦熙。

1995.7.3

我和“二小放牛郎”

方　冰

一

《歌唱二小放牛郎》这支抗日战争时期写的歌子，一直流传到现在，长盛不衰，人们还在传唱着，是我原先没有料到的。

其实这个歌子的流传，首要的是由于劫夫的曲子谱得好，感情丰富，曲调优美，给歌词插上了一双很好的翅膀，否则，它是飞不起来的。抗战时期我与劫夫同志合作，写了不少的歌子，最流行的就是《歌唱二小放牛郎》。可惜劫夫同志早逝，我非常怀念他！要是活到现在，他是可以写出更多更好的歌曲来的！斯人已去，夫复何言！

二

1940年的晋察冀边区的扫荡与反扫荡，进行得非常残酷，而且时间长久，从春天一直到初冬。

这次反扫荡，我被派到当时北岳区四分区的平定县，劫夫同志被派到三分区的完县，和老百姓一起坚持那个地区的战斗，与土地共存亡。

其中亲身经历过的，耳边听到左右发生的各种英雄人物的故事，就很多了。那时习以为常，激动一下，流几滴泪，或是连泪也没有，就过去了，因为天天要同鬼子周旋，得打仗啊！

反扫荡结束后，我们都先后回到原先的驻地——平山县两界峰村。两界峰村位于郭苏河（滹沱河的一条支流）的上游，平山县北部与灵寿县交界处的大山口上，山里的一条交通要道经过这里，有近百户人家。

我们回驻地一看，全村的房子几乎全被烧光了。人被杀死很多。我们房东的两弟兄和他们的老父亲，都被敌人杀死了，只剩下两个妇女带着几个孩子，非常凄惨。我们同老乡一起修理好了房子，也不过就是能够避避风、躲躲雨雪而已，有个睡觉的地方。

一天，我同劫夫坐在台阶上晒太阳，谈到在反扫荡中各自见闻的那些英雄人物的故事。劫夫说："我们写些英雄故事歌，宣传宣传这些英雄人物，要广大人民群众纪念、学习他们不好吗？还可以传之后世，教育子孙，光荣光荣穷山沟里这些伟大的人民！"

正合我意！我也是这么想的。

那时非常困难，连张像样的纸都找不到。我回到屋里，翻出点儿破纸头来，把钢笔尖插在高粱秸上，蘸着红药水，大约不到两个钟头，我就写出两首歌词来。《歌唱二小放牛郎》是先写出来的，写出后我立即交给劫夫去谱曲。他谱着曲，我又写出第二首歌词《王禾小唱》。王禾是个侦察员，来往于敌占区，敌人闻风丧胆，设下陷阱，捕捉了他。他站立在祖国的大地上，一字不吐，英勇就义了。

两个歌子，我俩不过用了不到半天的时间就写好了，午后就教给村里的儿童团去唱，一唱就很快传开。《歌唱二小放牛郎》的曲子要好一些，所以流传得更快更广，不久就被《晋察冀日报》登出来了，全边区都唱开了，很快又传到别的抗日根据地去，甚至连敌占区的人民，也避着敌人偷偷地唱。

三

《歌唱二小放牛郎》唱开以后，好几个县都争说王二小是他们县里的。

其实，王二小这个形象是我复合而成的。在抗日战争中，儿童团起了很大的作用，站岗、放哨、查路条、送信、看守消息树（就是立在山头上的一棵没有根的树，敌人一来了，就把树放倒，报告消息）等工作，很多都是儿童团干的。

我为什么单写这个放牛的孩子呢？因为放牛多是在山坡上，兼管消息树最方便。敌人进攻都要先占领制高点，放牛的孩子被抓住的机会最多。

一个人的故事，不容易很完整，所以我就采用复合创造的方法，取名“王二小”。“二小”是当时晋察冀儿童常用的名字，王是常见的姓，当地姓王的很多，而且王字唱起来很容易起共鸣，比其他的姓唱起来都好听得多。

所以写在九月十六日，是因为每到秋天，日本鬼子必来抢粮，抢光，饿死你。

四

中华人民共和国成立以后，每年的九月十六日，中央人民广播电台都要播送《歌唱二小放牛郎》这首歌子，并在播送以前加以说明：今天是我们的抗日小英雄王二小为国牺牲的日子，我们现在播送《歌唱二小放牛郎》这首歌曲来纪念他。他们把他当成一个真实的人物了。

可是，在“文化大革命”开始不久，就被“四人帮”勒令停止播送了。人民是不听那一套的，还是唱。

有一次，在“文化大革命”中的一天，我坐在大连火车站的候车室里，等待上火车。坐在我邻座的一位上海青年轻轻地唱着这首歌子。

我说：“你为什么还唱这首歌子呢？中央广播电台都不播送了，大约是不准唱了吧？”

这位青年说：“我才不管那一套呢！我爱唱就唱，谁能管得住我？爱国、为国牺牲不好吗？不值得歌颂吗？”他哪里知道我就是作者之一，而且还被批斗了呢？

现在一切都过去了，我的心里也安静了，取得的经验是：不必急着争论，相信人民群众是至高无上的。历史是最公正的！

我想劫夫同志在地下也会欣慰的！

1995.9.18

壮哉斯人

邓友梅

本人一生不务正业。有人称我为“作家”，我虽默认但难免惭愧。因为我的本职工作是对外联络，迎来送往，东跑西颠，写小说系业余活动；有人叫我作“外事干部”，我又赶紧声明“这是误会”，外事另有一套专业知识，职业训练，我全不懂。哪一行我都是半瓶子醋。这也有好处，在外交官们眼里是外行，有点儿举措失当会给以原谅；在文圈里属业余，作品看不上眼也犯不上跟我较量。

这就养成我对不懂的事爱胡说八道的毛病。

我不懂书法，就因为字写不好才学习用电脑打字，却爱欣赏。我不会写诗，“文化大革命”中人人都写诗时只写罪行交代和思想汇报，可爱读诗。于是就看了董文的书法读了他的诗，还冒昧地对外人发表过感想。董文的书法被选进一些对外交流的项目（如中、日、韩书道轮回展，中国新加坡书法交流展等），我和有关国家有联络。我在外事工作中最经常的任务是吃饭和说话。有时没话也要找话说，既然我混充文人，人家就问我：“对我们正举行的中国书法展，你有何印象？”我对洋朋友就谈对董先生书法的印象。这印象是好的。

近年来中国书法艺术大有振兴之势。只是有些作品是否算书法，我暗自有点儿怀疑。字写得差些，把它吹得高些，还不算离谱，但用嘴代替手执笔，拿管把写字，或是把中国字拼成画，似乎列入杂技和特种工艺更合适。书法，还是要看字写得好坏，而且怪与好不能画等线。董文的字我觉得好，好在他拿字当字写，有创造而不离谱。

中国人讲“书画同源”。但从源出来后，流则各走一派。画风千变万化，总还要以描摹客观世界为本，可变形，可抽象，但不离拿客观世界之形表主观世界之意。中国字虽然也源于象形，“远取诸物，近取诸身”，但后来掺和进指事、会意、转注等各种元素，已不是客观世界原来模样。和绘画比较起来，书法“寓意于物而不留意于物”，更多表现的是作者主观意识与个人情感。真正的书法家总是最有个性，最有独特审美观和表现力的艺术家。而不论多么有个性，有创造，又都不能离书之大法，必须法有所宗。要走一段由师古而创新的艰难历程。

董文幼年在母亲的家教下养成读书雅好，稍长研习书法，又得经名师指教，临帖读诗，为他书法艺术的进取打下扎实基础。随年龄增长，他博览群书，开拓视野，丰富知识，刻苦临池，终于成为令人瞩目的书法家。但他没停留在已取得的成绩上，而是“得寸进尺”地往峰顶登攀。在学习传统的基础上，依自己的条件走创新之途。于是自成一派：写大字雄奇豪放，气势逼人，如听东坡“大江东去”之歌；写小字和风细雨，纤巧恭正，如闻江南丝竹之乐，可称得“出新意于法度之中，寄妙理于豪放之外”。由此我也想说一句俗而又俗的老话：“写字是要掌握基本技法的！”只有在娴熟传统技法基础上，才谈得到发展创新。我每见连永字八法是什么都不懂的“才子”，名片上赫然印着“现代派书法家”“新潮书法创始人”之类的头衔，敬佩勇敢精神之余，想劝他们先去专利局审查一下，这算不算发明创造，值多少钱。

董文的成就见之于笔墨之中，是用整个生命换取来的。他在一首题为《临池偶感》的长诗中写道：

返璞归真两鬓残，
韦编三绝未心寒。
宁将铁砚磨穿底，
不让浮云上笔端。
…… ……

换骨脱胎梦几重，墨池笔塚苦朦胧。卅年方悟通灵法，四海云山入我胸！

董文今年48岁。读其诗，观其志，证之书，不禁叹道：“壮哉斯人！”

1995.10.9

欢迎“奉军”入关

刘绍棠

今年8月，我和启功等先生被聘为北京师大二附中国学班顾问。在开班典礼上我也讲了话。说到北京文化时，我从启功先生谈起。现当代的北京文化有五座高峰，即文学领域的老舍，绘画领域的溥儒（心畬），书法领域的启功，京剧领域的程砚秋，曲艺领域的侯宝林，他们都是满族人。京剧界和曲艺界的两大名家马连良和马三立，都是北京回民。但是，我又说，启功写的是汉字，讲的是汉话，不会写满文，不会讲满语。老舍、程砚秋、侯宝林好像也不会。溥仪在《我的前半生》中说他对满文满语一窍不通。他的远房堂兄弟溥儒也未必能通多少。

通过汉字汉语表现的北京文化，杰出的代表人物却是满族同胞，这很耐人寻味。

民国以前，共有辽、金、元、明、清五个王朝在北京建都。其中，女真人（满族）当皇上的就有两个王朝：金和清（原称后金）。契丹人当皇上的辽，蒙古族人当皇上的元。汉族人只在明朝当过一回皇上。所以，北京文化的多民族混血特征，十分显眼。

1956年我亲耳听到周恩来同志讲过：北方汉人，恐怕大多数是混血（郭沫若当场插话：杂种）。要不然，五“胡”乱华的匈奴、鲜卑、羯、羝、羌到哪里去了呢?

我因此而进行“大胆假设，小心求证”，多次宣称我是匈奴人，也有可能是鲜卑人。这是因为，从大漠进入长城以内的匈奴人，自称是汉朝外甥后裔而姓刘，先后在临汾、幽州、太原建立成汉、后汉、北汉王朝。唐代大诗人刘禹锡，就是汉化匈奴人。北魏孝文帝拓跋珪，酷爱汉文化，敕令所有鲜卑人改为汉姓。他是老子天下第一，姓了元。独孤氏改姓刘。隋炀帝的老娘独孤皇后，很有可能是刘家祖姑奶奶。那么，我跟大运河就更是亲上加亲，砸断骨头连着筋了。

《红楼梦》是北京文化的旗帜，京味小说的鼻祖。虽然关于曹雪芹的祖籍问题吵成一锅粥，但他本人是北京汉旗，应该无可争议。被胡适评为白话小说的“样板”的《儿女英雄传》，京味语言更足。署名燕北闲人的作者，本是满族名士的文康。因而，我常想起鲁迅先生《未有天才之前》一文（1924年在师大附中的讲演）中所说，要有好花必须先有沃土。正是满、回、蒙古等北京少数民族文化化成肥美的土壤，才开出以汉文表现的北京文化之花。北京的文化土壤是五色土，开出的是赤、橙、黄、绿、青、蓝、紫的花团锦簇。

海纳百川，百川汇海。我欢迎“奉军入关”，强壮和丰富京味小说。

1995.12.18

笔墨官司笔墨打

毛志成

一般地说，我总是希望文人的官司少些，特别是那些诉诸法律、对簿公堂，说是甲伤及了我的名誉，乙损害了我的形象之类的事。当然，十分、百分值得去打的官司还是可以打，但以“瓜蔓讼”式的官司少些为好。有些此类官司，恕我直言，其实只是些淡事，强打官司、哄打官司有一大半心思只是为了“炒名”——我以为。

于是，有时我主张“笔墨官司笔墨打”，学名叫作“多搞文艺批评”。有了这样的批评、反批评，若是弄得好，还可以有助于落实“百花齐放、百家争鸣”，总比天天跑法院的好。当然，这不是说有些酷爱中伤张三、谣诼李四借以自得其趣的小文人任其占便宜，让好人吃亏，也没人去管。管的办法之一，就是笔墨官司笔墨打，多搞文艺批评。确实越出了文事之外，涉了法，那是另一回事，该去法院还去法院。

话说回来，笔墨官司笔墨打毕竟是文人之争的上上策。文人连笔墨官司都打不漂亮，打不正经，说是枉为文人也不过分。

但是话又说回来，有些笔墨官司又何尝值得去打！打来打去，既不涉大是大非之争，又不沾理之曲直的边儿，专门在“文圈”里头争老大、竞虚名，你讥我、我嘲你，卖弄些浮文泛言，经营些奢衔侈誉，只此而已。

将文业恭称为文坛，首先是由于坛要涉坛外的事，管坛外的事：于国事、民事、世事——尤其是民之苦乐、政之得失的事，多动之于情理、用之于笔墨。对世上的大善之举、大德之绩鼓之舞之，对世上的大恶之事、大陋之习鞭之笞之。若是对坛外事百无兴趣，一无动情，专门溺于坛内玩文、弄文、嬉文、斗文，那个坛也就不称之为坛，只能叫作“圈”，迷恋于“圈里吵”“圈里闹”而已。

眼下某些“之争”，笔墨的比重用去得相当大，主要是文坛的“坛内人”在进行各式“之争”，争的是一名之废立，一誉之尊卑，一文之贵贱，一语之巧拙。总之是为文而文（有时还只是为名而名），围绕着文技高低、文衔大小、文声清浊做些仲伯之较。

近年来不少文化团体都设了“协会”，真能“协”得起来吗？我看并不容易。有时，一个什么什么“协”，圈内人的此斗彼斗比“协”外的人斗得尤凶，不争到“协尊”“协魁”地位便不罢手。殊不知这样斗了起来，本义上的“协”也就很难形成。

真正的“协”应该是什么？我看首先应该做到大方向上的一致，至少应该做到对国事民事的共同关注，将主要的精气神用之于国情民意研究。在此基础上各唱什么歌，各奏什么曲，尽可随他的便。若是对此颇冷漠，专门在圈内互争琐事碎文，乃至互竞刁言谩语，以彼此讥诮为本事，为乐趣，这样的“笔墨官司笔墨打”，其实也是无价值的。

广义和正义上的笔墨官司，说开来就是社会批评——也包括文化批评的本身。这里说的批评，是褒义词，包括对真理的张扬和对谬误的抑弃。这样的笔墨官司不仅值得去打，而且，那种高标格的笔墨本身就是既有科学含量又有美学含量的。鲁迅的斗争手段之一就是动用笔墨官司，而他所争的又是社会功利，有哪一点涉及了个人功利？

眼下有的非笔墨官司或唯笔墨官司，个人功利的色彩是否太重了一点儿？读铺天盖地的杂文、随笔，不能否认有相当多的笔墨官司是为大事、正事、益事去打的，但你掂掂那些专门为个人或小团伙的荣辱利害去打的笔墨官司，有的比重又何曾显得不醒目、不盈耳？有的，简直是为了笔墨而笔墨，为官司而官司，人为炒作的目的很明显。到头来，这种笔墨官司中的笔墨和官司，在实际上又毕竟无大价值的。

1999.7.19

每一本书都是一个意外

孙绍振

读书是为了求知，从培根以来就是这样说的；“开卷有益”更是成了我国民间的成语。我们在这样现成的话语面前，思维的触角像裹上了塑料一样丧失了一切思考力。但作家朱苏进却对此生发出勇敢的挑战。“一个教授问他的学生，今天你做什么？学生的回答是：读书。教授又问，明天你做什么？学生的回答仍然是，读书。后天呢？回答还是：读书。教授不但没有表扬他，反而愤怒起来：那么你还有什么时间思索呢？”

现代城市人往往为读书而读书。只不过是往自己的记忆仓库里装货，而不是利用书本中的信息来发展自己的智慧，开拓自己的创造力。针对这一点，朱苏进说得特别尖锐：“如果读书的目的仅仅是增长知识，那么你即使终生读书，其知识储量，也不一定比得上电脑里的一块硅片。更可怕的是，你的大脑只是他人的跑马场，将心灵沦为盛满知识的容器。我们吃饭，不是为了变成饭粒，我们喝水，不是为了变成水珠。”

严格意义上的读书不能满足于被动地接受，更重要的是在接受以后要对书本有所超越，升华到主动的创造的境界。他毫不掩饰地藐视市场上许多“拙劣的书”，就是杰出的书，他不仅不无限崇拜，而且常常怀疑其权威。在这一点上，他很有一点儿符合中国的古话，尽信书不如无书。他说：“在读书以前，希望每一本书都是一个意外。然而在读之后，才知道每一本书都值得怀疑。”这并不是狂妄，因为一切文明和进步都不能不是从对于天经地义的成规的怀疑开始。对于权威的无限崇拜只能窒息人类创造性的智慧。朱苏进以为：即使读杰出的书，也不能不是和作者对话，这种对话不是一味顺从的，而是充满了思索和挑战的。他反对没有思索的读书。他的语言之犀利实在令人振奋：“读书最重要的是在于思索。读书是花朵，思索才是果实。思索不但能使你与别的人拉开距离，而且也使你与书本拉开距离。没有思索的阅读，就好像一个人没有胃脏而只有一张巨大的口腔。整个人便是一条孜孜不倦的过道。这种过道，将所有的美好的书贬值为垃圾。”这种艺术家的语言的果断，无论如何是学究式的书评家所讲不出来的。你可以说他说得太尖刻，也可以说他说得太偏激，但是你不能不佩服他说出了我们感觉到但却被世俗之见所窒息的宝贵的思绪。

他不满足于思索，而把问题提到要害上，关键在于，在思索中，向作者挑战：“如果一本书不引起我的激情，也不能引起我的反抗，那么不管别人怎样称赞它，也不管它果真多么卓越，对我仍然是一本废纸。”

他之所以这么强调挑战（反抗），这是因为，他所渴望的不是继承总结传统文化，而是突破、创造新的文化水平。一个作家的潜在能量，不是浮在其心理表层的，而是深深埋藏在作家潜意识的底层的，好书有一种刺激性，把这种潜在的心理能量激发出来。“一部好书能使人产生巨大的冲动，恨不得立刻写点儿什么或者做点儿什么，甚至在很长时间里无法再读其他的书。”他的创造欲望使他警惕太好的书让他产生自卑感，压抑了本来可以创造的潜能。他提出一个非常奇特的说法，叫作“抵抗”好书。从这个意义上来说，坏书，写得差劲的书，也有一个好处，那就是增强他的自信。他以格言式的句子来表达这样精彩的思想：“大作品使我们变矮，小作品使我们升高。”

拿这种读书的态度来要求一般读者，好像有点儿要求太高，但是从读书的根本的目的来说，难道不是为了创造书上没有的东西，而是为了重复书上已经有的一切吗？历史的惰性是如此之沉重，绝大多数的读者，都不敢想象自己读书，是为了超越它。其实，正因为不断地超越，人类社会的文明才能持续地进步。如果满足于在前辈的水平上滑行，世界还有什么希望呢？人们忘了这一点，不是因为人们太愚蠢，而是因为，创造太困难，所以就产生了一种现象：把自知之明和自卑感混为一谈了。正是因为这样，朱苏进式的读书方法才具有启蒙的意义。只有在这样的意义上，我们才能充分地理解他这样的话："永远有一本只读了一半的书，后一半用自己的猜想去完成它。"这不是要求太高，这是一种呼唤、一种启示。对每一个读书人来说，都有警示的作用。尤其是当我们读到这样的句子："有些人是句号，他虽然读完整本书，但是他说不出比书本更多的东西，因为书的终点就是他的终点。有些人是省略号，书读完后，他却停不下来，他沉默地、不可扼制地飞行到比书的尽头更远得多的天际，始终一言不发。"

我读过许多谈如何读书的文章，但是却没有这样一本书给人这样巨大的神经震动，这主要是因为，通常，我们读书，尤其是读比较好的书，都不由自主地有自卑感，可以说，在精神上我们是跪着读的，但是真正的读书法，应该先是坐起来，和作者平起平坐，然后，是站起来，俯视他。这样阅读的过程就是一个在灵魂上提高自己的过程。

2000.2.16

书外读书

徐城北

书应该怎么读？似应分成两个阶段——年轻时从书内读书，长大进入社会实践，则转向书外读书。书——一切成型可握可拿之书，诚然是人类参与社会实践的总结；但仅仅从书内读书是不够的，因为书之产生总是落后社会实践，最现代最前卫的书意、书道，往往首先和大量存在最关键最典型的社会实践当中，所以在这个意义上说，书外读书对一切成年知识分子都是必需的、自然的。

说一说我自己的感慨。我出生在一个本当鼓励读书的家庭，也出生在本当鼓励读书的时代。可惜时代风气突然一变，以后又变本加厉，不鼓励年轻人从书内读书，这让我年轻时离家远走，在边疆改天换地，苦苦折腾了十五年。好不容易天下太平，我也好不容易从远方归来，重新进入我年轻时学过的专业。从道理上讲，这回我该好好读书了吧？结果却是不尽然。因为我偏巧是工作于一个不太需要读书的岗位——梨园！梨园的成书本不多，读书也没能成为风气，但毕竟又是很有“书意”的，比如演员的“唱念做打”，表演上的“手眼身法步”，如此等等，哪一样能说没学问？哪一样不能称为“书意”呢？

但是，要把这些“书意”转化成可握可拿之“书”——并且得是举世公认之“书”，却不是简单易行之事。梨园自古以来，在许多地方和许多时候，从习惯上就不用文字进行表达。这种状态，称之“不着一字也风流”也可。老师教徒弟时，像“高一点”“圆着些”“表情上大着点”之类的提示很多，这些话通常很简洁很精辟，甚至能精辟到“一句顶一万句”的地步，但就是很难（经常也无须）转化成我们流行意义上的“书”。况且这一句半句当中充盈着的丰富的“书意”，往往要让学的人在多年之后（要等自己有了相当的人生阅历和相当丰富的文化修养之后），才会在突然间拍案惊奇、豁然开朗……

同理，我们把考察的范围扩大——比如写作直接阐述今日中国现实之书，其内容、形式（包括书意、书理、书道）又应该如何把握呢？从道理上讲，中国现实之“书”，似乎首先存在于现实中国最活泼最生动也最深刻的“书外”，因为在古往今来的中国，还没人写过这样的书，更因为古往今来的中国，还没人办过今天这样的事！但我们又看到许多与之相悖的做法——少数写书之人只把力气花在死啃西书书本之上，更习惯在西书框架之中“装满”中国的材料——他们以为，这样一做，自己的“大著”也就最终完成。现在，这种学风影响了年轻人，以为“高射炮打蚊子”——以空对空，是成名成才的捷径。

京城近年也涌现出好几本“今之古人”的巨作（如《锦灰堆》《故宫退食录》等），作者都是年近九十岁的前辈文化人。这几本书，或许有这样一个特点——几位老先生一生都在研究，有时用眼睛看，有时用耳朵听，有时用手去摸去触，有时则互相切磋比较。相比于其他的文化人，老先生只用少而又少的时间用笔来写。他们是勤勤恳恳用一生之精力，集中在一个（或几个）微观问题上奋起攻坚，同时又是把全部感情投入在这一（几）个项目之中，他们真正实现了自己和研究项目间的“天人合一”，于是才最终得出了超出前人的结论。结论的文字也是朴素的，其提法往往平实，并没有显出如何吓人的纵横捭阖的大气魄来。然而，就是这样平实朴素的学问，却填补了学界的某些大的空白。从这个意义上说，有时老先生的某几段话，就胜出当代学者的洋洋万言。

试观现实文化界中，受演艺界影响日大——炒作之风日盛，浮躁之风日盛，追逐热点日盛。很少有人静下心来，积十几年、几十年之精力在某个特定领域内坚持攻坚。热点本身没罪，但千军万马都在抢占一个（几个）所谓的“热点”，而不肯扎扎实实做实际工作的学风和作风，实在是件很可悲的事情。大概也正由此所决定，今天中国学人的相似面孔太多，独特的炯炯发光的眼睛太少。这对于中国这样一个自古的“泱泱大国”来说，岂不是更加可悲？

改变的方法其实简单——一旦“成年”之后，就把更大的精力投入到书外，然后从书外读书，一生坚持并乐此不疲。当今书界学界应该强调“中国特色”，不要动辄以“拿来主义”作为旗帜，以少当“二道贩子”为荣。

2000.3.27

“马前泼水”为哪般？

王向峰

中国古人中在今天真正称得上是“妇孺皆知”的人物，很少有人能与西汉时代的朱买臣相比。因为启蒙读物《三字经》说到他的勤学，有“如负薪，如挂角”，这“负薪”是指他上山打柴的读书事；各种戏曲都有《马前泼水》的演出，其中让前妻崔氏从土地上收起泼出的一盆水始可复婚的人，也是朱买臣。一个是少年学子心中勤学有成的样板，一个是用智谋教训有眼不识荆山玉的愚妇的太守，这两个形象加叠在一起，有读物，有戏曲，更有口耳相传的故事的流传，朱买臣其人其事，比之汉武帝、司马迁更有大众性。

然而上述两件妇孺皆知的事，却并不是皆有其事，“负薪”是实有其事，而“马前泼水”却是虚构之事。

据班固的《汉书·本传》记载，朱买臣用功读书与引起妻子与他离婚是一件事。

朱买臣家很穷，他自己很愿意读书，因为没有名师指教，全靠自悟，因此直到四十岁出头了，还没有学成点儿什么，也就是在以学取仕的途径上尚未走出一步。他家没有产业，自己也没学什么手艺，生活来源全靠上山打柴来维持。为了每天能多打点儿柴，朱买臣有时还带妻子（在《汉书》中朱妻无姓氏，到戏曲舞台上名为崔氏）一起上山背柴。由于朱买臣人去打柴，心却在书本上，所以打柴的来回路上一直不停地在高声念书，即使是身背肩挑着柴火，他也忘记了负担，照常“歌讴诗书”。与朱买臣一起“负薪”走路的妻子对此十分反感，感到这与打柴人的身份太不相称，曾屡屡对他加以劝阻，朱买臣对此不仅不加理睬，反而“愈益疾歌”。朱家夫妻之间的矛盾由此激化，崔氏正式提出与朱买臣分手。这时朱买臣还没有感到把穷营生当歌唱在妻子那里是多么不能容忍，他还满怀希望地劝慰妻子：“我命中注定五十岁才能交富贵运，今年已四十多了，再不用等太多年了。你跟我过的苦日子虽然很长，一旦等到我富贵时，一定会加倍地报答你穷苦相伴的恩情！”朱买臣这种一半是梦想一半是真诚的话并没有感动崔氏决心离异的态度，她更加愤怒于好读书而富贵梦正酣的朱买臣：“像你这号人，用不了再等几年，早就饿死在道沟里了，哪里会有什么富贵从天上掉下来？”朱买臣读书之意已决，崔氏要离异而去之意也已决，朱买臣只好由她而去了。这在当时是以朱买臣所出的一纸“休书”为了断证明。

这场婚姻的破裂，物质方面的原因是经济上的贫困，思想方面的原因是价值观上的分歧。因为朱买臣打柴路上吟唱的《春秋》《楚辞》一类，崔氏不仅不能从中得到精神慰藉，她还特别反感，看不出哪里还会有未来的什么出路，她宁可嫁一个泥水匠维持温饱，也不想随一个每天做着富贵梦的人受穷了。他们基本上是属于好打好散的。所以后来有一次朱买臣负薪经过一块墓地，虽然腹中饥饿，仍行歌不止，被正在陪丈夫上坟的前妻听到，她还特意拦住朱买臣，用带来的祭奠品好好招待他餐饮了一顿。这一饭之恩使朱买臣对她永远难忘。

朱买臣无奈休妻之后，在家乡会稽又苦读苦熬了几年，之后他去了京城长安，得到了同乡严助侍中的推荐，得到汉武帝的召见，他“说《春秋》，言《楚辞》”，很受汉武帝的赏识，立即委派他以中大夫的身份去进行一场辩论：汉武帝要东建苍海郡，北筑朔方郡，受到老成持重的御史大夫公孙弘的反对，必须有能言善辩的人物去以可行性的立论反驳公孙弘的保守观点。朱买臣在与公孙弘的论辩中，提出了十条利害之见，弄得公孙弘一条也应对不了。结果开发朔方的大计得以施行，朱买臣在朝中的地位也日益显要。

汉武帝为了加强吴越地区的稳定，也知道朱买臣是从那里出身，就委派他去任会稽郡的太守。汉武帝了解朱买臣的出身历史，也很掌握朱买臣的心理，临行前还专门与他进行了一次谈话，也为他“富贵而归故乡”高兴。朱买臣回故乡任太守，有多重轰动效应。当地官府组织民众修治道路，迎送的车乘逾百，在修道的人群中就有朱买臣的前妻与其丈夫。也许是朱买臣特别地注意辨认众中的熟人，他一下子就认出了观望人群中的前妻。他命令车队停下，把他的前妻与其丈夫一同请到一辆车上，并载进了太守官邸，不仅招待得非常好，一住就是一个月。住在官府中的前妻心中十分不是滋味：“她有对于当年目光短浅的追悔，有对于眼下受之有愧的歉疚，有对于今后不知如何是好的迷惘，此刻她从未想过与前夫复婚的任何念头。痛苦与悔恨烧灼，她没有能力再忍心地活下去了，她找来一条绳子悄悄地结束了自己的生命。”《汉书》中没有说朱买臣把前妻夫妇接到府中的下步打算，但在经济上能给以接济关照是肯定无疑的。因为他始终记着故乡打柴的年月，她欠妻子的太多了。所以崔氏死后，朱买臣出钱收葬了前妻，并给了其夫以资助，同时也对本乡对他穷困时凡供给过饮食者、有恩惠者，一律给予报答，显出了朱买臣仁德宽厚的君子风范。

上面说的事情都是出于《汉书·本传》，根本没有“马前泼水”一说。是明人编演的戏曲，才虚构了“马前泼水”惩愚妇故事，给真实的朱买臣离婚事加上了很多应俗的调料。从明人的传奇剧《烂柯山》《渔樵记》开始敷衍朱买臣的故事，之后的京剧、评剧、湘剧、秦腔、河北梆子、弋腔、二人转、滇剧、徽剧、川剧等，大体上都有与明人传奇情节相似的“马前泼水”上演。剧中的崔氏是一个十分势利眼的愚妇，她因为朱买臣家贫，天天咻咻离婚，朱买臣被逼无奈，出具休书，崔氏改嫁泥水匠张三。后来朱买臣赴京中试，委派为会稽太守；这时崔氏已为张三逐出，成为乞妇，闻听朱买臣衣锦还乡拦住马头，要求复婚；朱买臣对之十分鄙视，对崔氏说，我把一盆水泼在地上，你如果全能搂起来，你就回来做我的妻子。结果崔氏把朱买臣泼在地上的一盆水只搂回了半盆泥，崔氏被羞，失望，撞死于路上。这对比照《汉书》，可以看作是那些不第的文人在朱买臣身上实现的角色效应，是自己在夫妻关系上的一种自我维护，用虚构出来的报复惩罚“崔氏”，警诫“愚妇”，要她们都能耐得起丈夫的贫贱，否则必将有“会稽愚妇”之悔。这种发端于经验的深层心理存在，甚至连诗人李白都莫能例外。李白在天宝元年于南陵接到玄宗诏征入京的信息，在留给妻儿的告别诗中，就这样写着：“会稽愚妇轻买臣，余亦辞家西入秦。仰天大笑出门去，我辈岂是蓬蒿人！”如果李白的妻子是一个心胸不宽的人，读这诗定会引起夫妻间的轩然大波，因为妻子许氏夫人能与他一起共度贫寒，并非“会稽愚妇”之类。

如果我们了解朱买臣其人其事，看到戏曲中把他写成是那么苛毒的小人，他竟会那样杀人不见血地报复于人；走出剧场时，我们究竟能得到多少美与善的心情？甚至要问一声：“艺术，你与历史离得为什么要这样远？”

2000.7.10

看朱门细柳风斜

周汝昌

三月十三寒食日，春色遍天涯。越溪阆苑繁华地，傍禁垣，珠翠烟霞。红粉墙头，秋千影里，临水人家。

归来晚驻香车。银箭透窗纱。有时三点两点雨霁，朱门细柳风斜。沉麝不烧金鸭冷，笼月照梨花。

欧阳修的《越溪春》，在全集未必能算是出色的名作，选家也是不多顾睐的。但写北宋盛时寒食佳辰的景色气氛还是超出庸手陋笔十倍，读来令人深深领受一种美感，与常见的那些凄苦、悲伤的意绪总不相类。这大概关乎时代的背景，也关乎作者的性情。我总以为，多读欧词，可以悦生，可以治“病”——文家的“病”，其实是很多须求良医的。

这首词至少有四个好句，须当认取。

第一就是开头大方家数，明点月日节气，跟上一句“春色遍天涯”，好极了。真是大地皆春，满腔高兴！东坡曾说“一看郊原浩荡着”，那是一种无边无际的充满天地间的恢宏浩大的春，人的胸次，觉得装它不下。这感受，如何落笔写得？难。欧公所写的五个字，正是要抒此感。他用这五个字，算成功之句吗？也许你还觉得不够警动心目，然而你试换五个字，看看可以胜过原句否？未必，未必。

第二处，便是“临水人家”。

那遍满天涯的春色，从何写起呢？先写的是帝城宫禁左近的“珠翠烟霞”，此乃游人贵盛繁华景象。越溪与阆苑（仙境），皆拟喻而非实指。词人之笔，从那游赏聚集处引向另一境界，即隔墙可见盛开的春红，可见近墙高架的秋千（秋千是寒食清明可以临时架立的节令风俗），那儿，水边，有一个静静的深院——谁家？词人也不曾知晓，而赏遍春光，独于此院人家是最难忘怀的。

记得另一家也有一词，其中写道是“门外秋千，墙头红粉，深院谁家？”三句，用字，构想，何其与此相同？不知是否即从欧公“偷艺”而来？那不过小小变换，却也还是十分出色，引人入胜，令你想象追寻，觉其意味无尽，真是比画还好的神笔。

第三处，好句何在？莫认“香车”（读若“叉”），莫认“窗纱”，只看那三点两点雨过的“朱门细柳风斜”！这纯是高手白描，而却在白描中透出一派风神，绝世韵致。

门是朱漆，柳乃碧染，相互的映衬，正是芳春艳阳的标准色彩。然而色不如神——传神却在那一个“细”字，一个“斜”字。

风自流动，活泼无滞，又焉有“正”“斜”之分？是故非风之斜，实柳之态也。柳何谓“细”？难道还另有“粗柳”不成？盖柳丝之细，叶未全舒，长条拂披，愈见其纤也。

摹绘物色，不难见长，词人大抵能之；但写景物而令有风神，则非高手不办。高手又是什么？胸次不俗，笔下超然，方有神有采，有韵有味。

沉麝，香也。金鸭，炉也。芳春踏遍，归来洞房，香亦慵焚，怅然独坐——遂意乎？失意乎？回味乎？留恋乎？总难清楚。于是起视空庭，将圆之月，皎然如玉，而投光于梨花之上。梨花何似？洁白如雪也。皎月何似？皓素如银也。二者相交，大异于朱门绿柳之芳艳生发，只见它一片缟纻，无所沾附！

此何色也？或曰：无色。非也。此谓之“寂寞色”。

大凡人在十分寂寞难遣之中，最是怕见此种无色之色、寂寞之色。

欧公另有一词，其结句云：“寂寞起来牵绣幌——月明正在梨花上！”恰恰是为本篇结处作一注脚。

此一结句，便又是这首词的第四处眼目。大家风范，其美在自如，绝不描眉画鬓，搔首弄姿耳。

2000.9.4

“痰派”及其他

高洪波

清代戏曲界盛行“薛八出”，以薛平贵人生际遇贯穿了八出戏，演得火爆异常，确实不假，但如果说梨园行里全离不开薛平贵，也不确切。

笔者手头恰巧有一本董维贤著的《京剧流派》，所介绍的头一名老生程长庚，就不拿薛平贵当盘菜。书中写道：“他对演出剧目选择极严，认为不合情理，和历史上太无根据的戏，如《武家坡》《回龙鸽》等薛平贵的戏，都坚决不演。《空城计》一剧，他认为诸葛一生唯谨慎，孔明不能冒险，所以他也不演。”

程长庚被誉为“京剧开创基业的大师”，文武昆乱不挡，十门角色样样拿得起来，可他偏偏跟薛平贵过不去，较真儿，很有见地。

说起程长庚，他的逸闻颇多，据《清代轶闻》“艺术史”一章中记载，程长庚名噪京都，“大有睥睨王侯之概”。程嗜鼻烟，有一次到某王府演戏时受到王爷礼遇，延至书房闲话，王爷拿出各色名烟及烟壶使程品之，还说道：“你如果不是在我这里，绝对享受不到这么多名烟的！”程长庚一乐，第二天请王爷到自己家中聊天，“程将所蓄各种烟罗列桌上，所有烟壶，或玉或翠亦各以类分，每一类可分数种或数十种不等。五光十色，纷陈王前。”结果弄得王爷很狼狈，“惭而去”。从这一逸闻来说程长庚“睥睨王侯”似乎并不过分。

程长庚晚年主持三庆班，只要他们演出剧目一出，举国若狂，园中无立足地。但他往往不唱，虚张声势，三四次之后，人们惯了，以为他不出台，结果他偏偏拣人少的一天出场，还让观众点戏，说你们才是我的真知音，极卖力地唱了两出拿手好戏，让没到场的戏迷悔青了肠子。总之，程长庚或唱或不唱，神龙见首不见尾，大伙儿拿他也没法子。

还有一次程长庚出台了，唱的是《天水关》，一句“先帝爷在白帝城”出口，正赶上一口痰嗽在了“白”字上，仿佛是个“拍”字。第二天人们就哄传道：“大老板又出新声！”以后凡有唱《天水关》的，一律把“白帝城”唱成“拍帝城”，还沾沾自喜，说是跟程老板学的，可见当时程长庚的艺术魅力之大。

写到这里，凑到了本文“痰派”的正题。程长庚毕竟早已成为历史，他因一口痰而创的“拍帝城”新腔也不过是梨园史上的一则趣闻。从那时人们的“痰派”，想到时下流行的一些“金曲”，让人隐隐发现一些奇妙的偶合。

笔者不久前出差，在火车上听广播，里面好像正举行一场名歌手的擂台赛，最受欢迎的是一位因逃税闻名的歌星演唱的《爱得死去活来》。内中有几句绝妙好辞：“爱得痛痛快快，爱得明明白白，爱得实实在在，爱得死去活来。”歌星唱得声嘶力竭，观众的口哨声、啸叫声此起彼伏，评委一律给以十分的最高分。假如把内中的“爱”换成“笑”“睡”“吃”以及其他动作，我想也能说得通。但就是这样粗制滥造的通俗歌曲竟十分走俏，令人不能不想起一百多年前程长庚程老先生的“痰派”来。

不过程长庚当年“睥睨王侯”的傲骨及对艺术的严谨，恐怕如今早已失传了。

2000.11.13

笔之缘

胡崇炜

我出生在吉林省大安县叉干乡先锋村。大安县是吉林省的贫困县，叉干乡是大安县的贫困乡，先锋村是叉干乡的贫困村。我就是在这样一个贫困落后的环境中度过的童年时代。故土虽然贫瘠，但它给予我朴实与坚韧的性格，成为我受用终生的巨大财富。

我十三岁那年春节，当生产队长的爸爸带着他那些形形色色的公社社员，没白天没黑夜地苦干了一年，到秋天，生产队的人均日分值从一角增到了八角。这在当时算是不小的成绩。爸爸因此成了人们眼中的能人，一种极大的成功感使爸爸拿起了毛笔，为全村乡亲写春联，以此来抒发他兴奋的心情。那是我第一次看到爸爸写毛笔字，那姿势到现在仍记忆犹新。他盘腿坐在火炕上，一张小饭桌上铺着大红纸，一边写一边给我讲："笔要蘸饱，字要写圆，横要轻，竖要重。"写好一副被人拿走了，再写一副又被拿走了，写了一晚上，半个村子都贴上了爸爸写的对子。等到写我家的对联时，纸没有了，我心里十分难受，农村孩子过年就比谁家新鲜，谁家灯笼亮，看着光秃秃的门窗，我嘴噘得老高。爸爸看出我的不高兴就说："明年爸爸多给你写几条补上。"那天爸爸脸上洋溢着的笑容是我十几年中所不多见的。从那以后我就一直盼着过年，盼着爸爸拿毛笔写对子，可是由于生产队管理体制的弊病太多，爸爸越干越吃力，到后来已无力回天。家里的日子也大不如从前，爸爸再也没有那样的好心情了。看不到爸爸写字，我就开始琢磨那支笔，爸爸不在家时我拿上了那支笔，没有墨汁就蘸着钢笔水写，可怎么也写不出那种神采来，那笔在我手里怎么也不听使唤，为这我苦思冥想了许多天。后来，我就用糨糊把笔毫胶上，只有一个笔尖是软的，这次笔是听使唤了，可笔画一样粗细，有点儿像钢笔字。爸爸看我这样地热心于写毛笔字，就把那支笔送给我。后来我考到乡中学，再后来又考到县中学，这支毛笔我一直带在身边，当我学习累了的时候就写上一会儿大字，那种感觉好不惬意。

农村包产到户的前夕，家乡的生活进入了异常困难的时期。三个弟弟也都到了上中学的年龄，家里连保证吃饭都很难，如果我坚持读高中，三个弟弟就得有两个辍学。那一年国庆放假我回家，无意间听到爸妈在研究我的事，就听妈妈说："孩子读书的兴趣这么浓，不让他读书这话怎么说出口？"说完便是两声长长的叹息，随后是妈妈轻轻的抽泣。那天夜里我第一次失眠。我的学业随着假期的结束而终结了。从那以后，爸妈像欠了我的债一样，眼神总是躲着我。为了早日结束这种尴尬，在两个月后的征兵中我报了名，临行前，爸爸跑遍了全村借了二十元钱，我坚持只拿十元，爸爸说："都拿上吧，买一支好一点儿的毛笔。"那声音不大，却有很大的震撼力，那句"知子莫若父"的箴言在我的经历中第一次得到印证。参军时，我的行李中没有好吃的，也没有好用的，只有没读完的高中教材和爸爸送我的毛笔。到部队我一边自学文化课，一边自学书法，连队的墙报和板报成了我的阵地，渐渐地我成了部队的"小秀才"。记得在一次部队驻地搞拥军爱民的板报比赛中，我写的黑板报代表当地驻军部队参赛得了第一名。

爸爸送我的毛笔我用了许多年，后来它秃了，耍叉了，可我仍十分小心地保管珍藏着。经过多年的奋斗，我在书法艺术上有了一些进步，取得了一些成绩，在国家和军队都获了奖，也算有了一点儿小名气，现如今，书案边挂着近百支的毛笔可供选择，有十几元、几十元、上百元的，可我总是觉得它们没有爸爸送我的那支仅花五毛钱买的毛笔有分量、有灵性。二十多年了，爸爸送我的那支毛笔像一根船桨，撑着我人生的舟楫，驶过风浪，走过平常，奔向远方。它像我的老朋友，时刻提醒我，别忘了自己的根，别忘了我那为了儿女操劳一生如今已满头白发的爸爸妈妈。人的一生会有许多经历，但真正使你改变命运的却往往是那些并不起眼的事物，这也许就是人们常说的缘分吧。缘分无法选择，它似有几分人事又有几分天意，我们都无意间随缘就势了。转眼间，这支毛笔已伴我步入中年，它无言地记载着我的过去，还将启迪我的未来，它将与我相伴下去。

2003.5.12

血性中国

黄世俊

写下文题，双臂有些颤动，玄想，“战争”爆发了，历史影记悠悠而至：杨门女将挥戈沙场，鲁迅投笔从戎，梅兰芳蓄须罢演……然而，此刻的战争非同凡常。

往年的新绿都先绿南方，又顺着纬度北延，绿遍华夏。2003 年的新绿却被白色取代，遍地的白口罩与柳絮一同飘飞，大煞风景。过去，我对口罩没什么感觉，此刻，每见口罩心里都不舒服。口罩防 SARS 病毒的，SARS 肆虐中国以及世界，蔓延着死亡、恐慌、忧伤和悲壮的气息。消毒、隔离、围剿、抢救、牺牲之信息遍及网络天地，于此间，我的眼眸时常被泪水模糊，不仅仅我，还有妻子、同人及很多流泪者。真的，我问了些许人，他们都是坦言在看电视时流了泪。

缘何流泪?

古人云：不精不诚，不能感人；至精至诚，感天动地。记得几年前美国制导炸弹炸毁中国驻南联盟大使馆，三位同胞惨死，中国人都愤怒了，流下了哀悼的泪水。还有 1998 年那场洪灾，人民军队死守长江两个多月，看着那些累得没了模样的年轻战士，谁人不心疼，谁人不落泪? 这不是一般意义的泪水，而是血性之潮，于国人胸中喷涌滔滔，抑或民族情感与意志的表达。

此时飞泪于抗击SARS而冲锋而牺牲的白衣天使。

天使富有诗意与美感，让人联想于天堂九重天驾云飞翔的那种。天使又是爱的化身，浪漫、洁白、儒雅、善良、微笑，世人喜爱。我说不清楚白衣天使的雅号出自谁人，而救死扶伤、造福他人的内质，令人铭感五内。那天，央视介绍牺牲者英姿，称之战士，何等准确、何等高贵的冠名！选战士当然比天使的浪漫多一些刚质、勇毅和果敢。白衣战士当数豪杰壮士，胸纳海川、舍己为苍生、威武不屈，一飞冲天。

人间烟火，百态人生。请允许说真话，曾几何时，有一种东西污染过天使，吃红包等违背医德的个别现象令人痛恨。然而此刻，当一位位医生护士奋力救人，当一位位泣血倒下，当一位位后来者承继勇毅冲向前方，谁人不动情，谁人不流泪，谁人不为高尚的献身敬意？冥冥中，大写特写的红十字放大了十倍百倍、千倍万倍，燃烧着红日大光、红霞满天、红云万朵。那是白衣战士带血的誓言、热爱生命鲜活的呐喊。孔子云：“三军可夺帅也，匹夫不可夺志也。”这志就是精神，是士气，是摧不垮的长城、是压不倒的泰山，是孔子跨越两千多年献给白衣战士的赠言与感叹。还有那篇脍炙人口的《谁是最可爱的人》，赞美勇斗邪恶顽敌的战士，弘扬锲而不舍、坚韧不拔、九死不悔的民族气节，至今仍荡气回肠。此刻，“可爱”的字眼儿浮现心田，仍那么鲜活如初，那么亲切，那么感人。可爱的医务工作者，你们是智能时代最伟大的战士、最可爱的人。你们不惧险风浊流，在救生与牺牲中浑然忘我，把生的希望毫无保留地给了别人，让千千万万的人站着，站着，站着！站着是一种活法，是一种光彩。你们中间，无论倒下的还是搏斗着的，都是站立者，都是光彩者，你们身后还有更雄阔的站立，更耀眼的光彩——中华民族不朽的昂扬。自鸦片战争的侵略病毒淫威中国，饱受屈辱、苦难的国人知耻而后勇，持正义和真理与邪恶和贫穷抗争，烽烟起处，喋血狂歌，求生的中国永远求生，站着的中国永远站着。这千古墓志铭亦为千古咏叹。

写到这儿，窗外传来社区老大姐的叫喊声，提示居民要消毒，要珍惜生命。由此想及空港、车站、道口的安检者，校园的献血者，深入隔离区的记者……太多太多的奔忙都为了谁？毋庸赘言了吧。真的，每在电视里看到他们，都有亲切感，眼窝发热，觉得患难之际人的善良、友爱与互助有多么美好，它所凝结的民族情感、民族美德多么珍贵。人贵在反思，或考问灵魂。人生一世，草木一秋，都有所求，义勇奉献的白衣战士以及爱心者彪炳着灵魂崇高，为最佳明鉴值得大书特书。而那些追求功利、贪图享受者当脸红。尤其于此时造假消毒水、假口罩的拙劣者，良知何在？他人幸福何在？人类原来也有 SARS，真的十恶不赦，必务除而后快。

温馨的初夏来临，白色的春天渐渐淡去，淡去于广州街头的鲜花、北京街头的红色中国结之中。还有亿万颗心编织的红色千纸鹤，乘风驾云，鸣唱着永恒的礼赞：

血性中国，你是豪放诗章、激越交响、壮阔莽原、华贵天骄。

血性中国，我的生命之根、爱恋之源、奋勇之箭，纵然有千种万种磨难与险阻，纵然有千百倍的牺牲，我都与你梦魂萦绕，相依相伴……

2003.5.19

这雨，是星夜从江南赶来的

白小易

初识盛光荣老师，缘于我的一篇小说——《无题》。题目是盛老师改的。原来的题目比较“生猛”，我已经不愿意再提了。这篇小说发表在《芒种》1981年12月号，是我面世的第一篇小说。之后不久，我在芒种编辑部召开的一次业余作者座谈会上见到了盛老师。现在回头去想，当年的盛老师年纪并不算老，但第一印象，便觉得盛老师是一位慈祥的老人。初次见面，盛老师并不说什么客套话，却实实在在把我领到院子里，指给我看他家的窗户。“以后写了稿子，可以到家里来找我。”老人家好像这么说的。

那时我正是个学中文的大学生，一天到晚傻乎乎地老想找人谈文学。结识了这样一位德高望重的老编辑，自然不会放过。加上那时精力旺盛，隔三岔五便拿了“新作”去造访。最初我是准备抡圆了好好侃一侃的，可盛老师看了我的稿子，总是以最简洁的方式说：“留下吧。”或者：“先拿回去，再看一下。”一开始难免有些不尽兴之感，看看盛老师，感觉他一定了然于胸，可怎么不说呢？毕业后不久，在盛老师的举荐下，我也调到芒种杂志社当编辑。许多作者拿着稿子来找我谈了。我自然兴致勃勃地善待着这个“抡圆了”的机会，不是让人家面红耳赤，就是叫人家灰头土脸……但这只是很短一段时间之内的情形。不知不觉的，有一天我突然发现，自己处理稿件已经很像盛老师了——对任何稿件的发落，似乎只剩下“发”或“不发”两个意见之一了。“什么？让我评价一下您的作品？对不起……”不过这种回答方式是我的，而不是盛老师的。我学的总是皮毛，并且在应用中会发生可怕的“变异”——直接的后果就是，下次人家再想送稿子来的时候，不知怎么平添了些心理障碍。回想当初我给盛老师送稿子，可是越送越自然的呀！差哪儿了呢？

可惜我当编辑之后盛老师很快就离休了。那些学得“囫囵半片”的东西，大多停留在了“皮毛”状态。此时盛老师身体尚好，编辑部的许多活动还能参加，但老人对文学的热情似乎在渐渐消退。我仍然时不时地到他家里小坐，也曾向他约稿，请他以自己的坎坷经历写一些故事。老人家笑而不答，分明早已参透了小说为何物。其实我心里是非常渴望读到盛老师的作品的，我也有心苦劝盛老师动笔。文坛上风行“忘年交”这个说法，但我一直以为“忘年”是长辈的事，晚辈是不可随便忘年的。盛老师不写，自有不写的道理，我岂敢以“忘年”之名胡言乱语，搅扰老师的心境？这期间，印象较深的，是一日盛老师跟我谈起各种方便面的特点。老人家对诸多品牌方便面的配料包装皆有评价。我听得津津有味，一面暗想：盛老师感知如此细腻，而且并非不善言，为何谈起文学倒每每三缄其口呢？莫非我等所弄之文学，与他老人家心中的文学相去太远了？而老人家心中的文学，又该是怎样一种气象？

几年之前，我要竞聘《芒种》的常务副主编。此等“大事”，自然要去请教恩师。听毕我的一番慷慨陈词，盛老师依然默默无言。当时的氛围，不像在身处闹市的老师家的斗室，倒像是在空山古刹的高僧禅房。我不由得心急，干脆直问老师我的方略能否救《芒种》于水火。我的“逼迫”终于使老师无声的笑容变成了有形的笑声。老师的笑带着一种悲天悯人的含义。而那是我在竞聘得逞之后才能理解，并在此后不断深化的。

也就在这个时候，盛老师不幸患上了脑血栓症，后来更发展为脑溢血。数次入院抢救治疗。当时我刚刚建立起一个文学杂志负责人的“生活方式”，已经可以在债主的包围下，“从容”地从一大堆烂稿子里继续找下个月的头题稿。但一听到盛老师发病，我会立刻跳起来，四处筹款治病。我在担任杂志社负责人那“不堪回首”的四年里，只为一件事张口借过钱，那就是为包括盛老师在内的老干部、老编辑治病救命。盛老师身为离休干部，犯病之时却先要考虑替单位省钱。按待遇他老人家可以住干部病房，可他只住普通病房。而且每次病情稍有缓解，便立刻出院回家……单位的员工既感动又心酸，许多人都说过这样的话：给盛老师治病，我们宁可不发工资……

送盛老师走的那天，很久没有下雨的沈阳飘着江南式的细雨。天空中的气息，应该是盛老师从小就很熟悉的。江南是盛老师的故乡，也是二十年“右派”生涯的流放地。记得盛老师说过，离休以后还要回到江南去，不知为什么没能实现。这雨，该不是从他的家乡星夜赶来的吧？

伫立在雨中，我默默回想着盛老师的音容笑貌。这是一个有口皆碑的好人。他的美德令我们景仰，也足以让许多人汗颜。这是一个才华横溢的文人。他的才华全融化在别人的文章里了。自己却并无著作传世。这也是我一直扼腕叹息，甚至耿耿于怀的事实。除却甘为他人做嫁衣的职业道德之外，这里边当然还有其他因素。1957年，还不到三十岁的他就被错划成“右派”，从此打入“另册”，度过长达二十年的漫漫长夜。可以想象，这样的生活，对盛老师的心灵会是怎样的一种摧残。如果换了我，可能连活下来都很难，更别提写什么文章了。

我在竞聘刚刚结束时曾再次去盛老师家登门求教。我想要把《芒种》办成一本“在市场上卖得出去”的杂志，请老师出些点子。老师沉吟良久，说道：“我看还是应该以现实主义为主。”对于经历过“文化大革命”的人来说，还都记得“现实主义”这个概念的特定含义，我已经无须说它，它是绝对排斥市场观念的。后来的现实证明，我还是输给了“现实主义”。盛老师住院的时候，我在去借钱的路上还在想“现实主义”……对于我当时的角色来说，其实没什么比掏钱治病救命更“现实主义”的东西了。

谁都不能摆脱“时代的烙印”，那疤痕上有曾经的伤痛和岁月的苍凉。

从某种角度说，这更增添了一种悲剧性的大美。一个怀有信念的人总是坚强的，更是幸福的。这么想着，心里有了些慰藉。

老来心事，归平淡，忘我忘机忘物。煮鹤焚琴，俱往矣，曾记十年面壁。夜坐听风，昼眠听雨，如履冰和雪。盈虚消长，江山代有人杰。

荡漾煦煦南风，欣哉大地。花木葱茏发。骤雨方晴，斜照里，一抹彩虹明灭。心与竹闲，貌同松瘦，何惜青青发。风云变幻，胸中自有明月。

这是盛老师作于1992年的《念奴娇·书怀》，是盛老师留给我们的最后一件作品。

2003.6.9

啊，我的“小玛德兰点心”

刘　铁

1960 年 4 月，甘肃酒泉境内一个叫夹边沟的劳改农场中，9 名右派利用装运土豆的机会，“将一麻袋 160 斤土豆煮熟后统统吃光。个个吃得不能立也不能坐，一弯腰嗓眼儿里就冒土豆，可还伸着脖子瞪着眼用力往下咽。一吴姓右派当场活活胀死。兰州中医院的右派高吉义也上吐下泻。结果，照看他的右派工程师牛天德竟然将他的呕吐物和排泄物收集起来，在其中仔细挑拣土豆疙瘩吃！”

这是我见过的控诉饥饿的最骇人文字。它出自杨显惠的《夹边沟记事》一书。此前我听说过，“三年自然灾害”时期，乞丐潜入联营公司偷吃饼干胀死。学俄文时，也见过回忆斯大林格勒保卫战中，苏联军民吃老鼠甚至极有可能吃了人肉的文字。但它们所记录的人类抵御饥饿的能力极限，被夹边沟的右派们给打破了。

正是这不忍卒读的“记录”，勾起了我对饥饿的记忆。

50 年代末，刚上小学的我，有段时间，午后最愿做的事，是早早到街道幼儿园的门口接妹妹。与其说是接她，不如说是接她每天都拎在手里的手绢包。与其说是接那方手绢，不如说是恭候那里包着的一块面食，或是“千层饼”，或是“大饼干”。后者今天在一些“大城市”还有售，黑面做成，沾着干面。但我买了几十年，再没买到上面带有黑绿色毛就那样上屉蒸过的“大饼干”！

直到今天我都没问过她：那时，只有5岁的妹妹，是真的吃不了，还是故意剩一丫儿，给不享受“最低保障”的7岁的哥哥？

60年代初，过年能蒸豆包了。无论外面怎样热闹，我都心无旁骛，在昏暗的厨房里，热情地帮妈妈捣豆馅。趁她不注意，我可以将羹匙上的残余送进嘴里。最激动人心的时刻，是妈妈说：“不要了！”我立马调动起全部味觉，一丝不苟地舔净那套锅碗瓢盆。那上面有层并非有意留给我的豆沙，它可似今日“肯德基”青年指上的番茄酱？我在乎的不是豆馅，而是馅里淡淡的糖！

1972年初冬的一夜，是这样度过的：我与7个车老板，跟着7辆装满公粮的大车，跑了50多里路，天亮前跑到了县粮库门前。如果坐在车上，就会冻死。如果不早点儿排上号，就要花大伙儿的钱在县城住一宿。

记不得把谁留下看车了，只记得我作为“掌包的”，带着七八个饿汉扑进粮库旁边的饭店，守着一盆清汤寡水的白菜炖豆腐，吃掉了服务员端上来的两屉白面馒头。那笼屉足有十人台的桌面大，那馒头绝对赶得上“问题奶粉”造出的大头娃娃的头大。说来惭愧，我只吃了8个！

据说，法国作家普鲁斯特的意识流小说《追忆逝水年华》还是上海滩“性工作者”囊中必备的道具。但我相信，即使在文化圈里，也没几个中国人能将它读完。不过，小说开篇有关“小玛德兰点心”的文字，众所周知：

“母亲让人端上一块叫作小玛德兰的、圆鼓鼓的小点心……我机械地舀了一勺茶，里面有泡着的点心，一起送到唇边。当这口带着点心屑的茶一碰到我的上颚，我便猛然一惊，注意到一种美妙的快感侵袭了我，使我对人生的沧桑感到淡漠，对人生的挫折泰然处之，将生命的短暂看作过眼云烟……”

这位饱食终日的贵族由一块点心引发的记忆，弥漫出一块足以覆盖法兰西历史的天鹅绒，解决了温饱的人们，今天当然可以躺在上面，让意识尽情伸腰。而我更钟情于平民由排泄的土豆、带毛的饼干、微薄的豆沙及硕大但难得一见的馒头铸就的黑铁般记忆。因为，它凝固着生命在生存底线的挣扎中完成的狂欢。

物质的有无与多寡，就这样在人类的胃上镌刻着不同的铭文。

在我看来，饥饿感是很重要的一种幸福感。没有它作底色的温饱，是缺乏质感的温饱，如同没有痛苦的欢乐是平面的欢乐，没有黑暗的光明不是立体的光明。

感谢命运赐予我及我的同时代人这道苦涩的“点心”！

你们没有啊，青年人！

2004.11.10

时光的真传

李松涛

真的不是胡说，我的确想过当皇帝。

其时，我在抚顺矿区读小学，暑假来沈阳游览故宫。带队的老师在车上介绍说：沈阳故宫是目前中国仅存的、保存完好的两座古代宫殿建筑群之一，具有极高的历史、艺术价值；并以独具满族风格的古代建筑群和丰富的清代皇宫珍藏而享誉海内外。那时，对这一切都懵懵懂懂，也没什么兴趣，只是好奇，想看看皇帝待过的地场和努尔哈赤使用过的宝剑和盔甲。

进得故宫，两眼便不够使了。前院正中的崇政殿俗称“金銮殿”，整座大殿全是木结构，五间九檩硬山式，辟有隔扇门，前后出廊，围以石雕的栏杆。殿身的廊柱是方形的，顶盖黄琉璃瓦镶绿剪边；殿柱是圆形的，两柱间用一条雕刻的整龙连接，龙头探出檐外，龙尾直入殿中，实用与装饰完美地结合为一体，增加了殿宇的帝王气魄。此殿是清太宗日常临朝处理要务的地方，公元1636年，后金改国号为大清的大典就在此举行。崇政殿北首的凤凰楼，是当时盛京城内最高的建筑物。一入这皇帝的内宅，惊讶地发现皇家的院子很大，房子很多。细想便也不再奇怪，皇帝的媳妇多嘛！联想到小人书上的知识，皇帝贵为天子，必须配备三宫六院、七十二嫔妃，此外还有名目繁杂的侍寝佳丽。我猜想，一个男人由众多女人簇拥着，一定非常幸福。

一米高的顽童开始意识到人分男女之时，正是不知天高地厚的多幻多梦之际。记得我从沈阳归来不时暗生浮想，觉得当皇帝是件挺不错的事情。这倒并非我自小就有什么安邦治国的雄心壮志，最主要的动因是羡慕人家老婆多；其次还有一条：上班近。40年前，我身边的生活中，夫妻婚后分居两地、相隔千里，十几年甚至几十年不得团聚乃是常见之事。如果说凤凰楼是皇帝的家，那崇政殿就是皇帝的工作单位，就在隔壁嘛，用老百姓的说法叫“一胯子远”，无须跋山涉水鞍马劳顿，下班就回家，伸手就够着老婆孩子了，更何况老婆还不止一个，而且个个漂亮得让凡人不敢窥视。

遥想皇太极退朝后，酒足饭饱，捉空尽享天伦之乐，趁大好月色，携一群仪态万方的女人及叽叽喳喳的龙子龙孙，登上凤凰楼观景。置身于盛京的至高点上，四塔、八关、万家灯火皆在他的注目中了，凝神间，山海关内的三山五岳、黄河长江也隐约在他的阔视里了。皇太极那刻软质的千般柔情，顿又化作了入主中原的万般豪兴。下得楼来，一边运筹帷幄扩展势力范围，一边搂着美女孕育下届小皇帝……

我随着年岁的增长，亦多少悟些世事史事，知道了皇帝是影响甚至决定史书写法的人物，一个人要对一个民族的兴衰荣辱负责，这担子太重，我的肩膀自然挑不起，从此便知趣地息了登基坐殿的念头。当皇帝其实真是不易，呕心沥血日理万机，弄不好还落个“昏君”的骂名。我们不妨逆时针从后往前数，看看所谓万民之主的狼狈相。清朝的最后一个皇帝让人从宫里撵出，颠沛流离后做了囚徒；明朝的最后一个皇帝绞尽脑汁力撑危局，到头来把自己恓恓惶惶挂到了一棵歪脖老榆上。据说崇祯帝相当敬业，可轮到你倒霉，不管你多么勤政廉政，都是注定了的悲剧角色。如此说来，当皇帝确是个很累的差事，而那些数也数不清的老婆会让他下班后更累。从这个意义上说，还是一夫一妻制比较体谅人。

孩提时，非但不懂宫闱玄机，也不解风情。时逢枯夜无眠，忆及当初的妄念，我听到了自己对自己的嘘声。如今，我已逾半百，在我这般年纪，统一华夏的秦始皇王位加帝位已经执政 37 年，汉武帝已经执政 54 年了，康熙已经执政 61 年了……倘无家传，我还有戏吗？武则天倒是熬到了 67 岁才即位，可我这性别又不对。我这辈子皇帝是当不成了，老实说现在请我当我也不当了，因为我太了解自己了，没有雄才大略，不能旋转乾坤，只会被篡权、被瓦解、被颠覆，被别人改朝换代，不祸国殃民也要误国误民，岂不等于把自己这一百多斤骨肉架到火上烤、扔进锅里炒？感谢岁月赐予我春秋牌清醒剂。虽然，我对“后宫”依旧怀有兴致，却也不敢往深里想了，那地方的花花草草管得严看得紧，如果你的性别是男人而身份不是皇帝，阉割之前就别想混进去，可真若“净”了“身”你还混进去干什么？

甲申腊月的一天，我重访沈阳故宫，奇冷，踏冰踏雪又登凤凰楼，环顾那空空荡荡的皇宅，不免又替古人担忧，当年那一大家子男女老少是如何打发关东漫长冬季的，滴水成冰，靠雄心取暖吗？靠霸业生温吗？总之，这昂立高台的凤凰楼，见证了清王朝生机蓬勃的发育期。从这楼门中抖擞而出飞身上马的人，在历史上留下了纵横驰骋、大展宏图的矫健姿影。

沈阳的故宫，是满族人自己建造的；北京的故宫，则是从别人手里抢过来的。护城河环绕的紫禁城，由于更大更久更辉煌，也就更阴更黑更腐败，里边演绎了许多怪诞剧。我曾经为一部反映明朝末年的古装戏写插曲，剧情浸透了某种戏说意味，我于是这么概括了那座森严中耀眼的皇宫——

金黄的房，血红的墙，
圈起一个大院当戏场。
笑它唱腔跑了调，
乐它造屋没横梁。
皇宫的天井遮日月，
百官的脚下不长粮。
昏君是爹，奸臣是娘，
合生一个孩子叫荒唐。
惊它香的下大狱，

怒它臭的坐大堂。
御花园冬夏开谎花，
金銮殿来去走虎狼。
岁月的汁，麻辣的汤，
端给千百年后众口尝。
高矮胖瘦不由人，
正邪忠奸自张扬。
人心做秤量是非，
时光当尺论短长。

沧海桑田40载，我两登凤凰楼，登出了两种完全不同的心境。时间果然是循循善诱的好老师，它让我晓得了帝王有帝王的悲哀，平民有平民的精彩。我相信，红尘中多数人都曾有过稍纵即逝的“皇帝梦”，那缘于因卑微而渴求尊贵、因缺憾而向往完美的心理。而多数人也最终都同我一样，能够面对现实，过自己皇宫外安分守己的日子。

——自忖，这也算得了时光的真传！

2005.4.27

会思考的蒲公英

康启昌

我没听说哪一株乔木会写书，没看见哪一丛灌木会思考，但我听帕斯卡尔说过“人是一根会思想的苇草”，还听米兰·昆德拉说，人一思考，上帝就发笑。我还可以告诉大家，我见过一株生长在荒原上的蒲公英，会思考。

20世纪70年代初，彭定安“与原单位脱钩”，一家四口，被抛掷在只有12户人家的贫困山村，插队落户。莽莽荒原，浩浩乎空旷无垠。“生命的泥委弃在地面上，不生乔木，只生野草。”离离原上草，野火烧不尽；柔弱的蒲公英默默地艰难地繁衍生息。整整10年，离开时两个儿子的个头儿已超过父亲的肩膀。拨乱反正，虎放深山，龙归大海。他以访问学者的身份在美国哈佛大学、加州伯克利大学、斯坦福大学，德国的慕尼黑大学、波恩大学等高等学府访问、讲学、开会。住在教授宾馆，住在教授朋友的私邸，住在诺贝尔文学奖获得者生前的乡村写作别墅里。异国他乡，竟也遇见了这些顽强的小生灵。他写文章歌颂它——蒲公英，说它挺过了杀草剂的杀戮；说它经历了车轧人踩的炼狱；说它只要沾一丝泥土就能生根开花；说它白色的绒毛球似的种子，在风中不倦地飞翔，传递生命。

我这里描述的这一株蒲公英尤为特例，我不仅赞它生命的坚韧，赞它大难不死，绝处逢生；我还要赞它敏于思考，说它就是帕斯卡尔意念里那根会思想的苇草。在人迹罕至的丁家沟，他曾仰望头顶的星空思考着康德心中的道德律；在灯火阑珊的慕尼黑，他曾闭目冥想，遗憾于费尔巴哈的思想停滞在没有论敌的滩涂。思想家的思想，是不可以孤立发展的，没有惠子，谁来成就庄子！海德格尔在二战后，孤居山上的林中小木屋，隔些日子必须“下山”“入世”，为的是自己深邃的哲思得到印证，不为功利。彭定安就这样，在对东西方文化的审美求索中，实现一种总体的精神超越。就这样，他用诗人的情怀哲人的思辨，思考文化，也被文化思考。他思考个体，也思考全局，思考中国人的人生人性人文，也思考全人类的文化共性。凭着一双洞察善恶、明辨是非美丑的眼眸，他探摸时代脉搏，直达社会的心脏。他一鼓作气写出来数以百万计的科学文化论著：《彭定安文集》一、二、三、四、五……

国门开放，天马行空，彭定安大鹏展翅的时候，已经年过半百，昨日少年今日老。时间流逝的迅疾，令他惊心动魄。鬓角的银丝悄然预警，时不我待！老牛自知夕阳晚，手倦抛书午梦凉，也许每个人都有自己注定的生命轨迹。他出生在花柳繁茂的江南，竟然扎根在草木荒疏的塞北。戎马倥偬的记者生涯，竟然在他沸腾的热血里熔铸了冷静的甚至是很不时尚的多向思维。敖汉旗荒原上的那一星微绿，之所以珍贵，就是因为它是彭定安思考人生人性人文的重要里程，透过这一点微绿的非物质的薄膜，他在审美体验中实现凤凰涅槃。

大器晚成，功成名就。辽宁省社会科学院为彭定安举行“纪念彭定安学术活动40年”的300人大会的时候，彭老已经年届古稀。他可以解甲归田，可以安享晚年。他更可以驱车江南寻觅童年故乡的帆影，重温“鄱阳湖尾水如天”的美梦……然而性格即命运，梦未竟，歌未央，情未了，他不能告老还乡，不能倚窗望月，闲看云卷云舒！他从6岁入私塾接受孔孟启蒙，12岁入教会学堂接近西方文化，一辈子，没有离开过书山文海。读书，写书不是他养家糊口的手艺，而是他毕生不能须臾离弃的事业。对他而言，离开辽宁社会科学院的领导岗位，恰好是他文学创作与学术研究新航程的新起点。他无须过渡，无须调整，打开电脑，热血依然沸腾，激情照样澎湃。他先把酝酿半生构思半年的带有自传性质的长篇小说160万字的《离离原上草》一挥而就（该书由万卷出版公司出版，获2006年辽宁曹雪芹长篇小说奖），转身又去编纂那些关于全省文化的大部头。不是他入世太深，实在是命中注定。大家担心他辛苦，怕他劳累，岂知他乐此不疲。然而唐僧的八十一难，他一难也不能躲过。正当他人欢马叫，进军新的文化堡垒，夜以继日的时候，他发现他那同甘共苦相濡以沫的妻子，记忆丧失，脑体萎缩。她的日思夜想的二儿子从美国回来探亲，她却不知他是谁家后生。除了彭定安，所有的熟人，一律视为陌生。但是她仍然能够认识一些英语单词；还能给保姆朗读《离离原上草》，并说："这里写的大学，就是我读书的学校。"她的丈夫，可以请保姆照料，她自身的饮食起居却必须由丈夫亲自照管。天翻地覆，乾坤倒转，一向被妻子全方位呵护的彭老，现在必须全方位呵护他的病妻。更不幸者，白发人送黑发人。2008年，彭老的长子彭延，正值事业火红如日中天之际，竟突发绝症命丧黄泉。噩耗传来，八旬老翁，再也无法自持，望一眼不谙世事的妻子，他五内俱焚。刚强的蒲公英，难当山崩地裂的天灾。儿子是他的骄傲，泪水打湿了他的骄傲。儿子是他的精神支柱，悲痛，摧毁了他的依托。窗外雪花向他心中撒盐，迷失的心灵，不知向何处为儿子招魂。

接着的是2011年，妻子的混沌世界彻底关闭，与他长辞，溘然长逝。风雨泥泞的路上，彭老又一次重重地摔倒了，他还能爬起来吗？蓦然抬头，一激灵，他又站起来了。往日写作，妻子红袖添香。彭老著作中的大量外文注释与翻译都是妻子一句一词仔细推敲校对的。如今他茕茕孑立，孤灯高悬，形影相吊，怎能不黯然神伤！

2014年，又见白雪飘飞的日子，我得知他的书讯—— 一部30万字的科学论著——《传统/现代：社会与文化转型论》，又在年尾的寒风苦雨中悄悄完成了。缜密严峻的思考都是中国人亟待解决、世界上还在探讨的问题：思考“当代人类文化新走向”“当代人类文化发展十大趋势”“论中华文化从传统向现代的转换”“中国当代社会的变迁与文化整合”……彭老，我们佩服你，你真棒！我们向你祝贺，向你致敬！

2015.3.20

我们这个时代的古音

孙　郁

中国的北方百姓，大概没有不知道单田芳的。他的奇特的声音像远古传来的天地之语，延续了古老的调式。语言普通得不能再普通，却有书本间少见的味道。里巷中最为浑厚、真挚的情思融于词语之间，唤出我们诸多美妙的感觉。这是只有听戏的时候才有的滋味，也如夏日饮到冰凉的山泉，泥土里的清甜久而不能散去。

二十余年前，我第一次听到单田芳的演播，被其声音所吸引。那韵致浑厚而苍润淋漓，出奇之处多多。听他的评书，才知晓民间艺术的好处，觉得谈吐里有我们文明里久久不变的东西。评书，乃民间流传的艺术，多普通百姓的表达，通俗易晓，却有真意，它长久不衰的背后，有我们文化的密码。旧的时代的读书人曾不太关注它们，与之隔膜不语。但后来士大夫者流参与到平话的写作，则受益于民俗之趣，遂使文学得以进化。说书者之功，不可小视。

评书这种形式形成于何时，有不同的解释。一般认为古代的话本带着说书的痕迹。文学史里的宋元话本，我们多已经不能见到了，说书艺人的神态，也难以揣摩。我小的时候在辽南常常见到各类说书艺人，他们所讲所说，都是民国以来的版本，大概就有古时的遗风。自从有了单田芳、袁阔成、刘兰芳等标志性的人物，把说书艺术推向了很高的高度，我们差不多可以由此推及古人，千百年间行走于街市里的艺人的神采，于此可以想见一二。

在众多评书表演艺术家里，单田芳的特色鲜明，他有学问，却偏不用文人腔；在大众的语言里浸泡，以活的词语指点江山，殊见功底。声音里有千军万马，百样人生。故事婉转惊险，又寻常可亲，阅尽人间苦乐。而谈吐间从容不迫，道尽黎民的哲学。这样的表演，有小说家的智慧，也见民间叙旧的温情，说起来颇为有趣。

敦煌文献里的变文，就有许多民间口语的艺术，那可以见到底层百姓的恩恩怨怨。后来宋元的话本，江湖里的故事增多，叙述、记人、感世，都非士大夫语。《错斩崔宁》写民间的传说，直截了当，又多意外之笔。而摹人揣事，单刀直入，把世相几语点破。这种手法，在单田芳那里延续下来，且多有创造，说他是古代说书艺人的活化石，真的有些道理。

中国传统文化里，有皇权的话语，士大夫的话语，这是被史书记载最多的存在。但广大的世间，流动的是民间的话语，这都在评书里得以寄存。从敦煌文献到宋元平话，再到明清小说，市井里的声音与色彩都有别致的体现。我们阅之而颇感有趣，看到了真的人生。平话与评书的特点是以大众口吻叙述古往今来之事，一是白描之真切，二是心理变化的陈述细微，三是场景转化灵活，于是江山万里在片刻间立显，凡夫之影于声音中款款而来。后来的小说家继承了这些，又向着士大夫的路径走，但精彩的部分，不脱平话之迹，说起来亦可琢磨再三。

单田芳的评书，通俗而不庸俗，广博而不浅薄，有时苍凉、悲苦，但善意绵绵，如日光流泻，有大爱的喷吐。他在《隋唐演义》《大明演义》《封神演义》《太平天国》诸书里，评点历史，无史家的正襟危坐气，亦别于小说家的刻意雕琢。而是从百姓立场，说出世间隐秘，爱恨之间，泪里含思，笑中带怨。不仅有缕缕古风，亦带谣俗之味，以及历代的经验之趣。这些都非旧的说书人所有，他在一个走向现代社会的今天，把握了一种艺术的气脉，那个已经消失的文化之光，于此又闪动起来。

使评书深入人心的原因，自然有语言问题。单田芳、刘兰芳、袁阔成都使用东北的方言。他们活化了这些方言。我觉得东北口语较之中原的方言，更有原始之气，直接而多致，朗然而诙谐。单田芳又加上那苍凉的音色，把声音艺术的美，引向高地。这是许多文人追而不得的境界，单先生平淡间得之，我们只能叹为观止。

单田芳懂得旧艺人的技法，又受过新学的教育。他能够把大众趣味和正史、野史里的东西杂糅起来，形成故事的套路。我觉得他最为迷人的是对日常生活的描绘，用的是白描的手法，将神态、性格、内心直观地勾勒出来。叙述中平淡者有之，曲折的有之，兵法之语后有儒家的气韵。他对百姓的思维颇为了解，日常衣食住行的片段能立体地呈现出来。以今人之思揣摩古人，遂有了现场之感。这是原态的表达，评书如果没有这些，不易被人所爱。

民国初年，北京的知识分子曾有一股热情，就是搜集整理民间文艺。那时候人们意识到，士大夫话语之外的民间话语的价值。后来的一些文人注重民间性的因素，写出诸多好的作品。老舍、李劼人、汪曾祺，均于市井里得到趣味，文字的内在性因素丰富了许多。老舍亲自写快板、相声和鼓词，其实是看到了曲艺里的美质。但这些不过是文人的尝试，他们的本质毕竟还是士大夫遗绪的一种。单田芳本来读过大学，是受过良好教育的人，他没有走文人的路，而是退居民间，在里巷、田头间舌耕历史，讲西周风雨，谈三国乱世，言宋末忠恨，让人想起柳敬亭说书的情景，真真是自成调式，独行江湖。一个人选择了民间之路，在那时候是大不容易的。

我以为，单田芳是我们这个时代古音的传播者。他弹奏的曲调已绝迹于世间久矣。今天的读书人著述多带有腔调，言他人之言，自己的率性表达抑制到思维之外。我有时候从胡同间走过，听到树下老人的收音机传来的单先生的声音，便仿佛走在历史的深处，似乎自己也成了那个时代的一员。我们都在历史的进程里，却不知道还行在老的路途。单先生告诉我们，昨天的事情今天亦来，今天的风雨昨日有过，唐宋悲音未曾终止，明清之物还活在当下。这样的时候，我们真的如沐春风，似得甘泉，爽身之余，终于可以找到阅世的快慰。

2015.5.15

他带我们回望丰富的贝多芬

吴　玫

怒发冲冠、一脸愤懑以及那句“扼住命运的咽喉”，让我们特别是不那么沉醉于古典音乐的我们，对贝多芬产生了错觉：这是一个愤世嫉俗的德国作曲家。这种错觉，让我开始喜欢上古典音乐后很长一段时间内，愚蠢地自以为是地绕着贝多芬走，实在为贝多芬盛名所震慑时，也就听听他的《田园交响曲》《小提琴协奏曲》，以致会固执地认为，贝多芬是一位线条单一的作曲家，亦即是一位如狮子般发出怒吼的作曲家。

贝多芬当然不是我举着偏光镜看到的样子，这样的觉悟，来自始于2015年5月22日、持续到6月7日的7场音乐会——“格哈德·奥皮茨贝多芬钢琴奏鸣曲全集”。

格哈德·奥皮茨是谁？去年年底这7场音乐会开始售票的时候，我跟大家有同样的问题。为了完成自己2015年的一个音乐愿望——在现场听一次贝多芬钢琴奏鸣曲全集，我毫不犹豫地买下了套票，并在5月22日这一天恭敬地坐在上海交响乐团的正厅里忐忑地等待格哈德·奥皮茨奏响贝多芬钢琴奏鸣曲的第一个音符。

年过花甲的格哈德·奥皮茨不似我们印象中的德国人那么高大，五短身材的他，一身黑色演出服加身后，显得有一点儿臃肿，他慢慢走向钢琴的步履，让我放松姿态靠进座席：可能要失望了。事实是，钢琴家的杰出不依赖颜值和动作的幅度，这位安静得从始至终没有说过一句话的钢琴家，用其深厚的功底和对贝多芬作品细致入微的研读，向我们一点一点地还原着全方位的贝多芬。

于是，我们通过贝多芬的第四钢琴奏鸣曲作品第 7 号，听到了流露着蓬勃朝气与洋溢着年轻人快乐心境的贝多芬；通过第十一钢琴奏鸣曲作品第 22 的第二乐章，听到了有着阳光的温度阳光的味道阳光的炫目七彩的贝多芬；通过第八钢琴奏鸣曲作品第 13 号，也就是在坊间流布很广的《悲怆》，听到了柔情似水的贝多芬；通过第十八钢琴奏鸣曲作品 31 之 3，听到了胸臆开阔、明朗、光辉、阔达的贝多芬；通过第三十钢琴奏鸣曲作品 109 和第三十一钢琴奏鸣曲作品第 110 这两部贝多芬的晚期作品，我们听到了如北欧雪峰般险峻又峭拔的贝多芬……

自打我开始走进音乐厅聆听古典音乐起，与德国著名交响乐团欢聚的机会不少，柏林爱乐、莱比锡格万特豪斯管弦乐团、德累斯顿国立交响乐团……而近距离地感受德国演奏家高超的演奏水平的场次，更是多得一时难以一一列举。可是，像这一次如格哈德·奥皮茨这样用呈现贝多芬钢琴奏鸣曲全集的方式纠偏像我这样的乐迷对贝多芬的误读，还是第一次。难道，德国人不知道乐圣贝多芬正被远在中国的一些乐迷扁平化地理解着吗？恐怕不是。德国人在古典音乐上的自信，让他们更愿意用时间来帮助我们慢慢地领悟一个全面的贝多芬。

不是吗？钢琴家格哈德·奥皮茨，是一个在欧洲音乐界非常响亮的名字，随手抄一段乐评家对格哈德·奥皮茨的评价吧：“与他的老师肯普夫所不同的是，更加侧重内秀的奥皮茨对观众的影响很容易呈现出两极化的反应，看出门道的人会对他的宗师级演绎膜拜之至，但与席夫这样类型的钢琴家相比，他的感染力显然不够那么‘通俗’。他的演奏无疑是人们常提及的德奥风格的最佳范本。”这样一位杰出的钢琴家一口气要在上海开 7 场音乐会，还不应该在媒体掀起宣传的热潮？可是，直到第 7 场音乐会都降下了帷幕，各类媒体上都难以见到格哈德·奥皮茨的名字。

相对于甚嚣尘上的虚名，格哈德·奥皮茨更愿意用超凡的技艺和深厚的艺术修养，来赢得对他一无所知的中国乐迷——真是典型的德国风格。

随着时间的流逝，2015 年的“格哈德·奥皮茨贝多芬钢琴奏鸣曲全集”会成为往事，但我会永远记得，在这一年的初夏，格哈德·奥皮茨用感性而又理智的独特诠释，带领我们回望了贝多芬坎坷而伟大的一生。

2015.6.11

美因河畔树叶黄

俞晓群

从 20 世纪 90 年代末，我开始以出版人身份，来参加德国法兰克福书展。从此年复一年，每当深秋十月，美因河畔被梧桐树叶染成金黄色的时候，我几乎都会如期而至，融入这世界最大规模的书商聚会。像欧洲许多城市一样，在法兰克福城区中，有一条美丽的河流穿过。那是莱茵河水系支流，叫美因河，它水流充盈，两岸清凉静谧，水面经常有黑天鹅、白天鹅游弋。这些年，每当我拖着疲惫的脚步，从那座世界最大的会展中心走出来时，总会不由自主地来到美因河畔，做一次暂短的漫步。

美因河美妙的景色，宛如一条记忆的丝带，深深地刻画在我的脑海中。

十多年前，第一次来到法兰克福书展时，我们像一些刚从农村出来的乡巴佬一样，被那巨大的场面吓住了。书展的场馆，大到要乘坐内部公交车，才能在各个展馆间游走。那时的亚洲国家，大多处在冷清的六号展厅，外国人来得很少，多数是本国人在那里自娱自乐。而以八号厅为标志的西方文化主流，巨大而堂皇，有牛津大学出版社，兰登书屋，哈伯・科林斯、威利父子、企鹅出版、DK 出版公司等。对于刚刚走出国门的中国出版而言，在我们心中，这些西方出版公司，像神话，像传奇，像梦境……那时我们面对他们，确实缺乏与他们对话的能力和勇气，毫无自信，几乎是怀着一种仰视与膜拜的心理。

法兰克福书展创建于1949年，而它的滥觞，甚至可以追溯到13世纪，古登堡改进活字印刷术时期。2007年，曾任法兰克福书展主席二十五年之久的彼得·卫浩世先生，推出他的新著，题目就是《法兰克福书展六百年风华》。许多年来，那实在是西方文明的盛会；直至近二十余年间，伴随着全球化的浪潮，其他的文明形态才姗姗来到。

2001年，“九一一事件”爆发，震动了整个世界。一个月后，法兰克福书展仍然准时举办，情况却发生很大变化。西方社会有句话说：“没有美国人参加的事情，就不会热闹。”那次书展，美国参展商确实受到影响，来得很少。许多美国大出版社空有大面积的展台，连版权经理都没来。10月11日那天，我正在八号厅看书，恰好到了一个月前飞机撞击纽约世贸大厦那一刻，所有的出版人立即放下手中的工作，行走的人立即停下脚步，静默致哀。我看到，人们的脸上，再没有了往届的轻松与骄傲，迷茫与悲观的情绪无法掩饰。我感觉，虽然西方文化依然强势，东方文化却冉冉升起，出版只是一个视角，法兰克福书展只是一个文化碰撞的参照。

十年前，我们走在街上，经常会有人问：“你是日本人吗？”见到大把花钱的东方人，也会有人问：“你是日本人吗？”见到文质彬彬的东方人，还会有人问：“你是日本人吗？”现在不会了。我们刚下飞机，接站的人对我们讲注意事项，他说：“大家注意，由于经济衰退，德国出租车司机不守规矩的现象也有了，比如拒载呀、多绕路啊云云。”末了他还叹息一句：“真是物质决定精神啊！”

一位常年生活在德国的中国朋友还说：“过去德国人批评中国人随地吐痰，扔废纸。现在发现，他们却随地扔烟头，倒烟灰缸。大庭广众之下，甚至在演讲台上，大声擤鼻涕。彼此都有需要改掉的坏毛病。”

由此想到，前些年，我们总希望用五千年的文化传统，比掉西方三百年的强势。弄得老外们不无轻视地问我们：“你们为什么出那么多关于帝王将相的书，你们为什么那么热衷于讲宫廷故事，难道今天的中国还有皇帝吗？”他们还说：“为什么你们的故事一讲就是几千年前，不讲一讲今天的中国人呢？”是啊，现在不用讲了，现在的世界上随处可见中国人的身影。

2000年，法兰克福书展举办数字出版评奖，全部由微软公司出资，规模巨大。那时“阅读器”刚刚登场，有美国设计的“火箭书”，还有“玻璃书”等。设计者一拿出新产品，就被纳斯达克上市公司收购，发明者就会淘得上百万美金。我认识发明“火箭书”的那位美国青年马丁先生，当初他向父亲借了一点儿钱，发明了第一代阅读器。被上市公司收购后，他淘到数字出版的第一桶金，一夜之间成为百万富翁。那时数字出版设在四号厅，许多国家的出版商排着队，购买阅读器的版权。那次我也站在队伍中，还参加了微软组织的颁奖晚会，那是我见过的最豪华的活动。

现在法兰克福书展四号展厅，已经成为全球数字出版的代名词。我们海豚出版社，与台湾大块文化出版公司正在推进合作的项目“汉字妙方”，也在四号展厅设了展台，每天都被一群群老外围观着。

在四号展厅，我还惊奇地发现，老牌科技类出版公司斯普林格，竟然也在四号厅设了一个巨大的展区，摆着满满的书。他们要做什么？我见到他们的围墙壁上写着“The book will never die”（书永远不会死）。开始我还以为他们在向数字出版示威，细看才发现，他们要在年底之前，将他们1840年以来出版的十万册绝版的经典著作，全部数字化再现出来，以飨读者。

数字出版的日益发展，还引来旧书业和精品书业的繁荣。在法兰克福书展上，我看到一个精品旧书展区，那些书美得让人发狂，它一定是在告诉人们，数字出版不能替代一切，书的功能还有许多。我见到一本1920年出版的德文书，讲的是中国故事《幽王宠褒姒》，封面中文题目手书烫金，正文保存完好。开价近三千欧元。

有一件让中国人震动的事情，是莫言先生荣获诺贝尔文学奖。消息宣布，恰好在法兰克福书展期间。中国人当然关心此事，我们在德国，早晨起来就看电视，翻报纸，一直见不到准确消息。一位会德文的同事说，早晨德国电视台一位评论员说，可能是一位瑞典作家会得奖，“日本那个家伙没戏”，他说的是村上春树。但他根本没提莫言先生，我们想，那一定是更没戏了。后来听说央视记者被瑞典人邀请到会，我们还调侃说，这几个瑞典老先生啊，又在逗我们中国人了。到北京时间晚上 6 点 40 多分钟，我们正在一家中国餐馆吃饭，我们只能通过手机上的新浪微博等待消息，餐馆内其他几桌的中国人，都竖着耳朵听我们说话。等到获奖消息一公布，中国展台立即热闹起来，德国电视台、瑞典电视台立即来采访，还有一家相当于中央人民广播电台规模的德国广播电台，来到我们的展场直播采访。一家瑞典出版社来到海豚出版社，要购买莫言中篇《变》的版权云云。紧接着，在北京的出版社同事打来电话，说书库中存有三千册《变》，瞬间订购一空，申请再加印一万套。

听到莫言先生获奖那一刻，我们几个出版人很高兴，想合一个影，以示纪念。有人说，怎样才能看出我们是庆祝莫言先生获奖呢？我说手机微博上有莫言先生头像，我调出来举着，如何？没想到在我调微博的过程中，一不小心写出一个“二”字，还发了出去。博友们纷纷问：“你这是什么意思？”呵呵，能有什么意思，只能说是我“二”呗！

2015.7.3

说立春

毕宝魁

立春节气到来，我们仿佛听到了春天那轻盈的脚步之声。

立春是二十四节气中的第一个，实际是新年的真正开始，我们中国人过的年是正月初一，而绝对不是立春。故立春和年便产生很复杂很有趣味的关系。仔细想来，不得不敬佩我们的祖先。中国历来就是阴阳合理，阳历指导生产，阴历引领生活。二十四节气系统便是地地道道的阳历，是中国先贤在几千年前观察太阳的视运动轨迹，即地球围绕太阳公转时从我们中国主要是中原一带的视角观察星空，用星宿为坐标，而显现出的一条轨道，古人称之为黄道。“立春”便是这条轨道上的一个点。而这个点是固定的，每年经历一次。因此，自从采用世界统一纪元和阳历以来，中国的立春在这个系统中固定出现在二月上旬的中间，而在阴历系统中则漂移不定，可以差二十多天，春节前后都不确定。因此才会出现这样的现象，有的年份中有两个立春，有的年份中则一个也没有。譬如今年便是两个立春，而明年则没有。中国人习俗上依旧还是依照阴历来过年，也依照阴历来说事和计算年龄，以前常听民间有“烂一岁”或者“赖一岁”的说法，一直不太明白是怎么回事。现在清楚了，实际就是春节和节气之间的关系错位。

譬如今年是2月4日立春，阴历是腊月二十六。如果从阴历年份上说，在正月初一前都是羊年，而从阳历节气上看，过了立春便是猴年。那么在立春后出生的儿童实际便是属猴的，而不再属羊。如果算命，则是依照猴年来算。所以民间把这种情况称作“羊年生人，猴年看命”。而在实际年龄计算上也是依照猴年的年份，因此年前的这几天就不能计算进年龄的数字，因此便少一岁，是“烂”掉的，还是“赖”掉的，则说不清。如果从人情事理看，还是“烂”掉比较合理，因为这几天出生的小孩没有任何的主观故意，当然就不是“赖”了。也正因为在春节前立春，新春便等于进入旧的年份，王湾的诗句“海日生残夜，江春入旧年”说的便是这种情况，而我便是根据这句诗确定本诗的写作年代。当然这里的江春是因为船在江面上航行，而且和上句的“海日”相对，是非常精彩的对句。当年宰相张说极为赞赏，曾经把这联诗题写在政事堂上，更增加其知名度。那可是盛唐，大诗人名诗人车载斗量，可见这联诗的艺术魅力。实际上今年也是新春入旧年了。

我们已经不再过立春的节日，只不过是吃一顿春饼而已。但在古代却有许多习俗，立春也过得热热闹闹。在描写这一节日的文学作品中，我很欣赏元代贯云石的一首小令。原作是这样的：[双调・清江引]立春：“金钗影摇春燕斜，木杪生春叶，水塘春始波，火候春处热，土牛儿载将春到也。”所谓的“土牛儿”即春牛。古俗在立春前一天，用泥土制成牛形放在官署门前，次日以红绿鞭抽打土牛，谓之“打春”，这个土牛就称作“春牛”。我们现在依旧经常说“打春”，来源就是这个习俗。否则怎么会有“打春”，“春打六九头”的说法？习惯上都说立春、立夏、立秋、立冬，而只有立春又说“打春”，其他三个季节都不能这样说。下面我们先翻译过来，再作简单的赏析。本曲大意是说：姑娘媳妇们头上摇动着金钗影和彩绸的春燕，树梢上鹅黄的小叶也开始露出笑脸。水塘里开始出现恍漾的微微水波，春天的征候开始火热，土牛载着春天的气息来到这里共同欢度立春之节。这是一首专门吟咏“立春”的小令，语言明快清新，取景颇为典型，充分表现出春回大地时自然界的勃勃生机和人们喜悦愉快的心情。首句写人，切合节日习俗，从妇女们头钗上摇摆着的春燕和金钗的影子就可以知道这是立春的节日。中间三句写物候特点，从视觉和触觉几方面描写，给人以春天的气息扑面而来的感觉。“木杪生春叶”春回大地的时候，树梢上最先出现非常淡的青色，立即给人以春天气息的感觉，上面再出现几片鹅黄色的嫩叶，那种欣喜是难以言表的。“水塘春始波”水塘中完全开化，春水微微的波澜更是有一定的动感和生命的活力，都是极细微的景色，只有热爱生活善于观察的人才能够如此敏感地感受春天的气息。“火候春处热”，“火候”是俗语，一般指烹调中的热的程度，也用来形容一切事物发展进程的度，这里是说正是春天最好的时候。尾句则再写立春时官府前的习俗，扣合题面。而官府的习俗实际也是百姓的习俗。全曲首尾写人间的节日风情，中间三句写自然界的物候特征，句句不离春字，每句当中都嵌有一个“春”字。而且，五句的第一个字合起来正是“金木水火土”五个字，与中国古代文化中的五行观念扣合来写，既有藏头诗的味道，又有触目皆春之意旨。构思颇为精巧别致。全篇风情摇曳，生活气息极为浓郁。春天真的极其美好，到处是葱葱郁郁，到处是勃勃生机，到处是鸟语花香，到处都是生命的律动。

人要会享受春天，欣赏春天，快乐春天，使自己仿佛也永远处在人生的春天里。

2016.2.5

兰亭虽远终须到　莫向行人问路程

赵立军

《风雅千秋》是我的老师，著名学者、书法家李仲元先生的第十六部书，是仲元先生 2014 年冬季避寒海南，展读《东坡题跋》一书时，将读书的感慨与心得批注于页首字行间，累积为“漫叟缀语”，再以绝妙行书书之而成。是一部集艺术性、学术性、文学性、思想性及可视性于一书的书法作品集。题跋、缀语、书法俱绝，是难得一出的三绝之作。《东坡题跋》内容均为宋代文豪苏轼为诗文书画所作的题词跋语，见解独到，文采斐然，是中国古典艺术理论的重要著作，理论与鉴赏价值极高。“漫叟缀语”初落笔时亦非十分用意，乃读到精妙处之心灵共鸣、信手拈来，或谈诗论文，或臧否书画，或感叹坡公命运多舛，或与子瞻隔空唱和，是仲元先生人格与修养、见解与学识、才气与品位、气魄与心胸的综合性艺术呈现。

《风雅千秋》共选东坡题跋 70 条。虽然仅仅是东坡题跋全部篇章的六分之一强，但六个门类齐全，内容依旧很丰富。从所选取的内容上看，均为东坡题跋的精华，都是最具神韵的部分。而这 70 条东坡题跋及漫叟缀语，仲元先生再以二王体行书书写出来。书写时，东坡题跋以墨文大字书之，漫叟缀语则以小字朱文书之于墨文两旁，大小错落，红黑相间。既便于辨识阅读，也易于临帖摹写。

“漫叟缀语”看似有感而发，随意而为，“尽皆雕虫微艺之漫录”，实乃处处感悟前贤，沟通心灵，集思想性、艺术性、学术性、趣味性为一体，亦为仲元先生近年来对书画理论、艺术鉴赏领域的认识以及古体诗创作成果的一次集中展现。

读“漫叟缀语”，我最初感受到的是仲元先生与东坡远隔千年产生的心灵共鸣，这种共鸣大体上是感悟式的，抑或经验式的，是人生经历或价值观的相似与相知。如《风雅千秋》第 24 页《东坡题跋·书四戒》：

“出舆入辇命曰蹶痿之机；洞房清室命曰寒热之媒；皓齿蛾眉命曰伐性之斧；甘脆肥浓命曰腐肠之药。此三十二字，吾当书之门窗几席，缙绅盘盂。使坐起见之，寝食念之。”

“漫叟缀语：枚乘《七发》中有此阐述。诫世二千余年矣。今贪腐之官所追恋者，不外名车、豪宅、美女、珍馐。到头来，不仅生痿蹶断肠之疾，终必有牢狱之灾而遗臭万年。此三十二字当永为座右。”

东坡跋语和漫叟缀语，一古一今，感受相同。都是说人之贪欲乃诸病、诸恶之源。古今贪官所追恋者竟如此相同，可见反腐是人类社会政治与经济生活中永恒的话题和目标。

作为辽沈地区以创作古体诗见长的优秀诗人，仲元先生在所选有关诗词的 21 条东坡跋语和朱批“漫叟缀语”中，尽情展示着他的诗情与才华。

《风雅千秋》第 70 页《东坡题跋·自记吴兴诗》：

“仆游吴兴，有游飞英寺诗云：‘微风止还作，小窗幽更妍。盆山不见日，草木自苍然。’非至吴越不见此景也。”

“漫叟缀语：吾客居海南，每晴空丽日，忽飞雨满天，倏而又复日照如初。一日间数番晴雨。遂有诗云：‘芳径逐鸣禽，花间看蝶舞，过山一片云，满院芭蕉雨。’非海南无此诗趣也。居其境，得其诗。信哉斯言。”

仲元先生饱读诗书，学养深厚，故师古但不盲从。对于苏东坡，崇敬但不随声附和。《风雅千秋》第 62 页《东坡题跋·书韦苏州诗》：

“世传王子敬帖有黄柑三百颗之语，此帖乃在刘景文处。景文死，不知今在谁矣。韦苏州有诗云：书后欲题三百颗，洞庭须待满林霜。盖苏州亦见此帖也。余亦尝有诗与景文云：君家子敬十六字，气压邺侯三万签。”

“漫叟缀语：世传古帖有‘奉柑二百，不能佳，想故得至耳’又有‘奉橘三百枚，霜未降，未可多得’皆逸少之作。韦苏州诗是题《奉橘帖》坡公以为景文之《黄柑帖》为子敬所书，并以诗为赠，实大误也。”

苏轼之所以出现这种误把老子当儿子的错误，甚至把十二字错成十六字，是由于道听途说，此帖非亲眼所见。后世人为尊者讳，常常避而不提。仲元先生直言指出。苏公之幸，亦今人之幸也。

《风雅千秋》第180页《东坡题跋·书摩诘〈蓝田烟雨图〉》：

“味摩诘之诗，诗中有画；观摩诘之画，画中有诗。诗曰：‘蓝溪白石出，玉川红叶稀。山路元无雨，空翠湿人衣。’此摩诘之诗，或曰非之，好事者以补摩诘之遗。”

“漫叟缀语：自此则出，‘诗中有画，画中有诗’即成学艺之金箴，论画之妙语。而文人画必富诗意，画师画必多技巧。虽成殊途而各彰其能焉。”

在这里，仲元先生提出了两个概念，文人画与画师画，并且为两者提出了很高的要求：“文人画必富诗意，画师画必多技巧。”做到这一点，途虽殊，可同归。

作为书法作品集，《风雅千秋》展示了仲元先生在书法造诣上的深厚功力和学养。仲元先生幼承家学，垂髫临帖，数十年来，精研魏晋与唐宋法书，集先贤的神采和韵味于一身，将二王书风发展到极致，在野狐禅遍布的当代书坛以其浓郁的书卷之气成为学者型书法家的代表人物。

这种书卷之气在《风雅千秋》中得到了尽情的释放和展示。

从书法的发展脉络而言，由王羲之、王献之父子二人开创的晋代蕴藉流美的书风在历经传承与提倡后，已然成为中国书法的主流。研习二王者，在当代如过江之鲫，然而追摩者众，杰出者寡，形似者多，神似者少，何也?学养不足、知识贫乏所致。

仲元先生是久负盛名的文博专家、考古学家、史学家，虽然每日临池习书，书法依然是业余爱好。精研书法，还是近20多年的事。但长年对古代书画艺术、文物古器的考证、鉴定研究，史海钩沉与考据，形成了他精谨、严密的思辨能力和洞烛幽微的观察、发现能力。这些都深深地影响了他的书法创作。《风雅千秋》即可视为这种影响的最新成果，是他一以贯之的书法美学理念在书法创作中的具象化展示。

董文先生曾这样评价仲元先生的书法作品："兼擅楷、行、草书。楷书追摹初唐法则，得力于褚遂良风范，气骨清健，翩然如鹤。其作品多以行草名世，表现出只有在帖学宗派中，二王一脉晋人法书中才具有的蕴藉流美的风韵。从美学范畴说，既有温润娴雅、清秀飘逸的阴柔之美，又有雄健爽利、跌宕豪放的阳刚之美。"以《风雅千秋》为例，大体上是墨文刚，朱文柔，这种刚性之美与柔性之美，完整而和谐地体现在仲元先生对每幅作品的章法结构布局上，更体现在对线条的处理上。

我以为，如果用苏轼在《次韵子由论书》中的两句诗"端庄杂流丽，刚健寓婀娜"，来诠释《风雅千秋》展示的仲元先生的书法美学思想，应该是再适合不过的了。观复每一篇章幅式，每一字的结构仪态，不论篇幅短长，大字小字，朱横墨竖，笔笔精到，美而不媚，刚而不烈，柔而不虚，强而不戾，是一种中和之美、仁和之美、适度之美。这种美，不张扬，不残破，最能令欣赏者产生愉悦之情，发自内心的共鸣随之而生。

《风雅千秋》字字珠玑，形柔实刚，以力求美，笔笔健劲，提按有致，运笔自如，线条的轻重、枯润、浓淡、伸缩、连断、粗细的变化也随之而来，忽而轻若游丝，忽而重比山岳，凝神静气之间，却又灵巧翻飞。美以力胜，力以美存。《风雅千秋》堪称仲元先生的代表作，仲元先生也堪称当代二王书风之翘楚。

仲元先生临池数十载，早已功成名就，依然在书坛上孜孜以求，笔耕不辍，他有诗云："兰亭虽远终须到，莫向行人问路程。"

兰亭，还远吗？

2016.2.18

不愿站在伟人身后的女人

听 箫

列夫·托尔斯泰，俄国文坛泰斗，作品《战争与和平》《安娜·卡列尼娜》《复活》百多年来影响了全世界。文学之外，人们还知道他与妻子索菲亚不睦，晚年离家出走，病死在车站。而他和妻子的分歧，缘于晚年的托尔斯泰世界观激变，厌弃贵族生活，要把自己的田地还给农民，遭到妻子的强烈反对，以致夫妻分裂。

不少人就此得出结论：托尔斯泰夫人是个爱慕虚荣的女人，不能放弃荣华富贵。果真如此吗？2014 年出版的《托尔斯泰夫人日记》（《索菲亚日记》），让世人开始关注这个伟人背后的女人。索菲亚是沙皇御医的女儿，聪慧而富有活力，画画、织绣、裁衣缝衣无不擅长，喜欢写作，热爱音乐，托尔斯泰的稿子反复修改，都是索菲亚一遍遍誊清。除此之外，家中一切家务，如购物、吃穿、理财、教育、孩子们的生活等各种杂事也是索菲亚操心。可以说，若是延续从前的生活，他们仍是幸福美满的一对儿。

可是，如他们的女儿塔季扬娜所说："父亲娶了一个十七八岁的小姑娘，他塑造她，他的影响在她身上扎根。是他叫她乘坐头等车厢，在最好的商店为孩子们定制衣服。现在却要求他们像农民一样生活，为什么？这就是母亲提出的问题。”

文豪的妻子，就必须和丈夫站在一样的思想高度上吗？她为什么不能坚持自己的生活理想？托尔斯泰故居博物馆的牌子上有索菲亚写的几句话：“本来我会对上帝做一些有益的事，但命运把我和天才的、极其复杂的托尔斯泰紧紧联系到一起。”也许，错只错在她不应该做托尔斯泰的妻子。价值观的不同，是夫妻关系不可逾越的障碍，无关心态和技巧，谁愿意过自己不喜欢的生活呢？哪怕对方是个伟人。名气是他的，实实在在的生活却是自己的，从这个角度说，索菲亚的坚持没有错。

天才画家毕加索，以他的才华征服了全世界，也征服了“混迹在蒙马特的模特”“俄国舞团的女星”“17 岁的金发少女”“先锋的女摄影师”“创作力非凡的年轻画家”等各色女子，只是 7 个情人、两个妻子或死或疯或者被弃，唯有女画家弗朗索瓦斯·吉洛特，厌倦了“和一座历史纪念碑一起生活”的日子，带着两个孩子离开了这个“强悍的怪物”。

别的女人未尝不知毕加索的自私冷酷，只是她们甘愿臣服在大师的脚下任他压榨，吉洛特却不，她深知自己再不离开便会被这个男人吞没，哪怕他断言 “她的生命将就此枯萎”。事实呢？吉洛特一直坚持创作，举办了 50 多场展览，出了 12 本书，被法国总统授予国家荣誉勋章，并与另一位 20 世纪的天才、小儿麻痹症疫苗的研究先驱乔纳斯·索克相伴了 25 年直至他去世。

弘一法师的出家，一向被赞为苦心向佛的明证，他在日本妻子的苦苦哀求下头也不回地远去，那画面让人唏嘘更令人敬仰，只是有几人怜恤那千里追随他而来、却孤零零回国默默度过下半生的日本女人诚子，谁会在意她的泣血追问：“慈悲对世人，为何独独伤我？”

嫁一个大慈大悲爱众生舍小我的伟人，幸耶不幸耶？

他们功绩卓著流芳百世，她们连名字都不被人知，他们的自私、背弃淹没在声名之下，她们却要被消磨被妄议。女人啊，你是要站在一个伟大男人的身后，还是选择和一个与你匹配的男人并肩站立？

2016.3.5

朗诵者

陈震文

朗诵是我从学习英雄人物开始的。那是1950年年初，学校为了配合向青年学生进行革命理想教育，给我一个不看台本朗诵近300行的长诗《卓娅》的任务。这首诗我在母校以及沈阳多所大、中、专的舞台上朗诵过，获得了好评。从此我与朗诵结缘，并坚守至今。

我热爱朗诵，是因为朗诵的好处很多。健康专家认为：朗诵可以使大脑皮层的抑制和兴奋过程达到相对平衡，血流量及神经功能的调节处于良好的状态。朗诵如唱歌，能增加肺活量，使全身通畅，有怡情养性的独特作用。朗诵还是一种思维体操，特别有助于减轻中老年人的“黄昏思想”的精神压力。有的朗诵专家还视朗诵为“立体文学”，它能将文学作品的内容表达得更加可视可感。好的声音能够产生一种氛围，直接调动人的情感，使人立刻进入到文字所表达的情景之中。当我们通过好的声音谛听好的文字时，我们会觉得自己仿佛刹那间远离了尘嚣，心中宁静而喜悦。

退休后，朗诵成了我的一项快乐的娱乐和健身活动，几乎是每日不可或缺。就是寄居在遥远而又陌生的美国，也是这样，从未停歇。2008年去洛杉矶，是儿子、儿媳为了邀请我们老两口乘豪华游轮游墨西哥。我在游轮的甲板上，面对浩渺的太平洋，放声朗诵普希金的《致大海》。其情其景，迄今难忘。后又到芝加哥女儿家闲住。格伦小镇的绿化和美化典雅别致，可圈可点。最难得的是，小镇附近有一个很大的湖泊，湖中有一个挺大的亭台，一座不短的深入湖心的栈桥，栈桥两侧设有金属扶栏，以保证游人的安全。经常有许多海鸥，密密匝匝地蹲在扶栏上休憩。外孙女第一次带我来到这个无名湖，我见到碧波粼粼的湖面，清澈见底的湖水，以及沿岸笔立的小树和草坪上星星点点的野花……一个我在冬季从未见过的蓝天碧水、花草满地的佳境，让我分外惊喜和神清气爽，并使我一下子联想到：这不正是我唱歌、朗诵的最佳去处吗？还让我高兴的是，该湖距女儿家步行只有不到20分钟的路程，而且十分清静。除周末双休日外，平时在这里极少见到人，更见不到闲杂人员。对我来说这是求之不得的人间天堂，安乐世界。我新的朗诵、健身活动，便在这里开始了。

我第一次在湖边亮嗓子时，正在那儿成群结队嬉戏的野鸭，忽然转向呱呱地逃离了。我这个不速之客陌生的声音，使一向处在安静环境中的野鸭们受到了惊吓。再一看，前面湖心栈桥扶栏上的海鸥，也飞走了不少。我有点儿过意不去，想换个地方。但是又很难找到离女儿家这么近又这么美好、幽静的环境了。对不起，我只能坚持下去。好在我这个外来客，并不会长期羁留此地。过了一段时间，我在不知不觉中发现：在我朗诵、唱歌期间，逃离的鸭子越来越少了。又过了一段时间，当我再唱歌、朗诵时，鸭子显得很平静，不再逃离了；甚至在远处游弋的鸭子，还纷纷朝我站的地方聚拢。而湖心栈桥扶栏上栖息的海鸥，也不再飞离了。我们相安无事，和谐共处了。我感到这是一个奇迹，心中窃喜。芝加哥的野鸭和海鸥，竟成了我的朋友和知音。我爱它们！当年年末我回国后，再也没去芝加哥。芝加哥让我怀念，更让我留恋的是那个格伦小镇的美景，和无名河上那一群群友善的野鸭与海鸥，感谢它们对我的接纳和陪伴。

在沈阳60多年来，我一直定居在和北陵公园咫尺之遥的小区。回国后，我一如既往坚持在北陵公园晨练：打拳、唱歌和朗诵。这几乎是我每日的必修课。我经常驻足的地方有三处：北陵中央大道东、西两侧的树林间和大广场西侧的芳秀园。而后者尤其是我的最爱。

芳秀园是北陵公园的园中园，园中种植了100余种植物，一年四季，各具特色。春天百花争艳，满园飘香。每当牡丹花盛开，是我前往观览最频繁的时光。我十分珍惜那短暂的花期。炎热的盛夏，也挡不住我去那儿的脚步。亭台廊道，观鱼赏荷，风光独具。深秋季节，满园红叶，层林尽染，让我流连忘返。我频频地去芳秀园，除了观花赏景外，更重要的是在那里做我的功课：唱歌、朗诵。我在那儿唱歌和朗诵时，常常引来各种鸟儿的鸣叫，似乎是在与我一起唱和，让我精神大振，喜不自胜，使我在那里得到了欢乐和健康。不少朋友羡慕我的声音洪亮，底气十足。这和我长期坚持锻炼和喜欢唱歌、朗诵是分不开的。而清新、优美特别是有水流的活动环境，也功不可没。

2012年12月间，我在寓所举行了一次“朗诵会”。这么说太隆重了，因为听众只有一人：我老伴儿。他还是“工作人员”，负责用磁带在录放机上为我录音。我主要是想为我酷爱的朗诵，留下少许痕迹。这个“专辑”收录的11篇诗歌、散文和随笔，是从我朗诵过的20余篇作品中选出来的。别人向我询问朗诵的经验。经验谈不上，不过从我个人来说有两点很重要：一是朗诵要“走心”，不能单靠声音和技巧。好的朗诵首先是要感动自己，然后才能打动听众。一次我朗诵季羡林老先生的名篇《赋得永久的悔》，其中的“我永久的悔就是：不该离开故乡，离开母亲。母亲不知有多少日日夜夜，望着远方，盼望自己的儿子回来啊！然而这个儿子却始终没有归来，一直到母亲离开这个世界。我不忍想象母亲临终时思念爱子的情况，一想到，我就会心肝俱裂，眼泪盈眶……我真想一头撞死在棺材上，随母亲于地下。我后悔，我真后悔，我千不该万不该离开了母亲。世界上无论什么名誉，什么地位，什么幸福，什么尊荣，都比不上待在母亲身边”这些话，我是边流泪边朗诵的，最后竟号啕大哭起来。我当然不能和季羡林大师类比，但我有与他相似的经历，因此这篇散文就深深触及了我的灵魂。我切身体会到朗诵有陶冶情操、净化心灵的作用。所以我酷爱朗诵，肯下功夫，长期坚持。其次，是注意健脑。我感到某些坚果特别是核桃仁具有活跃脑细胞、延缓大脑衰老和增强记忆力的作用。当然，它是一个长期持之以恒的过程。

退休后大约从年逾古稀时起，我的朗诵便被选定为一个固定节目，在校内几个合唱团的联欢会上和离退休人员的新年联欢会上演出；后来，又被推上了社会的大、小舞台演出。再后来，我的朗诵竟成了一个“名牌”，被校内外的众多观众所欣赏和肯定，并带动一部分人喜欢上了朗诵。这使我受到了莫大的鼓舞，从心里感谢观众对我的热情支持、关爱和赞扬。由于我的频频登台亮相，还唤起了不少关心、认可我的老同事、老朋友对我的惦记与回忆，并取得了联系，演绎了一些小故事。如 2011 年 6 月，我随学校离退处的“双英”艺术团到铁西松蒲护养中心慰问演出。护养人员有自己走来的，有被人搀扶着来的，也有人是坐轮椅来的。人很多，挺大的演出厅也显得有些拥挤。演出开始前，领导及各方代表讲话占去了很长时间，观众有点儿耐不住了，秩序较乱。可我的《老有老的骄傲》的朗诵声一出口，全场立即鸦雀无声。在我朗诵的过程中，响起了 3 次掌声，最后又赢得了长时间的热烈鼓掌。朗诵完毕我回到座位刚刚坐下，就有一位女记者采访我，并且要求我把朗诵稿送给她。我告诉她我朗诵从不带稿子。她夸赞我年近八旬还能背诵这么长的诗，太难得了。同时又因为没有拿到诗稿而感到遗憾。为了满足她的愿望，我当场给她默写了一份。她很高兴，一再表示感谢。

2013 年 12 月 20 日，离退处在校礼堂召开迎接新年的联欢会。处长早就号下了我的《老有老的骄傲》这首诗。此外我还参加了我们枫叶合唱团的大合唱《珠穆朗玛》等两首歌曲的演唱。这是开场的第一个节目，唱得很成功。我个人的节目排在第三个出场。一上场，就近距离看到了平时很少见面的学校离退休领导，因为过去都很熟，所以一个人在舞台上面对他们，精神也很放松。朗诵的声音收放自如，效果不错，获得了全场热烈的掌声。走下舞台时，处长、书记都热情地向我表示祝贺。当我返回观众席时，图书馆的周、严两位朋友站起来紧紧拉住我的手说：“我们没有听过这么好的朗诵，没听够。”甚至还说：“再返场给我们朗诵一遍呗！”党委宣传部的一位杨姓老部长也为我叫好，并让我把朗诵过的这首诗写给她。坐在我前排的新退休的一位女士，竟回过头来起身和我握手，连说“太好了，太好了”！这一切，都让我感动和感谢。在我的生活中，由于朗诵增加了许多朋友和知音。

2013年12月23日上午，我接到一个电话，是校党委的一位原组织部长老吕同志打来的，让我感到十分意外。虽然原来我们挺熟，但他家住在校外，我从退休后20多年没再和他见过面。原来他是由于前两天在离退休人员的新年联欢会上看了我的表演，才给我打电话的。他说我的朗诵是整场节目中最好的一个，还对我说了许多其他肯定、赞扬的话，让我既感动又惭愧。我无意在此自炫，只是想说明：伴我一生的朗诵，确实陶冶了我的情操，给我带来了健康，带来了快乐，也带来了温馨的回忆和真诚的友情。我会以此为驱动力，将其坚持到生命的终点。

2016.4.28

依然一寸结千思

丁建新

得知杨绛先生逝世，一些旧事于是在记忆中浮现。钱锺书、杨绛两位先生的著作，都有在辽宁首先出版的。作为图书编辑，我的同事与我，也得以与杨先生有所接触。先生的学问使我们深为敬佩，先生的风范更是如和风朗月，令人长忆难忘。这里翻检出个人的两则旧时日记发表，权为纪念。杨绛先生，一路走好。

2002 年 11 月 21 日

今天是钱先生 92 岁诞辰，跟老李到京，和栾先生、田奕一起到杨先生家看望。买了一束百合带去，很洁净素雅。

杨先生精神很好，实在难以想象业已年届九秩。她显然对我们的到访很高兴，寒暄了几句就问：你们是不是有意在钱先生的生日来看我？大家都笑了。陈设简朴的客厅里，洋溢着温暖的气息。

关于《才子》一书，杨先生显然不是很以为然，指出材料的使用不无问题，见解也时有难以苟同之处，因而始终不肯为之作序。杨先生说："如果作者能够一一改正，你们当然可以给他重新出版。”

谈到《堂吉诃德》的译文，杨先生坚决否定所谓不是从原文、而是从其他文种转译的说法：我从干校回来就开始学西班牙文，当时不到50岁，学了总有20年吧！我只是口语不好。杨先生写了一篇谈翻译的文章。她说，该书有一句长达一页的现象。她曾就该书的译文，举过三个层次的译例：逐句直译、连词序都不动的，简单断句的，经过安排的。她质疑将吉的语言译成文言的做法：吉是个骑士，怎么会说出文绉绉的话来？至于让书中的女子自称“奴家”，就更是近乎滑稽了。

杨先生指出，书中的诗的翻译，最能见出译者的功力。比如十四行诗，她是严格按照ABAB……的格律译出的，韵脚则是以诗中最难以改动的押韵词为准，斟酌译出其他的押韵词。“反正汉语的词汇丰富得很，不愁找不出适当的词来。”她微笑着说。

几个小时很快过去了。实在不该坐得太久，我们终于告辞出门。在楼梯上遇到一位中年男子，捧着一束猩红的玫瑰，很厚道的样子。田奕他们跟他熟悉地打着招呼。随后我们得知，这是钱先生最后几年的司机，每年这一天都会来看杨先生的。

我就想到，普通人的情感，往往是更深沉的。

2002年12月19日

今天是钱先生去世4周年的忌日。社里赶着装订出几套《宋诗纪事补正》，由我今早送到北京，杨先生一套，栾先生一套。

4年前的12月21日，是钱先生出殡的日子。那天格外的冷。老李和我也在北京，当天上午，一面记挂着八宝山的情况，一面办完了《补正》最要紧的一件手续。从那时起，我们开始着手这部书稿的编辑工作。如今4年过去，终于可以说是大功告成了。

到南沙沟才刚过8点。磨蹭了一会儿，进院上楼摁门铃。杨先生似乎有些感到意外，看来老李没提前打电话告知。略略解释了一下，忙着打开包装。簇新的12册书，厚厚的两摞。杨先生将挂在胸前的花镜戴到眼前，细细地翻阅起来。我于是拣出头一册和最后一册递过去。

杨先生说：天地头是不是小了些？我解释这是供多数读者看的，是普及本，另有大开本的正在印。杨先生笑了，说，这种书，是怎么普及都普及不到哪里去的。

杨先生翻到书前的插页，默默地端详彩印的钱先生手迹。商务印书馆30年代版的《宋诗纪事》，书页上的天头地脚以至行间，密密麻麻，到处是钱先生几十年间陆续做出的笔记。其中有随手写下的议论，有红笔画的圆圈，更多的是摘抄的宋人有关诗作。笔迹有毛笔的、铅笔的、钢笔的，还有圆珠笔的，斑斑驳驳，仿佛大树的年轮。我没作声，看着老人的侧脸，灰白的头发梳理得一丝不苟，眼镜框后面是专注的眼神。她想到了什么？朝夕相处大半个世纪的丈夫，还是他半卧在躺椅上一边读书一边批注的往事？

杨先生浏览过目录，又把序言看了一遍。翻到开篇的宋太祖诗，她对我说，记得《咏初日》“太阳初出光赫赫”中的“赫赫”，另有写作“辣挞”的。我不解其意，她于是起身到里间，找出另一部宋诗选本来给我看。后来，我翻到卷首印有钱先生像的一页，说大家都很喜欢这张照片，除了衣服嫌旧了些。杨先生笑着说，他一辈子就是这个样子，并不讲究的，又让小吴取来以前两次洗印的同一张照片作比较，称赞我们把颜色调得恰到好处。看来，对这套书能够在钱先生仙逝4年之际问世，老人还是很欣慰的。

拿起最后一册，我说到社里组织核对索引时的艰辛，不禁感叹栾先生为这部大书付出的心血。杨先生当然也有同感，说序言里已经写到了。还说假如没有栾先生的劳动，这本著作是不可能完成的，问怎样感谢栾先生才好。我想了想，也没主意。“没办法，是他们爷儿俩处到这个份儿上了。”我说。

商量好想到的一些事项，不知不觉一个小时过去了。杨先生问：“就这些了吧？”我就势告辞，一边想，尽管没人提起今天这个特别的日子，大家心里可是都明白着的。我虽然每次来都想多坐一会儿，可今天真的该让老人家独自静静地度过。

2016.6.2

如果父亲刘黑枷还在

刘嘉陵

如果父亲刘黑枷还在，离百岁也就几步之遥了。我呢，他5个子女中最小的儿子，民间俗称的“老疙瘩”，也六十有余。天气好些时，我一定用轮椅推他在浑河边的垂柳下徜徉，一对再无时间约束的小老头和老老头有的是话题可聊。

首先我得感谢他一生从未把自己的意愿强加于我，老实说早年间我还并不领情呢，认为是那代人只顾着忙事业才懒得搭理我们，他们只想着自己成龙而非望子成龙。后来我才明白，他其实更希望儿子按自己喜欢的方式成龙。1999年年初，他从重庆寄给我一张生日贺卡，上面工整抄写了一首五言格律诗，题为《贺五儿四十四岁生日》，头两句是“冬腊沉沉夜，赤驹降我家”。我属马，生于一年中最冷的腊月，下生前夜母亲闻树梦见一匹小红马嗒嗒跑来，到她身边后跪地俯首。诗中还写道：“扬鬃羡冼聂，奋蹄追茅巴”，冼、聂、茅、巴指的是音乐家冼星海、聂耳和文学家茅盾、巴金，他们代表的两个方向正是我按自己兴趣选择的。

随父母在乡下“走五七”的青少年时代，我曾梦想成为一名京胡师，他就在县城供销社给我买来《京胡演奏法》，还剪下一条旧裤腿，用歪歪斜斜的针脚为我缝了个琴袋，以极大耐心忍受我那把竹制的乐器一年四季尖叫下去。后来我又梦想成为作曲家了，他又在省城新华书店给我买来《乐理知识》《怎样识五线谱》《群众歌曲创作漫谈》，虽然他对新闻、文学和绘画以外的音乐一点儿都不热衷。再后来，我也像他当年一样，考上了大学中文系，渐由“羡冼聂”过渡到“追茅巴”，他不必再跑新华书店了，但对我将来到底干什么仍不挥指挥棒，任凭我自由选择。

如果父亲还在，我还要跟他唠唠下乡那段岁月。1973年春，《鲁迅全集》以单行本的形式出版了，正在乡下“走五七”的父亲时常跑到8里外的公社供销社一本一本买来，用结实的牛皮纸一一包上书皮，田间劳动之余，盘腿坐在炕上一本一本读下去。青年时代他发表了那么多文学作品，22岁时小说《奴化教育下》就获得靳以编的《现代文艺》“短篇小说征文”一等奖，散文代表作《母亲的行列》写得那样激荡人心：“谁没有母亲呢？像太阳用光和热抚育着大地上的万物一样，我们都是被母亲哺养出来的。然而我们的母亲，中国的母亲，都是苦难命运的承担者，都是可怜的妇人啊！她们褴褛、黧黑、衰弱、枯槁，在风底下、在雨底下、在太阳底下，弯着脊背、蹒跚着细小的脚走着，走着多少年传统的悲苦的命运的道路，忍受着苦难、束缚和压迫……”他肯定也希望我能和文学亲密接触，时常把鲁迅的小说或散文推荐给我。可我正嬉戏在音乐的海洋里不愿意上岸，他便近乎请求地说：“那就先把这篇读了吧，不长。”

后来我开始写起“红色日记”，用的全是报纸广播上的套话。有一天他偶然看了我摊在桌上的日记本，上写着我看完一部政治正确拍得却很差的新片子的读后感，说自己如何如何“深受感动，深受教育”。他就问我喜欢这个片子吗？我摇头。他说那又何必说些假话呢？为什么不用自己的语言写出真实的感受？我愧极。再后来，我又成为乡村文艺队“拉大弦的”兼豪迈词曲生产者，有一次拿给他两首得意词作问他哪个更好，他笑了下说都不怎么样。那段时间不知何故，他常以我的名义给在城里工作的姐姐哥哥写家书，他先起草，之后让我誊抄在信纸上。我一面误认为他仍悍于政治运动中日记、书信可能带来的麻烦，一面在他的词句间顽皮地添油加醋。中午他从生产队回来，吃罢午饭，坐在炕头，检查起他布置给我的“作业”。他先绷着脸儿，读着读着却嘿嘿乐起来，还轻声骂着：“臭小子！”在几米外偷觑的我放下心来，知道自己干得还不坏。

父亲13岁丧母，26岁丧父，51岁丧子。那个寒冷的冬日，天阴沉得像旧棉絮，母亲在医院护理大哥，他匆忙回乡下家里取钱、粮票和衣物，连同带我去省城见大哥最后一面。他衣着邋遢，疲惫忧伤，乱蓬蓬的头发花白干枯，一边嚼着饭菜，一边弯曲着左手食指对我说：“咱们全家人，一人牺牲一根手指头，也救不了你大哥啦。”

曾经壮如铁塔、下乡辽北的大哥被癌细胞吞噬得只剩下一把骨头，最终化为青烟一缕。那时候大地已经封冻，北风呼啸，四野一片苍茫。那个叫“庄屯”的小村东南角上，孤零零地立着一座土屋。暗夜降临，屯子里偶尔几声犬吠，万籁俱寂。母亲又在里屋低声抽泣，我坐在外屋炕沿上，望着煤油灯颤悠悠的火苗，听着风吹土屋哨音似的呜叫，没精打采。这时父亲从里屋出来，对我说：“挺长时间没拉琴了吧？”我很惊讶，是啊，好几个月了，可谁还有这份心情？但我懂了他的意思，起身去一个地方找出他为我缝制的琴袋，吹去灰尘，取出京胡，坐回炕沿吱吱嘎嘎调好弦，拉起来。我拉得很烂，这用不着否认，在那个穷乡僻壤我凭着记忆自学才一年多，又扔了几个月，家什也过于廉价（只值三四斤猪肉还不包括肉票），加上那时京胡还用丝弦而不是钢弦，琴音比杀鸡动静优美不了多少。然而那毕竟是荒村寒夜里稀有的音乐之声，是这个阴霾密布的家庭急需的一道光亮……父亲坐在圆桌旁一动不动地听着，神情专注。

此时“林彪事件”刚发生不久，国家向何处去？千千万万个“五七战士”向何处去？这一家老小又向何处去？他一定在思考这些问题。“一个国家，一个民族，一个家庭，都得振作起来。”那以后的好多个清晨，我在炕上睡懒觉，他在地上来来回回帮母亲忙着早上的家务时，嘴里叨咕的都是这串话。而那个黑沉沉的冬夜，在我呜呜咽咽的京胡声中，这串话可能已在他脑海里掠过。“再拉一段，”我停下后他说，“头抬起来！”京胡再次拉响，沉睡几个月的技艺和感觉渐渐苏醒，琴音已不像开始时那样涩滞了。

几年后他重返领导岗位，这个“老小伙”决意把耽误了多年的时间全抢回来，办报仿佛着了迷，走路都带小跑。每天清晨一起床常常就不见了踪影，回来后母亲问他：“老头儿啊，你跑哪儿去了？”他谎称倒垃圾去了，母亲笑着拆穿他说：“倒什么垃圾呀？你又去收发室看新出的《沈阳日报》了。”但他在为报纸倾尽心血之余，对同志对亲人仍像“暖水瓶”一样，外冷内热。当年我在家里北屋苦读时，他一会儿过来放桌上一只洗净的苹果（配着小碟），一会儿过来又补上一只梨，但绝不多待一秒钟，也没有表情，二话不说便走，仿佛生怕流露出“父爱”。要是外面下雨了，你瞧吧，他准会从哪儿弄来些旧报纸，把我的自行车座里三层外三层裹严，可从不跟我说一声。

那年元旦前夕，我从读研的城市回沈，火车晚点了，到家已晚上七八点钟，我一身倦意，还发着烧，戴着棉帽，穿着军大衣和满是灰尘的棉靴，肩上手上大包小裹。进家门时，64岁的父亲正在里屋沙发上坐着，头发花白，面色酡然，像是刚刚出席了什么会议饭后归来。望见我时他眼睛一亮，站起来，神色有些异常。忽然他喊道：“我的孩儿呀！”走过来紧紧抱住我，贴着我的脸，老泪纵横。他正处于事业的巅峰阶段，倡导并实践的新闻改革蜚声全国，两次获得国家一级优秀新闻工作者称号，文学创作上也老树频生新花，何至于这样感伤呢？他又忆起如烟往事、他的坎坷和我的坎坷吗？或者，他又忆起同样人高马大、我的逝去多年的大哥吗？

如果父亲还在，我一定告诉他，他离开我们15年来我曾多少次在梦中与他重逢。他的头发黑而浓密，腰板倍儿直，穿着他最喜欢也的确令他年轻潇洒的驼色对襟羊毛衫，声若洪钟，容光焕发。他若知道自己在儿子梦中这么“酷”，准会掩饰不住地微笑起来。

如果父亲还在，我还要告诉他，他24岁发表于郭沫若编的《中原》杂志上的小说《人的旅途》，后来被收入《中国新文学大系》。告诉他，沈阳日报报史馆已经建成了，有一位雕塑家还为他塑了个金色的头像，报社的同志们都说：“像老总编！”我要是把他推到报史馆他自己的雕像前，他们互相打量对方时，会是一种什么情形呢？

如果父亲还在，他仍会一如既往地关心国家的发展，民族的未来，世界的局势，还有当天的《沈阳日报》出来没有。那我就尽快把报纸送到他手中，让他从头到尾先大略扫一遍，之后按他的意愿，一篇一篇读给他。

如果父亲还在，我一定隔三岔五就推他下馆子，频频为他夹菜，跟他碰杯。他不是喜欢看话剧看电影吗？去剧场费劲，我就买来光盘一盘一盘放给他。还要讲些时新的笑话逗他嘿嘿乐下去，告诉他，就是再过一万年，他也还是我们心中的老英雄、老小伙、老战士。这一点永远都不会变。

2016.6.16

编辑长者

张　洪

编辑行看重文字之交，“不刻不抄不成文”，古今一理。触电触屏的灵动跳跃始终不愿垂青于我，当编辑 26 年，仍然喜爱以传统的通信方式联络作者和同行。一则免得贸然相扰，让人猝不及防，破坏对方的既有秩序和节奏；二来省却笨嘴拙舌，啰唆含糊不及要领，留下无法咀嚼回味的尴尬。呈上纸面文书，彼此从容交流，有缘合意即延续笔谈，没兴趣少空闲抑或疏懒不对脾气，尽可以抛却一旁，管他春夏与秋冬，令其自生自灭。

于文字中求教拜师的编辑前辈，粗略算来大概有 10 多位，最年长者是今年 93 岁的人民文学出版社原总编辑屠岸先生。10 多年前因为翻译文学研究向诗人兼翻译家叩问，屠老给我回复了五六页的长信，悉心提示，奖掖有加。通电话互致贺年卡，雅教的气度，君子之风温润和悦。后来在一场诗歌与翻译圆桌会议上听屠先生发言，与邻座的北京师大外语学院章燕教授聊天，章老师说起父亲每信必复的态度，再读他 80 岁时的诗句“电脑的贮存还不能替代 / 仍然迷恋于积累的纸张”，藐予小子由衷感动之余，不敢再添麻烦。先生日益年高，创作灵感时常萌发，佳篇迭出，4 月份还到上海出席《莎士比亚十四行诗》线装珍藏本新书首发暨诗歌朗诵会呢。

九十初度的王弘力先生60多年前由天津来到关外，供职于《辽西画报》，他首创的连环画《十五贯》《天仙配》蜚声中外，古文字、陶瓷研究术业专攻，美术设计理论更是颇多擅长之作。河北美术社杜恩龙兄曾托付我接洽《黑白画理》的再版，北京胡杨文化推出清代顾禄《清嘉录》选用他绘制的“古代风俗百图”来增光添色。登门聆听先生畅叙《聊斋短篇六十则》创作感受，由小说到绘画完美的转换共生，精思傅会，其运斤成风的功力，可望难及，唯有静默品赏以表达景仰。

米寿之年的巢峰先生参与、具体主持过《辞海》4个版本编纂，长期领军于上海出版界。除了本行内的大量头衔外，作为经济学家的他担任上海经济学会会长有年。拜读巢老出版经济学文章，不禁为其犀利观点所折服。譬如两个效益落实到具体出版行为，他将图书分为五类，最佳者是又创牌子又赚钱，后两者为毫无出版价值的不创牌子不赚钱，犯大忌的倒了牌子赚大钱。出版之道应该是有赚有亏，以赚补亏，大赚小亏。出版业滞涨现象的分析尤为精彩，切中时弊。2008年向巢先生祝福80大寿体健笔壮，老人家慨然相赠系列大作。几年来，尤其是他解剖辞书问题错讹的《辞书记失》最让自己获益。他连用5个“严”字并概括成严肃认真一句话，作为《辞海》精神的具体体现，前辈们对图书根本的揣摩践行，让我们见识了文化盛举的高原，眺望到佳作经典的高峰。

学中国现代文学史出身的我，1990年刚毕业当编辑时，同事们乐呵呵地逗我“研究鲁迅的”。鲁迅作品阅读理解之难超乎寻常，区区后生岂敢狂言妄议。20世纪50年代，朱正先生25岁时出版《鲁迅传略》。撰著《鲁迅回忆录正误》，纠谬质疑许广平作品，参与注释《鲁迅全集》，发表多种研究专著，仰望这位学养深厚的出版家可谓久矣。2014年巴金诞辰110周年纪念展在沪上举行，参观完毕，正同师兄孙郁在市图书馆门口聊天，朱正先生在令郎陪同下也来到现场，此时此地的相遇相识真是太有纪念意义了。之后来来往往的书信、图书交流，先生的书生襟怀，阅读兴致，都令我肃然起敬。正如新世纪前夕长沙书市上主办方的昂扬宣示，湖南人能吃辣椒会出书。朱先生作为代表之一的出版湘军着实智勇双全。商务印书馆出版的《谢六逸文集》《谢六逸年谱》，我珍藏着编撰者陈江先生赠送的签名本。谢六逸在现代文坛和教育史上介绍日本文学、创办复旦大学新闻学专业的开山之功，迄今仍知者寥寥。我们编选《文墨余谈：谢六逸集》时在北京鲁迅博物馆等处查访线索，从谢六逸学生林辰的捐书中发现了多种珍稀版本，集纳了不少资料。向陈江先生请教，老人家鼎力相助，复印佚文，提供相关报道，指点迷津，为挖掘重现昔日名家的同行后辈传薪火当路标的精神，我们铭感不忘。

译林出版社文学社科类图书的骄人业绩令人羡慕。李景端老社长昔日的不凡手笔，大家仍记忆犹新，如创办《译林》杂志，推出全本《尤利西斯》。退而不休的他维权打假，净化翻译出版物市场，疾声呐喊。出任推荐优秀图书评委，撰写论文随笔开办博客多多益善，风火直言胜似当年。我们编辑的图书《中日友好随想录》入选“经典中国”国际出版工程，欣喜看到他的点评。引用他收录在《中国出版年鉴》中解析出版单位评级的文章观点，呈上样刊接到电子邮件，告诉我手机号码，欢迎到南京与他联系。他送给翻译家王干卿的《翻译编辑论翻译》一书，又被王老转赠于我。精彩文章珠玑纷披，何时赴宁拜访李社长当面讨教请安呢？我盼望着这一天。

与长我30岁的邓荫柯先生相识于29年前春风文艺出版社中外文学编辑部，从读者到作者再到“社员”，出版社忘年交里最平易、最没有架子的就算是邓先生了。始终以爱意写诗、编诗、读诗，他推出的《朦胧诗选》风靡一时，我当时也购得一册，盛况至今仍为诗坛津津乐道，成为新时期文学的典范代表。当年他在北大中文系念书时，与同学谢冕、孙绍振皆为学生诗社骨干中坚，未毕业时戴罪“右派”帽子，家在北京的他被分配到东北，从出版社校对员做起，黑土地上工作、生活半个多世纪，直到近年来与老伴儿张老师随长子全家常住首都。

不官不商不求闻达的邓老对诗歌挚爱执着，诗人圈和编辑同仁有口皆碑。退休20年，反倒进入了创作的旺盛期，积淀多年的领悟诗歌名篇之体会，赏析最爱的现代、古典传世作品，放眼选评，境界自成一格，结集后相继由中国青年出版社、商务印书馆重点推出，赢得了良好市场反响。美国诗人弗罗斯特晚年荣膺总统褒奖，肯尼迪赠言时把权力与诗歌作为对立两级来比较，远离令人自大、削弱爱心、腐蚀人生的前者，诗歌教人想到人性的弱点，感受人生的丰盈，净化自我与读者的人生。诗人当然在如此选择中自省、向美、趋善，缪斯创造的智慧宝库、语言风范和思想珍珠悦目入心，久远悠长。

编辑前辈们既是长者，也是智者，更是捧出精神食粮的慈母。职业生涯无限，老当益壮的他们庾信文章老更成，干将“解甲”后耕耘的田园依然葱茏。欣喜共鸣者，提携后来人，期盼好作品，面对虚心向学、认真论道的青年一代，图书业前贤的友善之情，感召我们铭心立报，埋头书林。

2016.9.15

展望人与自然关系

涂光社

近几千年人类社会的演进似乎是从蒙昧野兽不断走向文明，在物质的占有上极大地丰富了，生活上便捷了。面对自然，人曾声称自己是征服者，进行粗暴的掠夺，日益暴露精神上的猥琐、渺小和走向末路的趋势。可以说从走出蒙昧、智慧开化、有了自我意识起，人与自然对立的一面就出现了，而且日趋尖锐。当人类的知识和技能长足进步，被动状态有所改变的时候，常常出现为所欲为、忘乎所以的狂妄！

人类享受着自然恩赐的一切，其中包括人们向自然索取和自己创造的东西。工业文明使人们的许多梦幻和追求变成现实。然而我们在得到许多的同时，也丧失了许多。在当代和今后，人们自觉或者不自觉地在寻回被我们失落的自然，人类自我完善不可或缺的东西。

且不说环境污染、生态失衡。莫名的焦虑郁闷、孤独戒惧、紧张烦躁，城市病的精神症状在告诫我们：工业文明带来的物资丰裕、生活舒适方便远非人类需求的全部。人类应该和可以发展的领域非常广泛，城市生活缺少人类身心健康必需的某些重要内容和构成因素。

工作的繁忙，生活的快节奏，长期与大自然的隔绝会导致人类天性的异化。社会的现代化程度越高，人们对自然的依恋和回归意识就越强烈。人们渴求清新的空气、充足的阳光、清醇的甘泉，渴求亲近生命的绿色和未经人为破坏的原始状态。要重新找回失落的自然，自然的失落也是完美天性的缺损和失落。

山川袒露着博大的胸怀，清风朗月不用一钱买。自然之美不分穷达贵贱公平宽厚施予每一个亲近它的人，而且取用不竭：用静谧温馨呵护襁褓中的婴儿，把天真的野趣还给孩子；为难舍难分的情侣安排美景良辰；为作家艺术家美的创造启动灵感；能驱走工作的疲惫，化焦灼为安宁，也能抚慰创痛、淡忘忧伤；愤世嫉俗者可以获得解脱，褊狭者可以走出误区，甚至能使沉迷名利场中的人猛醒和自拔……

大自然有赏心悦目的秀色，是壮伟和幽静、明丽之所在。自然美的欣赏具有一种补偿机制，能从生理、心理和精神方面弥补社会生活（尤其是与大自然隔绝的城市生活）造成的损失，满足作为自然人的本能需求。在古代，田园山林常常是流连其中的迁客骚人心灵的避风港；在现代，自然风光的欣赏更发挥着不可替代的调节作用，它与工作的一张一弛是生活的节奏，是原创力的恢复、酝酿和蓄积。

大自然的美自然天成而又包孕着灵性：它的静，静中有动；它的动，动中有静。静，不是万籁无声的死寂，有夏夜流萤星辰的闪烁，有石涧溪流的潺湲，有远山林壑的吟啸，有庭树新叶的私语，这是万籁有声、充满生机的宁静。

大自然的动也是动静相间的：无须说飞鸟、游鱼、奔马的止息，从尘埃的飘浮，狂风暴雨的涤荡到四季的更替、日月运行，大自然物质、生命运动确实是无所不在、永不停歇的。然而，天地日月、大山长河、古树与短暂的人生和华屋荒丘、平地高楼的变化比较，又是相对而言静止的。它们是冷静的旁观者，与人世沧桑漠然相向。

如果说社会美美在人的创造、人的善良、人的个性和人的情感，那大自然的美就美在不受主观意念干扰的超然，美在普泛意义的显示，美在毫无造作的朴拙和天真。

在人们心目中，大自然有博大、公允、无为、纯真、宁静、从容的品格，是人类生活的参照系和与世俗社会对立的世界。热爱大自然包含着对世俗猥琐、虚伪、冗杂、喧嚣的批判。

现代西方有了恢复生态平衡的呼声，要求减少和控制环境污染，不再有人狂妄地叫喊“征服自然”。似乎有了与自然和谐共处的意识。诚然是一种伟大的理性觉醒，基本观念的飞跃进步。

但这远远不够。

在当代，人与自然关系的重要性已相当凸显。理智地科学地克服人与自然的矛盾，不断在新的更高层次进行探求，认识和亲近自然，实现与自然的和谐，回归人类终极的精神家园。

社会形态不同，历史进程不同，各个国家和民族的意识和精神生活的内容在过去和未来都不会是简单的重复。中国在自然审美方面的丰富遗产告诉我们，自然能够给予人们的启示极其多样，远不只人们曾经和将要得到的那些，而且永远无可穷尽。

老子认为“道法自然”，所以强调“非常道”。孔子说“天何言哉”，陶渊明说“此中有真意，欲辩已忘言”。面对大自然无比多样、无可穷尽的启示，用任何语言去表述、描绘都不能处处到位，任何概括、抽象都是不可能全面涵盖。审美创造的历程和收获已经证明，古人从自然中获得的启示和体认涉及时间与空间，有限与无限，动与静，瞬时与恒常，变与不变，个体与群体，田园情趣与世俗名利，以及万物的演化和生命的运作……能够涤溉身心净化灵魂、启发广泛的思考，回归和合理地发展本我，是人类精神理想建构和完善所必须。

2016.10.2

诗里笛声

李仲元

我喜听民族乐曲，古琴之“高山流水”，古筝之“平沙落雁”，琵琶之“月儿高”，江南丝竹之“姑苏行”，笛曲之“鹧鸪飞”都是我的最爱。而古诗中记录的名曲多未能传承，成为千古绝响，令人抱憾。在唐诗中，吟赋最多的是笛曲，以“折杨柳”“梅花落”“关山月”为最著名。

李白《春夜闻笛》“谁家玉笛暗飞声，散入春风满洛城。此夜曲中闻折柳，何人不起故园情？”，王之涣《凉州词》“黄河远上白云间，一片孤城万仞山。羌笛何须怨杨柳，春风不度玉门关”都是借笛曲“折杨柳”赋诗的名作。前者写春夜无眠，笛声飘散，引发满城思乡之情。后者以春风不度，杨柳未萌，描绘边塞荒寒景象。虽未见人，而笛声凄楚，吹彻人心。皆擅赋之妙手也。而郑谷《淮上与友人别》“扬子江头杨柳春，杨花愁杀渡江人。数声风笛离亭晚，君向潇湘我向秦”更别具妙韵。暮春柳岸，风送笛声，挚友作别，互道珍重，从此，天涯孤旅，无限留恋。此刻之笛必“折杨柳”之曲也。“折杨柳”是收入汉乐府二十八横吹曲辞之一。古时送别，折柳枝相赠，以表留恋。其辞之一云：“上马不捉鞭，反折杨柳枝。蹀座吹长笛，愁杀行客儿。”此即唐诗赋“折杨柳”之源也。

“梅花落”是另一入诗之笛曲。李白《黄鹤楼闻笛》“一为迁客去长沙，西望长安不见家。黄鹤楼中吹玉笛，江城五月落梅花”，远谪异乡之骚人迁客，登楼望乡，忽闻笛曲，更使乡心涌动。此借落梅之曲以增情思也。高适《塞上听吹笛》“雪净胡天牧马还，月明羌笛戍楼间。借问梅花何处落，风吹一夜满关山”。皓月当空，边关冷寂，忽起笛声，悠扬宛转，似风飘梅落，征人望乡思念，一夜无眠，其情可悯。“梅花落”也是汉乐府二十八横吹曲辞之一，与“折杨柳”同为名曲，后世琴曲“梅花三弄”即由笛曲“梅花落”转化谱成。

除此，尚有“关山月”一曲也甚有名。王昌龄《从军行》组诗之一“烽火城西百尺楼，黄昏独坐海风秋。更吹羌笛关山月，无那金闺万里愁”。关山远戍，闺阁别离，每当明月高悬，笛声哀怨，更促边士与闺妇相思之苦。“关山月”亦汉乐府二十八横吹曲辞之一，流传极广，为著名诗题，李白、陆游皆有名篇，亦曾移作琴曲。

乐府机横吹曲之“折杨柳”“梅花落”“关山月”等曲既为横吹笛曲，又是赋诗主题。汉唐时，边患频繁，征伐不断，伐士与闺人相思情切。而游子迁客远行，一别经年，难通消息，自然情重别难。故此类辞曲，久久流传，闻笛动情，已成中华传统的一项风俗文化。可惜名曲久杳，不及再闻，只能从诗中略会其情而已。

2017.2.2

那些弃医从文的作家们

王瑞起

提起弃医从文，家喻户晓的代表人物当数鲁迅，他早年在日本仙台医学专科学校学习。有一天，在上课时，教室里放映的片子里一个被说成是俄国侦探的中国人，即将被手持钢刀的日本士兵砍头示众，而许多站在周围观看的中国人，虽然和日本人一样身强体壮，但个个无动于衷，脸上是麻木的神情。这时身边一名日本学生说："看这些中国人麻木的样子，就知道中国一定会灭亡！"鲁迅听到这话，心里像大海一样汹涌澎湃。他在《呐喊·自序》中这样说："因为从那一回以后，我便觉得医学并非一件紧要事，凡是愚弱的国民，即使体格如何健全，如何茁壮，也只能做毫无意义的示众的材料和看客，病死多少是不必以为不幸的。"于是他愤然离校，弃读，专门从事文学译著工作。

郭沫若1914年春远渡东瀛求学，毕业于九州帝国大学医科，获得了医学学士学位。郁达夫，1913年随长兄郁曼陀去日本留学，1914年考入日本东京第一高等学校医科部。冰心，就读协和女子大学医科预备班，受五四新文化运动影响，投身文学创作，抗战时期在昆明、重庆从事文化救亡活动，留下了众多写满爱的美文。

朱仲丽，1936 年毕业于上海东南医学院，1949 年获莫斯科医科大学硕士学位。1937 年参加革命，历任南京中央医院、延安边区医院医生，北京红十字会医院院长。1979 年开始文学创作，共写出长篇小说 15 部。代表作有《爱与仇》《女皇梦》等。

赖和，1894 年生，原名赖河，字懒云，台湾彰化人。赖和除行医外，还从事抗日活动与文学创作，是台湾新文学的奠基人，被誉为台湾新文学之父。

这是一类人，因为有更远大的抱负而弃医从文。

当代作家冯唐，原名张海鹏，1971 年生于北京。1990—1998 年就读于协和医科大学，获临床医学博士。已出版长篇小说《万物生长》《活着活着就老了》《北京北京》《女神一号》等。2015 年 4 月，以他的同名小说改编的电影《万物生长》搅动全国院线。冯唐说：1990 年到 1998 年，我在协和医科大学认真学过 8 年医术，正经科班念到医学博士，从 DNA、RNA 到细胞到组织到人体解剖，从生理到病理到药理，从中医科到内科到神经科到精神科到妇产科。我决定不再做医生，原因是我怀疑医生到底能干什么？多数病是治疗不好的，是要靠自身免疫能力自己好的。医学 8 年，是我练习素描人类的 8 年，是我了解生死的 8 年。

冯唐代表的是对医学失望而从文的一类医生。

还有一类，出于爱好文学，与医学相比，更看重精神健康而跨界从文的医生。如毕淑敏，北京铜厂主治医师、卫生所所长。1969 年入伍，在西藏阿里高原部队当军医十一年后转业回北京，在从事医学 20 年后开始专业写作。

池莉，1979 年于冶金医学院毕业后在武钢职业卫生防疫站工作了 3 年，担任流行病医生，其间开始发表作品，之后考入武汉大学中文系，走上文学道路。她说，我弃医从文的主要原因当然是更喜欢文学，但是也不排除我对口头语言的厌烦和对书面语言的信赖。

余华，1960 年 4 月生于浙江杭州，中学毕业后，因父母为医生的关系，余华曾当过牙医，5 年后弃医从文。

讴歌，本名常青，医学博士，毕业于协和医科大学八年制医学系，毕业后赴美国，在俄亥俄州立大学从事抗结核药物课题研究一年，在宾夕法尼亚大学从事血友病的基因治疗研究两年，2002 年回国后投入抗肿瘤生物类新药的临床开发。2006 年出版《医事》，2007 年出版《协和医事》。

再譬如近三四年大红大紫的王宁夫，笔名安东宁夫，辽宁丹东人。曾留学德国，现任杭州市第一人民医院教授，主任医师，医学博士，博士研究生导师，心脏中心主任，南京医科大学附属杭州医院内科教研室主任，中华医学会心血管介入治疗中心委员。2013 年业余创作并由东方出版社出版畅销小说《太平间里的恶魔》，被誉为国内第一部重口味医学悬疑小说。2014 年出版另一部悬疑小说《红石草原》，2016 年出版长篇诙谐幽默小说《请囧》。

渡边淳一，日本著名作家，曾是一名外科医生。35 岁弃医从文。关于这段经历，渡边淳一给出的理由是：即使每天出诊，也只能治好眼前寥寥有数的几个病人，写小说就不同了，能面对更多的受众。

约翰·济慈（1795—1821），英国 19 世纪初著名诗人。因为家境贫困，曾在 15 岁时就被送去当药剂师的学徒，之后考入伦敦的一所医学院，后因热爱文学而放弃行医，专事文学创作。

契诃夫（1860—1904），19 世纪俄国批判现实主义作家、短篇小说艺术大师。1879 年进莫斯科大学医学系，1884 年毕业后在兹威尼哥罗德等地行医，目睹了很多人间疾苦，这给他带来更多创作冲动和素材。他说“医学对我的文学活动有重大影响，这种影响的真正价值只有作家自己兼做医生的人才能领会”。

柯南·道尔，英国作家，毕业于爱丁堡医科大学，毕业后成为一名船医，随船往返于英国和西非之间，行医 10 余年，后专写侦探小说，代表作是享誉世界的福尔摩斯系列推理小说。

毛姆，英国作家。毛姆不满 10 岁时父母就先后去世，由伯父抚养。1892 年，进伦敦圣托马斯医学院学医。为期五年的习医生涯后，弃医专事文学创作。

考琳·麦卡洛（1937—2015），澳大利亚作家。考琳是个非常出色的精神病理学家，医学硕士。然而她不甘心一生只做一个医生，在40岁时利用业余时间创作了《荆棘鸟》（1977），让她一炮走红，作品被誉为“澳大利亚的《飘》”。

鲁迅、郭沫若、郁达夫、赖河等人最初都曾选择了学医，以求治病救人，但现实生活让他们认识到医生的作为太有限，一个民族的愚钝麻木，远比身体的疾病更可怕，决心弃医从文，以唤起民族的觉醒。他们的改行被赋予了高尚的报效国家的伟大情怀。而冯唐、毕淑敏、池莉、余华，以及日本的渡边淳一、俄国的契诃夫和英国的柯南·道尔等等，也都选择了弃医从文，不同的是，促使他们转行的原因与什么使命感并无太大关系，而纯属自然使然。其实，无论是使命感使得这些人弃医从文也好，还是顺其自然弃医从文也罢，一个共同点，就是这些医生都不满足于医学临床，他们更关注于人的精神世界，而精神健康在人的生活是否健康幸福中占据着更为重要的地位。对于医生本人来说，只有用他们的思想影响到医院就医者以外的更多的人，驱散他们生命角落中的阴霾，让他们的肉体与精神都健康起来，才算是一个完整的医生。他们要面对更多的受众，要让自己的生命无限延续。文学可以让看不见的东西被看见，可以使生活走进诗意和远方。

毛姆认为，“这一切都取决于一个人如何看待生活的意义，取决于他认为对社会应尽什么义务，对自己有什么要求。”这段话也许可以作为那些弃医从文者的最佳注解。

渡边淳一的解释是：“我以前做医生，现在弃医从文，其实这两项工作都是研究人的，只是研究的角度不同方法不同，所谓医学是从生理上剖析人，而文学是从精神上研究人。用感性描写那些人们从常理上无法说清楚的东西。”

看来，当过医生的作家比较容易出成绩，这或许是因为医生处在一个比较特殊的环境和状态，特别是临床医生，能够比一般人更多、更接近生与死、苦痛与欢乐，体验愈深，感触也就愈深吧。

2017.2.27

大义大勇的锡伯族西迁史诗

白长青

在中华民族的大家庭中，锡伯族人数虽不多，却是一个很了不起的民族。来自东北白山黑水间的锡伯人历来聪慧骁勇，英才辈出。最难能可贵的是，他们对国家有着强烈的民族认同感，对祖国大忠大爱。最近，读了新疆锡伯族作家吴文龄创作的描写锡伯族西迁史的长篇小说《戍边精英》（沈阳出版社、新疆生产建设兵团出版社联合出版，2017年3月出版），使我对锡伯族的这种爱国情愫，油然地生出一种钦佩之情。锡伯族是一个有着大爱、大智慧的民族。这种大爱和大智慧，每每体现在历史的关键时刻，在祖国需要他们的时候，能够挺身而出，做出符合民族大义的正确选择，舍小己而顾国家。这种大忠大义之举，源于这个民族的坚定的集体意志，源于他们对祖国的爱。这种民族意志，凛然长存，史册昭昭，完全可以用可歌可泣来形容。

吴文龄的《戍边精英》依据史实，真实地再现了锡伯族这段英雄的西迁史的完整历程，塑造了众多的锡伯族英雄人物的形象，细致地刻画了这个民族内在的精神意志的锤锻，从中升腾出一种崇高的民族精神。作品描写的，是一件具有史诗性质的民族历史叙事，展示一种宏阔的时代视野和凝重的历史感，艺术地再现了西迁的历史现场。这种历史事件的文学再回顾，是对锡伯族的民族精神史的一种“智性的写作”，对今天也有着积极的意义。无论从对历史题材的深度介入和开拓方面，以及对民族英雄人物的文学塑造，展现锡伯族的民族精神等方面，这部作品都有着独特的审美价值。

一部书，可以带我们走进一个民族的历史，进而了解这个民族的内在情感和特质。为此，我们需要了解锡伯族历史上的两个重要事件，那就是清乾隆年间，朝廷对东北盛京地区锡伯族军民的大规模西迁，以及西迁后的锡伯族在新疆伊犁地区大规模修建水渠，从而开辟万亩良田的艰苦壮举。这两个历史事件，构成了本书上下卷的主要内容。它们既是本书的时代背景，也是故事发展的主要情节线索。清乾隆年间，朝廷为抵御外患，护卫西陲边境，下令从盛京所属十五城抽调骁勇善战的锡伯族青壮士兵千名，官二十，携眷派往新疆伊犁驻防。乾隆二十九年（1764）四月十八日，西迁的锡伯人和留居东北的锡伯族族人，聚集于盛京锡伯族家庙太平寺，拜祭祖先，誓师西迁，共进离别餐。次日，三千余锡伯族官兵及其家属，别离故土，踏上了西迁的漫漫征程。此后经过一年零五个月的艰苦跋涉，于次年七月二十日抵达新疆的伊犁地区。从此，锡伯族把农历四月十八日定为自己民族的节日（又叫西迁节，怀亲节）。数十年后，由于人口繁衍的增多，伊犁旧有的驻防地已不敷耕种，在锡伯营总管图伯特的倡议下，经伊犁将军批准，新疆锡伯族军民经过七年的艰苦努力，挖成二百余里的察布查尔大渠，引伊犁河水，开辟出万亩良田，有力地保障了屯垦戍边的大业。新疆察布查尔锡伯自治县，成为了西迁的锡伯族人后代的第二故乡。

本书的上卷描写的就是这次英雄而悲壮的行军。小说围绕着锡伯族老英雄萨晋普、他的孙子萨音布及色本泰、伊尔哈父女、艾新芝父女、锡伯族青年华沙布、巴扬阿等几个家族之间的爱情与矛盾线索展开故事。在西迁的征途中，这支队伍经历了索伦台草原的毒草、蒙古高原的戈壁荒漠、乌里雅苏台的寒冬、科齐斯山的雪崩、额尔齐斯河的洪水，走过了阿鲁科尔沁草原，途经乌兰巴托，越过阿尔泰山，经历了牲畜倒毙、车辆散架、严寒酷暑和缺衣少食等各种艰难的考验，行程万余里，最后抵达伊犁河谷。

其间，发生了许多曲折动人的故事，如少年图伯特机智地放回爱犬送信从而拯救了西迁队伍，柯保之子扎西等人因逃跑被斩，萨音布与伊尔哈的智慧逃难，萨音布与蒙古公主的奇异之恋等。故事线索环环相扣，情节起伏跌宕，人物的命运引人入胜。作者以一种清新向上的笔调，描写着这次坚毅沉重的行军。沿途各地区各民族的不同的色彩，地域习俗，混合着草原的风雪、饥寒，戈壁与雪山，战士疲惫的身躯与坚定的信念力量，逶迤的足迹，绘就了一幅独特的跋涉于北国大地上的锡伯族行军图。这个历史的一幕，必将长存于锡伯族子孙的记忆里。一支英雄的队伍，一定源于一种坚定的意志。这虽是一支疲惫之师，但绝非松散的难民之旅。自始至终，这支队伍的行军井然有序，目的明确，纪律严明，武备齐整，加以沿途几个驿站的接济，始终保持着一支军队的良好素质，令人赞叹。作者的文学描写亦颇见功力，作品对具体生活场景的再现，历史氛围的把握，人物心理的描写，都带有鲜活的生活质感，处理得细腻而用心。作品用栩栩鲜活的人物，情节和故事，塑造那些我们比较陌生的普通锡伯族人的群像，进而开拓着当下少数民族历史文学创作的新的空间。

本书的下卷，描写伊犁锡伯营总管图伯特等人从巩固边防大计出发，积极筹划并实施挖渠引水的故事。他带领锡伯族军民克服各种困难，周密规划，细致勘查，历时七年的努力终于成功，从而进一步奠定了新疆伊犁地区的边防基业。上下卷故事互为衔接，一些主要人物的形象进一步丰富发展，特别是塑造了图伯特、巴扬阿、硕尔泰、觉罗等新的锡伯族英雄形象。作者对新疆锡伯族的生活比较熟悉，因而描写起来很有生活的现场感，洋溢着对边疆生活的热爱，再佐衬以浓郁的边疆民族色彩，秀美的自然景色，从而展示了另一幅富有边疆特色的各民族融合戍边的生活画。此外，小说中的一些精彩的情节，如守卫边防的锡伯族军人与沙俄军人的布库摔跤，锡伯族勇士萨音布、巴扬阿的比武场景，以及辞别盛京锡伯族家庙时老章京的临别叮嘱："不论走到哪里，不要忘了祖宗，时刻牢记我们是锡伯的后代，去了伊犁，一定要为朝廷建功立业……"都令人印象深刻，栩栩生动。但总体来讲，上卷比下卷写得更丰满些。

锡伯族的西迁，体现了一种民族精神的升华。小说注重民族心理和民族意识的建构，努力让历史岁月中的民族英雄活起来，站立起来。而这种民族胸怀，民族意识，又是和报效祖国的使命紧密联系在一起的。这就是我们为什么要记住这个民族，纪念这次锡伯族的西迁，并不断地从中汲取精神力量的缘故。

2017.3.22

有这样一个任性的女人

田志伟

无论是看剧本还是看演出，《雷雨》中最难理解最易误读的人物是繁漪。你看她放着钟鸣鼎食之家、青雀黄龙之舳的高档居处不住，放着锦衣玉食的日子不过，非要走极端，冒着乱伦的骂名和大少爷私奔。为什么？为什么？

为了自由！

在冷酷、专横的周公馆里令她窒息，“呼吸不到一口自由的空气”。在周朴园的眼里，她应该“听话”，“做一个服从的榜样”。本没有病，被视为“精神上的病态”，没完没了喝药。就是健康的人，也让周朴园逼出病态来，说穿了就是让她做一具家庭玩偶，做一个中国式的“娜拉”。所以有人说曹禺先生是受了易卜生的影响，先生自己也说或许是抽了人家锦衣上的几缕金丝，用来编织自己的梦。

在2008年天津人民出版社的《雷雨·日出》一书《雷雨》的序言中先生说“我是我自己”，这也是繁漪这一艺术形象性格的内核。她有个性，有独立的人格尊严，不屈从于荣华富贵、金钱权势。这正是当下一些人，尤其那些仰视物质丰厚、权贵通天的少女少妇或缺的。靠男人吃饭，是她们的信条。“宁肯坐在宝马车里哭，也不坐在自行车上笑”，一切都被物化了，也包括灵魂，都变成了如马克思所说的“赤裸裸的现金交易”。欣赏艺术作品，反观欣赏者自身，何其相似乃尔。

我想，这也许就是今天看《雷雨》的现实意义之一侧吧。如果是这样，也是曹禺先生始料不及的。

自1935年4月《雷雨》由留日学生杜宣吴天（曾有《电影简话》一书出版）搬上东京舞台那天起，至今已有80余年。1935年8月，国内首演是天津市立师范学院。第一次专职演出的剧团是1935年11月在上海成立的中国旅行剧团。

在历次演出中，由于导演对剧本的理解不同，情节和人物处理的侧重不同，演出的时代、文化背景不同，观赏者的审美经验、自身经历、文化积淀不同，会出现见仁见智情况，在所难免。

认真地说，观悲剧可以使人获得崇高感。可以有一种别样的满足，使自己的内心变得强大、有力量。当我们在《雷雨》中看到繁漪双重悲剧性格的遭际时，当我们看到剧中的8个人物，各有各的目的，这情况诚如别林斯基所说：“每个人物都有追求自己的目的，并且只为自己而行动，从而不自觉地促成这出戏的整个事件。”（转引自钱谷融《〈雷雨〉人物谈》第114页）即悲剧的最后爆发。而这8个人物的目的都没能实现，惨遭毁灭。这时观赏者会很自然地在潜在意识里反观自身。“当看到别人不公正地陷入逆境，因而感到不快时，我们同时也认识到自己是善良的，因为我们厌恶不公正的事。”从中获得一种崇高感；“或者认识到这种苦难可能降临到我们一样的人头上，不知不觉中明白了世途艰险、人事无常的道理。”从中获得一种快慰一种满足。（引文详见《西方审美观源流》第213页，辽宁人民出版社）这种感觉要比别人像教师那样一本正经地灌输容易接受得多。这就是悲剧艺术感染力。繁漪这一艺术形象双重悲剧的艺术魅力也正在于此。

这样一个认识，是站在历史的、时代的巨人的肩膀上得出的。从道德层面上看她似乎应受到指责；但是如果从人追求自由、生命价值和意义的本质这一层面上看，她又是无可厚非的。所以她的悲剧具有双重性：既是超越道德观的悲剧，又是对自由、客观人生价值、生命存在意义的追求（这种追求具有本质意义的合理性）惨遭毁灭的悲剧。

这就是我们今天的认识。

现在让我们回到80年前追溯一下当年曹禺先生是怎么想的，为什么要写《雷雨》，写繁漪这样一个人物。

1910年出生的万家宝即曹禺先生，小时候过着很优裕的生活，自己有书房，相当舒服，但也“闷得很”。他自己说“素来有些忧郁和暗涩”。相继进了南开中学和清华大学。在那个动荡的年代里，他的苦闷和忧郁，恐怕就是知识分子那种“本能”意义上的觉醒。在2008年天津版《雷雨》的序言中，先生说，写《雷雨》“是种情感迫切的需要”，是“在发泄着被压抑的愤懑”。在他的潜意识里似乎觉得在宇宙里、天地间，“人类是怎样可怜的动物”。他们在那为着自己的目的挣扎着，岂“不知千万仞的深渊在眼前张着巨大的口”在等着。在那些挣扎的“背后或有一个主宰来使用它的管辖”。先生是用一种悲悯的心情来写剧中的人物，“也诚恳地祈望看戏的人也以一种悲悯的眼来俯视这群地上的人们”。

先生说：我算不清我亲眼见过多少繁漪，她们“有着美丽的心灵”，然而为着不正常的发展，和环境的窒息，她们变得乖戾，受到社会的压制，这样抑郁终身，“呼吸不到一口自由的空气”。在遭遇这样不幸的女人里，先生说：“繁漪自然是值得赞美的。”“她的可爱处不在她的‘可爱’处，而在她的‘不可爱处’。”辩证地说出了繁漪这一人物形象本身就是集矛盾对立于一身的统一体。为了能“呼吸到一口自由的空气”，她不顾一切，也毁了一切，造成了双重悲剧。

2017.3.30

徐炽先生的手

胡中惠

1976年春节。龙年。大年初二。当时我在位于沈阳市铁西区北四路与贵和街交界的八一五灯泡厂上班。过年，小伙伴们都忙着谈情说爱，我也想“谈”，也想“说”，可是跟谁谈和谁说呢？出身不好，家境贫寒，身体羸弱，一般姑娘都不看好。平时工作忙碌，倒没有太多的空憾，过年了，这空憾就显出来了，心底也蒸腾着欲望这东西。于是，骑上当时挺风光的“东方红”单车到当时的辽宁省博物馆参观书法展览。

街上残雪飘零。博物馆院中的雪花被风追赶着，围着院中的灌木丛旋转。当年元旦，两报一刊发表了毛泽东的《词二首》，一首是《水调歌头·重上井冈山》，一首是《念奴娇·鸟儿问答》。辽博的书法展览以“词二首”为主要书写内容，好像还有鲁迅的诗。现在想来，这不失为一个明智之举，写毛泽东的词，没人能挑剔什么。对于书法来讲，内容宽泛些固然好，内容单薄些也可以，而且更能比较出书家的优劣。书法展大约有百十来件作品吧，我不知道谁有名谁无名，看了几遍，突然有许多感想。归家后，写了一篇观后，贴了八分钱邮票寄出去了。我记得是寄给了辽宁省博物馆。

春节过后，即投入“抓革命促生产”，参观的事还有那篇观后也就忘记了。

3 月天的一个下午，车间办公室的一位大姐从楼上接完电话（那时车间办公室只有一部内部电话）告诉我，让我到工厂宣传科去一趟。我擦一把满是油渍的手，到宣传科敲门。宣传科的同志告诉我，铁西文化馆刚来一位同志，听说我喜欢书法，他们那正成立书法学习小组，每周四晚活动，希望我去参加。

当然要去。反正下班没有什么事，况且我还喜欢。周四傍晚，我骑车来到铁西百货商店旁的铁西区文化馆三楼，参加书法班的活动。活动室位于三楼的北角，中间一个乒乓球案子，旁边或坐或立二十多人。有的拿自己的作品让大家看，有的互相聊着什么。原来是我那封信起了作用。说是杨仁恺先生接到那封信后很高兴，说写得还可以，将它转给《沈阳日报》，同时推荐我参加铁西书法班的学习。后来，我到报社做编辑，与美术编辑萧祖臻先生一个办公室，专门认定了这件事。萧兄说是这样子，当时我不认识你，如果认识，也就发表了。萧兄说完这话狡黠地一笑。我知道这是开玩笑也不是开玩笑。当时写东西的人不多，能写的不让写，不能写的写不了，能够以文字反馈书法的人不是太多。

当时铁西书法班由徐炽先生与陈凤桐先生操持。陈先生是大工（木工），其篆刻作品参加过 1972 年中日书法交流，日本人的画册在其作品下署的是“大工”。徐炽先生当时也就不惑之年，在我们看来，已经算是有岁数的人了。他那时爱戴一顶赵本山那样的稍微卷檐的帽子，话不多。陈先生则高度近视，一口山东沿海口音。班长是机床三厂的工会干部邵广平，转业兵，共产党员，主修的是漫画。其他能叫来名字的，鼓风机厂的马继盛，风动工具厂的邱明新，机床一后来调到市委的侯德岩，冶炼厂的刘光亚……女学员不多，有现在在沈阳师范大学的董玉玲教授，我引荐了我们厂工会的女广播员，学了几天，不学了。

每周的活动挺丰富。听课，示范，拿作业挑毛病。沈延毅、杨仁恺都讲过课。沈老上的是大课，在文化馆一楼阅览室。姚志忠先生陪同来的。两个人都是大个儿。沈先生人民装，高度的近视镜，好像没有拄棍。杨老好像经常去，总是笑容可掬的样子。当时在沈阳书法圈先几年露脸的人都讲过课，印象最深的是书法家刘丹，大背头，风衣，个儿大话也大，令人望而生畏。示范自然是徐炽先生为主，结体，用笔，在乒乓球案子上反复讲解。记得有一次，不知谁搞到一支鸡毫笔，大家都试着写。我也试验一把，太软，根本不听使唤。徐炽老师是最后一个示范的，小小一支笔到了他的手上变得俯首帖耳，进退裕如，真是熟到家了。

从那天起，我就开始注意徐炽先生的手。我做过六年工人，知道手在工作中的细微作用。徐老师的手微胖，指稍短，但有力量，难怪他喜欢颜真卿。那时他执笔喜欢执上端，不像现在视屏上那样的随性。想象中的艺术家的手，应当修长、白皙、洁净，这几样徐炽先生都不占，而且他的手总是有些墨渍或其他物质残留。可就是这样一只手，一旦拿起笔来，竟是那样的得心应手。首先是功夫，再就是感觉，写过字的人都知道，不同的纸，不同的笔，不同的环境，应对起来是不一样的，理论上可以这样说那样说，写起来却不是容易的事。

厮混熟了，有时间就往文化馆跑。徐老师有事也愿意喊上我们，哩哩啦啦一伙人，挺热闹。一次，位于路北的电工机械厂的宣传干部邢子清（画家邢子云的弟弟）请徐老师写标语，我也跟着去了。邢子清要徐老师写行书，徐老师偏写美术字，结果是徐老师写一个字邢在后边用布抹一个字。徐老师无奈地笑了。我又一次见证了徐老师手的神奇：偌大个笔，像刷子的那种，在他的手上左旋右转，轻松得有点儿像跳舞，写出的字敞敞亮亮。

1981 年《沈阳日报》招考记者，我侥幸考了进去。从那时起，虽然每天还要临帖，书法的活动基本不参加了。铁西书法班的活动却总忘不了，特别是徐炽先生的那一双神手。近几年，徐炽先生沉疴着身，不能写字了，那一双创造的手失去了施展的机会。人们都为之惋惜。退休后时间多，有机会我就和尔福几个去看望他。徐炽先生的身体一日不如一日，那双手竟还是那样有力，当然也包含着几多不甘与无奈。电视上常看到这样的镜头，杰出的运动员总要在纪念物上留下自己的手印。一个书法家的手也是一样的珍贵啊！理论上可以这样说那样说，但古今多少字毕竟都是用手写出来的。

握着先生的手，我的眼睛湿润了。

2017.7.20

云想衣裳

张大威

腊月初七，城里的一个京剧团到邻村唱大戏，村子里看完第一场大戏的人，都在幸福地回忆，说那青衣如何端庄，那花旦如何俏丽，那小生如何俊朗，尤其是那戏服，都是绣着奇异花朵、飞鸟、蝴蝶、走兽、水纹等等图案的绫罗绸缎，好看得能亮瞎人的眼睛，比过去大户人家的小姐太太穿得还要漂亮风流哩。

一定得去看戏了，小孩子也知道，剧团只在那个村子唱五天大戏，五天一过，戏台子拆了，红没了，绿去了，台底下的人各回各家，吃饭干活儿，干活儿吃饭，循环着相同的黎明与黄昏，满目的繁华瞬间归于沉寂，一切都将无处追寻。戏台终究是虚幻的。下次再来唱大戏，不知要等过几个冬天呢!

而我之所以要去看戏与其说是对戏本身感兴趣，不如说对戏服更感兴趣。因为在我的周围，一件花衣裳，就是一个女孩子的全部梦想。

终于站在戏台下面了，今天回想起来，我看的那出戏应该是《西厢记》，戏中的莺莺、张生、红娘，演绎着怎样一场玉人的缱绻，绝代的风流，我不懂，因为没到懂的年龄。只是贪看那霞衣霓裳，台上玉人们的服饰像花朵一样熏香了那个透明凛冽的冬日，那些绫罗绸缎的褶皱，在玉人们细碎的脚步下，荡起了涡流圆润的微风，漾起了涟漪堆叠的春水，那些精致美妙的移动画卷，是远年绿竹疏梅的庭院，是青山飘逸的飞瀑，是小桥流水的红舫，是绿杨马上的春衫，是簪花贵妇的裙裾，是游春少女的水袖……哦？

我们的祖先原来曾经穿过这样的美服，佩戴过这样的美饰，他们曾经有过这样的容颜，这样的风姿，我们的族群原来竟然可以这样的美！

云想衣裳！人亦如诗，诗亦如画。

锣鼓寂然，戏散了，戏中的江湖与廊庙就是一张薄薄脆脆的纸，它现在被一只手卷成一个纸卷收起来了，挟在腋下带走了。偌大的广场上只剩下一座戏台等待拆除，冬日的阳光纤尘不染，它使戏台一览无遗，我恋恋不舍地望着那座简陋的戏台，感谢它在以后的日子里，让我记忆的手指无数次抚摸在它的胸膛上，于腊月明亮的阳光中，不断舞动的锦衣丽裳。

有一天，智利诗人聂鲁达来到了中国的戏台下，他讶异于戏台上那梦幻般的光彩照人的衣裳。他赞叹道："中国戏剧似乎仅仅是它那完美的行头——简直是神奇的再现。服饰的豪华和气派仿佛是戏剧的全部。""剧中人的衣服简直难以描绘，遍体的绫罗绸缎。"男演员"身上罩着色彩斑斓的、长及脚跟的长袍，袍子开叉，露出耀人眼目的绣着凸花的裤子"。整个舞台是"一片绫罗绸缎组成的幻影"。

幻影在舞台上的阵阵笙歌中沉浮，戏剧里的人生是时光深处的花朵，它带着当年的晨露，在过往的春风中摇曳。走出戏院，聂鲁达来到中国人市井生活的坚硬真实中，软软绫罗绸缎覆盖下盛开的舞台之花，无法在现实色彩贫瘠的土地上寻觅。而天上那轮如水的月华，映照的也只是戏剧中的琼榭瑶台。现实——由人组成的蓝灰黑三色的服装的河流，在大街上缓慢迟滞地向前涌动。聂鲁达又一次讶异了："中国街头所见的上衣、裤子之类服装，都很简朴，而且不美观，蚂蚁一样勤劳的中国人消失在他们平平常常的服装里。"

聂鲁达来晚了，如果他在黄帝时代来，他会看到嫘祖的手中已抽出长长的雪花样的蚕丝；如果他在吴越争霸时代来，他会看到西施的手已浣出飘飘的云锦似的纱；如果他在汉代来，他会看到如长河一样翻滚的丝绸之路，我们为遥远的国度送去精致与时尚，让这些国度宫廷中的皇后、妃子、宫娥，在丝绸扬起的香风中柔软美艳起来。更别说大唐盛世服饰的高贵辉煌，宋明时代服饰的清丽典雅，那些时代的衣香鬓影，环佩叮当，会让他见识到普普通通的中国人的群体形象，不是蓝灰黑三色在大街上爬动的“蚂蚁”。那时的男人们则是珊瑚玉树，三春白杨。那时的女人们则是百花韶秀，翠柳垂金。美妙的服饰，精致的穿戴，优雅的生活，是对生命的诗意释放，也是对生命的温润抚慰与欢愉赞赏。

我爱这躯体，我爱这生命，我要让它美，让它舒适，让它高贵得体，仪态万方。高质量的服装是一种文明，是人与兽的细致区分。人必定是按照美的模式来塑造自己的。美丽的服饰不只飘拂在舞台上，也应该飘拂在人烟中，舞台本来就是生活的提炼与升华。

聂鲁达也来早了，倘若他今天还在人世，再一次来到中国，无论是在装修考究的商场里，还是在新兴的电商平台上，抑或是人流如潮的大街上，千姿百态的服饰，浮动着不同颜色的光影，业已在大地上织就了一个永不消逝的春天。

2017.12.5

1982纪事：书坛“九畹”在沈阳诞生

初国卿

2017年，为了纪念书坛“九畹”诞生35周年，《沈阳日报》“文脉溯源”版特别策划了“九畹系列报道”。一时间，蕙风徐徐，“九畹”再度成为辽沈地区热门话题。

“九畹”的成名是在1982年7月，在当月辽宁美术馆举办的“九畹书法展”前言里，9个人联袂写下了这样一段话：“我们九人以风格各异的作品在一起办的展览就用屈原赋里‘九畹’一辞为题。这并非是以兰、蕙自喻，不过是借以表示在这块小小的园地里，有前辈们浇灌的心血，有我们追踪前贤的足迹、辛勤耕耘的汗水和艺术探讨的甘苦。经过二三十年的滋树，春温秋肃，雨润风抚，九畹之园竟也秀然花发。然而，书法之园千亩尚嫌不广，何况是九畹之地。展览之后，若能引出姹紫嫣红的繁花来，我们将感到极大的欣慰。流年似水而艺无止境，‘路漫漫其修远兮，吾将上下而求索’。”正如其中所言，“九畹”作为一个书法群体，它的诞生自有其历史与现实，地域与人文的因缘际会。

首先是民族国运背景。1982年的中国，注定是中华民族历史上一个不平凡时代的开始。这一年，中国共产党第十二次全国代表大会在北京举行，邓小平致开幕词中第一次提出了“建设有中国特色的社会主义”这一崭新命题。中国的改革开放逐步深入，中国人，中国文化界迎来了前所未有的新时代，中国的书法家自也如雨后春笋般焕发出勃勃生机。

其次是历史地缘背景。“九畹”所在的辽海地区自古以来就不缺少文化积淀与书法传统。只在书法传承方面，从商周时的“孤竹罍”，到秦时碣石宫的砖瓦文；从三国时的《毌丘俭纪功碑》，到后燕时的《崔遹墓表》；从北魏时的《元景造像记》，到唐时书家韩择木；从金代王庭筠、赵沨，到元时的耶律楚材、姚枢；从明代的李如松、潘辅，到清代的范承谟、高其佩、李楷、铁保、李鹤年、王尔烈、郑文焯、杨钟羲、缪润绂；从民国时期的王光烈、胡永年、金梁、谈国桓、张之汉、李西、葛月潭、白永贞、金毓黻，到新中国初年的周铁衡、沈延毅、霍安荣、白文韶、李光远、冯月庵、陈怀、高澄鲜等。这些书家，或为翰林，或为进士，或为著名学者，他们积淀下的辽海这片书法“黑土地”，为“九畹”的诞生提供了丰厚的艺术土壤。

再次是当时书坛背景。“九畹”诞生的同年，辽宁省书法家协会成立；前一年，中国书法家协会成立；前两年，“第一届全国书法篆刻艺术展”在沈阳开幕，在这次展览中，沈阳入展作品近 30 件，列全国各省市之首。而恰在当时，生活在沈阳的 3 位著名书家也起到了一定的示范作用。一位是“如今魏法在辽东”的沈延毅，一位是“辛苦辽东管幼安”的杨仁恺，一位是“百年低首赵悲庵”的李正中。当时沈先生 80 岁，杨先生 67 岁，李先生 61 岁，这 3 位先生以其不平凡的人生资历、深厚的诗书学养和广泛的海内外影响，不仅代表了当时辽海书坛的实力，同时也对后起一代的书家起到了重要的推动与影响作用。

正是因为国运、地域和书坛的三重背景，才促成了“九畹”的诞生。当然这里还有“九畹”每一位个体的文化审美同构、共同发展愿望以及相互间的包容与欣赏等诸多因素，从而才有了“滋兰之九畹”。

“九畹”的诞生为辽海乃至中国书坛吹进了一股强劲而新鲜的翰墨之风，迅速引起书界的广泛关注，确如他们当初所料，“姹紫嫣红繁花来”。

因为多年来尤其是经过“文革”之后，沉寂的书坛还没有过这样的新鲜事物出现，尤其是以“九畹”之名面世，不仅名称雅致而富书卷气，同时一地9人以高水平的作品形成流派，确实令书界振奋。

“九畹”的作品，以豪放而大气的辽海文化为基础，相互间不仅有着共同的艺术主张和美学追求，同时又具有趋向相同的风格特征，由此形成了具有延续性甚至传承关系的书家群体。在中国书法史上虽也不乏并称之流派，但多是松散组织或是后人指认，如“唐草三杰”“宋四家”“吴门书派”“云间书派”等。但能像盛京“九畹”这样，同仁雅集，相互切磋，办展出书，并不多见。所以，“九畹”的诞生在当时就成为全国书坛一件具有重要意义和广泛影响的事。

随着“九畹”在书坛影响的不断扩大，辽海地区的书法创作日益繁兴，并逐渐形成了广泛而厚重的具有梯次特点的书法创作队伍。“九畹”诞生的第二年，辽宁书协又举办了“十五人展”，还在中国美术馆与中国历史博物馆分别举办了有20人参加的“北园书法展”和“二十九人书法展”，许多书法家从这几次展览中脱颖而出。1984年，有46件辽宁书家作品入选“第二届全国书法篆刻艺术展”，1986年的“第三届全国书法篆刻艺术展”上，辽宁又有30余件作品入选，均居全国前列，成为真正意义上的书法大省、强省。“九畹”之风，劲吹华夏。

时光荏苒，30多年过去了，“九畹”以改革开放后在全国最早形成的书家群体而早已定格在中国书法史上。当年，“九畹”中年龄最大的李仲元先生才51岁，年龄最小的董文先生只有36岁。而如今，仲老已经86岁，董先生也已72岁。如果说1983年辽美版的《九畹书法集》所收作品个别的还略显不足，那么今天的“九畹”，虽然已不能联袂悉数登场，但每一个人都已成为知名书家。王贺良的古拙苍茂、孙德洲的端庄遒美、李仲元的清雅秀润、陈复澄的恬致活脱、姚志忠的浑厚劲健、徐炽的奇宕丰赡、聂成文的俊逸潇洒、郭子绪的纯真朴野、董文的奔放华滋。老树着花，各呈风姿，令书坛敬重而服善。

千百年来，古今中外，没有一个人是因为财富众多而被人们长久地纪念，他能留存于民间或青史上的名声，几乎全部地来自于他的德行与公共行为。“九畹”无疑是书坛的一个公共行为，其价值和意义我们还远没有说尽。“玉庐墨妙世无同，九畹高情更所工。”风起“九畹”，这是蕙的风，一茎九花的蕙，树蕙百亩的风。希望辽海书坛再借此风，滋兰千亩，秀然花发。

2018.1.10

六十年前的文学事

李宏林

1956年5月，在北京召开由中国作家协会和团中央主办的全国青年文学工作者代表大会，这是继1954年召开的第一次全国作家代表大会后新中国的第二个全国文学盛事。辽宁组成一个代表团，我是抚顺市的代表，当年21岁。出席这样的盛会当然感到很荣幸。第一天的全体会议在中南海怀仁堂举行，由周恩来总理作世界形势报告。周总理身穿青色中山装，步履沉稳地走上主席台。他一出现，全场就报以暴风雨般的掌声，他站在讲台前，掌声还是不断。这时他皱起眉头，抬起双手几次往下压，力图制止大家的掌声。过了好一会儿，掌声才停息下来。谁也想不到，周总理说的第一句话竟是批评大家，说："我不同意你们为一个人这样鼓掌。"总理的面容很严肃，语气虽重，却充满关怀。会场寂静无声，总理才把话转向讲述世界形势的正题。他没有讲稿，一口气讲了十几个国家的政治、经济情况，那么多的绕嘴的国家名字，没有一个字说错。又讲新中国怎样在复杂的国际环境中应对围攻我们的敌对势力。他列举一个个实例，娓娓道来，真是让我们佩服总理的记忆力和他高瞻远瞩的分析判断能力。当时对国际形势还知之尚少的青年文学工作者，听了这样清晰、深刻的国际形势报告，大开了眼界，扩展了胸怀。

会议期间，在北京饭店举办一次舞会，在北京的艺术界著名人士赶来参加。齐白石老人被人搀着来到大厅，坐在贵宾席上。一会儿“卓别林”戴着标志性的小礼帽拄着手杖来到会场，他是由大表演艺术家谢添扮演的，这时大家才悟到那位齐白石也是由演员化装的假齐白石。正在人们称赞艺术家以假乱真的艺术才能时，大厅里突然响起掌声，是周总理来参加舞会，他边走边举起右臂向大家打招呼。乐队奏起舞曲，人们开始跳舞。在一对对男女走进舞池的时候，周总理由一位女演员陪同也走进舞池跳舞。他的舞姿端正，面容严肃。虽然总理不愿意人们突出他个人，但是人们走近他的渴望难以遏止，跳舞的人们都悄悄地向他的身边舞去，目光都盯向他，在总理周围形成一个舞的旋涡。在舞者中有两位知名人物与总理的舞姿截然不同，一位是陈毅元帅，他身材壮实，但是舞步轻盈，他与舞伴目无旁人地尽兴地摇动和旋转，让人看到元帅柔和的一面。更为自由奔放的舞者，是来自延安的著名诗人柯仲平，人们都称他为柯老。他的头发已经花白，下巴上留着一把列宁胡，他在乐曲中几乎是跳着带着舞伴从这头舞到那头，让大家看到了一位老诗人诗一般的心态，那个年头正是国家兴旺、人心舒畅、诗人诗兴大发的时代，从跳舞间可见一代文化人的兴奋心态。

除周总理的报告外，大会还安排了三次重要报告会，如果说大会的组织者为这报告会是百分之百的用心，而我只能说我只有百分之二十的收获。这是为什么呢？

第一场报告会的主讲人是团中央书记胡耀邦。当年他40岁左右，留着平头，矮个头儿，却显得精干。不过那天他神情有些痛苦，一上台先向大家说：“我牙痛，话语不清时请原谅。”接着他就侃侃而谈，手势也多，似乎牙痛的事也忘了。不过他的湖南口音却让我们北方人伸着了耳朵也听不准他说些什么。我听他多次讲“毛顺”，这“毛顺”是什么？我问身边的同志，他摇摇头。会后我找了懂湖南话的同志问了问，他说：“是矛盾，他在讲毛主席的矛盾论，告诉我们青年文学工作者要用矛盾的观点去看事物的矛盾，在诸多矛盾中学会抓主要矛盾。”可惜，这么重要的关于事物矛盾的讲述，我却一句也没有听明白。

第二场报告主讲人是文化部部长、中国作家协会主席茅盾先生。为了让青年文学工作者近距离接触这位文学大师，特意把讲桌摆在靠前的位置，我坐的位置离先生不过十几米，他梳得整齐的分头和唇上的一抹小胡，看得清清楚楚。大师很爱笑，一坐下就面带笑容地望向大家。他讲文学创作，谈他个人的写作经验，谈着谈着他就笑起来。我们北方人此时却很尴尬和着急，因为他讲的是地道的浙江家乡话，我一句也听不懂，更不知道他为什么笑。语言哪，中国地域广大，是好事，但是地方语言太多，也耽误事，一次重要的解惑悟道的机会，却因为语言的隔阂而白白流失了。每逢想起这件事来，都觉得十分遗憾！

第三场报告会的主讲人是苏联大作家巴巴耶夫斯基。他是获得斯大林奖金一等奖的长篇小说《金星英雄》的作者，当时在中国名声极大，大会组织者把他请来给中国青年作家作报告，可见用心之良苦。巴巴耶夫斯基没有苏联作家西蒙诺夫那种魁梧身材和大作家气魄，也少有肖洛霍夫那种蓬松的黄发和唇上的胡须所带来的潇洒。他光头，矮胖，穿着肥大的西装，有点儿像集体农庄里的会计。他神态拘谨，不善言谈，又遇到一位不懂文学的翻译，当巴巴耶夫斯基说过一段俄语后，咱们的翻译总要同巴巴斯基商量一会儿，然后把他的理解传递给听众，而传递的信号总让听者发愣，听他总说“零件”“构造”“链条”等工业名词，人们越听越糊涂，有懂俄语的听众忍无可忍了，在台下喊：“细节！”“结构！”“情节！”又有人喊：“换人！换人！”一时会场显得混乱。这时一位懂俄语又懂文学的同志上台去，向巴巴耶夫解释原因，这才把这场报告会圆了场。但是巴巴耶夫斯基已大大地减弱了讲述的兴致。唉，都是语言惹的祸！

2007 年，我去北京出席全国作家代表大会。会议期间，我的两位文学讲习所的同学、曾任中国作家协会党组领导的玛拉沁夫和任副主席的邓友梅，想起半个世纪前召开全国青年文学工作者代表大会这件盛事，那时大家都是朝气蓬勃的青年，而今都成为七八十岁的老人了，不知如今还有几人健在，还活跃在文坛上。他俩便在作家的代表中寻找当年的文学青年代表，搞一次小型聚会。总算找到10位老作家，加上他俩共12人。其中有李希凡，当年他和蓝翎是青年文学工作者代表会上最亮的明星，他们是因批判俞平伯的所谓唯心主义《红楼梦》研究而被毛主席赏识的两个“小人物”，由此展开了对《文艺报》的大批判。这次见面他已经80岁，小人物变成了老人物。还有我认识的著名作家孟伟哉，他曾出任全国文联秘书长，也临近80岁了。其中我算是小老弟，但也是70岁有余了。大家围坐起来叙谈。叙谈中都感慨岁月无情，好似眨眼间，青丝变白发。但是大家还葆有一颗年轻的心，特别是李希凡，一位记者采访他后写“希凡老矣”，他很不满，说：“我不还健壮吗？”真的，这些老作家是老而不朽，仍然“志在千里”。

是的，大家难得生活在国家富强、社会和谐的日子里，多少波澜壮阔的新生活在向老作家们招手，大家都表示继续用笔讴歌新时代新图景，为实现中华民族的伟大复兴而努力。

2018.7.22

万泉情缘

期望明天

梁利人

农历大雪前夕，沈阳城乡下了一场很大的雪。下雪时，天空很低，雪花无声无息地飘落在地上，显得十分安宁、平静。走在大雪中，回头望去，雪地上一排清晰的脚印。

在一派祥和的气氛中，《沈阳日报》“万泉”文学副刊迎来了创刊五十周年纪念。在这欢乐的时刻，回头看看“万泉”五十年的历程，翻翻已变得发黄的报纸，读读字迹已有些模糊的文章，会有很多感动，会发现“万泉”许许多多“闪亮”之处。

“万泉”是文学副刊，她忠实地履行文学作为“生活的镜子”的职责，真实地记录了沈阳五十年来生活的变迁和社会的发展。翻开“万泉”，许多十分熟悉、十分亲切的景象扑面而来，我们似乎可以看到当年老工业基地建设时的火热场面；我们似乎可以看到十一届三中全会后，人们意气风发地建设现代化的“新长征”，可以听到改革开放春风里万马奔腾的脚步声……这些激情燃烧的年代、激动人心的场面，深深镌刻在“万泉”的作品中，今天读起来，仍然会使人激动，令人热血沸腾，让人们无限深情地追忆流走的时空。

植根于沈阳城乡深厚的文学积累之中，“万泉”好比一方热土，吸引了众多名家，共同耕耘着这一片天地。何其芳、王蒙、刘心武、蒋子龙，这些国内文坛的知名作家、学者，常有文稿见诸“万泉”，使这个版面大大增色；特别值得一提的是，从1993年起，汪曾祺等五位中国当代文学名家专为“万泉”开了一个专栏《五老峰》，这些语言文字巨匠的大作，为“万泉”筑起了一座令人景仰的“山峰”。辽沈文学界的一些名家，也常给“万泉”赐稿，在这块园地上播洒心血和汗水，为这方园地增添了鲜明的地方风情。“万泉”还团结了一大批文学爱好者，培育了很多文学青年；辽沈地区很多较有成就的作家，都曾在“万泉”这块土地上吸取了营养，增长了才干，从这里一步步走向更加精彩的文学世界。

经过一代又一代报人的精心培育，“万泉”形成了自己独特的风格。读者说，“万泉”离咱们近，读起来亲。从形式看，除了诗歌、散文、小说，还有北方的大鼓书、快板词，特别是东北人喜欢的“二人转”唱词，也成了版面上的“主角”。从内容看，“万泉”描写的是北方的生活，北方的森林和北方的原野。北方人的直爽、豁达、热情和豪放，在“万泉”的字里行间流淌；北方的高山、大河、黑土地，谷子、大豆、红高粱，在“万泉”的诗词文赋中展现，“万泉”说得最多的是家乡话，写得最真的是地方事。这正是“万泉”拥有稳定读者群、永葆生命力之所在。

我们在回望“万泉”过去五十年之时，遥想她的下一个五十年以至一百年，对未来的“万泉”充满了期望：

我们期望“万泉”继续提高品位和格调，永葆正直、高尚、纯洁的品格，用如椽之笔，讴歌伟大的时代和神圣的事业，忠实记录中华民族伟大复兴的光辉历程；尽情赞美、歌颂人间的真挚、善良和美好，抨击虚伪、丑恶和腐化，帮助人们陶冶情操，净化心灵，丰富生活。

我们期望“万泉”继续保持并不断完善自己的风格，坚持贴近生活、雅俗共赏的方向，以浓郁的地方特色，以深厚的乡土风情，以朴素、自然、诚实的内在品质，以读者喜闻乐见的形式，保持特色，发扬优势，富于新意，自立于报纸副刊之林。

我们期望“万泉”紧扣时代的脉搏，走在生活的前列，广开视野，博采众长，在形式上、手法上不停顿地推陈出新，以自己的“五十年”为起点，向更高的目标进军，以崭新的形象出现在读者面前。

五十年，对一个人来讲很漫长，但对一张富有生命力的报纸及其组成部分，它就是发展过程中的一段历程，也许就是短暂的一瞬。“万泉”未来的路很长。我们相信，有报人们的精雕细刻，有作者和读者的鼎力扶持，“万泉”一定越办越好。

“风雨送春归，飞雪迎春到。”我们从纪念“万泉”五十年的欢乐时光中走出来，面对的是漫天雪花中孕育的又一个新春。愿“万泉”像春风中的一朵鲜花，为大地增添春色，为生活增加色彩。

2003.12.17

笔墨万泉二十年

荒　原

识荆“万泉”副刊，迄今整20年。那时候刚出校门，自以为会造几个句子，就愣头愣脑去闯报社大门。当时《沈阳日报》还在三经街老院。

1983年冬春，我不歇气地写了好几篇文艺随笔，居然都在《沈阳日报》副刊上发了，这在我当时供职的辽宁省地质矿产局，简直成了个事件。当三经街被盛开的桃花挤瘦的时节，一位姓陈的编辑打电话说要见见我。文艺部屋里很拥挤，横七竖八的桌子，一堆一堆的稿件，红蓝两色墨水瓶。陈编辑大概是想看看这小子是不是从书上抄来的这些“豆腐块”，所以她不厌其烦地问我是哪个大学毕业，学的什么专业，以前都给谁家投过稿，平时都看些什么书，最后把我带去的几本书全都留下了。退还那几本书时，我本来准备了几句挺刻薄的话，陈编辑却说，谢谢你帮我学习了，我从别的部调来文艺部时间不长，我得向作者学习。她还十分恳切地要我以后再多写些，支持她的工作。她这样说的时候，我臊得无地自容。

当时文艺部的编辑中只有胡中惠是个新手。此君眉清目秀，温良谦和，加之年纪相仿，故觉得近便些。他很愿意提携我这样的新人，说不妨试着给“万泉”版写一点儿散文，然后便从题材入手启发我，一直循循善诱到工间操铃响，告了假继续诱。不久，我在“万泉”副刊上发表了平生第一篇叙事散文（写得不好，惭愧），人家胡兄没说什么，稿费照给，还送给我一本市面上刚见的周作人的散文集。我便扯猫尾巴上炕，接着作了一篇赞美深山枫叶的抒情散文，看看春节将至，又写我故乡的人们如何守岁……一来二去，我和“万泉”副刊由生到熟，自此笔墨相与，寒暄递嬗，一路逶迤下来，竟有了20年棒打不散的交情。

从前电视和杂志等媒体还不太发达的时期，报纸文艺版有点儿像丛林中的一条小溪，长途中的一间驿站，寄托着温软的期待。有许多人单是为了看文艺版上的散文、小小说或诗歌，甚或一幅美术作品，才去等那天报纸的。值我识荆“万泉”的前后，全国各地正陆续创办新报新刊，旧报也纷纷扩张，但那也不够用，反倒刺激了无数饥渴的人用文学填补精神虚空。几近板结的社会经常被一篇文学作品轰动得鸡飞狗跳，一篇小说也会让人一夜成名，就像现在的歌星影星一样。这等情形下的“万泉”副刊，可以想见多么受青睐，其编辑多么被景仰。幸好中惠兄那时已有贤妻，不然求婚者会把三经街挤得一塌糊涂。

文艺部编有好几块版，“万泉”副刊是其中的主打产品，里面又分“天柱山”“沈水晨语”等诸多栏目，中间虽不时做些调整，但大体上是以体裁板块组合，显示出精短鲜活、雅俗共赏的风格。“万泉”版上，既有本城的成名作家登场助力，又有外地的一批大腕不时光顾，诸如刘心武、蒋子龙、邓友梅、吴若增……实力强劲。也许是出于我个人喜好，每次一看见第四版上那种特殊的版式，我的心就欢蹦乱跳了，非得一字不落看一遍不可。还有人给“万泉”副刊充当业余评论员校对员，每星期都要写信或打电话给编辑部。在当时东北三省的副刊里，沈报的“万泉”版是很出色的。有许多人是从“万泉”版起步走上文坛的，我也忝列其间。无论对于读者，还是对于作者，“万泉”都是一掬生命之水。至今犹然。

“万泉”迄今已有50年历史，这实在不是件容易事。如今虽然多种媒体互相占山头、抢饭碗，可读之物早已多如牛毛，但“万泉”版始终是沈阳文坛的一块重要阵地。一个城市有这么一个版面，等于有了一个分量很重的文学存在和文化风标，值得庆幸和感激。回想这 20 年，我从一个毛头小子步入珠黄毛杂的中年，与“万泉”的交情又何止于笔墨？那是一份永志不舍的眷顾，一根牵结情感的锚桩，唯其有，此心可安。

2003.12.17

祝“万泉”碧水长流

解　明

“万泉”度过了 60 岁生日。这块报纸副刊阵地、一方文学热土，60 年间发挥出其特有的功能，以丰富多彩的内容，清新活泼的形式，与时俱进地宣传了在各个历史时期的中心工作，用多样的文学作品反映了新中国社会主义建设和改革开放取得的伟大成就。“万泉”的清澈碧流始终伴和着时代前进的脉搏跳动。

一代代读者从“万泉”中受到美好陶冶、心灵的启迪。

“万泉”为报纸的深厚文化内涵，做出了有力的支撑。

作为一名最早的“万泉”副刊的编者之一，此时回首“万泉”走过的风风雨雨路，我首先想到的是那些先后为这块文苑长期给予热忱关怀、支持，并付出了才智的作者，心头涌起一股由衷的感念之情。

60 年来不断发展壮大的“万泉”作者团队中，既有国内知名的专家学者，也有先后在文学路上起步的文学青年。“万泉”上闪耀着他们思想、智慧和灵感的华光。

数十年间在不同历史时期活跃在文坛上许多辽沈地区的作家、诗人、文化学者，如牟心海、晓凡、刘镇、徐光荣、佟明光、高东昶、郎恩才、丁晓翁、汤炀、未凡、王守勋、刘文超……他们在文学道路上迈出的第一行脚印，就清晰地留印在“万泉”上。因此，“万泉”作者团队中的许多人，对这块曾经给予过他们帮助的文学园地，一直有亲切的情怀……

著作等身、功成名立的老作家杨大群说：“我同《沈阳日报》的文学因缘，称得上既深且久了。”

著名军旅诗人、作家胡世宗说：“我的成长进步离不开《沈阳日报》，对《沈阳日报》的感激之情始终跳动在我的胸中。”

国家一级作家崔亚斌说：“《沈阳日报》对我来说，是一所大学校，可以说我这个作家是《沈阳日报》培养起来的。”

在“万泉”创刊60周年这个值得纪念的日子里，先后在“万泉”副刊任过编辑，与我亲密共事过同仁们的音容一一浮现在脑海中。在那些难忘的岁月里，大家热情深入生活，密切联系作者，认真听取意见。在工厂车间、火热的工地、机关、学校、居民区经常可以看到“万泉”编辑的身影。“万泉”上有些作品就是从车间板报上工地广播中得到的，洋溢着浓浓的生活气息。

为了拓宽稿源，对省内外的名家，我们则通过书信或专程造访热情邀稿。

“万泉”的编者还经常通过举办不同规格的创作班、讲座，发现作者，提高作者的写作水平。

沈报原总编辑刘黑枷有一句名言：“新闻不是用手写的，而是用脑和脚写的。”“万泉”副刊能够坚守到今天，并且还在强有力地继续繁盛下去，我想也不仅仅是靠手编辑出来的啊！

60年间，李维纯、孙北、陈瑞鑫、范则仲、黄仁路、卢克、石砚、李恕、詹永春、于在洋……这些“万泉”副刊元老级的编辑已经先后离世了。如今健在的王荆扉、纪彬、王中、陈少华、张力戈、李芳远、刘庆湛、姜鸣、秦铁汉等“文革”前参与编辑“万泉”的老编辑，也都是七八十岁的老者了。“文革”后任过“万泉”编辑的肖祖臻、赵宝常、罗立夫、王传章、刘禾、孟祥棣、胡中惠、杨春燕也都进入了退休行列。老同志王占喜则久卧病床；任洪良、王世烈已驾鹤西游了。

我是1953年被分配到《沈阳日报》工作的，1993年从文艺部主任的岗位上退休，43年的报人生涯，几乎都是在“万泉”度过的。“万泉”留下我美好的青春记忆。

“万泉”让我享得了人生事业的成就感。

“万泉”让我享得了生命旅程上的幸福感。

我珍惜终生难以忘怀的这段宝贵经历！

祝“万泉”在新的起点上，呈现出花团锦簇、更亮丽喜人的景象。

2013.12.20

储藏童话的地方（外一篇）

刘　齐

小学时代，每个假期我都要到沈阳日报资料室看书。记得有一本苏联作品叫《我看见了什么》，写一个外地儿童到莫斯科旅行的经历。每一页都有插图，文字都很浅显。遇到生字也不要紧，上下文一捋，再顺着插图一猜，大体意思就了然于胸。这是我以一年级的学历读过的第一本书，足有一寸多厚。识字渐多，看书的口味也不断变化。从童话故事到民间传说，从探险历程到战争小说，从漫画杂志到科幻读物，一本又一本，一年又一年，不断收获惊喜和乐趣。

写到这里，一本书的封面"回放"在眼前：一个顽皮老头儿平伸食指，让一个微型小孩儿立于其上，向一扇大门的锁孔中窥探。这本书名叫《法国民间传说》。我觉得那个小孩儿像我，向着遥远的课外之所、好玩之地张望。沈报是给成人看的报纸，不知出于何种考虑，资料室里却藏有大量童话故事，各族各国，亦长亦短，看得我两眼昏花，乐不知返。

另有一本书的封面也于脑区"回放"：黄昏的天空在上，黝黑的树影人影在下，有点儿神秘，有点儿凄美。书名：《西流水的孩子》。西流水是一个抗日村庄，今天在我看来，也是一段时光，美好，忧伤，一去不返。当年就觉得这个封面和书名有一种难以言传的奇异，故记得很牢。却像天下许多粗心读者一样，并不关心作者是谁。直到近年一个偶然机会，才知道该书是老作家周而复先生写给少儿的读物。

西流水，周而复，多么惆怅，多么梦幻，一切都流走了，一切又都回来了。书香，伴着油墨味、尘土味、糨糊味的书香回来了，被书尘弄得掌心黑黑的小脏手回来了，沈报资料室工作人员——我的故去多年的母亲闻树，还有小佟阿姨也回来了。因为饥馑导致的浮肿，母亲显得很胖。她总是让我洗手，不抹肥皂——老话叫胰子——不行，不多洗两遍也不行。

资料室的平房外面，报社老院子里的假山也回来了。假山上有凉亭，假山下有防空洞，防空洞为沈报前身——国民党王牌新六军的机关报所遗弃。该机关报名叫《前进报》。不知何故，此后沈阳军区的机关报也叫《前进报》。我的父亲刘黑枷是《沈阳日报》的第一批员工，1948 年冬曾参与接收新六军的这家报馆，并写有诗句："撕碎《前进报》，齐唱明朗天。"多年后沦为批斗对象时，他的不少诗文都被断章取义，深文周纳。诡异的是，这首诗却得以幸免，无人质问：解放军的报纸你也敢撕？历史总有一些大大小小的谜语，留给后人猜测。

耳边隐隐传来印刷机械的震动声和街头汽车的喇叭声。那时沈阳的机动车辆不多，市内重要机构如沈报者，也仅有一辆浅绿色的苏联胜利牌轿车和一辆墨绿色的美国军用吉普，外加一辆不知其名的陈旧摩托，用来给领导传递报样和文件。引擎的尾气也没有今天这般让人掩鼻皱眉。物以稀为贵，那时的汽油味还可能被人们嗅出某种现代化的先进味道。

防空洞内外，弥散着青草、鲜花、酒精和洞底潮气的混合气息。一些工业酒精大瓶子和截顶圆锥体小木头横七竖八，陈于脚下。酒精瓶里的液体大概用于清洗老式的、如今早已退役的铅字版面，而那些小木头则是轮转机专用大纸卷轴心的堵头。今天的我，宁愿将其看作特大号的葡萄酒瓶的软木塞，启开陈酿，追忆酒香。

假山下面的通道上，来来回回，行走着早期报社的编辑、记者、工人和行政干部，衣着朴素，心思也朴素，对未来满怀希望，却谁也不能准确料到，自己的将来，是继续留在报社，还是下厂、下乡，或者出国、经商。

这些父辈职工中，有一些我曾在资料室见过，都是静悄悄的人物，不大说话，说话声带也压得很低，只是埋头查资料、做笔记，只是听见笔尖的沙沙声，翻阅报纸合订本的哗哗声。渐渐地，什么声音也听不到了，四下里一片沉寂，光线也暗淡了许多。胃肠鸣响，午间母亲从食堂买来的苞米面发糕，所费二分钱二两粮票，甜，掺有困难时期难得的糖精，此时早已消化殆尽。所幸有免费的精神食粮支撑身体，主要是支撑心灵。心灵领导身体，身体就忘了饿，随着心灵一起傻乐。

忽然有人高声呼唤，我在高大的书架尽头发现母亲或小佟阿姨向这边探头。她们下班或是开会走得急，将我误锁在书海之中。领我出门，重新上锁。书我相隔，恋恋不舍。

时光流逝，我从少儿变成知青、工人、写作人、天涯人。形迹远离了，目光远离了，资料室给予我的童话般的美好和恩惠却不曾远离，不断滋养我，提升我，在我庸俗的时候，迷惘的时候，坎坎坷坷的时候，跟此后我读过的其他书籍合为一体，助我一把力气。

2014.12.19

父亲不许我给“万泉”写稿

“万泉”是《沈阳日报》副刊的名字。说来令人难以置信，“万泉”最初给我的感觉是冰冷如霜，尽管那时是夏天。

1966 年 8 月 25 日清晨，父亲把我们几个孩子叫到庭院里，在石阶上摊开报纸，只见一行大标题恐怖地排开——请看沈报“万泉”副刊在刘黑枷把持下所贩卖的黑货。标题下面，是一整版一整版凶悍的文字。

不知是安慰我们，还是安慰他自己，只听父亲可怜巴巴地说：“还好，还没全面批判，批的只是副刊。”

“还好啊？”我心惊肉跳，提一下短裤，蹲在灌木旁边暗自嘀咕，“都已经叫‘黑货’了。”身上打冷战，两条胳膊便把裸露的小细腿紧紧抱拢。那个被报纸点名的刘黑枷，就是我父亲，当时才四十多岁，从1948年接收国民党报纸那一天算起，父亲一直在沈阳日报社上班。我小时，有一次半夜上厕所，见他躲在厨房，鬼鬼祟祟写东西，电灯泡暗淡，香烟雾呛人，“万泉”上的“黑货”，大概就是这么弄出来的吧！

院外很快就口号喧天，父亲无处可逃，只好出去剃阴阳头，挂打红叉的大牌子，日复一日地挨斗。我则在无人注意时溜到街上偷看大字报。有一张是这样写的——当年给副刊起名，一个同志认为应该叫“东方红”，刘黑枷一撇嘴，坚持叫“万泉”。看到这里，我的身上又是一冷，都怨你，“万泉”！你可把我们坑苦了。恕我年幼无知，不懂革命玄机，假如瞄上了你，即使叫红红红一万个红也没用，还会有另外的说辞等着你。

从此落下病根，一听“万泉”这两个字，我就禁不住发冷。现代芭蕾《红色娘子军》有个插曲，“万泉河水清又清”，苗条的女红军伴着曲子踮脚尖，舞大刀，多美啊，多好听啊！而且说的是八竿子打不着的海南岛。不行，后脊梁仍然凉飕飕的，仿佛那大刀片子就贴在背上，随时可能一扭，将锋刃切进肉里。

多年以后，父亲从乡下回到报社，又给副刊出主意、发文章了。按说，“万泉”在我心目中就能热起来吧？也没太热，父亲不让它跟我热。他说，只要他在任上，子女就不能给“万泉”投稿。当时，我是个懵懂而又急迫的工厂文学青年，竭力想把钢笔字变成铅字。后来，我陆续在省里和北京发文章了，父亲仍不赞成我给“万泉”写稿。因为我除了正式职业，还有一个身份：沈报家属，到报社澡堂子买票洗澡可以，发稿不行。

父亲去世后，“万泉”的同志经常与我联系，约我写稿。胡中惠、王辉、杨春燕诸编辑并不知“万泉”在我生命中的奇特感觉，他们年轻，热情，待我暖如春风，有时还亲切地叮嘱：“早点儿交稿啊，你跟我们不是一般关系。”

我心头一热：“我知道，我是沈报家属。”说这话时，我的岁数已经超过父亲挨斗时的年龄。

给“万泉”写稿，我十二分地认真，生怕写得不好，让父亲的在天之灵皱眉。

父亲在世的最后几年，作为一个七八十岁的退休老人，虽不像昔日那样熬夜了，但文章照样写得勤。他把在“万泉”上登稿看得很重。查他遗留的日记，常有这样的字句——某某短文刊于“万泉”，“甚喜”，或“甚高兴”。

我旅居美国时，收到过几次他从万里之外航寄的整版“万泉”。我如获至宝，不但读他发在上面的文章，而且读所有文章，甚至把版花和供读者联络用的电话号码也详读再三，思乡之情汩汩而生，难以遏止。

我手头有张黑白相片，是父亲刚从乡下回来不久照的。那是8月的一天，父母带着我和弟弟，特意到老沈阳所说的小河沿照相。相片中，父亲头发花白，腰板溜直，规规矩矩站在小河沿的柳树下。

小河沿的大名就是万泉公园啊，就是沈报副刊名字的娘家啊！

2003.12.17

阅报栏前的那个少年

祝　勇

一

不知何时，我开始给报纸投稿。

投稿的对象，当然是，也只能是《沈阳日报》。

20世纪80年代，在四百万人口（当时的数字）的沈阳，只出版一份报纸，就是《沈阳日报》，因此说，《沈阳日报》是当时沈阳最主流的媒体。

开始是四开、四版，后来进步了，改成对开，像《人民日报》一样大，但还是四版，文学副刊“万泉”在第四版，一周才亮相一次。

我记得如此清楚，是因为自孩提时代，家中就订着《沈阳日报》。那时家里还没有电视，有一份报纸，已属奢侈。

我至今记得母亲每天取回报纸，放到桌上的样子。那时我们住在一座老式的筒子楼里，厨房和卫生间都是公用的，报箱在楼门口，需要下楼去取，一切都很不方便，但那时的父母还都那么年轻，比今天的我更年轻。我多么想回到那样的年代，多么想舍弃今天的各种方便，去换回父母的年轻。

那时投稿，需要在三百格的稿纸上手工抄写，两千字的文章，折叠、装进信封，已是厚厚的一叠。靠近邮筒时，心扑扑地跳，把它们装进邮筒，头也不抬，撒腿就跑。今天想来，那不像投稿，像贴大字报。

自那一天起，每天见到报纸，都会迫不及待地翻看，随时准备着自己的名字从密密麻麻的铅字里跳出来。然而，日子一天天地过去，那份报纸却固执地没有与我发生任何联系。终于有一天，那封寄出的稿件被退回了。

那时，普通邮资是八分钱。由于年少无知，我根本不知道邮寄还有超重一说，以为八分钱足以独闯天涯，直到我从退回的信封上，看到邮局盖上的一个红章，上写“邮资不足”。

这是最初投稿时的笑话，不足与外人道，但这样的狼狈，想必许多初写者都经历过。今天回忆起来，依旧是美好的。今天的中学生，许多已经没有了这样的冲动，甚至连愿望都不再有。

回想起来，我应该初中时代就开始给《沈阳日报》投稿，上高二时，才发表第一篇。

那些文字，在今天看来是那么的幼稚不堪，但它至少怂恿了我的勇气。从那微小的勇气出发，才一步步嬗变成今天的我。

二

沈阳日报社其实离我家不远，徒步走过去，甚至比走到邮局还要近。但在我当时的眼中，那个朴素的院落，低调而神秘，出出进进的人，都戴着厚厚的眼镜片，表情严肃，令我望而生畏。我一个半大小子，不配走进去，至少，收发室的老大爷不会答应。

但我每天都要到报社的门前“报到”，因为它刚好在我上学和放学的路上。所以每天早晨，家里的报纸还没有到，我骑着自行车，从报社门前经过的时候，就会停上片刻，向报社门口的阅报栏扫上几眼。倘发现我喜欢的文章，我就会站在那里，一口气读完。

如今，这家报社已有我许多朋友，他们一定不会知道，当年还有这样一位忠实读者。今年是《沈阳日报》创刊六十六周年，假如他们评选优秀读者，我想一定应该评我，因为它曾那么密切地融入了我的生活，就像我的父母一样。

如今的沈阳日报社，今非昔比，有了簇新的办公大楼，玻璃幕墙，高耸入云。但在我心里，这样的大楼不应该属于《沈阳日报》，它是《纽约时报》或者《华盛顿邮报》的，在我心里，《沈阳日报》就应该驻扎在那个神秘的院落、那座朴素的民国建筑里，带着那个年代的庄重质感。当然，那些建筑还在，还是报社的一部分，像一块基石，沉甸甸地立在那里。

当我在《沈阳日报》上陆陆续续地发表作品时，我已离开这座城市，是从报社寄来的样报上看到自己的文章的。所以，我一直没有体会过站在阅报栏前看到自己名字的那份心动。我在王蒙的一篇回忆文章里读到，"文革"后，王蒙从新疆回到北京，正是在大街上的阅报栏里，读到自己投给《光明日报》的小说《夜的眼》，他长吁了一口气，因为他知道，那个会写作的王蒙，回来了。

一个阅报栏，有时会成为一个写作者审视自己的窗口。

假如，这扇窗还在，有一天，向窗里探望过去，相信我会目击当年的自己。

三

二十八年前，我揣着一纸录取通知书离开沈阳。因此，我和沈阳的联系中，丢失了二十八年的时光（尽管我有时会回来）。假如有什么事物能够愈合这样的断裂，我想就是《沈阳日报》。因为，在遥远的异乡，见到《沈阳日报》，就等于见到了故乡。

终于，为一部名叫《辽宁大历史》（东方出版社出版）的书，我坐在报社的档案室里，一页一页地翻读着陈年的报纸。我知道所有过去的日子都没有过去，像我在一本书里说的，"所有消失的人和事都未曾走远"。它们以某种妥帖的方式贮存着，就在我的身前，依旧是那么鲜活、丰沛和浩荡。

11 月里，我又回到沈阳。那一天，遭遇了沈阳入冬第一场雪，让我又闻到了那种熟悉的清冷味道，是记忆里的那种冷——熟悉的、温暖的冷。

那种冷里，窝藏着我整个的童年和少年时光。如今父亲已不在人世，母亲也已离开了她生活大半辈子的沈阳，在我生活的城市里安度晚年。但走进从前的街道，就好像他们还在，站在原处，炊烟起时，等我回家。

家里的桌上，一定会有一盏清茶、一副眼镜，以及一份刚刚读完、折叠起来的《沈阳日报》。

2014.12.19

故人入我梦　明我长相忆

——怀挚友王占喜

徐光荣

4月2日，诗人、曲艺家、书法家王占喜驾鹤西归。悲痛，感怀，令我陷入物伤其类的沉郁。几日来，占喜那质朴、善良的面容，正直、勤勉的品貌，不时浮现在我的脑际，恰如杜甫《梦李白二首》中所云："故人入我梦，明我长相忆。"

屈指算来，我与占喜相识相交已是57年。1959年秋，我进沈阳低压开关厂当业校教师，由于爱诗习诗，被铁西区文化馆吸纳为诗歌创作组成员，在这里，我与同样酷爱诗的占喜走到一起，并很快成为志同道合的"铁哥们儿"。那时，占喜在沈阳拖拉机配件厂工作，参加活动总是穿一件洗得发白的蓝制服，皓齿重眉，英俊洒脱，说话带着几分大连腔。他父母带着小弟弟当时远走北大荒，他与高龄奶奶留守沈阳相依为命。白天上班打工，下班回家还要做饭做菜侍候祖母。日子过得很清苦，却能苦中求乐，以诗为友。对这位孝敬长者的后生，我自然地与他亲近起来。

占喜工作勤恳，多才多艺，很快成为工厂负责宣传的工会干部。他执笔向报社投稿，传递工厂生产生活信息。出于对诗的偏爱，他经常出入赛诗会现场，不久便成为《沈阳日报》优秀通讯员、频频在辽沈报刊发表诗作的“工人诗人”。我们进入铁西诗歌创作组后，又同时被吸收进沈阳市总工会工人创作组，常常在一起活动。从那时起，沈阳文艺舞台开始朗诵他的诗作，沈阳工人歌舞团曲艺队频频上演他创作的山东快书，业余京剧团里也有他这票友亮嗓的身影。

我们俩都写反映工业题材的诗歌，常相互切磋诗作，也常合写反映工厂生活的组诗。1963 年国庆前夕，《沈阳日报》诗歌编辑解明，邀我们写一首歌颂祖国的长诗，我们俩约上水泵厂的李香春、铁西少年宫的岸冈，共同完成了近 200 行的《升腾吧，东方的太阳》。诗作发表后，沈阳电台配乐朗诵播出，效果蛮好。第二年，《鸭绿江》的诗歌编辑阿红又邀我们为刊物写一首献给新中国成立 15 周年的抒情诗。我俩又邀岸冈、关维国共同完成了 400 行的《大旗歌》，那时，我们的居住条件都极简陋，大家挤在火炕上讨论诗稿，那种情趣，而今忆起犹觉温馨暖人。

1965 年，由于占喜反映工厂生活、歌颂劳动的文艺创作硕果累累，代表辽宁省出席了全国青年文艺创作积极分子代表大会，受到党和国家领导人的亲切接见，我们都为他高兴。谦虚的占喜取得了荣誉却更重友情，从北京归来，他即与岸冈跑到我家，向我讲述大会盛况，传达会议精神，直到月上高天，兴犹未尽，相约要为繁荣祖国的文学艺术捐尽绵薄。

占喜为人淳厚正派，即使在“文化大革命”的动乱年代，也能正人正己。正是这种品格，使他在 70 年代即被沈阳日报社调入，并开始了长达 20 余年的记者编辑生涯，从跑战线新闻到副刊编辑，解明退休后，他又接任副刊部主任，兢兢业业，孜孜以求，为发挥党报传媒重要作用、为繁荣辽沈文艺，他倾注了热情，投注了毕生精力。在他主持“万泉”副刊的日子里，团结了辽沈大批作家，扶持了一批批新人，特别是在关注诗、散文、杂文等传统栏目同时，辟出影评、剧评、书法、楹联等专栏，活跃了沈城文化生活，使“万泉”为沈城百姓喜闻乐见。

记得占喜担任文艺战线记者时，1981 年春，辽沈第一次在辽宁体育馆举办大型迎春文艺晚会，邀请到王晓棠、李光羲等名家光临。为了扩大宣传，会务组请侯宝林、唐国强题词，一时找不到好笔墨。当时，占喜已是辽沈地区活跃的中年书法家，主动从自己家中拿来狼毫名笔和精工雕就的盘龙徽砚，供侯宝林等挥毫泼墨。侯大师很欣赏这套“文房四宝”，以为是晚会赠他的，便随身带回北京。我们目睹了这个情况，都对占喜说：“这是你个人珍藏的啊，应该要回来啊！”占喜说：“我用的笔砚能得到相声大师的青睐，是我的荣幸，就算我赠送大师的吧！”一笑了之。

在他主持“万泉”副刊后，责任感、担当精神更得到充分发挥。记得1997年3月，“中国机器人之父”、沈阳自动化研究所所长蒋新松逝世，我赶写了7000余字的报告文学《魂系机器人》送到《沈阳日报》，占喜看后觉得蒋新松为国家开拓了一个新的科研领域，精神与成就堪称广大科研人员的表率，便热心与总编辑沟通，拍板将这篇报告文学发表，见报时间距蒋新松辞世仅仅8天。文章发表后，《科技日报》很快全文转载，推动了全国科研人员向蒋新松学习活动的开展，产生了巨大影响。而王占喜，正是为助推这个学习运动起到重要作用的人之一，其胆识令我至今难以忘怀。

相交近60年的挚友辞世了，往事件件桩桩在眼前翻卷，还有好多话要说，暂写到这里吧。此刻，我心中犹默念着，占喜啊，你终于从病榻上得到了解脱，一路走好！我和朋友们将会永远怀念你这位为沈城文化涂染过绚丽色彩的诗书兼美的文友！

2016.4.23

惜　别

王英辉

元宵佳节刚刚过去，就在次日的凌晨，一个噩耗弥漫开来，在朋友圈中传递，《沈阳日报》编委兼时评部主任王岩同志去世的消息，随着蒙蒙细雨，在他的同事和亲朋中间如同炸响的惊雷。

3月3日，正月十六，是周六，午后我正躺在沙发上，懒散地阅读止庵的《惜别》，那是一本以怀念他母亲为主线谈论生死的书。我拿手机看时间的时候，看到那条消息，惊讶地发出尖叫，把一旁的妻子吓了一跳。我一时竟不知如何是好，不敢相信这个事实。由睁大眼睛的怀疑，到锥心刺骨的悲哀，仿佛世界是在开一个天大的玩笑。

王岩是我们书友圈的重要一员，在确认他去世的信息之后，我的第一反应是，我们得做点儿什么！可是，我们还能做什么呢！《荀子》有言："生，人之始也；死，人之终也。"死亡断绝了死者的一切，也断绝了生者与死者之间的一切。唯一不能断绝的，是生者对死者的怀念。王岩是我的朋友，是我的编辑，是我的兄长。每一次的聚会虽然短暂，话语不多，但都是满满的正能量。他是一位难得的以思想为媒介、以读书写作为同道的朋友，我们在一起很少谈论个人私事，更不屑于吃吃喝喝，而常常是纵论新闻、文化、理论上的一些热点话题。他的为人是我的一面镜子，从他身上，我受到了敬业精进的熏染，常常以近朱者赤为荣。在他的引领下，我成为沈报的言论撰稿人。无论从思想深度，还是形式架构，抑或是文字锤炼，包括文章标题，都给予我精心的指导。可以说，在写作的道路上，特别是言论写作方面，王岩是我的老师。每每见面，我都会说作者都是编辑培养出来的，而他总是谦逊地一笑。我跟王岩相识已有近 20 年的历史，他曾在市委宣传部阅评组工作过一段时间，平时不苟言笑，但在理论上颇有造诣。多年来，沈报的大量评论员文章都是他的手笔，是沈阳市新闻战线和理论战线上一位辛勤耕耘、默默奉献的战士。如今，他默默地吐尽了芳华，离别了尘世，告别了他酷爱的岗位。熟悉他的媒体人、文化人无不异常心痛。我有幸见证了他的这一切，不幸地痛失了他这样一位有胆识、有作为的好朋友、好伙伴、好战友。下午，天空开始洒落蒙蒙细雨，望着窗外的雨丝，我在默默流泪，心情久久不能平复。人的生命啊，为什么如此脆弱？我们何以告慰逝者？一个在门里，我们在门外。就让我们的幽思，和着混沌的天空，伴着无声的雨丝，等待送别他的最后一程吧。

关于死别，我们经历得太多了。灯光下，我又默默地捧起止庵的《惜别》，眼前却总是王岩的音容笑貌，眼泪抑制不住，滴落在书页上，低下头，那上面分明写着止庵的一段话：“生是存在，死是不存在，而且连曾经的存在都不复存在。此犹不同于树之枯槁，花之萎谢，建筑之为废墟，而是没有了，无影无踪。”是啊，正如伊壁鸠鲁所言：“死不是死者的不幸，而是生者的不幸。”记得张爱玲说过类似的话：“活人的太阳照不到死者的身上。”人类无法逾越生死的永恒悲哀，除了鬼门关，人什么关都能闯得过去！然而，对于生者，除了悲哀，除了痛惜，还能做些什么呢？我们所能做的就是，把“不存在”的死者装在心里，让他成为永远的“存在者”。对逝者的怀念，最好的方式是接过他手中的笔，接续他未竟的事业，把他曾经为之奋斗，用他的芳华筑起的成就作为心中的“情感地标”，成为我们在新时代一路奋斗前行的一份依托。

2018.3.12

半世情缘

杜一白

《沈阳日报》创刊于1948年。真没想到，13年以后，我竟然能与它不期而遇，接连投稿，牵手结缘。之后虽然因故一度中断了文字笔墨联系，但依然是它的热心读者，每天都能目睹它诱人的芳容。

我自1961年春调来沈阳工作以后，很快便结识了沈报。不过当时由于正值三年困难时期，国家全面实行“调整、巩固、充实、提高”的八字方针，更换了原《沈阳日报》报名，而改名为《沈阳晚报》继续出版，成为一张对开共四个版面的大报。尽管版面不多，却给文艺副刊划拨了颇大的一块地盘。

副刊内容丰富，生动活泼，贴近生活，非常耐看。不久，我便由读者变成了作者，向它投稿，并于1961年6月24日在上面发表了第一篇生活随笔。到1963年5月6日一篇文艺随笔见报，将近两年间共发表了包括杂文、散文、书评、文学评论等各类体裁在内的短文20篇。当时，副刊的负责人是纪彬同志。他平易近人，非常敬业，与作者的关系十分融洽，有时还邀请一些经常写稿的作者，到编辑部开个小型座谈会，相互沟通，交流经验，征求意见。

那时的报社，在中山路沈阳烟厂旁边的一栋老旧的两层小楼里，条件非常简陋。我踩着嘎吱作响的木板楼梯，走进二楼的编辑部时，只见里边空间逼仄，摆满了陈旧的桌椅板凳，而且好像是不止一个编辑部挤在一起办公。条件虽差，桌上仅有清茶一杯，但参会者毫不在意，而且踊跃发言，谈得非常尽兴，彼此获益良多。编辑们在艰苦的条件下，一个个聚精会神地埋头看稿、改稿，给作者们留下了深刻印象，无不敬佩和为之感动。

1963 年下半年以后，我的写作活动被迫叫停。1977 年恢复高考以后，包括本科生、研究生、进修生、业大生、自学高考生等在内的各类学生大量涌进，我被教学、科研、带研究生等任务忙得不可开交，根本无暇再为任何报纸写与专业无关的其他稿件了。但对老朋友《沈阳日报》副刊却依然十分钟情，密切关注。

待到“超期服役”5 年终于退休之后，又到美国住了一年。2000 年一回到沈阳，就立马继续给它写稿，再续前缘。从那年 8 月 15 日开始，迄今已发表散文、随笔、评论等 80 余篇，是我退休后在 10 多种报刊上发表作品最多的一份大报。

这期间，《沈阳日报》副刊的品种，已经大有增添，除源远流长的王牌副刊“万泉”依然在潺潺流淌，又有亲情荡漾的“温馨港湾”、放眼世界的“全球关注”、墨香四溢的“书斋”、悠悠难忘的“往事”、弘扬国粹的“国学堂”、书写传奇的“华夏特写”等版面纷纷面世，争芳斗艳。我的作品有幸在其上与广大读者见面，与他们分享我的人生感悟，给我的晚年带来了莫大的快慰。我也从许多高手的美文、佳作中，进一步了解了社会，开阔了视野，激励了意志，增长了智慧，获得了良好的心灵滋润。

副刊的几位编辑的奉献精神与职业操守，同样令我肃然起敬。他们之中大多是我的学生。可他们在处理稿件时，从来都是秉持公心，完全根据稿件质量的优劣决定取舍，绝无迁就、照顾之嫌。其实这也正是我所期望的。

10 多年前，我曾给“万泉”寄去过一篇关于师生情的手写稿。估计是因邮寄较慢，稿件到手时教师节已过，未能及时刊登；而我自己，对此事不久也淡忘了。没想到，一年之后下一个教师节即将来临时，稿件竟然以头题见报了，敢情编辑一直保存着这篇稿。有的编辑，为人质朴谦虚，常将有些稿件的修改情况及时与作者沟通，认真交换意见。编辑收到稿件后，很快将处理结果见告，文章发表后，又告诉我次日给我寄样报。编辑们为人真诚、热情，有责任心与亲和力，无论是处理稿件还是办理其他事务，都是一丝不苟，有求必应。我深深感到，这是一个很敬业的编辑团队。

从我与《沈阳日报》订交至今，时间跨度已远超半个世纪。其间虽曾一度遭遇“空窗期”，但在我人生的晚晴岁月，终于又好梦重温，再续前缘，与它亲密地牵手在一起，正应了《华严经》所说的“不忘初心，方得始终”。我很珍惜这份带有某些传奇色彩的半世情缘，因此特援笔记之如上，并以其作为对《沈阳日报》70华诞的一份小小的献礼。

2018.3.26

后记

POSTSCRIPT

《万泉——散文随笔集》即将付梓，作为本书的编者，手捧着沉甸甸的书稿，内心感慨万千。

时间能够检验一切，“万泉”，一个普通的文学副刊能够走过65个春秋，能有数以万计的作者们不遗余力地支持她、呵护她，这便是她的成功和魅力所在。掩卷沉思，“万泉”之所以能够如此，我们要感恩于这个时代，正是时代赋予了“万泉”使命，“万泉”是应时代而生，为时代讴歌，坚持走出一条接地气的文学之路，因而能够与众多的作者们产生共鸣，结伴在这块芳草地上一起耕耘、一起收获。

对我们而言，伴着“万泉”成长是一种幸运，更是一种幸福，而这种幸福是无数个“万泉人”创造的。人是创造奇迹的核心，而万泉的历程，就是彰显人的力量的历程。在“万泉”的大地上有那么一代又一代的人，他们以心为弦、以笔为箭，创作出了带着时代强音和心灵感悟的佳篇力作，与“万泉”半个多世纪的诉求不谋而合。岁月让“万泉”在历史的长河中留下了属于自己的印记，每一个为“万泉”付出的作者都是值得我们感谢和铭记的，没有你们，就没有“万泉”的今天，没有你们，更没有“万泉”的明天。

《万泉——散文随笔集》成书之际，作为“万泉”副刊的现任编辑，要特别向曾经为“万泉”呕心沥血的老编辑们致敬。先后有近40位同志担任过“万泉”编辑，他们中大部分人告别了工作岗位，有的甚至已经驾鹤西去。他们持续不断的努力，博采众长、精耕细作、引导阅读、滋润人心、甘为人梯、默默奉献，成就了如今的“万泉”。记住他们，就是珍视沈报的精神财富、优良传统，秉承其兢兢业业的工作作风，爱惜“万泉”，办好“万泉”。

文集作品涵盖从20世纪60年代到现在的漫长时间跨度，每篇文尾都注明了发表时间，这本身代表着真实的历史记录，同时方便读者了解文章产生的时代，更有助于阅读和理解。“万泉”的作者大多也是各个时期活跃在文坛上的作家，相信读者对他们都不陌生，因此我们没有另外配作者简介，而是把有限的篇幅让给了文章本身，让给了作家们美好的文字。

在与众多的作者沟通并告知选稿的消息时，得到的回馈都是激动和感谢，“万泉”为作者、编者和读者带来了别样的人生，“万泉”创造文学的家园，“万泉”延续着文学的梦想……看到这一条条的信息，我们的内心唯有更深的感谢和感动。时空转换，许多作者我们没联系到，这不免遗憾，但他们的文字在这里生辉，感谢他们对“万泉”的支持。在这次图书的编辑工作中，还得到了解明、胡中惠等“万泉”老编辑的大力支持，也得到了辽宁人民出版社的大力支持，更得到沈报集团的各位领导和同仁们的大力支持，在此一并表示感谢。

无奈因时间等因素所限，此次出版的《万泉——散文随笔集》，只能选择散文和随笔类的文章，而诗歌、小说、曲艺创作等文学作品没有被列入进来，不可否认这算是一个遗憾。而这样的一个遗憾也算是为了下一本“万泉”纪念集的出版埋下伏笔。因为本书容量所限，没有被收入纪念集的精品佳作还有很多，疏漏之处也一并说声抱歉。

翻阅着65年的旧报，历史在指间掠过，心中感奋之至。作为“万泉”副刊的编辑，我们深感责任重大，作为这片文学高地的守望者，我们责无旁贷要传承“万泉”文化传统，植根地域文化，为城市熔炼新的精神品格而贡献自己的微薄之力。

一本纪念集的出版，对于“万泉”来说是一个好的开始，如此厚重的成果展现在眼前，也让我们对未来的工作倍感压力。把文学融入我们的城市、我们的生活、我们的生命之中，这就是“万泉”依旧要坚持和遵循的路，希望在这条路上会有更多的人与“万泉”一起前行，去迎接崭新而美好的明天。

《万泉——散文随笔集》编委会

2018 年秋